Maroni

Wolfgang Pesec wurde in Graz geboren. Zwei Jahre später betrat der erste Mensch den Mond. Nach seinem Gymnasialabschluss studierte Pesec an der Technischen Universität Graz Wirtschaftsingenieurwesen/Bauwesen und arbeitete nach dem Studium als Universitätsassistent, ehe er bei einem renommierten österreichischen Unternehmen in den weltweiten Vertrieb wechselte. Gerade die langen Abwesenheiten von der Heimat haben, neben der Liebe zum Schreiben, die Steiermark in einer fast logischen Konsequenz auch zum Hauptschauplatz seines zweiten Kriminalromans gemacht.

WOLFGANG PESEC

Maronizeit

KRIMINALROMAN

emons:

Bibliografische Information der Deutschen Nationalbibliothek
Die Deutsche Nationalbibliothek verzeichnet diese Publikation in der Deutschen Nationalbibliografie; detaillierte bibliografische Daten sind im Internet über http://dnb.d-nb.de abrufbar.

Umschlagmotiv: shutterstock.com/Nedim Bajramovic
Umschlaggestaltung: Nina Schäfer, Tobias Doetsch
Gestaltung Innenteil: César Satz & Grafik GmbH, Köln
Lektorat: Uta Rupprecht
Druck und Bindung: CPI – Clausen & Bosse, Leck
Printed in Germany 2017
ISBN 978-3-7408-0202-8
Originalausgabe

Das Lächeln wohnt nur auf den Lippen,
aber das Lachen hat seinen Sitz
und seine Anmut in den Zähnen.

Joseph Joubert (1754–1824),
französischer Moralist

So schön seine Zähne auch sind,
so ganz ohne Lippen ist das auch nicht mehr
als eine grässliche Totenfratze.

Major Georg Spazierer (* 1967),
Grazer Kriminalbeamter

1

Die Stadt Buzău dampft durch einen heißen und feuchten Sommer. So heiß wie in diesem Jahr war es schon oft, so feucht aber nur selten. In diesem eigenartigen Sommer wechseln sich stechende Sonne und wolkenbruchartige Regengüsse regelmäßig ab. Fast könnte man die Uhr danach stellen. Hätte Marina eine, sie hätte es trotzdem nicht getan.

Lustlos hängt sie die frisch gewaschene Wäsche auf den spröden Draht, der sich von ihrer windschiefen Holzhütte zu einem dicht am benachbarten Feld provisorisch in den Boden gerammten Holzpfahl spannt. Sauber wie aus der Waschmaschine wirken die abgetragenen Sachen freilich nicht, aber mehr kann man von einer alten Waschrumpel und zwei kräftigen Armen auch nicht verlangen. Ein zweifelnder Blick in Richtung Nordwesten, zu den Bergen, die aus der dunstigen Ferne fast verächtlich auf Buzău herunterglotzen. Hoch die Hügel, fast unterwürfig in die weitläufige Ebene geduckt die Stadt.

Dort drüben braut sich wieder mächtig was zusammen, denkt Marina müde. Ambossartige Gewittertürme ragen bedrohlich in den Himmel. Eben erst nur eine Ansammlung kleiner, unbedeutender Wolken – und kaum dass man es sich versieht, eine mächtige Gewitterfront. Ist in diesem Jahr oft nur eine Frage von Minuten.

Die Wäsche wieder abhängen? Auch keine rechte Lösung. In ihrer zugigen Hütte wäre diese zwar im Handumdrehen trocken, aber Platz gibt es dort auch keinen. Kaum rühren kann man sich in diesem besseren Hasenstall.

Ganz so abwertend sieht Marina das aber nicht immer. Meist ist sie zufrieden mit dem, was sie hat. Heute ist einfach nicht ihr Tag. Dort, wo sie herkommt, ist alles noch viel ärmlicher. Ein großer Teil ihrer Familie beneidet sie sogar um das kleine Häuschen inmitten all dieser flachen Felder. Ist im Winter zwar kaum zu beheizen, aber da ihr Schwager sein bescheidenes Gehalt in Holz ausbezahlt bekommt und in ihrer Familie untereinander alles Mögliche getauscht und gehandelt wird, geht ihnen der Brennstoff nur selten aus. Allerdings könnte bei der Vielzahl an Ritzen und Löchern, die die laue Wärme fast ungehindert ins Freie lassen, eine nahe am Haus gepflanzte Palme selbst einen strengen Winter durchaus überleben.

An den ständig herrschenden Luftzug hat sich Marina nie gewöhnen können. Ihr Körper gleich noch viel weniger, ihr Rheuma wird mit jedem Tag schlimmer. »Armut macht krank.« Irgendwie stimmt das. Denn für ein derartig schlimmes Rheuma ist Marina noch viel zu jung.

Sie bückt sich seufzend und zieht das letzte Kleidungsstück aus dem alten, löchrigen Weidenkorb. Der Arbeitsoverall ihres Mannes. Der hat auch schon bessere Zeiten gesehen, denkt sich Marina traurig. Damit meint sie beide, den Overall und den Mann. Beide von den Mühen des Alltags und der Arbeit gezeichnet. Mit sichtbaren Gebrauchsspuren.

Diese Nacht wird sie allein sein. Radu übernachtet im nahen Bukarest. »Nah« aus globaler Sicht, Bukarest ist für Marina genauso fern wie der fahle nächtliche Mond. Weit herumgekommen ist sie freilich nicht. Weil einen Armut nicht nur krank macht, sondern auch festwachsen lässt.

Tiefe Verbundenheit mit Land und Hof? Weil man sich nur schweren Herzens davon trennen kann? Nicht einmal für ein paar Tage? Pah! Wäre auch so ein klassischer Selbstbetrug. Sie wäre, weiß Gott, gerne gereist. Und sei es nur hinaus auf die Hauptstraße, einmal nach links und in die Hauptstadt. Und dann vielleicht weiter. Viel weiter. Bis ans Meer und … wer weiß wohin.

Bei Freunden werde er schlafen und sich dort ein paar zusätzliche Lei verdienen, hat er gesagt. Das mit den Freunden muss sie Radu einfach glauben. »Muss«, weil es in ihrer trostlosen Lage wohl keine Alternative zu Radu gibt.

In Bukarest ist man in gut eineinhalb Stunden. Zumindest, wenn man ein westliches Auto fährt. So eines ist für Marina und ihren Mann aber unerschwinglich. Zwar sparen sie schon seit Jahren auf einen gebrauchten Dacia, aber der ist auch noch lange nicht in Sicht. Wenn bei Radu wieder eine seiner Quartalssauftouren ansteht und sie nicht alles Bare rechtzeitig in Sicherheit bringen kann, ist das mühsam Ersparte in drei Nächten dahin. Ohne Mitleid und ohne nachzudenken, in irgendwelchen Spelunken versoffen. Meist mit Menschen, die Radu nicht einmal persönlich kennt. Dort ist er dann die Großzügigkeit in Person. In seiner selbst gewählten Einsamkeit als Quartalssäufer.

Radu hat den Bus genommen.

Für einen unmittelbar bevorstehenden Gewittersturm ist es beängstigend ruhig. Die viel bemühte Ruhe vor dem Sturm. Nur gelegentlich schafft es das Röhren eines klapprigen Lkw von der fernen Landstraße bis hier herüber. Ein langer, mäandernder Feldweg verbindet ihren kleinen Hof mit der Hauptstraße. Links und rechts davon nur flache, trostlose Felder. So weit das Auge reicht. Bis auf den tatterigen Nachbarn, auf halber Wegstrecke zur Straße, kein einziges Gebäude weit und breit. Nur eine Reihe schiefer Masten, die den Strom lustlos über die Felder zu ihnen leiten, lässt draußen auf der Straße erahnen, dass hier, zwischen Millionen von Sonnenblumen, überhaupt jemand wohnt. Die fernen Häuser Buzăus sind im Dunst des Tages von hier kaum auszumachen.

Ihr Mann ist hier aufgewachsen. Warum sein Großvater gerade an dieser Stelle ein Stück Land gekauft hat und nicht näher an der Straße, näher an der Stadt, hat sie ihn nie gefragt. Hätte im Nachhinein ohnehin nichts mehr gebracht. Anfangs war sie froh, überhaupt ein eigenes Dach über dem Kopf zu haben. In einem armen Land wie Rumänien immer noch ein Wunsch, der nur selten in Erfüllung geht. Selbst jetzt, wo Rumänien zur Europäischen Union gehört. Vom vermeintlichen Reichtum und vom versprochenen Wohlstand merkt der kleine Mann auch nicht wirklich viel.

Kurz nach ihrer Hochzeit ist sie dann eingezogen. Die ersten Jahre waren für sie ein einziger Alptraum. Damals haben ihre kränklichen Schwiegereltern noch gelebt, unter einem gemeinsamen Dach. Haben nicht im Traum daran gedacht zu sterben. Wie sich das aus Marinas Sicht doch wohl gehört hätte. Zu viert haben sie in dem kleinen Verschlag von Haus gewohnt, zu viert haben sie gemeinsam in einem Bett geschlafen. Den süßlichen Geruch alter Menschen, die bei lebendigem Leib langsam verwesen, hat sie heute noch in der Nase. Ekelerregend und abstoßend. So alt will sie niemals werden.

Das wird sie auch nicht.

Eine bleierne Stille hängt über dem Land. Ein Rascheln im nahen Sonnenblumenfeld schreckt Marina auf. Wird wohl ein Tier sein, das sich im Feld vor dem drohenden Unwetter versteckt, denkt sich Marina. Auch kein wirklich sicherer Ort, aber zumindest vor den böigen Winden, die bald ungehindert über das flache Land jagen werden, ist man da drinnen einigermaßen geschützt. Aber auch nur dann, wenn man sich flach auf den Boden legt. Sonst peitschen einem die braunen Blätter mir nichts, dir nichts die Haut blutig.

Traurig sehen die Sonnenblumen aus. Die Mischung aus Hitze und viel zu viel Wasser ist auch ungesund. Kaum schaffen sie es, ihre Köpfe mit der Sonne mitzudrehen. Ein wirklich trauriger Anblick.

Mit einem erneuten Rascheln scheint das Sonnenblumenfeld Marinas unausgesprochene Beileidsbekundung zu bestätigen.

Die zwei kalten Augen, die durch die fauligen Blätter in den kleinen Garten und auf ihren Rücken starren, sieht Marina nicht.

Marina ist keine Schönheit im herkömmlichen Sinn. Ihr fehlt die Feingliedrigkeit ihrer Halbschwestern, das naturblonde Haar ihrer wunderschönen Mutter. Trotzdem hat Marinas Herbheit einen gewissen Charme. Und sie hat damals nicht wenigen Männern gefallen. Warum sie sich gerade Radu zum Mann genommen hat, haben sich viele hinter vorgehaltener Hand gefragt. Mit seinen dürren ein Meter zweiundsechzig war er auch in jungen Jahren Lichtjahre von ihrem Männerideal entfernt. In den ersten Ehejahren hat sie sich solche Fragen nur selten gestellt. Radu war damals ein guter Mann. Hat kaum etwas getrunken und war liebevoll zu seinen Eltern. Für Marinas Begriffe zu liebevoll. Die Alten wären bei ein bisschen mehr Härte wohl früher abgetreten.

Und er hat Marina das Gefühl gegeben, etwas Besonderes zu sein. Das ist aber auch schon lange her. Die Frage nach dem »Warum er« kommt ihr mittlerweile jeden zweiten Tag.

Mit einem Seufzer packt sie den leeren Wäschekorb und stapft mit müden Schritten auf das kleine Haus zu. Allmählich nimmt der Wind, Vorbote des nahenden Gewittersturms, zu und lässt die ausgefransten Säume ihrer Arbeitsschürze nervös aufflattern. Schöne Beine hat sie immer noch. Darauf kann sie stolz sein. Keine einzige Krampfader und nicht einmal ein Hauch von Cellulitis. Fast Modelbeine.

Noch.

Wenn Radu sie dann findet, werden die dunklen Leichenflecke auf ihren vormals weißen Schenkeln nur mehr erahnen lassen, dass etwas Schönes die Welt verlassen hat.

Heute ist wieder so ein Tag, an dem sie sich um Jahrzehnte älter fühlt. Eine tiefe Müdigkeit, begleitet von der Lustlosigkeit eines beschwerlichen und nahezu freudlosen Lebens. Überleben, ja, aber wozu? Leben um des Lebens willen? An die prognostizierte Lebenserwartung einer durchschnittlichen rumänischen Frau will sie gar nicht denken. Zu lange ist es bis dorthin. Zumindest, wenn man der Statistik glauben darf.

Die harten Augen, die sich hinter den braunen Stielen der Sonnenblumen verbergen, starren Marina nach, bis die Hintertüre knarrend hinter ihr ins Schloss fällt. Dass Marinas Mann für ein paar Tage fortbleiben wird, weiß der Mörder. Für ein gutes Gehör war der nächtliche Streit nur schwer zu überhören, weil Radu wieder einmal bis zum letzten Moment gewartet hat, Marina über seine Pläne zu informieren. Dass er sich mit Freunden mit diversen Gelegenheitsarbeiten ein paar Lei verdienen will, glauben die eiskalten Augen nicht. Eher an Alkohol und billige Huren. Auch Marina war voller Zweifel gewesen. Aber da von diesem Hof die Liebe schon vor langer Zeit fortgezogen ist, war es auch kein echtes Malheur. Nicht einmal für eine betrogene Ehefrau. Dass Marina nicht dumm ist, weiß der Mörder. Genetisch bedingt, konnte sie das ja auch gar nicht sein.

Langsam zieht der Mörder die steife Drahtschlinge über die abgegriffenen Lederhandschuhe. Die Schlinge hat er bei einem seiner Streifzüge gleich hinter dem Schuppen aus einem Stapel Schrott und Müll gezogen, die Handschuhe in einem dieser typischen Krämerläden gekauft. In Rumänien gibt es davon, Gott sei Dank, noch viele. Ist dort fast wie in diesen Ein-Euro-Shops. Alles bunt durcheinander und nebeneinander. Die Waren zum Teil so alt, dass man die eigentliche Herkunft wohl nur sehr schwer feststellen kann. Dieses eine Mal ist dem Mörder die deutsche Ordnung nicht abgegangen. Ermittlungstechnisch für die Polizei keine leichte Aufgabe.

Von den Lederhandschuhen hat der Mörder gleich ein paar mehr gekauft. Quasi Einweghandschuhe. Für jedes Opfer ein Paar. Alles in ein und demselben Geschäft zu kaufen, ist wahrscheinlich auch nicht so gescheit. Die moderne Forensik ist da eine wirklich lästige Sache, zumindest aus Sicht eines Mörders. Aber die Dinger waren so unglaublich billig.

Viel mehr will der Mörder in Vorsichtsmaßnahmen nicht investieren. Dafür erscheint ihm der rumänische Polizeiapparat zu hinterwäldlerisch. Sind doch alles nur korrupte Beamte, die unter der amtlichen Schirm-

mütze ihren kleinkriminellen Geschäftchen nachgehen. Ein Vorurteil, das wohl nicht ganz so weit hergeholt ist. Unter Ceaușescu und seinem Geheimdienst, der Securitate, hätte es freilich etwas anders ausgesehen. Da ist sich der Mörder sicher.

Er blickt hinunter auf seine behandschuhten Hände. Die Druckknöpfe an der Außenseite der Handschuhe haben fast etwas Elegantes an sich, wie für den Fahrer eines dieser schmucken Oldtimer. Eigentlich schade, sie so zu verschwenden, aber bei einem Mord müssen beide Seiten etwas hergeben. Das Opfer in der Regel das Leben und der Mörder in diesem Fall die Handschuhe. Ein durchaus fairer Deal. Zumindest aus Sicht des Mörders.

Marina hätte das zweifellos anders gesehen.

Dass ihm der erste Mord schwerfallen wird, glaubt der Mörder nicht. Kein unnatürlich hoher Blutdruck und auch kein erhöhter Pulsschlag. Zumindest jetzt noch nicht. So eine Tötung ist zwar nicht alltägliche Routine, aber mit einem klaren Ziel vor Augen auch nicht mehr als eine Aufgabe, die erledigt werden muss. Und heute ist Marina fällig.

Der Mörder wird warten, bis das Unwetter da ist. Dann sinkt die Wahrscheinlichkeit, dass sich ein Auto oder ein Wanderer von der fernen Straße hierher verirren könnte, praktisch gegen null. Binnen Minuten verwandelt so ein Starkregen den unbefestigten Feldweg in eine Schlammpiste und macht den Weg für Stunden nahezu unpassierbar. Mit einem Geländewagen gäbe es zwar ein Durchkommen, aber wer in Rumänien das Geld für so einen Wagen hat, der verirrt sich sicherlich nicht auf diesen trostlosen Feldweg.

Wäre das Endresultat für Marina nicht gar so unerfreulich, könnte sie sich glücklich schätzen, ist sie doch zu einer Premiere eingeladen. Sie ist sogar die Hauptperson. Erste Reihe fußfrei. Für den Mörder wird es wie beim ersten Kuss sein. Unvergesslich. Egal, ob der erste Kuss nun gut oder schlecht war, er bleibt einem immer in Erinnerung.

Zischend nimmt der Sturmwind Anlauf und fegt mit einem Donnerschlag über die dürren Sonnenblumenfelder. Der Mörder zwängt sich hastig durch das letzte Sonnenblumenspalier und läuft geduckt auf die Hütte zu. Wie ein Stroboskoplicht erhellen zuckende Blitze die öde Landschaft. Die gruselige Szenerie hätten die in Hollywood bei einem der teuren Horrorfilme auch nicht besser hinbekommen.

Der Mörder wartet auf den nächsten Blitz und zählt die Sekunden bis zum nächsten Donner. Sieben Sekunden. So rasch, wie das Gewitter heranbraust, werden es beim nächsten Mal wohl nur mehr sechs sein.

Erneut ein greller Lichtblitz. Der Mörder zählt und reißt pünktlich auf die Sekunde die Türe auf. Zum Stelldichein mit dem Tod.

Und dann entfaltet der Gewittersturm seine ganze Kraft. Geduckt läuft ein verängstigter Hase im Schutz der Hauswand entlang und erstarrt plötzlich vor der nun angelehnten Türe. Völlig regungslos und mit gespitzten Ohren lauscht er den gutturalen Geräuschen, die selbst durch den Lärm des tobenden Sturms zu ihm nach draußen dringen. Auch wenn er den Sterbegeräuschen keinen wirklichen Sinn entnehmen kann, weiß doch seine Nase, dass er sich schleunigst aus dem Staub machen sollte.

Der Tod hat nämlich einen Geruch.

2

Ein trockener Knall jagt über den Buchkogel und verhallt zögerlich, zerbrochen in viele kleine Echos, die durch die Schluchten der nahen Reihenhaussiedlungen irren. Von denen gibt es in Rufweite der Mordkommission im Grazer Bezirk Straßgang ja reichlich. Schießen wie die Schwammerl aus dem Boden. Wie der Spazierer noch ein kleiner Bub war, waren hier nur Wiesen und Felder und eine einsame geschotterte Straße.

Das Foto aus Kindertagen, wo er schief grinsend dort steht, mit strohblondem Haar, das mehr Wirbel hatte als ein mittelprächtiger Tornadosommer irgendwo in Oklahoma, hat er immer noch. Zeigt einem eindrücklich, wie schnell doch die Zeit vergeht. Trotz all der schönen Kindheitserinnerungen, die ihm gerade wieder in den Sinn kommen, fühlt er sich im Hier und Heute durch den lauten Knall beleidigt.

Da hat das österreichische Bundesheer wohl wieder ein paar Kanister Sprit für Überschallflüge auftreiben können, denkt sich Major Spazierer böse. Nicht, dass er etwas gegen die Eurofighter oder gar die sture Wehrhaftigkeit der neutralen Österreicher hat, aber wenn er sich vor Schreck beinahe in die neue Hose macht, ist das Verständnis des Gefreiten a. D. in null Komma nichts aufgebraucht.

Ein hektischer Blick in seinen Schritt liefert ihm die erleichternde Entwarnung. Hellbeige Hosen aus Wollstoff verzeihen Inkontinenz so gar nicht.

Karin, Karin, Karin, denkt sich Major Spazierer zärtlich. Dieses Bekleidungsstück hat sich der bekennende Jeans-Fan letzten Samstag bei einer ihrer seltenen Shoppingtouren einreden lassen. »Passt so hervorragend zu deinem blitzblauen Sakko«, hat die Karin gemeint. Eher beratend als bestimmend. Ein Grund mehr, warum sich die beiden so gut verstehen. Diktatur im öffentlichen und noch mehr im privaten Bereich sind dem Spazierer nämlich ein absoluter Gräuel.

Spazierers Blick löst sich vom makellosen Beige, wandert langsam durch das abendlichtdurchflutete Büro, beschleunigt fast so schnell wie der Eurofighter, als sich der chaotische Schreibtisch seiner Kollegin Hilde Ranner vor ihm auftut – »schrecklich, dieses Tohuwabohu« –, und bleibt sinnierend an den dunklen Schatten des Buchkogels hängen, die sich im nahenden Herbst mit jedem Tag früher über die Felder an ihn herantasten. Fast so, als würden sie nach seiner Seele greifen, als Vorboten des Todes. Zwar blind und scheinbar ziellos, aber schaurig und mit jedem neuen Tag in Richtung Winter ein Quäntchen fordernder.

Der Spazierer schüttelt entsetzt den Kopf und wirft die schrecklichen Gedanken gleich mit ab. Was ist denn nur los mit ihm? Derart morbide Überlegungen sind ihm normalerweise fremd. Nur weil die Jahreszeit mit Riesenschritten auf Halloween zueilt, muss die dunkle Seite seiner Phantasie doch nicht gleich automatisch hinterherlaufen.

Nur Lemminge tun so etwas. Die stürzen sich über die tödliche Klippe ins Meer, ohne sich die kritische und wohl alles entscheidende Frage zu stellen, ob das, was der dickliche Vordermann da gerade vorhat, mit den eigenen Lebensplänen in Einklang gebracht werden kann. Mag schon sein, dass das eine oder andere Tierchen auf dem Weg nach unten »Uuups« oder »Scheiße«

denkt, aber wohl nur kurz und mit einem verständlichen Hauch von Resignation.

So ein kollektiv unsinniges Verhalten erlaubt der Spazierer seinen Gedanken sicherlich nicht. Noch ehe er sich eine geeignete Ablenkung suchen kann, hilft ihm dankenswerterweise die Planstellenaspirantin Hilde Ranner aus der Patsche. Ihr gellender Schrei dringt entfernungsbedingt zwar nur gedämpft an sein Ohr, trotzdem nimmt der Herr Major die unterschiedlichen Nuancen ihres ehrlichen Entsetzens beinahe ungefiltert wahr. Der Spazierer denkt sich ungefragt in die Ranner hinein und zieht spontan seine ersten, wenn auch falschen Schlüsse.

War mir in den letzten Tagen oft übel? Ja, eigentlich schon. Habe ich ein vermehrtes Spannungsgefühl in meinen Brüsten, und ist auch die Regel schon überfällig? Das mit den Brüsten ist eindeutig so, das mit der Regel vielleicht auch. Im Rechnen war sie noch nie wirklich gut. Weiß mein Körper, was ich noch nicht weiß? Ich werde doch nicht gravid sein? Hilfe!

Am Klo auf den eilig gekauften Schwangerschaftstest gepinkelt und nach dem für die Ranner so typischen akribischen Händewaschen beiläufig auf den Teststreifen geblickt.

Ob das heutzutage noch so simple Streifen oder bereits hochwissenschaftliche Messinstrumente sind, kann der bei diesem Thema unterinformierte Spazierer nicht beantworten. Egal!

Das grelle »Positiv« war wohl eine positive Information zu viel. Daher nur der enervierende Schrei und sonst nichts. Ohne ein dramaturgisch aufpeppendes: »Oh mein Gott, ich bin schwanger!«

Der Spazierer schüttelt schon wieder den Kopf. Kann gar nicht sein. Die Ranner und schwanger. Die Gute ist seit dem Spätsommer Single und im Regelfall so mitteilsam, dass ein neu in ihr Leben getretener Lover weder dem Spazierer noch dem Oberst Draxler und noch weniger der bekannt geschwätzigen Reinigungskraft aus dem Kosovo verborgen geblieben wäre. Die Putzfrau ist eine schnatternde Amsel mit unüberhörbarem Migrationshintergrund. Am ersten Tag hätte das mit der Schwangerschaft die gesamte Dienststelle gewusst, am zweiten Tag halb Graz und am dritten Tag mit Sicherheit Priština und Umgebung.

Das mit dem »oft übel« kann der Spazierer leicht erklären. Seit ihrem Abschied vom Schnurlibärli greift die Hilde öfters zur kalorienreichen Zimtschnecke als zum Telefon. Der Bröselhaufen auf ihrer Müllhalde, die sich Schreibtisch nennt, hätte Schwärme hungriger Vögel wochenlang vor dem Hungertod bewahrt.

Ihr Hunger auf Süß erklärt in einem Aufwasch auch die unnatürlichen Spannungen in den Brüsten. Waren die beiden Unzertrennlichen zuvor schon waffenähnliche Granaten, sehen sie mittlerweile aus wie zwei Heißluftballone kurz vor dem Platzen. Der Spazierer fühlt sich regelmäßig an Gottschalk und Jauch in ihrer Fernsehshow erinnert. Die haben auch keine Ahnung, wann ihnen in der Finalrunde der verdammte Ballon um die Ohren fliegt. Die haben es gut. Zwei gegen einen. Bei ihm ist es eher umgekehrt. Er allein gegen zwei. Und das den ganzen Tag über. Fünf Tage die Woche. Permanente Angst.

3

Zwei Türen weiter telefoniert der Oberst Draxler. Seinen abgewetzten, aber unglaublich komfortablen Drehstuhl nach hinten gekippt, die Beine lässig auf den Schreibtisch gelegt, hört er seinem Vermögensberater zu, der ihm schon seit einer geschlagenen Stunde die Ohren volllabert, wie er denn sein mühsam Erspartes sinnvoller anlegen könnte. Sein akustisches Gegenüber könnte genauso gut in Russisch parlieren, der Draxler versteht kein einziges Wort. Sein aufgeräumter Schreibtisch, ein untrügliches Indiz dafür, dass es seit der grässlichen Mordserie im Sommer in der Steiermark keine unnatürlichen Abgänge mehr gegeben hat, lässt ein derart langes und derart unnötiges Gespräch zu. Der Draxler blickt auf die Uhr. Weil ihm langweilig ist, gibt er dem selbst ernannten Aktienpapst und Anlagenguru noch zwanzig Minuten, ehe er seine Zelte für heute abbricht.

Das Vorurteil, dass Männer generell nicht in der Lage sind, zwei Dinge gleichzeitig zu tun, bestätigt der Draxler artig und blendet Hilde Ranners Schreckensschreie ganz einfach aus. Ein potenzieller Retter weniger, der der Ranner in ihrem vermeintlichen Todeskampf zu Hilfe eilen könnte. Da sich die kosovarische Putzfrau für heute krankgemeldet hat, bleibt wohl nur der Spazierer übrig.

4

Den Spazierer hält es nun nicht mehr auf seinem Stuhl. Er muss nachsehen, was da draußen los ist. Als Führungskraft hat er schließlich schon eine gewisse Verantwortung für das einfache Fußvolk. Glück für die Ranner, dass er sich beim Überschallknall nicht angepinkelt hat. Mit dem dunklen Fleck im Schritt wäre er einfach sitzen geblieben. Selbst bei Feueralarm hätte sich der Spazierer niemals die Blöße gegeben, der Kollegenschaft mit einem derart peinlichen Toilettenfehler unter die Augen zu treten. Er hätte sehnsüchtig gewartet, bis die Flammen sein Büro erreichen, wäre um die leckenden Flammen herumgetänzelt wie ein Apache ums Lagerfeuer und wenig später, zwar mit glosenden Haaren und qualmenden Augenbrauen, jedoch mit makellos trockener Hose hustend hinaus auf den Sammelplatz getorkelt. Eitel bis zum Gehtnichtmehr.

5

Draußen auf dem Gang bietet sich dem Spazierer ein seltsames Bild. Auf einer der orangenen Plastikbänke, wo normalerweise die Verdächtigen ihre Freizeit wenigstens hie und da sinnvoll verbringen, hüpft die Hilde Ranner in einem für ihre Proportionen viel zu kurzen und zweifellos unvorteilhaften Minirock hysterisch auf und ab. Dabei biegt sich die an sich recht robust wirkende Bank im Takt ihrer Luftsprünge beängstigend durch.

Die könnte bei Ikea als Möbelbelastungstesterin anheuern, denkt sich der Spazierer spontan, nicht ohne gleichzeitig den unnatürlichen Rotton in Hilde Ranners Gesicht zu bemerken. Ihr rotes Gesicht sieht er aber auch nur ab und zu, da es in phasenverschobener Taktfrequenz von ihrem Donnerbusen verdeckt wird. Die Hilde auf dem Weg nach unten, der Donnerbusen, in Trägheit verharrend, quasi nach oben. Sobald die Hilde Ranner ihres vermeintlichen Retters ansichtig wird, der ihr in diesem Augenblick wie ein weißer, in gleißendes Licht getauchter Ritter vorkommt, bricht sie endgültig in Tränen aus.

»Schwanger?«, fragt der Spazierer verständnisvoll.

»Maus!«, schreit die Ranner erbost zurück.

»Wo denn?«, erwidert der schlagartig enttäuschte Spazierer. »Da drüben«, brüllt die Ranner und zeigt auf den dunklen Schlitz unter der Türe, die in einen dieser fensterlosen Abstellräume führt.

Mit seinem für diesen Tag typischen Kopfschütteln schlendert der Spazierer auf die Besenkammer zu, im rechten Augenwinkel die sportliche Hilde. In Erwartung der alles entscheidenden Schlacht »Mann gegen Maus« hat sie ihre Sprungfrequenz auf ein erträgliches Maß gesenkt und nebenbei das hektische Atmen eingestellt. Die Bank dankt es ihr knarzend.

Eine Maus, denkt sich der Spazierer mit einem Lächeln. Nur eine einzige lächerliche Maus. Was soll die Karin da sagen?

Um diese Jahreszeit, wenn die ersten feuchten Nebel über die Felder ziehen, tun Kolonnen dieser possierlichen Nager genau dasselbe. Sie ziehen ebenfalls, und das in Scharen, in den Keller von Karins Elternhaus ein. Dort hocken sie in dunklen, warmen Ecken und scheinen nur darauf zu warten, dass Karins Vater sein gewaltiges Waffenarsenal auspackt.

So viele Mausefallen auf einem Fleck hat selbst der kampferprobte Spazierer noch nicht gesehen. Kaum sind diese beködert und die Schafottbügel gespannt, geht das muntere Sterben auch schon los. So hungrig, wie die possierlichen Nager oft sind, warten die erst gar nicht, bis Karins Vater den Kellerraum verlassen hat. Drei bis vier maschinengewehrartige Salven, und Karins

Vater hat wieder zu tun. Am Anfang seiner Mäuseernte macht er sich nicht einmal die Mühe, nach oben zu gehen. So schnell, wie sich die Biester auf den Käse und in den Tod stürzen, geht sich nicht einmal eine siebenminütige Zigarettenpause aus. Der bereitstehende Kübel, sprich: Massengrab, füllt sich in der Regel schnell.

Jetzt aber zu diesem haarigen und, wie dem Spazierer gleich klar werden wird, verwandtschaftslosen Eigenbrötler. Der Spazierer öffnet forsch die Türe zur Besenkammer, was unmittelbar ein vierfaches Quietschen zur Folge hat.

Zuerst quietscht das Nervenbündel Ranner. Beinahe zeitgleich quietschen Bank und Türscharniere. Erst dann quietscht der pelzige Einzeltäter.

Vorwurfsvoll blickt ihn die Maus an. »Was?«, scheint der fragende Blick der offenbar männlichen Maus zu sagen. Männlich, weil in Revolverheldmanier. Der Spazierer deutet mit dem Kopf kaum merklich über seine rechte Schulter nach hinten. »Die da hat ein Problem mit dir.«

»So what?«, morst die Maus telepathisch zurück.

»Stell dich tot«, teilt der Spazierer seinem Gegenüber mit. »Den Rest erledige dann ich. Keine Angst. Ich bin kein Unmensch.«

Hätte die Maus menschliche Augen gehabt, man hätte zweifellos das Weiße erkennen können, das so ein entnervtes Augenverdrehen zutage fördert. »Was, wenn nicht?«, erwidert die Maus aufrührerisch.

Spazierers unmissverständliche Zeigefinger-quer-über-die-Kehle-streich-Geste beeindruckt den Mäuserich nicht im Geringsten. Mit arroganter Lässigkeit hebt er den kahlen Schwanz und lässt einen Klumpen Kot auf das grün gesprenkelte Linoleum fallen. Dann verschwindet er tänzelnd unter einem Stapel schmutziger Handtücher. Verdammt, denkt sich der Spazierer, dieser Plan ist in die Hose gegangen. Der Herr Major gerät zusehends in Entscheidungsnotstand.

Die noch immer atemlose Ranner erwartet von ihm mit Sicherheit einen Jagderfolg, denn schließlich ist er hier der Chef. Das erklärt er auch jeden zweiten Tag.

Sich seine neue und noch immer tadellos beige Hose zu versauen, nur um einer dummen Maus, die er ohnehin niemals erwischen würde, auf den Knien nachzustellen, ist für ihn auch keine rechte Option. Was also tun?

Als wären seine Gebete erhört worden, herrscht der soeben auf den Gang getretene Draxler die beiden an, gefälligst mit ihren lächerlichen Albernheiten aufzuhören. Für Turnen auf Möbeln im Staatsbesitz hat er so gar kein Verständnis.

Der Spazierer kommt aus dem Abstellraum und grinst dem Draxler breit ins Gesicht. Das dämliche Grinsen könne er sich sparen, meint der Draxler. Für kindische Versteckspiele in offiziellen Amtsräumen hat er genauso wenig Verständnis. »Und bevor jemand blöd fragt, selbstverständlich sind auch Abstellräume, Toilettenanlagen und Aufzugsschächte Amtsräume. Diskriminierungsfrei! Beide zu mir«, donnert er seine Kollegenschaft an. Und »Rocksaum hinunter, aber rasch« gibt er der Hilde Ranner auch noch mit auf den Weg. Dass die in Tränen aufgelöste Ranner mit ihrem verschmierten Lidschatten eher einer frisch aufgegriffenen Nutte als einer Polizeibeamtin ähnelt, könnte auch der Mäuserich bezeugen.

Der Grund, warum der eben noch tiefenentspannte Oberst Draxler auf einmal so barsch reagiert, hat einen Namen. Hans-Peter Stelzer. Von Beruf Vermögensberater. Der hat doch glatt die Frechheit besessen, den Draxler um eine Kurzzusammenfassung seiner lang und breit erörterten Investitionsvorschläge zu bitten. Quasi als Check, ob beim Draxler auch alles richtig angekommen ist. Zwar gut gemeint, ist dieser Schuss aber gewaltig nach hinten losgegangen.

Mehr braucht der Draxler nicht, um in die Luft zu gehen. Abprüfen wie einen Schulbuben darf nur einer. Er selbst. Auf die üblichen Abschiedsfloskeln hat der Draxler dann verzichtet. Ein trockenes »Idiot«, und eine vielversprechende Geschäftsbeziehung hatte ihr Ende gefunden.

Der Spazierer schreibt es der aufopfernden Erziehung seiner Eltern zu, dass er der Ranner von der Bank hilft. Wie die es in ihrem kurzen Minirock da hinaufgeschafft hat, ist ihm ein völliges Rätsel. Technisch praktisch unmöglich. Da wird wohl eine Ladung Adrenalin den Feststoffbooster ersetzt haben.

Die Ranner dankt ihm seine nette Geste mit einem gutturalen Knurren. Da er ihr galant den Vortritt lässt, kann der Spazierer Draxlers Empfehlung, was den Minirock betrifft, auch gleich nachvollziehen. Der hat sich im Fond ihres Fahrgestells nämlich gehörig verklemmt. Genau genommen in ihrem schmalen Ledergürtel. Dass die »Hilde« – bei so einem pikanten Thema erscheint ihm die gedankliche Ansprache mit dem Vornamen passender – keinen Fleck von Unterhose trägt, verwundert den Spazierer. Wenn er ehrlich ist, hat er sich da ein rosa Ding mit einer Segelfläche von mehreren Quadratmetern vorgestellt, bei sechs Beaufort unbedingt zu reffen. Diesen zweifellos schicken Stringtanga hat er aber nicht erwartet. Der versteckt sich zwar größtenteils zwischen ihren nicht gerade kleinen Arschbacken, ist aber unter dem für diese Frauengeneration obligaten Arschgeweih noch zu erkennen. Signalfarbe Knallrot!

In einer Gedankenblase taucht auf einmal seine Karin auf und blickt ihn mit verschränkten Armen und besorgt gerunzelten Augenbrauen von oben herab an. Was?, denkt sich der Spazierer und fühlt sich dabei weitaus schuldiger, als es der flüchtige Mäuserich je getan hat.

Ohne Morde und ohne Ermittlungsarbeit geht mit ihm hie und da die Phantasie durch. Er ist eben auch nur ein Mann. Was kann er denn dafür, wenn da draußen niemand Anstalten macht, sein Beamtengehalt zu rechtfertigen, und er dazu verdammt ist, stundenlang in die Luft zu schauen? Oder eben auf den Arsch der Kollegin. Kein perfider Mörder weit und breit. Dann lächelt seine Karin. Mit einem gehauchten »Georg, Georg, Georg« verschwindet sie samt Gedankenblase.

Da Ranners strebsamer Schritt in Richtung Büro Draxler genügend Fahrtwind erzeugt, wird es der Guten auch hintenrum erfrischend kühl. Dann die tastende Hand. Zuerst ganz tief, dann ein Stückchen höher und dann der plötzliche Halt, weil zur Salzsäule erstarrt. Der Spazierer wäre jetzt auch lieber woanders. Das glaubt sie ihm nie, dass er nichts gesehen hat. Recht hätte sie ja. Jetzt zur Decke zu starren ist auch keine rechte Option. Nach links abzubiegen, um auf dem Schwarzen Brett den Menüplan zu studieren, kein geeigneter Plan B. Er isst immer bei seinen Eltern gleich ums Eck. Bindehautentzündung? Feig, Herr Major. Da bleibt ihm wohl wieder nur sein dämlicher Grinser. Authentisch bis zum Abwinken.

Kaum dass er ihn aufgesetzt hat, dreht sich die Ranner mit großen, anklagenden Augen zu ihm um. Achselzuckend nutzt er die Gunst der Stunde, überholt elegant links und sprintet auf den rettenden Lichtschein zu, der aus Draxlers Büro auf den Gang fällt.

6

Oberst Draxler hat sich hinter seinem Schreibtisch verschanzt und wartet mit verschränkten Armen auf sein Gefolge. Vor lauter Groll hat er seine Pläne geändert. Von wegen frühzeitiges Nachhausegehen! Jetzt heißt es Frust ablassen. In Ermangelung sinnvoller Alternativen an den zwei Spaßvögeln, die sich Kollegen schimpfen. Was die beiden da draußen wohl getrieben haben? Das verschmierte Make-up der Ranner, so deprimierend wie ein Bildnis von Munch.

Na wartet! Aus den tiefen Schubladen seines Schreibtisches hat der Oberst diverse europäische Tageszeitungen hervorgezaubert, die nun ausgebreitet vor ihm liegen. Bunt markiert, geben sie eine grobe Übersicht, wer an einem durchschnittlichen Wochentag um die viel bemühte Ecke gebracht worden ist. Morde, so weit das Auge reicht. Quer über den Kontinent verteilt. Sogar in Liechtenstein zerstückelt irgend so ein Verrückter Menschen. Nur das neutrale Österreich hält sich vornehm zurück.

Was der Draxler nun wieder im Schilde führt, kann nicht einmal sein langjähriger Wegbegleiter Spazierer erahnen. »Wo bleibt denn die Ranner?«, blafft ihn der Herr Oberst an.

Der Spazierer zuckt entschuldigend die Achseln. »Wird wohl

gleich da sein«, sagt er. Die schminkt sich wohl die Schamesröte aus dem verweinten Gesicht, denkt er.

Dann hüllen sich beide wieder in ein beleidigtes Schweigen.

Nur das monotone Ticken der Standuhr, ein Erbstück von Draxlers Mutter, stört diese nahezu perfekte Stille. Dieses monotone Geräusch kann jeder zuordnen. Das leise Schaben und Wetzen draußen auf dem Gang jedoch nur der Spazierer.

Da wird wohl die Ranner ihre ramponierte Staffage in Ordnung bringen. Dreht sich bestimmt im Kreis wie ein nach seinem Schwanz schnappender Hund. Im Falle Ranner, um den Minirockbürzel wieder einzufangen. Was der Spazierer definitiv sagen kann: Der Tanga sitzt nach wie vor tadellos.

Eine Minute später schießt die Ranner durch die Tür, knallt sie zu und nimmt auf dem zweiten Besucherstuhl Platz. Bei den mordlüsternen Blicken, die sie dem Spazierer zuwirft, hätte der Draxler sie eigentlich gleich in Untersuchungshaft stecken müssen. Von diesem Emotionslevel ist es praktisch nur noch ein Katzensprung bis hin zum tatsächlichen Mord. In diesem Fall hätte Österreich wieder einen Kriminalfall und die nächste Ausgabe der Kleinen Zeitung eine fette Schlagzeile.

»Polizeianwärterin killt Vorgesetzten. Drogen? Liebe? Eifersucht?« Der übliche Sermon.

Da jedoch nichts dergleichen passiert, bleibt dem Draxler das nun anstehende Plädoyer nicht erspart.

Der Draxler schnauft und atmet tief durch, ehe er mit seinen Ausführungen beginnt. »Europa ist im Wandel.«

Oh mein Gott, denkt sich der Spazierer. Wenn der *so* anfängt, dauert das heute bestimmt ewig.

Dann wieder der Draxler. »Die Welt ist im Wandel.«

Genau das hätte der Oberst aber nicht sagen dürfen. Schon gar nicht mit genau dieser Wortwahl und dem unheilverkündenden Unterton in der Stimme. Als eingefleischter »Herr der Ringe«-Fan, wo ja auch die Welt andauernd im Wandel ist, sind des Spazierers Gedanken gleich ganz woanders. Das Gelaber über Mord, Totschlag, Sonderkommissionen, Interpol und den Rest des Zeugs nimmt er nur noch als Hintergrundgeräusch wahr.

Krähengekrächze eines alten Vogels. Im »Alten Wald«, irgendwo in Mittelerde. Handelt sich wahrscheinlich um einen Späher des bösen Zauberers Saruman.

Der Ranner steht der Sinn auch nach etwas anderem. Sie starrt dem Spazierer pausenlos in den hellbeigen Schritt.

Lust auf hemmungslosen Sex?

Ach woher! Die Ranner sucht nach einem ähnlich pikanten Makel, um es ihrem Vorgesetzten angemessen heimzahlen zu können. *Quid pro quo*, quasi. Leider vergeblich, wie jeder weiß.

Hätte der Draxler zu seinem Mistkübel gesprochen, der Effekt wäre wohl derselbe gewesen.

Wie dann der Draxler eine spannungserhöhende Pause einbaut, nebst fragendem Blick ins überschaubare Auditorium, sind die beiden wieder schlagartig im Hier und Jetzt. Der Spazierer reagiert wieder einmal am schnellsten.

»Tja, so spielt das Leben eben«, meint er resümierend.

Diesmal hat ihn sein Improvisationstalent aber gehörig im Stich gelassen. Gedanklich versetzt ihn der Draxler umgehend zur Verkehrspolizei. Mit der ähnlich desinteressierten Hilde Ranner hat er anderes vor. So wie die herumläuft, kann sie gleich als verdeckte Ermittlerin bei der Sitte anfangen. Nicht im noblen Escort-Service, sondern als einfache Straßennutte. Bei *dem* Outfit und *der* Indianerbemalung.

Was der Draxler in elegischen Worten tatsächlich gemeint hat, sei kurz zusammengefasst.

Ganz Europa löscht sich Mord für Mord langsam aus, während Österreich auf »Wir haben uns alle so lieb« macht. Nicht einmal ein kleiner Eifersuchtsmord. Eine Zwei-Tage-Schnellermittlung, aber zumindest die Zeit bis zum Wochenende wäre sinnvoll überbrückt. Ein klitzekleiner Mordversuch hätte dem Draxler auch schon gereicht. Wäre er eben am Freitag auf Zeitausgleich gegangen. Oder wenigstens ein popeliger Selbstmord? Den anschließenden Monolog zum prinzipiell krankhaften Wesen des Raubtiers »Mensch« hätte er besser an die BBC für eine ihrer Dokumentarserien als seinem desinteressierten Personal verkaufen können.

Eine lebensmüde Ratte im Sicherungskasten und der darauffolgende Stromausfall verhindern den unausweichlichen Eklat.

Wie oft dem Spazierer die Vorsehung an diesem Tag den Arsch rettet, ist schon beachtlich.

Die folgenden, im wahrsten Sinn des Wortes dunklen Minuten werden von lautem Gefluche begleitet. Der Draxler flucht, weil er sich im Dunkeln das Schienbein am spitzen Stöckelschuh der Ranner stößt. Der Spazierer flucht kurz darauf, weil er partout seinen Autoschlüssel nicht finden kann. Und die Hilde Ranner flucht wie ein Marktweib, weil sie am späten Nachmittag, auf der Suche nach einer Paracetamol-Tablette, unvorsichtigerweise den gesamten Handtascheninhalt auf ihrem Schreibtisch verstreut hat und nun im Stockdunkeln ihre Siebensachen zusammensuchen muss. Siebzig Sachen trifft die Sache wohl eher.

Da es mit der Harmonie des Survivaltrios nicht gerade zum Besten steht und jeder versucht, den beiden anderen im Dunkeln aus dem Weg zu stolpern, ist es nachvollziehbar, dass sich der Draxler beim Hinausgehen, in Erwartung einer letzten Stufe, die dann doch nicht da ist, den rechten Knöchel verstaucht, die Ranner sich mit der achtlos ausgeräumten Nagelschere den Mittelfinger perforiert und der Spazierer versehentlich auf den Mäuserich tritt, der voreilig sein Versteck verlassen hat, in der irrigen Meinung, dass die düsteren Räumlichkeiten der Mordkommission nun endlich ihm allein gehören.

Der Spazierer ist der Erste auf dem Parkplatz und der Erste bei seinem Dienstwagen. Vor lauter Ärger auf den Draxler schaltet er die Scheinwerfer erst ein, als er in die Straßganger Straße einbiegt. Eine Landebahnbefeuerung, die dem Herrn Oberst den Weg zu seiner Karre weisen könnte? Sicher nicht! Doch hätte der Spazierer mit einer etwas altruistischeren Art und Scheinwerferlicht im Stiegenhaus der Ranner einen Stöckelbruch erspart.

7

Wenn man als Freund der Südsteiermark ein wenig im Internet googelt, dann lassen einem Schlagworte wie »sanfte Hügel«, »mildes Klima«, »Schönheit und Liebreiz der Landschaft« oder »herrliche Natur nebst Bräuchen, Geschichte, Wein und Gastfreundschaft« das sprichwörtliche Wasser im Mund zusammenlaufen. Meist kommen rasch Erinnerungen auf. Erinnerungen an laue Sommerabende auf einem der unzähligen Weinberge. Erinnerungen an den süffigen Wein, die herzhafte Brettljause, den Gesang, der manchmal ein wenig schräg geklungen hat, und vielleicht die eine oder andere verträumte Erinnerung an das »Weib«. Weil der Weißburgunder so hervorragend schmeckt und die dritte Flasche bereits unterwegs ist, sind die Gedanken an Letzteres vielleicht um einen Deut zu rosig.

Die obligaten Mückenstiche spürt man kaum. Die Angst, dass dieser unfreiwillige Aderlass den selig machenden Alkohol zu früh aus dem wallenden Blut spült, ist unbegründet. Zu voll sind die gut sortierten Weinkeller und zu moderat die Preise.

Eigentlich das Paradies auf Erden.

Johann Steirer hat da eine gänzlich andere Wahrnehmung. Wie gerne hätte er zumindest gelegentlich die verklärte Sicht eines Wochenendgastes genossen. Im Gegensatz dazu ist sein Leben kein Honiglecken. Geld fehlt an allen Ecken und Enden, und so feucht, wie es die Wände seines verwahrlosten Bauernhofs sind, war seine durstige Kehle schon lange nicht mehr. Was hilft es ihm, in einer vom Wein geprägten Gegend zu leben, wenn selbst der übelste Heckenklescher für ihn die meiste Zeit unerschwinglich ist.

Sein eigenes Gebräu reicht in einem guten Jahr gerade einmal bis in den Wonnemonat Mai hinein. Schnaps, heimlich in der halb verfallenen Scheune selbst gebrannt. Die Maische ein halb vergorener Matsch aus zusammengeklaubtem und teils verfaultem Fallobst, heimlich in fremden Gärten geerntet.

Und sind sämtliche Vorräte aufgebraucht, befällt eine schreckliche Dürre die Wandungen seiner Kehle, und das lange Warten auf den Herbst beginnt.

Beim ersten Brand des Jahres liegt der Johann, wimmernd wie ein kleines Baby, auf dem gestampften Lehmboden, direkt unter dem Auslass seiner Brennanlage, und streckt den ersten Tropfen die zitternde Zunge entgegen. Mit weit aufgerissenen Augen wartet er ungeduldig auf das Nass des Vorlaufs. Die Tatsache, dass ihn der Vorlauf blind machen könnte, interessiert den Johann Steirer nicht die Bohne. Hauptsache, Alkohol und ein paar geschenkte Stunden seligen Vergessens. Zeit, um sein elendigliches Leben einfach auszublenden.

War er vor dem ersten Schnapsbrennen wochenlang trocken, dann trifft ihn das erste, mühsam herabtröpfelnde Nass wie ein Keulenschlag. Obwohl durch Methanol verunreinigt, ist das erste Maulvoll für ihn wie ein Gottesgeschenk, unendliche Glückseligkeit. Das schreckliche Schädelweh des nächsten Tages kümmert ihn nicht. Zumindest nicht in diesem Moment.

Er will sich endlich wieder als Mensch fühlen dürfen. Trockensein ist für ihn die Abwesenheit von Normalität.

War das schon immer so?

Der Steirer Johann trinkt, um sich genau diese Frage nicht stellen zu müssen. Der genetische Pool, dem Johann mütterlicherseits entsprungen ist, war mehr als instabil und anfällig für alles, was süchtig machen könnte. Und weil es teure Drogen erst in den letzten Jahren in die friedliche Südsteiermark geschafft haben, war die Droge seiner Generation und der seiner Mutter der Alkohol.

Natürlich gab es auch beim Steirer Johann eine Zeit vor dem Alkohol. Es gibt immer eine Zeit davor. Genau genommen ist das bei ihm aber nicht ganz richtig. Seine schreckliche Mutter war am Tag seiner Geburt derartig besoffen ins Krankenhaus eingeliefert worden, dass man ihr von oben den Magen und gleichzeitig von unten die Gebärmutter ausräumen musste. Von wegen gesundes Leben während der Schwangerschaft.

An dem Tag war auch nichts mit Pressen, Hecheln und wieder Pressen. Wie betäubt hat sie das Unvermeidliche über sich ergehen lassen. Im Delirium waren die Schmerzen für sie ohnehin ganz weit weg. Die Hebamme hat wie ein Bierfahrer geflucht, wie der Johann dann im Geburtskanal eingeparkt hat und partout nicht weiterwollte.

Das war aber nicht sein freier Wille. Der wollte schon hinaus. Aus so einer Mutter will jeder hinaus und dann, wenn's geht, gleich ganz weit weg. Irgendwie hat sie ihn aber zurückgehalten. So als ob das Kind jenes Mannes, der sie geschwängert hat, um nach ein paar kurzen, heißen Liebesnächten dann doch wieder weiterzuziehen, kein Recht auf diese Welt hätte. Quasi der Wunsch nach einer Stellvertreterstrafe für eine unerwiderte Liebe.

Letztendlich hat es der Kleine dann doch noch geschafft. Aber der Sauerstoffmangel hat sein Gehirn leicht beschädigt, jedoch nicht augenscheinlich und sofort diagnostizierbar. Die Medizin der damaligen Zeit war da noch nicht so weit. Hätte man etwas gemerkt, man hätte es ohnehin auf den Alkohol geschoben, mit dem ihn seine Mutter in neun langen Monaten regelmäßig versorgt hatte. Diese Art des Teilens war die einzige pseudoaltruistische Tat ihres traurigen Lebens.

8

Die Hähne vom Nachbarhof haben ihn geweckt. Er selbst hat schon lange kein Federvieh mehr auf dem Hof. Wenn der Hunger unerträglich wurde, hat er sich eine seiner Hennen geholt. Als letzte Verzweiflungstat war dann irgendwann einmal der Hahn an der Reihe gewesen. Scheußlich hat der geschmeckt, und zäh wie Leder war er. Aus diesem Grund muss er sich nun auf die Leihwecker des Nachbarn verlassen.

Heute hat er einiges vor. Als Quasi-Tagelöhner muss er alles verwerten, was er dem Land, dem Wald und der jeweiligen Jahreszeit mühsam abringen kann. Herbstzeit ist Maronizeit, und Maroni hat er in den vergangenen Tagen kiloweise aus den Wäldern der West- und Oststeiermark zusammengetragen. Wie jedes Jahr wird er einen Testlauf machen. Den Maroniofen hat er bereits gestern Abend aus dem ehemaligen Hühnerstall gezerrt und ihn im Innenhof seines Hofes aufgebaut.

Ein paar Testexemplare der begehrten Maroni sind auch schon eingeschnitten. Damit es die Porsche Cabrio fahrenden, gstopften Grazer beim Schälen nicht ganz so schwer haben. Reißt sich eine von den blondierten Beifahrertussis einen Fingernagel ein, kriegt schließlich er die volle Packung ab.

Ist so ein Porschefahrer dann auch noch Anwalt, überlegt der sich schon mal ernsthaft, ob er vor Gericht ziehen soll, um ihn auf Schadenersatz zu verklagen. So ein zehnteiliges manikürtes Kunstwerk kostet heutzutage ohnehin schon fast ein kleines Vermögen. Aber wenn die dann auf seine armselige Kleidung und in seine traurigen, zumeist glasigen Augen schauen, dann ändern sie ihre Pläne meist schnell.

Was soll bei so einem wie ihm auch zu holen sein? Die Tussis hört er meist noch lange flennen. Scharwenzeln wie die Pudel um die Beine ihrer Sugardaddys. Je lauter sie lamentieren, umso kostspieliger wird die Renovierung. Soll ja schließlich noch schöner werden als das verschandelte Vorgängerwerk.

Das mit dem Üben nimmt der Johann sehr ernst. Bei der großen Konkurrenz an der Südsteirischen Weinstraße verkauft nur ein wirklich guter Maroniröster am Ende des Tages seine ganze Ware. Und der Johann hat mittlerweile einen glänzenden Ruf. Nicht, dass der Johann aus reinem Ehrgeiz der Beste sein will. Ihm geht es nur ums Geld und um den Alkohol, den er sich damit kaufen kann. Auch wieder klar.

Verkauft er statt der gelben wohlschmeckenden Kastanien in Hühnereigröße schwarze wachteleiergroße Briketts, dann ist sein Ruf mit einem Schlag ruiniert, und das mühsame Sammeln war für die Katz. Dann geben die Sportwagenheinis eine Portion Extra-Gas, wenn sie an ihm und seiner zugigen Bretterbude vorbeiknattern. So als wollten sie sagen: »Hättest du eifriger gesammelt und besser geröstet, dann könntest du dir auch so eine Rennsemmel leisten. Ach, übrigens. Wir kaufen ab nun beim Kollegen, zwei Kurven weiter.« Ja, genau so wäre das.

Heute steht also das Üben an. Das Buchenholz für den Küchenherd und das weiche Fichtenholz für das Maronirösten hat er im letzten Winter im nahen Wald geschlagen und fein säuberlich an der Wand des Wohngebäudes aufgeschichtet. Schön trocken garantiert es ein heißes und langes Feuer. Da der Dachüberstand weit in den Innenhof hineinragt, kann er sich zwischen Hauswand und Holzstapel einen stattlichen Spalt erlauben. Direkt neben dem Wohnhaus stapelt er sein Holz schon lange nicht mehr. Das wird dort eher nass, anstatt zu trocknen. So feucht sind die Wände seines Hofes.

Würde ein leptosomes Bürschchen vom Gesundheitsamt Messungen in seinem Wohnhaus machen, der würde schreiend davonrennen. Bei der Luftfeuchte in den Räumen und den Myriaden von Schimmelsporen in der Luft, vom Schwarz in den Ecken ganz zu schweigen. Lebensbejahende Umstände sehen wohl anders aus.

Johann Steirer quält sich mühsam aus seiner verlausten Bettstatt und schlurft in den klammen Waschraum, ein kleines Stück den Gang hinunter. Regelmäßig stößt er sich den Kopf an der einsamen Glühbirne, die den Gang auf charmant russische Art erhellt. Meist grunzt er nur. Das Kabel um ein paar Zentimeter zu kürzen wäre kein Aufwand, für ihn aber keine wirkliche Option. Die reinste Zeitverschwendung.

Da der Boiler schon vor Jahren den Geist aufgegeben hat, muss der Johann mit eiskaltem Wasser vorliebnehmen, das aus seiner eigenen, etwas höher gelegenen Quelle frei zufließt. So verkalkt, wie die Leitungen sind, dauert es eine geraume Weile, ehe sich genügend Wasser im rissigen Waschbecken sammelt. Dann widmet er sich einer oberflächlichen Katzenwäsche.

Würde sich einer mit dem eiskalten Wasser die Zähne putzen, würde es ihm wahrscheinlich den Zahnschmelz sprengen. Ist aber nicht so, da der Johann Steirer eine Zahnbürste höchstens vom Hörensagen kennt. Dementsprechend penetrant ist auch sein Mundgeruch. Was aber seine Zähne anbelangt, da haben ihn seine schlechten Gene gehörig im Stich gelassen. Um diese Beißerchen hätte ihn jeder zentralafrikanische Naturstamm beneidet. Nie geputzt, weißer als weiß und absolut amalgamfreie Zone.

Wenn beim Johann gelegentlich einmal ein Zahnarzt Maroni kauft, dann kennt der Johann die Profession seines Kunden, kaum dass er sein freundlichstes Verkaufslächeln aufgesetzt hat. Da runzelt so ein Pseudoarzt nämlich meist fragend die Stirn.

Ein so perfektes Gebiss passt so gar nicht zum Rest des bedauernswerten Menschen, der da, mit rußigen Fingern und fleckigem Bartstoppelgesicht, die Maroni in konische Zeitungspapiertüten packt. Die Kauleisten können gar nicht echt sein.

Wer mag wohl der Kollege sein, der hier unwidersprochen gute Arbeit geleistet hat?, denken die sich dann. Auf die Idee, dass es sich um Originale handeln könnte, ist noch keiner gekommen. Dafür liefert Johanns erbärmlicher Gesamteindruck auch zu wenig Hinweise. Den unverhohlenen Neid kann der Johann manchmal auch erkennen. Neid auf die Konkurrenz und das augenscheinlich bessere Handwerk.

Da der Johann Steirer fast immer in seinem Arbeitsgewand schläft, weiß er, dass seine Zünder in der rechten Oberschenkeltasche stecken. Die braucht er nämlich gleich. Zum Herdanzünden in der Küche und zum Maroniofen-Befeuern draußen. Beim müden Schlurfen ins Badezimmer nur als fernes Knistern zu erahnen, geben die Hölzchen beim schon sportlicheren Retourmarsch in die Küche mit lautem Geklappere ein deutliches Lebenszeichen von sich. Da der Johann an allen Ecken und Enden sparen muss, wäre das Verlieren einer vollen Streichholzschachtel für ihn wirklich ein Verlust. Wie gerne hätte er einem seiner wohlbetuchten Kunden das vergoldete Feuerzeug geklaut, um zumindest diese Angst fürs Erste los zu sein. Denn Angst ist Johanns ständiger Wegbegleiter.

Gelegenheiten zu einem kleinen Diebstahl gibt es immer. Wenn die weiblichen Begleitungen zu raunzen beginnen, dann könnte er ihren Männern sogar unbemerkt die Schuhe von den Füßen ziehen, so abgelenkt sind die Testosteronheinis dann. Getan hat er es aber nie. Die Angst, aufzufliegen und seinen Standplatz zu verlieren, ist eindeutig zu groß.

Und da ist sie wieder, diese Angst.

Kommt man in die Küche, deren Türe der Johann gerade

öffnet, dann kann man den allgegenwärtigen Schimmel fast körperlich spüren. Bekanntlich hat ja warme Luft ein erheblich größeres Speichervermögen für Wasser als kalte, und geheizt wird auf dem gesamten Hof nur dieser eine Raum.

Auch vor dem Schimmel hat der Johann Angst, aber was soll er denn machen? Nicht einmal seine steinreichen Kunden könnten die dringend notwendige Generalsanierung seines Hofes so ohne Weiteres finanzieren. Ohne Rücksprache mit dem Banker ihres Vertrauens liefe da gar nichts. Und der würde die Hände über dem Kopf zusammenschlagen und ihnen, ohne nachzudenken, den guten Rat geben, im Fall eines günstigen Kaufs die Keusche schleunigst heiß abzutragen und nur das nackte, feuergerodete Land zu verkaufen. Bei den feuchten Wänden ohnehin schon eine pyrotechnische Herausforderung.

Neben seiner Angst, alkoholmäßig leerzulaufen, wirken Johanns alltägliche Ängste jedoch wie kleine, kümmerliche Sorgen. Quasi laue Lüftchen im Vergleich zu einem ausgewachsenen Orkan.

Mit zittrigen Händen nestelt der Johann die Zündholzschachtel aus seiner Tasche und steckt die dünnen Späne in Brand, die er noch am Vortag in der Feuerstelle seines alten Herdes aufgeschichtet hat. Er muss jetzt Wasser kochen. Ohne seinen morgendlichen Kaffee, wohl der einzige Luxus, den er sich gönnt, geht rein gar nichts. Wärmt seinen unterbeschäftigten Magen. Er hätte zwar einen alten Wasserkocher, der zumindest noch leidlich funktioniert, aber für den braucht es genau jenen elektrischen Strom, den man ihm schon vor Ewigkeiten abgeschaltet hat.

Auf Johann Steirers Hof könnte man getrost einen Historienfilm drehen, da ist es beinahe wie im Mittelalter. Das batteriebetriebene Radio weggeräumt, und schon hätten die k. u. k. Deutschmeister hier ihr Lager aufschlagen können. Authentisch bis ins kleinste Detail. Die einfachen Soldaten draußen neben dem Maroniofen und in der muffigen Scheune, die Offiziere neben dem wärmenden Herdfeuer in der Küche. Wiehernde Schimmel auf dem Hof und lungenverseuchender Schimmel hier im Haus.

Zögernd flackern die ersten Flammen auf. Kaum dass das Feuer genug Kraft hat, schiebt der Johann ein Buchenscheit nach. Dann holt er sich in einer alten Blechkanne Wasser und setzt den Kaffee auf. Eine Filterfüllung muss für eine Woche reichen. Da heute Tag vier ist, schmeckt das Gebräu nur noch entfernt nach Kaffee. Am Sonntag, dem siebenten Tag im immer wiederkehrenden Kaffeezyklus, ist es nur mehr eine fade, geschmacklose Brühe.

Die nächsten dreißig Minuten hört man nur das Knistern des Feuers und ein gelegentliches Schlürfen. Untermalt vom penetranten Summen einiger Fliegen, die in der verqualmten Küche ziellos herumschwirren. Im Vergleich zu den Schwärmen im Sommer nur mehr kümmerliche Reste einer einstmals stolzen Luftwaffe. Ein paar wenige Tage noch, und mit dem ersten strengen Frost sind dann auch die nur mehr Geschichte.

Ächzend erhebt sich der Johann und schlüpft in seine klobigen Arbeitsstiefel. Die Arbeit nimmt ihm wohl keiner ab. Als unfreiwilliger Single macht er sich ans Werk.

Obwohl der frühmorgendliche Oktoberhimmel seltsam trüb ist, sieht es nicht nach Regen aus. So gut kennt der Johann seine Heimat und die hier üblichen Wetterphänomene schon, dass er diesmal keine Angst haben muss. Da Johann Steirer nur den Ofen und nicht gleich den ganzen Maronistand nebst Dach aufgestellt hat, würde ein unvermuteter Regenguss die Teströstung unschön vereiteln. Der Johann grunzt zufrieden, als die zweite Flamme dieses Tages auflodert. Da er auch hierfür nur ein einziges läppisches Streichholz benötigt hat, liegt er gut im Rennen. Wenn er so geschickt weitermacht, reicht die beinahe volle Schachtel noch bis kurz vor Weihnachten.

Nach gut zehn Minuten brennt das Fichtenholz lichterloh. Große Teile glühen bereits.

Ein letztes Lächeln huscht über sein Gesicht und lässt seine weißen Zähne förmlich erstrahlen. Dann beugt er sich zügig nach vorne und taucht zuerst sein Gesicht und dann seinen ganzen Kopf ins lodernde Flammenmeer. In einer beinahe anmutigen und nahezu flüssigen Bewegung. Wäre da nicht der feuerfest behandschuhte Arm in seinem Nacken, man wäre über die etwas unübliche Art des Freitodes wohl sehr verwundert.

Verwundert ist auch der Steirer Johann. Verwundert über die dramatische Verschlechterung seiner ohnehin beschissenen Lebenslage und über die Tatsache, dass einem ein gehöriger Schock doch so einiges an Initialschmerzen erspart. Wenngleich die erstgenannte Verwunderung noch ein wenig nachhallt, ist die zweite schon bald Geschichte. Das Wegbrennen der Augenbrauen könnte der Johann ja noch verkraften, waren ohnehin zu buschig und zu ungepflegt, dass aber langsam seine Augäpfel zu kochen beginnen, findet er weniger amüsant. Doch je vehementer er nach hinten austritt, um seine Position nach vorne, gegen das Feuer hin, zu verbessern, umso unnachgiebiger drückt ihn der fremde Arm hinein in den Ofen und in die Glut. Der Druck auf seine Halsschlagader ist lähmend.

Hätte das gestandene Mannsbild Johann Steirer das tatsächliche Kräfteverhältnis gekannt, es hätte ihn ein wenig geärgert. Ergreift man für den augenscheinlich unterlegenen Johann Partei, was aufgrund seiner misslichen Lage ein durchaus menschlicher Zug wäre, dann sind Überraschungsmoment, glosendes Haar und weggebrannte Augenlider Faktoren, die bei einer fairen Betrachtung durchaus für den kräftigen Johann und gegen den schmächtigen Mörder sprechen. Möchte man diese Einschätzung dem Johann mitteilen, dann wäre nun Eile angesagt. Lange macht es der Gute nämlich nicht mehr.

9

Auf dem Nachbarhof legt eine weiße Henne gerade ein weißes Ei. Da den Johann ein Maulvoll Holz am Schreien hindert, tut das die Legehenne völlig ungestört. Als diese sich dann erleichtert erhebt, ist der Steirer Johann bereits tot und einem Grillhendl ähnlicher, als es das produktive Huhn je sein wird.

Der Geruch gegrillten Fleisches wabert noch eine Weile über

die benachbarten Weinberge, ehe er jenem von verbranntem Fleisch weicht. In einem ordentlichen Haushalt wäre nun gewiss die verantwortliche Köchin herbeigeeilt, um die Pfanne, den Topf oder was auch immer zu bergen, wohl wissend, dass die Chance auf eine Tracht Prügel, verabreicht durch den herrischen Hausherrn, in greifbare Nähe gerückt ist. Draußen auf dem Hof des vor sich hin kokelnden Johann Steirer geschieht nichts Derartiges. Der gegarte Johann ist mittlerweile *medium rare.* Wenn er dann endlich gefunden wird, *more than well done.*

10

Vom nächsten aktiven Hahn liegt Spazierers Wohnung in der Grazer Morellenfeldgasse rund drei Kilometer Luftlinie entfernt. Eindeutig zu weit, um auf einen Maschinenwecker verzichten zu können. Obwohl das blecherne Ungetüm den nächsten Arbeitstag mit einer unerträglichen Impertinenz eingeläutet hat, liegt der Major Spazierer noch ein paar Minuten faul in seinem Bett und starrt vorwurfsvoll die weiße Decke an. Ein neuer Tag bricht an. Schon wieder aufstehen. Mist! Frühaufsteher waren dem Spazierer seit jeher eine suspekte Spezies. Er wird erst so richtig munter, wenn die schwarze Luft kommt. Der frühe Sonnenstrahl hat auf ihn eine eher gegenteilige Wirkung. Vampir müsste man sein, denkt sich der Spazierer in einer für ihn logischen Schlussfolgerung.

Obwohl sein Bett lauschig warm ist, vermisst er die Wärme seiner Karin. Zwar ist körpertemperaturtechnisch eher er der Heizofen in ihrer Beziehung und seine Karin der Kühlschrank, aber Karin wärmt ihn mit ihrer Liebe und ihrem großen Herzen. Seit er das Gros der Nächte bei ihr im elterlichen Oberstock in Köflach verbringt, kommt ihm seine vormals so vertraute Wohnung seltsam fremd vor.

Den üblichen weiblichen Tinnef sucht man hier vergeblich. Waren das früher für ihn reine Staubfänger, so haben mittlerweile

Reisemitbringsel und typische Frauenaccessoires schon einen gewissen Charme. Zumindest, wenn sie in Karins Wohnung stehen. Abstauben ist dem Spazierer nämlich ein Gräuel. Aber manchmal übertreibt es die Karin mit ihrer Andenkensammelei auch.

Im Vergleich zu ihrem Vater ist sie diesbezüglich dennoch eine bloße Amateurin. In diesem Metier ist er der wahre Profi. Fast wie die Hilde Ranner, die sich auch so schwer von Dingen trennen kann.

Karins Vater hat sogar noch den Vergaser seines allerersten Autos. Im hintersten Winkel seiner Werkstatt. Weil der ihn damals so viele Nerven gekostet hat, wollte der Karl Koller ihn als ewiges Mahnmal behalten. Quasi als Erinnerung an die nicht ganz so rosigen Zeiten seines Lebens. Wenn den Koller Karl dann die Welt da draußen wieder einmal entsetzlich nervt, nordet ihn ein kurzes Stelldichein mit besagtem Vergaser wieder ein. Rückt die Dinge quasi wieder ins rechte Licht. Eigentlich kein schlechter Therapietrick – wenn es nur bei dem öligen Vergaser geblieben wäre.

Jetzt hat der Koller Karl diese Erinnerungstaktik auf die unterschiedlichsten Artefakte seines Lebens ausgeweitet. Klar, dass unmittelbar neben dem Vergaser eine bis zur Unkenntlichkeit verweste Rose liegt, Rest des ersten Blumenstraußes, den er seiner Elfi geschenkt hat. Als Erinnerung an ihr zweites Rendezvous. Das benachbarte Feuerzeug hat auch einen logischen Platz. Den goldenen Dupont-Flammenwerfer hat er jenem Arzt und bekennenden Kettenraucher aus der Arztmanteltasche gemopst, der seiner Tochter Karin hinaus in die Welt geholfen hat. Bei den jetzigen Goldpreisen definitiv ein Kapitalverbrechen.

Der Spazierer muss grinsen. Da hat er sich wirklich eine feine Familie ausgesucht.

Wie lange es ihn noch in seiner Stadtwohnung halten wird, kann er schwer sagen. Gleich mit Sack und Pack hinaus nach Köflach zu ziehen, ist für ihn noch keine rechte Option. Dafür kennen er und Karin sich noch nicht lang genug. Als Kommissar der Mordkommission und mit dem ihm angeborenen Realitätssinn macht er da nur kleine Geisha-Schrittchen, zu sehr hängt er an seiner scheinbaren Unabhängigkeit. Scheinbar, weil die Karin, würde er es sich ehrlich eingestehen, schon ein Hauptgewinn ist, den er niemals in Frage stellen würde. Bereits nach ihrem ersten Telefonat im Zuge der Mordermittlungen »Dröster« war er ihr verfallen.

Dass er diese Nacht in seiner Wohnung verbracht hat, geht eindeutig auf das Konto von Oberst Draxler. Den Spazierer hat Draxlers arroganter Auftritt bei der gestrigen Abendbesprechung derartig aufgeregt, dass er vor lauter Grant automatisch den üblichen Weg nach Hause genommen hat. Da war so gar kein Platz für romantische Gedanken. Erst die nervige, weil mittlerweile ungewohnte Parkplatzsuche hat ihm dann klargemacht, dass er in der Grazer Morellenfeldgasse wohl vergeblich nach Karins Elternhaus sucht. Und erneut den ganzen Weg durch die Stadt und hinaus aufs Land wollte er sich dann auch nicht mehr antun.

Die Karin hat ihn verstanden. Leid hat es ihr schon getan, dass er an diesem Abend nicht zu ihr gekommen ist, aber weil sich überraschend eine Freundin angesagt hatte, ist ihr so zumindest ein kleines Dilemma erspart geblieben.

11

Der Oberst Draxler hat auch keine schöne Nacht gehabt. Die Einsicht, dass er seinen Nachfolger Spazierer zu Unrecht, weil stellvertretend, sekkiert hat, kam ihm beim ersten Gutenachtbier. Die Ranner hat bis zum dritten Bier auf Absolution warten müssen. Der Draxler ist ja schließlich nicht der Jesus und die Ranner nicht die Maria Magdalena. Obwohl … ihr nuttiges Auftreten und der hochgerutschte Minirock würden durchaus für diesen Vergleich sprechen.

Wenn er einen Wunsch frei hätte, dann würde er den Mord an seinem vermaledeiten Vermögensberater wählen. Kein hygienisch unbedenkliches Dahinscheiden. Nein! So eine richtige

Schweinerei. In diesem Fall hätte er sogar dem Dr. Schneider bei der Obduktion assistiert. Normalerweise für ihn der absolute Appetitkiller. In der Sache des Hans-Peter Stelzer hätte das weidmännische Aufbrechen Draxlers Appetit aber eher angeregt. Hätte man beim Stelzer anstatt des Herzens ein Loch gefunden, es hätte den Draxler nicht gewundert. Herzloser, besserwisserischer Halsabschneider.

12

Hätte die Hilde Ranner um die trivialen Probleme ihrer Vorgesetzten gewusst, sie wäre in Tränen ausgebrochen. Waren deren Begleiter Groll und Bier, so waren es bei ihr besoffene Leichtverletzte. Die sind in der Notfallambulanz des LKH Graz spätabends Dauergäste. Dass der eine oder andere illuminierte Stenz der Hilde auf die Pelle gerückt ist, war bei ihrer Staffage auch nur logisch. Den Vogel hat aber eindeutig der diensthabende Oberarzt abgeschossen. Ob sie so spät abends noch zum monatlichen Aidstest will, hat er sie gefragt.

Dass die Ranner ihm als Antwort den Mittelfinger gezeigt hat, war doppelt bitter. Bitter, weil ja als Erklärung gedacht. Genau dort auf der Kuppe hat ja die Nagelschere dieses unschöne Loch hinterlassen, Herd für Wundbrand, Rotlauf und ähnliche Scheußlichkeiten. Und bitter, weil diese gut gemeinte Information so gar nicht beim Herrn Doktor angekommen ist. Der hat umgehend die Oberschwester beiseitegenommen und ihr etwas ins Ohr geflüstert.

Nach hinten solle sie die freche Person reihen. Immer wieder und immer weiter nach hinten.

Gegen zwei Uhr morgens ist der Ranner dann endgültig der Kragen geplatzt. Als sie bei der Suche nach ihrer Dienstmarke, als Beweis dafür, dass sie eine von den Guten ist, an der Patientenaufnahme ihre Glock-Dienstwaffe aus der Handtasche gezogen und beiläufig auf dem Tresen abgelegt hat – schließlich ist ihre Tasche dunkel und tief –, ist dann so richtig Stimmung aufgekommen.

Der gellende Schrei der Oberschwester hat umgehend die apathischen Alkoholiker aufgeschreckt. Die haben auch sofort angefangen, wie ferngesteuerte Zombies herumzulaufen. Dabei wurden die Schreie nach Bier, Wein und Schnaps mit jeder Minute lauter.

Die zwei eilends herbeigeeilten Sicherheitsbeamten waren völlig überfordert. Wo anfangen? Für die beiden die Gretchenfrage. Bedrohungspotenzial in Hülle und Fülle. Ein fachmännisches Sondieren der Lage aufgrund der planlos Umherirrenden völlig unmöglich.

Wie dann die Ranner beim Wegpacken der Glock diese auch noch in Duellmanier in die Hand genommen hat, haben sich die Security-Leute endgültig disqualifiziert.

Der Kleinere hat sogar um sein Leben gewinselt. Zu jung sei er. Das ganze Leben läge doch praktisch noch vor ihm, hat er gemeint. Einen der Alkis solle sie nehmen. Oder gleich alle.

Wie die Hilde dann um drei Uhr morgens mit hoch erhobenem Haupt und noch höher erhobenem, vom Oberarzt persönlich verarztetem Mittelfinger die Notfallambulanz verlassen hat – hinkend, weil einseitig tiefergelegt –, war ihre Genugtuung unübersehbar.

Dass die randalierenden Promillekaiser ein paar Unverletzte gebissen hatten, war ein bedauerlicher Kollateralschaden. Leid hat ihr das aber nicht getan. Niemand geht so mit einer Hilde Ranner um.

Da die Nacht mondhell war und der Blick vom Vorplatz der Ambulanz auf das weiter oben gelegene Elternhaus ihres ehemaligen Schnurlibärli ein guter ist, hat sie ein zweites Mal an diesem Tag den Stinkefinger gezeigt. Dieses Mal jedoch mit eindeutigem Vorsatz.

13

Auf dem Nachbarhof des Johann Steirer rennt der Deutsche Schäferhund Rolli in seinem Zwinger aufgeregt auf und ab. Zwar hat es erst gestern eine gehörige Fuhre kalter Kutteln gegeben, aber der äußerst verführerische Fleischgeruch, der schon seit geraumer Zeit in der Luft hängt, erinnert den Rüden Rolli an bessere und vergangene Tage. Kaum dass er dem Welpenalter entwachsen war, hat praktisch nichts Gekochtes mehr den Weg in seinen Futternapf gefunden.

Wie ihm dann sein Herr und Meister, der Bauer Sigmund Stoiser, die Zwingertüre öffnet, um ihn zu seinem täglichen Spaziergang abzuholen, geht der an sich wohlerzogene Schäferhundrüde ab wie eine Rakete. Sigmund Stoiser blickt seinem Hund verwundert nach. Dann schüttelt er den Kopf, verriegelt die Zwingertüre und stapft in jene Richtung los, in die sich Rolli unerlaubt abgesetzt hat. Dass Rolli den Sonderling Steirer besuchen will, kommt dem Sigmund seltsam vor. Seit es am Nachbarhof kein Kleinvieh mehr gibt, das sein Rolli ein wenig ärgern kann, ist das Interesse des Tiers an den benachbarten Ländereien ein eher geringes.

Ächzend zwängt sich der Stoiser Sigmund durch die löchrige Ligusterhecke, die sein Grundstück von dem des Steirer Johann trennt, und kämpft sich durch das hohe, ungemähte Gras.

Schrecklich, was aus seinem Nachbarn und Jugendfreund in den letzten Jahren geworden ist. Obwohl der Steirer Johann bei der Landjugend seiner Generation anfänglich nur geduldet war, hat sich zwischen den Nachbarn eine echte Freundschaft entwickelt. Als Maskottchen war der Johann immer mit von der Partie. Hat, weil ein wenig unterbelichtet, nie viel geredet, dafür aber umso mehr gelacht. Vielleicht nicht immer an der richtigen Stelle, aber was soll's. Der Stimmung in ihrer Clique hat es immer gutgetan.

Deshalb hat ihn auch keiner wirklich gehänselt. Untypisch für Jugendliche in ihrem Alter. Aber Gott sei Dank gehen die Uhren auf dem Land ja seit jeher anders.

Der Steirer Johann war auch ohne Hänselei gestraft genug. Bei der verantwortungslosen Mutter.

Dass sich angeblich sein Vater noch vor seiner Geburt auf böhmisch abgesetzt hat, war aber nicht automatisch vorhersehbar gewesen. Glaubt man den Älteren, dann muss Johanns Mutter vor dem Alkohol ein rechter Feger gewesen sein. Eine richtige Schönheit und bis über die Bezirksgrenzen hinaus bekannt. Dass dieser Zigeunerjunge der jungen Luise Steirer ordentlich den Kopf verdreht hatte, war auch kein Geheimnis. Seine feige Flucht vor der väterlichen Verantwortung hat dann die Luise in die tröstenden Arme ihres neuen und falschen Freundes getrieben. Dem Alkohol. Der hat sie nie enttäuscht, und bei ihm ist sie bis zu ihrem Tod auch geblieben.

Nach dem fürchterlichen Unfall ihrer Eltern ist der Luise als Einzelkind der elterliche Hof zugefallen, ohne ihn zwischen lästigen Geschwistern aufteilen zu müssen. Irgendwo auf der berüchtigten Gastarbeiterroute, im Palten- oder im Liesingtal, sollen die beiden in ihrem total demolierten Wagen elendiglich verbrannt sein. Das erzählt man sich zumindest. So gefährlich, wie die Gastarbeiterroute in diesen Tagen gewesen ist, dürfte das wohl keine dieser erfundenen Schauergeschichten sein.

Der elterliche Betrieb ist damals ein richtiges Prachtstück gewesen. Viehwirtschaft und zum Drüberstreuen ein paar Weinberge in exzellenter Lage. Die sind heutzutage, wo der vortreffliche Weißwein die Südsteiermark wirtschaftlich derart beherrscht, ein Vermögen wert.

So lange hat die Luise mit dem Verkauf aber nicht warten können. Zu groß war das Verlangen nach Alkohol, und zu klein waren die Zahlen auf dem mitvererbten Sparbuch. Hätte sie nur ein paar Jahre zugewartet, hätte sie sich nicht mit billigem Fusel zu Tode trinken müssen. Aber ob in Veuve Clicquot zu ersaufen eine bessere Alternative gewesen wäre, wagt der Sigmund zu bezweifeln.

Wo steckt der verdammte Köter, denkt sich der Stoiser jetzt leicht verärgert. Eigentlich wollte er heute in die entgegengesetzte Richtung wandern. Dort wohnt der Reininger Ferdl, und dort wird seit gestern Abend Schnaps gebrannt. Weil heute auch Ferdls Bruder Sepp, Revierinspektor aus Voitsberg, zu Besuch ist, hätte der Sigmund einen Grund mehr gehabt, um artig »Grüß Gott« zu sagen.

Dass es in der dampfigen Brennstube nicht bei einem einfachen Gruß geblieben wäre, ist auch klar. Zu berühmt ist die steirische Gastfreundschaft und zu eng die Verbundenheit mit den alteingesessenen Nachbarn. Zwar hat der Stoiser keinen rechten Bezug zu dem volksmusikalischen Hintergrundgedudel, das genauso untrennbar mit den südsteirischen Brennstuben verbunden ist wie die verschwitzten Mannsbilder in ihren weißen Feinrippunterleibchen, aber wo kein Minus, da auch kein Plus.

An diesem Tag wäre es dem Sigmund aber nicht nur ums Trinken gegangen. Da Ferdls Bruder, der Reininger Sepp, an den Ermittlungen der jüngsten und durchaus schaurigen Mordserie beteiligt gewesen ist und er, wenn man den Medien Glauben schenken darf, die Verhaftung des zweiten Mörders sogar erst möglich gemacht hat, gibt es wohl einige spannende Geschichten zu hören.

Dass der Reininger Sepp weit weniger Grausiges zu Gesicht bekommen hat, als es der Sigmund Stoiser gleich sehen wird, könnte in diesem Moment nur der Schäferhund Rolli bestätigen. Der hat nämlich die Quelle des wunderbaren Bratendufts soeben erreicht.

Der Rolli rennt hechelnd und dann wieder schnüffelnd und gleich wieder hechelnd auf und ab. Fast katatonisch. So wie ein Bär in einem viel zu engen Gehege. Der Hund ist verwirrt. Riecht der Braten vorne eindeutig nach delikatem Futter, riecht die Rückseite verdächtig nach dem Maronimann.

Den hat der Schäferhund so für sich getauft, denn er hat ihm hie und da ein Leckerli in Form einer Maroni zugeworfen. Rolli ist nachtragend, in jeder Hinsicht. Im Guten wie im Bösen. Der Maronimann war einer von den Guten. Den hat der Rolli gemocht.

Dass der Hund nicht genau sagen kann, wo denn der eigentliche Braten aufhört und der nette Maronimann anfängt, führt nun zu einiger Verwirrung. Ein Zwiespalt, der der Spurensicherung zweifellos entgegenkommt. Dieser hat den Hund letztendlich daran gehindert, den Johann in seinem Heißhunger noch weiter zu verstümmeln. Sonst wäre der Rolli mit Sicherheit in den Bau eingefahren. Wegen Störung der Totenruhe oder so ähnlich.

Winselnd blickt sich der Rüde um. Wo bleibt denn mein Herrl?, scheint sein fragender Blick zu sagen. Wenn man die Menschen einmal braucht, dann sind sie nicht da. Rolli spitzt seine Ohren. Dieses Geschnaufe kommt ihm nur allzu bekannt vor.

Wie der Sigmund Stoiser um die Ecke biegt, verschlägt es ihm sprichwörtlich die Sprache. Nicht, weil er glaubt, vor einem gegarten Toten zu stehen, sondern weil er in dem übermütigen jungen Schäferhund den wahren Schuldigen sieht. Wird wohl den Johann Steirer vor lauter Freude ein bisschen zu ungestüm angesprungen sein. Und das offenbar von hinten.

Muss wohl gerade eben passiert sein, denkt sich der Sigmund logisch schlussfolgernd. Warum sonst sollte der Johann in einer derart devoten und augenscheinlich ungemütlichen Haltung verharren. Mit dem ganzen Kopf im Maroniofen. Das geht mit Sicherheit aufs Kreuz.

Da das Feuer längst in sich zusammengefallen ist und nur der penetrante Geruch auf eine nicht ganz so profane Deutung der Situation schließen lässt, kann man dem Sigmund seine Annahme auch nicht recht zum Vorwurf machen. Es ist rasch erklärt, hat doch der Sigmund Stoiser seinen einst formidablen Geruchssinn an eine dumme, weil chronische Sinusitis verloren. Und als Freund der Symmetrie gleich beidseitig. *Dexter* und *sinister*, wie die alten Lateiner zu sagen pflegen. Zum Drüberstreuen verlegt auch noch ein hartnäckiges Rudel gläserner Polypen den Zugang zu den Riechzellen. Robust und hartnäckig wie stählerne Panzersperren. Der Sigmund riecht also rein gar nichts.

Wo sich Geruchsbeleidigte vor lauter Ekel gleich reihenweise übergeben, rümpft der Stoiser gerade einmal die Nase. Spürt wahrscheinlich eine saure Schärfe in der Luft, mehr aber nicht. Meist ist das Naserümpfen bei ihm so etwas wie ein Tarnmechanismus. Gibt ja kein Mensch gerne zu, nicht Herr seiner fünf Sinne zu sein. Auch der Stoiser Sigmund ist da nicht anders gestrickt.

»Johann, was machst denn für einen Unsinn?«, eröffnet der Sigmund jovial eine zugegeben recht einseitige Konversation. »In deinem Alter wird dir bei dem Herumgeturne doch ganz schwarz vor den Augen!«

Wenn der wüsste, wie schwarz es dem Johann vor den Augen ist. Schwärzer als schwarz. Bis hinein in die ausgebrannten Augenhöhlen und dann noch ein Stückchen weiter.

Das kehlige Knurren des Rüden Rolli deutet der Sigmund fälschlicherweise als grantige Antwort seines Jugendfreundes. Dem hat der Alkohol auch seinen vormals so gesunden Humor weggebrannt, denkt sich der Sigmund. Unabsichtlich stimmig und der Situation absolut angepasst.

Mit einem gut gemeinten Schulterschlag des Sigmund Stoiser klärt sich endlich diese für alle Beteiligten vertrackte Situation. Als der Johann Steirer, durch den beherzten Schlag ermutigt, aus dem Ofen heraus und zur Seite sinkt, um nach einer etwas ungelenken halben Pirouette sein neues Gesicht zu zeigen, wird dem Stoiser rasch klar, dass er gleich kotzen wird, und dem Rolli wird klar, dass er seine anfängliche Meinung hinsichtlich kalter Kutteln revidieren muss. Diese würde er an diesem Tag einem totgegrillten und praktisch fleischlosen Kopf definitiv vorziehen.

Obwohl erst der Amtsarzt den Tod des Bauern Steirer offiziell feststellen wird, tut das der Schäferhund Rolli in dessen Abwesenheit gleich hier und gleich jetzt. Von diesem Maronimann wird es mit Sicherheit keine Leckerlis mehr geben!

14

Betrachtet man den Tatort ganz objektiv und vielleicht aus einer gewissen emotionalen wie auch örtlichen Distanz, sagen wir als Fremder und aus zehn Meter Höhe, dann ist da kein Anlass zu »Hilfe!«, »Polizeiii«, »Mörder, Mööörder!«.

Warum auch? Welchen augenscheinlichen Beweis für ein Gewaltverbrechen gibt es denn?

Wir reden nicht von klitzekleinen und wohlversteckten Spuren, die die weiß gewandeten, am Boden kriechenden Overall-Freaks der Spusi erst im Nachgang finden werden. Oder viel später der Gerichtspathologe Dr. Schneider. Wir reden hier vom Offensichtlichen. Es gibt keinen eindeutigen Beweis.

Ein Toter im Maroniofen, das ist alles. Herzinfarkt oder Schlaganfall an einer saublöden Stelle und dann wie ein Bahnschranken vornübergekippt. Und auch noch bewusstlos. Dreifaches Pech. Den Rest der Geschichte kann sich jeder selbst zusammenreimen. Selbst ein Taferlklassler kann das.

Wenn einer wie der Sigmund Stoiser dann die Lebensgeschichte des Verblichenen fast besser kennt als seine eigene und wenn es darin haufenweise Gründe gibt, warum es den Steirer Johann nicht ganz unerwartet mit läppischen vierundfünfzig Lenzen erwischt hat, und wenn kein Fleischermesser aus dem Rücken des Toten ragt und es keine riesige Blutlache gibt – reine Verschwendung bei den heutigen Blutwurstpreisen –, dann brüllt der nicht automatisch nach der Kripo.

Was er macht, ist ermittlungstechnisch vorbildlich. Im Gegensatz zum emeritierten Straßenbahnfahrer König, der den Tatort des ersten Mordes im vergangenen Sommer mit seinem Erbrochenen verunreinigt hat, geht der Sigmund um die Ecke des Wirtschaftsgebäudes, um sich dort im hohen Gras von seinem Frühstück durch den Vordereingang, jetzt Vorderausgang, zu verabschieden. Mit einem sauren Geschmack und einem rasch ausgepackten Sahnezuckerl im Mund kehrt er wenige Minuten später an den Tatort zurück.

Schön schaut der Steirer Johann wirklich nicht aus, denkt sich der Sigmund traurig. Praktisch das gesamte Gesicht hat ihm das Feuer weggebrannt. Was den schrecklichen Anblick noch ein wenig schrecklicher macht, ist sein strahlend weißes Gebiss. Wie hitzebeständige Keramikkacheln haben Johanns Zähne den heißen Flammen getrotzt. Nahezu unbeschadet sehen sie aus. Fast künstlich. Obwohl das Gesicht bis zur Unkenntlichkeit verbrannt ist, erlaubt Johann Steirers exzellentes Gebiss dem Sigmund eine erste Identifizierung.

Da dem Toten, der nun auf dem Rücken liegt, der speckige Pullover ein wenig nach oben gerutscht ist, kann der Sigmund Stoiser gleich ein zweites Merkmal zur Identifizierung ausmachen. Rechts neben dem Bauchnabel prangt ein Leberfleck, dessen Konturen frappant an die Umrisse der schönen Steiermark erinnern.

Als wahren Patrioten hat ihn die Clique immer bezeichnet. Insbesondere beim illegalen Baden im Sommer in einem der zahllosen Karpfenteiche. Weil kein Tattoo, sondern rechtmäßig geerbt und angeboren, war dieses Lob ein ehrliches. Schließlich waren sie alle Heimatverbundene. Noch nicht mit einer offen enthusiastischen Heimatliebe, wie sie heute wieder erlaubt ist, aber der Stolz auf ihr Bundesland war immer da. Und den Johann hat es gefreut. Gelacht hat er dann immer. Sein herrlich glucksendes Lachen. Gar nicht ins Wasser wollte er. Nur am Uferrand stehen und den Bauch in die Sonne halten. Damit alle seine Steiermark im Miniaturformat sehen konnten. Der Johann ist ein wirklich guter Mensch gewesen.

Wie dann im Alter von achtzehn Jahren die Touren durch die Buschenschenken mit den Mädels angefangen haben, ging es mit dem Johann rapide bergab. Der war von Geburt an Alkoholiker. Es hat nur diesen einen Auslöser gebraucht, um die bis dato schlafende Bestie endgültig zu entfesseln.

Der Clique hat das sehr leidgetan. Trotzdem konnte man keinem von ihnen einen Vorwurf machen. Es wäre früher oder später ohnehin passiert. Der Johann war von Kindheitstagen an ein ausgedörrter Schwamm, der nur auf seine eigentliche Bestimmung gewartet hat. Was der in sich hat aufsaugen können! Hat praktisch alles getrunken, was flüssig und gärig war. Dabei war er nie ungut. Im Gegenteil. Immer stiller ist er geworden, und immer seltener hat er gelacht.

Gelächelt hat er schon noch. Dieses traurige und wehmütige Lächeln.

Keiner hat gewusst, ob diese Wehmut ihrer gemeinsamen und doch schönen Vergangenheit gegolten hat. Dem Sigmund war es gleich. Er hatte einen Freund an den Alkohol verloren, und da spielte alles andere keine wirkliche Rolle mehr. Der Johann war mit seinem ersten weißen Spritzer sprichwörtlich in einen Aufzug gestiegen, der ihn unwiederbringlich mit in die Tiefe genommen hat.

15

Ein launischer Sonnenstrahl schiebt sich durch die Wolkendecke und brennt dem Stoiser ins Genick. Die angenehme Wärme ist für ihn wie ein Weckruf. Zu lange schon hat er auf den toten Freund gestarrt, und zu lange hat er in Erinnerungen geschwelgt.

Johanns Seele dankt es ihm. Welche Art von Kondolenz kann denn schöner sein als die herzlichen und ernst gemeinten Gedanken eines guten Freundes? Ohne Hass, ohne gegrübelte Zweifel und erfüllt von einer unerwarteten Zuneigung. Unerwartet, weil Männer sich zu Lebzeiten doch so schwertun, einander so etwas offen zu zeigen. Im Tod gelingt es ihnen immer. Wie eine Offenbarung kommen die Gefühle dann. Fast tosend, erschreckend heftig und doch leider viel zu spät.

Der Sigmund nestelt sein Handy aus der Jacke und ruft den Reininger Ferdl an. Dessen Bruder Sepp wird wohl wissen, was zu tun ist. Ist ja schließlich fast so etwas wie ein Kriminaler.

Das Gespräch dauert nur kurz. Was soll er auch lange herumlabern? Der Johann ist tot. Unwiderruflich. Und wo der Johann wohnt, weiß jeder hier in der Gegend.

»Sie sind praktisch schon auf dem Weg«, hat der Ferdl dann noch gemeint.

Rolli liegt bei dem Toten und blickt ihn hechelnd an. Nicht zu nahe und zu intim, aber auch nicht zu weit entfernt, um den Eindruck ehrlicher Zuneigung zu zerstören. Trotz des penetranten Geruchs der Leiche wittert Rolli noch etwas anderes.

Ein süßlicher Duft liegt in der Luft. Zwar unterschwellig und kaum wahrnehmbar, aber eindeutig fremd. Den hat er noch nicht oft gerochen. Zwar erst kürzlich und nicht in dieser Intensität, davor aber noch nie. Wenn Rolli sprechen könnte, dann würde er dem Oberst Draxler diese wichtige Information gewiss nicht vorenthalten.

So aber bleibt der Schäferhund nur ein stummer Zeuge. Vorerst zumindest.

16

Wider Erwarten früh hat der Oberst Draxler an diesem Donnerstagmorgen sein Büro aufgeschlossen, um sich bei einer dampfenden Tasse Häferlkaffee hinter seinem Schreibtisch zu verschanzen. Die kindergartengleich angemalten Zeitungsartikel hat er seinem treuesten Zuhörer, dem Mistkübel, überantwortet. Rückblickend ist ihm sein gestriger Vortrag sogar ein wenig peinlich.

Sich als Chef der Mordkommission darüber zu beschweren, dass sie alle keine Arbeit haben, die anderen aber schon, ist freilich ein zynischer Ansatz. Wäre er beispielsweise Frisör, so ein weibischer Kopfhaarverschönerer, dann kämen die Herrschaften zerrauft in sein Geschäft und würden drei Stunden später, schön und eitel wie die Pfauen, wieder nach Hause gehen. Wenn sich so einer über mangelndes Geschäft beschwert, dann ist das moralisch vertretbar. Vielleicht sogar hochanständig. Schöne Menschen durch herrliche Frisuren bereiten schließlich jedem eine Freude. Nicht nur dem Kopfschmuckträger selbst.

Um Morde zu betteln war nun wirklich überengagiert.

Dass er seine Kollegenschaft zusammengeschissen hat, tut ihm jetzt leid. Allerdings empfindet er nicht die geringste Spur von Peinlichkeit.

Zum wiederholten Male blättert Draxler die Mordakte »Dröster« durch. So verklärt, wie der Draxler auf den Stoß Papiere blickt, könnte man fast meinen, es handle sich um einen alten Liebesbrief seiner verstorbenen Frau Irmi. Einen von den ultralangen. Dann stolpert der Draxler über einen Namen.

Der Reininger Sepp, denkt der Draxler freundlich. Den hat

er auch schon längere Zeit nicht mehr gesehen. Zweifellos ein guter Mann. Der hat ihn zwar am Anfang der sommerlichen Serienmorde ganz ordentlich genervt, hat seine Sache dann aber wirklich gut gemacht. Ohne den Reininger wäre der Bogenschütze Saringer wohl noch immer auf freiem Indianerfuß.

Wie gerne hätte der Draxler den Sepp zu sich und seiner Truppe geholt. Der Spazierer hätte gewiss nichts dagegen gehabt. Die beiden sind ohnehin bereits richtig gute Freunde. Wegen Voitsberg, Reiningers Wohn- und Dienstort, und Köflach, Spazierers Liebesdomizil. Die beiden sind ja jetzt praktisch Nachbarn. Fällt dem Spazierer das Zwischenmenschliche bemerkenswert leicht, so hat der Draxler damit so seine Probleme. Freunde gewinnen und Freunde behalten. Ersteres ist für den Draxler echte Schwerstarbeit, Zweiteres für den launischen Oberst nahezu unmöglich.

Wie dann der Draxler über Reiningers Handynummer stolpert, ist das fast wie ein Fingerzeig Gottes. Den Sepp anzurufen, um nach dem Pool und dem Reittier für seine Tochter zu fragen, wäre sicherlich eine nette Geste. Dass da göttliche Vorsehung im Spiel ist, wäre dem gelegenheitsgläubigen Draxler nie in den Sinn gekommen.

Der Herr Oberst wählt also. Obwohl noch reichlich früh, hebt der Reininger Sepp schon beim ersten Läuten ab. Zwar rauscht es gehörig in der Leitung, denn der Sepp hat gerade nicht den besten Empfang und sitzt darüber hinaus in einem brummenden Unimog, aber Draxlers Hörvermögen ist für sein Alter in einem noch recht bemerkenswerten Zustand. Verstehen kann ihn der Draxler also. Wo er sich gerade herumtreibe, fragt ihn der Draxler freundlich und ehrlich interessiert.

»In der Südsteiermark«, gibt ihm der Reininger zur Antwort. »Prinzipiell beim Schnapsbrennen, jetzt aber gerade auf dem Weg zu einem gerösteten Maroniröster.«

»Wohl einmal zu viel geröstet«, meint der Draxler lächelnd und mit Nachsicht. Hat sich wohl mit dem einen oder anderen Morgenschnaps die Gedanken an seine fordernde Mädchenriege aus dem Gedächtnis gespült, resümiert der Draxler fälschlich.

»Nein, nein«, sagt der Reininger. »Das hat schon alles seine Richtigkeit.« Er und sein Bruder Ferdinand würden gerade zur Leichenbeschau auf einen benachbarten Hof fahren. Dort habe es angeblich einen Toten gegeben. »Wird wahrscheinlich ein Herzinfarkt mit anschließender Feuerbestattung gewesen sein«, meint der Reininger. »Mehr weiß ich aber auch nicht.«

Viel Information in einem kompakten Satz. So mag es der Draxler. Kurz und prägnant. Kein Um-den-heißen-Brei-Herumreden. Das hat der Reininger von ihm gelernt, denkt sich der Draxler selbstherrlich.

Dann stutzt er. Was hat der Reininger da eben gesagt? Ein toter gerösteter Maroniröster? So eine Kombination ist ja noch nie da gewesen. Ob da vielleicht mehr dahintersteckt?

Und schon wieder wird es peinlich. Fast winselnd fragt der Draxler, ob er auch kommen darf. Nur zum Schauen. Hab schon ewig keinen Toten mehr gesehen, denkt sich der Draxler fast sentimental. Die Opferfotos aus der Akte »Dröster« kennt er schon in- und auswendig. Diese aus dem Gedächtnis nachzumalen, wäre für ihn überhaupt keine Herausforderung.

»Weil die Todesursache gar so schräg klingt«, meint dann der Draxler erklärend.

Ob er sich die weite Fahrt wirklich antun wolle, fragt der Sepp. Bei seinem Alter? Letzteres bleibt unausgesprochen.

Und ob er sich das antun will. Sein Ford Mondeo ähnelt eher einem Kraftstehzeug denn einem Kraftfahrzeug, so wenig, wie der Draxler im Moment herumkommt. Der Sepp fragt artig bei seinem Bruder nach und gibt dem Draxler die Adresse durch. Kaum dass er diese notiert hat, ist der Draxler auf dem Weg hinunter zu seinem Wagen. Zwar humpelt er seit seinem nächtlichen Beinahesturz noch recht ordentlich, aber weil nun genügend Adrenalin durch seine Blutbahnen gurgelt, ist der stechende Schmerz in seinem rechten Knöchel erträglich.

Ängstlich blickt sich der Herr Oberst am Parkplatz um. Jetzt nur keinem Spazierer oder einer Hilde Ranner über den Weg laufen.

Das ist *sein* Toter! Teilen kommt nicht in Frage, und die beiden kann er heute ohnehin nicht ab. Weil er zu viel deutsches Fernsehen guckt, wirkt Draxlers Denke preußisch vergiftet.

Mit qualmenden Reifen schießt der Draxler hinaus auf die Straßganger Straße und in einer halsbrecherischen Rechtskurve in Richtung Süden. Der soeben auf den Stützpunkt einbiegende Spazierer verschwindet in einer Wolke aus Dieselrauch und Gummiabrieb. Welcher Teufel hat denn den geritten?, fragt sich der Spazierer erstaunt. Dass es sich bei dem Rallye-Amateur um seinen Chef handelt, ist ihm schon klar. Dass er ihm wegen der gestrigen Standpauke noch gram ist und nicht im Entferntesten an eine Verfolgungsjagd denkt, ist Glück für den Eigenbrötler Draxler.

17

Die ersten Autobahnkilometer qualmt der Mondeo noch wie ein Hochofen beim Abstich. Trotz der dunklen Rauchschleppe, die der Draxler hinter sich herzieht, und trotz der haufenweise aufleuchtenden Breit- und Weitstrahler soeben Überholter hat der Draxler kein Interesse an dem, was hinter ihm liegt. Nur was vor ihm liegt, zählt!

Ängstlich starrt er auf sein Navi. Zu lang erscheint ihm der Weg, zu spät die errechnete Ankunftszeit und zu gelassen die schon fast arrogant wirkende männliche Navistimme. Mistkerl, denkt sich der Draxler. Damit meint er den Navimann und nicht seinen einzigen Hoffnungsschimmer, den Reininger Sepp. Obwohl …?

Nicht, dass der Mistkerl von Reininger Sepp – jetzt also doch dieser auch – voreilig etwas anfasst und aus einem waschechten Mord einen simplen Todesfall macht. Was Tatortverunreinigung anbelangt, da ist der Reininger ein wirklicher Profi. Hat sich im letzten Sommer wahrhaftig ausgezeichnet. Reiningers Parkspleen hat rückstandsfrei die ersten und damals auch einzigen Spuren verwischt.

Das mit den Spleens hat sich der Draxler relativ rasch selbst zusammenreimen können. Bereits beim ersten Kondolenzbesuch der Witwe Dröster.

Zwar hat sich der Herr Oberst noch gewundert, warum die Vorhut, in Person des Reininger Sepp, den maroden Dienst-Octavia in der Privateinfahrt so ordentlich und akkurat eingeparkt hat, schließlich wohnt er ja nicht dort. Die darauffolgende halbe Stunde hat dann aber die erleuchtende Erkenntnis gebracht.

Der Reininger ist ein krankhafter Pedant! Getrieben und fremdbestimmt von Symmetrie und Parallelität. Und natürlich von seinen beiden Frauen. In diesem speziellen Fall stehen die beiden Damen aber ausnahmsweise nicht an oberster Stelle.

Da der Draxler das Erstverhör der Frau Dröster allein geleitet und so den Reininger Sepp zum Statisten degradiert hat, hat dieser genügend Zeit gehabt, sich anderen Dingen zu widmen.

Was der in dieser geschenkten Zeit geschoben, gezupft und gerichtet hat!

Hat den Draxler beinahe aus dem Konzept gebracht damit. Das salopp auf den Couchtisch geworfene Fernsehmagazin. Von wegen akkurat platziert, schräger als schräg ist das Heftchen dagelegen. Gütiger Gott, hat Reiningers Blick gesagt. Dann hat er das Chaos in Ordnung gebracht. Klammheimlich.

Die Sache mit der gehäkelten Tischdecke war da schon ein sportlicherer Auftrag. Lag nicht ganz so schräg wie das Magazin, aber, weil völlig aus der Tischmitte gerückt, nicht weniger schlampig. Beschwert durch eine mit Pralinen prall gefüllte Glasschüssel, definitiv ein Hindernis erster Klasse.

Da genau zu diesem Zeitpunkt die Frau Dröster wieder von einem Heulkrampf gebeutelt wurde – durchaus verständlich, wenn man bedenkt, dass ihr geliebter Mann noch immer zweiunddreißig Grad warm war –, konnte der Draxler einen Großteil seiner Aufmerksamkeit für den Reininger abstellen.

Der ist auch gleich ganz nervös hin und her gerutscht, weil die Glasschüssel gar so fern und ein unauffälliges Zurechtschieben des Deckchens praktisch unmöglich war. Was also tun? Als erfahrener Kriminaler hat der Draxler den bevorstehenden Seitenblick Reiningers natürlich erahnen können und rasch zu Boden geblickt. Und das keine Sekunde zu früh. Reiningers lauerndes Starren hat er körperlich förmlich spüren können.

Aus langjähriger kriminalistischer Tätigkeit weiß der Draxler selbstverständlich, dass ein auf frischer Tat Ertappter so schnell wohl keine sachdienlichen Hinweise mehr liefert. Ein gründliches Studium der Auslegeware erschien ihm daher sinnvoll.

Da die Frau Dröster heultechnisch noch einen Zahn zugelegt hat, war Draxlers betretenes Starren auf das verschnörkelte Muster des Perserteppichs glaubwürdig und eine nahezu perfekte Tarnung. Und dann ist der Reininger in Aktion getreten. Fast wie ein Luchs hat er sich erhoben, anfangs absolut geräuschlos. Hätten ihn seine knackenden Gelenke nicht verraten, es wäre akustisch nicht einmal aufgefallen.

Der Draxler hat sich dabei nichts anmerken lassen, und Frau Dröster war immer noch anderweitig abgelenkt.

Wie der Draxler das Ächzen der Sofafedern gehört hat, ein untrügliches Zeichen dafür, dass der Reininger wieder Platz genommen hatte, hat er durch seine Wimpern hindurch die Lage gepeilt. Beachtlich, was dem Reininger Sepp da in kürzester Zeit gelungen ist. Nicht nur die Tischdecke nebst Schüssel war perfekt ausgerichtet, sogar die lieblos hingestreuten Kugelschreiber lagen akkurat parallel und, was noch bemerkenswerter war, auch farblich geordnet. Links der leuchtend gelbe und am Ende des Farbspektrums, rechts außen, der schwarze.

Wie sich dann die Frau Dröster wieder einigermaßen gesammelt hat, ist dem Sepp ein Seufzer der Erleichterung ausgekommen. Nicht, weil er froh war, dass Frau Dröster den Weinkrampf überstanden hatte. Ach woher. Wohl eher, weil auch ihm das Arrangement auf dem Couchtisch nach längerer Inspektion äußerst gelungen erschien und weil die geheime Kommandosache so reibungslos abgelaufen war. Für den Sepp praktisch ohne Zeugen.

Reiningers innere Ruhe war aber auch nicht von langer Dauer. Wie sein beinahe beiläufiger Blick die Fransen des Perserteppichs gestreift hat, sind ihm beinahe die Augen übergegangen. Entsetzen pur! Aus Reiningers Sicht war ein ungestriegelter Bobtail in einer geordneteren Verfassung als die ihm zugewandte Teppichbordüre.

Draxlers Anspannung ist gleich wieder gestiegen. Wie sich wohl der Reininger diesem nahezu unbezwingbaren Mount Everest seiner Zwänge stellen würde?

Rückblickend muss sich der Draxler eingestehen, dass er damals kurz davorstand, sämtliche Professionalität abzuschütteln und das Interesse an der eigentlichen Mordermittlung zu verlieren. Zu spannend erschien ihm dieser ermittlungstechnisch völlig unwichtige Nebenschauplatz.

Draxler war sich sicher, dass der Reininger so eine optische Beleidigung nicht unbeantwortet lassen konnte. Und recht hat er gehabt!

Der erste halbe Meter war, zu Draxlers Enttäuschung, für den Reininger keine echte Herausforderung. Sitzend und mit dem rechten Fuß bequem zu erreichen. Als Tarnung diente ein Strecken verspannter Glieder. Den Mittelteil hat der Reininger beim Gang auf die Toilette und den Rest bei einem unter windigen Vorwänden ergaunerten Abstecher in die Küche – ein Glas Wasser musste er sich holen – im Vorübergehen erledigt. Und das im wahrsten Sinne des Wortes.

Wie sie dann mit der dienstlichen Befragung fertig waren, hat der Draxler extra einen kleinen Umweg gemacht, um über die akkurat frisierten Fransen zu stolpern. Absichtlich, versteht sich. Dem Reininger hat es fast das Herz zerrissen. Das hat der Draxler gewusst, und dafür hat er sich nicht einmal umdrehen müssen.

Nicht nur der Spazierer kann manchmal ein ganz schönes Schwein sein.

Den gedanklichen Exkurs in die Vergangenheit muss der Draxler jetzt aber abbrechen, da ihn das Navi bei viel zu hoher Geschwindigkeit von der Autobahn herunter und in eine immer schärfer werdende Rechtskurve dirigiert. Da wäre der Herr Oberst vor lauter Tagträumen beinahe aus der Bahn geflogen. In Anbetracht seiner Gehässigkeit dem Sepp gegenüber eine durchaus angemessene Strafe.

Jetzt hat es der Draxler nicht mehr allzu weit. Die Südsteirische Weinstraße ist zum Greifen nahe, und wenn er seinem Navi trauen darf, ist er in fünfzehn Minuten am Tatort. Dass es sich um einen Tatort handelt, steht für den Draxler außer Frage. Das sagt ihm seine Nase. Die arbeitet zwar auch nicht immer fehlerfrei, hat aber eine ganz passable Erfolgsquote. So eine Quote beim Lottospielen, und der Draxler müsste weder verschossene Sakkos tragen noch in einem übersichtlichen Bungalow hausen.

18

Der Major Spazierer hat es sich mit einem Automatenkaffee gemütlich gemacht. Die Rückenlehne seines feudalen Drehstuhls, um den ihn sogar ein Captain James T. Kirk beneidet hätte, hat er in einer angenehmen Relaxposition arretiert. Nun schlürft er vorsichtig die ersten heißen Schlucke aus dem fragilen Plastikbecher.

Ein Blick über den Frontgraben hinüber auf Hilde Ranners Schreibtisch macht deutlich, dass die Gute im Dunkel des gestrigen Abends und in der Hektik ihres übereilten Aufbruchs ein gleich noch viel größeres Chaos hinterlassen hat. Beim genauen Hinsehen kann der Spazierer einen kümmerlichen Blutstropfen ausmachen. Eingetrocknet und vor dem gestrigen Maus-Fiasko definitiv noch nicht da gewesen. Da bewährt sich einmal mehr des Spazierers angeborene Beobachtungsgabe. Bist du mit solchen Gaben gesegnet, ergreifst du automatisch den Beruf eines Kriminalers.

Die unmittelbar neben dem Blutstropfen lauernde Nagelschere identifiziert der Herr Major auch gleich als das üble, weil spitze Corpus Delicti. Ja, das muss die Tatwaffe sein. Wenn jetzt einer wie der Spazierer, der in der Wehleidigkeit seiner lieben Kollegin fast schon eine Kunstform sieht, seine Nase bemüht und eins und eins zusammenzählt, dann ergibt die Rechnung folgendes Resultat.

Die Hilde hat sich wohl gestern als medizinische Vorsorge noch irgendwo eine Tetanusspritze verpassen lassen. Obwohl die beiläufige Inspektion des Linoleumbodens keine weiteren Blutspuren zutage fördert, rückt auch eine operative Versorgung der geschändeten Körperstelle für den Spazierer in den Bereich des Möglichen.

So gut, wie der Spazierer die Ranner kennt, und so penetrant, wie die Ranner in Gesundheitsfragen sein kann, rechnet der Spazierer nicht mit einem baldigen Erscheinen seiner Kollegin. Eher mit einem Anruf und einer fadenscheinigen Ausrede, warum die Hilde im Krankenstand schwer gezeichnet darniederliegt.

Das zittrige Timbre in ihrer Stimme klingt im Regelfall echt. Und weil todernst gemeint, auch gar nicht aufgesetzt. Bei der könnte so manche Burgschauspielerin in die Lehre gehen. Die lebt ihre Rolle wirklich.

Weil Donnerstag ist, wird sie sich wahrscheinlich gleich für den bescheidenen Rest der Woche abmelden, um das ganze Wochenende in einem abgedunkelten und wohltemperierten Raum zu verbringen. Kein persönlicher Wunsch, sondern eine dringende Empfehlung des behandelnden Primararztes. Bei Fragen der Gesundheit geht die Hilde nie zum Schmiedl, sondern immer gleich zum Schmied. Mit ihren maßlosen Übertreibungen würde die Burgschauspielerin Ranner wohl bei jedem die letzten Zweifel ausräumen. Aber sicherlich nicht bei ihm.

Ein böser Grinser, und der Spazierer gibt sich wieder dem gewohnten Gefühl unendlicher Langweile hin.

Das schrille Läuten des Telefons versetzt Spazierers Heißgetränk spontan in ungesunde Schwingungen. Zum zweiten Mal innerhalb der letzten vierundzwanzig Stunden ist Spazierers Hose ernsthaft in Gefahr. Dass der vermaledeite Apparat überhaupt noch funktioniert! So still, wie es die letzten Tage war.

Mord? Totschlag? Ein Familiendrama? Am ehesten noch Letzteres. Die Hilde Ranner ist am Apparat. Natürlich! Um einen direkten Kontakt zur Hilde herzustellen, fokussiert der Spazierer den einsamen Blutstropfen.

Schwach kriecht Hilde Ranners Stimme durch den Hörer. Den bereits erwarteten Befund haucht sie dem Spazierer förmlich ins Ohr. Gespickt mit üblen und fremd anmutenden Fachbegriffen. Für den Spazierer schwerer zu entschlüsseln als eine Koransure in Originalschrift.

Rekonvaleszent ist sie. Blut hat sie verloren. Zwar nicht literweise, aber doch eine beträchtliche Menge. Nicht einmal einer neugeborenen Zwergspitzmaus würde der Tropfen da drüben abgehen, denkt sich der Spazierer böse. Wie dann der besorgte Oberarzt Erwähnung findet, kommt dem Spazierer ein Lacher aus. Hätte er sich auch denken können. Weil grau melierte Spitzenverdiener, sprich: Primarärzte, wohl kaum mehr auf gut dotierte Nachtdienste angewiesen sind, war es diesmal nur ein Oberarzt. Ihre Geschichte klingt, wie nicht anders zu erwarten, äußerst plausibel.

Warum er lache, fragt die Hilde weidwund. Habe er gar nicht, ätzt der Spazierer zurück. »Ein Schluck Kaffee ist falsch abgebogen.«

Der Ranner ist es egal. Das leise Pochen ihres Fingers beansprucht ohnehin ihre gesamte Aufmerksamkeit. An Amputation will sie gar nicht denken müssen. Verminderte Heiratsfähigkeit? Ein gar schrecklicher Begriff. In ihrer Situation als unfreiwillige Singlefrau beinahe ein Todesurteil.

Ein schönes Wochenende wünscht sie ihm müde. Dann ist die Leitung tot.

Spazierers Genugtuung ist groß. Soll ihm einer sagen, er hätte keinen kriminalistischen Spürsinn. Ein Wahrsager ist er. Zumindest, was seine liebe Kollegin anbelangt.

19

Karl Krummer war schon von Kindheitstagen an ein Fan großer Fahrzeuge. Wollten seine Schulkameraden Lokomotivführer werden und die Schwindelfreien unter ihnen sogar Pilot, waren für den heranwachsenden Karli Fernfahrer die wahren Helden.

Damals, als die großen Sattelschlepper noch durch die Steiermark und mitten durch Graz bis hinunter in den Iran oder

Irak gekrochen sind, ist er oft am Straßenrand gestanden und hat ihnen zugewinkt. Die dunklen, meist bärtigen Gesichter haben ihn immer grimmig aus dem Führerhaus angestarrt. Nur selten hat einer mal gelacht. Wenige haben zurückgewinkt, aber an einem schicksalsschwangeren Freitag ist einer stehen geblieben. Hat ihm ein Stück Schokolade zugesteckt und damit sein Leben verändert.

Nicht mit der pickigen Schokolade, sondern mit einem zweiten Geschenk. Einem Sattelschlepper im Miniaturformat. Praktisch eins zu eins die Version des Lkw, der gerade mit kochenden Bremsen vor dem kleinen Karli stand. Sogar das Speditionslogo des großen Brummis prangte auf dem kleinen Duplikat. Karli konnte sein Glück kaum fassen. Noch ehe sich der Sattelzug zischend und pfeifend wieder in den Transitverkehr eingereiht hatte, war die katholische Kirche um einen potenziellen Pfarrer ärmer. Weil »Pfarrer«, das war der Berufswunsch von Karlis Mutter.

»Pfarrer soll der Bub werden. Ist doch ein so krisensicherer Beruf. Essen und Trinken im Überfluss, und am Wochenende zum Drüberstreuen Hostie und Wein. Viel Wein. Nicht so wie bei den Evangelischen, wo sich der Pfarrer den Wein mit den ganzen gierigen Abendmahlkniern teilen muss. Schön katholisch, jedes Tröpfchen für den Pfarrer.«

Und erst das schöne schwarze Gewand.

Ein weiteres Plus ist die Sache mit den Frauen. Weil nicht erforderlich, kein Problem mit dem anderen Geschlecht.

Ihre eigenen schlechten Erfahrungen zum Thema »anderes Geschlecht« reichen für die ganze Familie und für ein ganzes Jahrhundert. Karlis Vater hat auch nur zum Samenspenden vorbeigeschaut. Abgespritzt hat er, und abgehauen ist er. Dieser Zigeuner! Null Verantwortung für das eigene Handeln. Daher auch keine Alimente.

Gedanken, die sie aber immer bei sich behalten hat.

Sie war sich sicher, nicht das erste und wohl auch nicht das letzte Opfer dieses dunklen und zweifellos attraktiven Mannes gewesen zu sein. Da so ein fahrender Zigeuner nun einmal keine feste Adresse hat, konnte man den Kerl weder dingfest noch zahlungswillig machen.

Zurück zu diesem schicksalhaften Tag. Die letzte mickrige Chance, dem Karli doch noch einen klerikalen Weg einzureden, hatte sich endgültig im Dieseldunst aufgelöst. Stolz ist der kleine Mann nach Hause gestapft. In der linken Hand beinahe achtlos die Schokolade, in der rechten seinen nun wohl größten Schatz. Viel Aufsehen hat der Karli darum aber nicht gemacht.

Seine Mutter gleich noch viel weniger. Zwar hat der Sattelzug einen unübersehbaren Ehrenplatz erhalten, trotzdem hat ihn seine Mutter kein einziges Mal danach gefragt, wo er das Ding denn eigentlich herhatte. Worum sollte sie sich denn noch alles kümmern? Zu groß waren ihre Sorgen, wie sie sich und den kleinen Karli durchs Leben bringen sollte. Dass Geld bei ihnen immer Mangelware war, hat Karli schon als kleiner Bub verstanden. Obwohl noch im Kindergartenalter, hat er ungewöhnliches Gespür für die missliche Lage seiner Mutter entwickelt. Mit einem auf den ersten Blick kindlichen Plan wollte er seiner Mutter alle Sorgen nehmen. Sobald er groß genug war, würde auch er so ein Ungetüm besteigen, um damit durch die Welt zu gondeln. Das verdiente Geld würde er Mutti nach Hause schicken und sie endlich glücklich machen. Und dann, ja dann würde sie ihn wirklich wahrnehmen. Dann wäre er endlich ihr Sohn, und dann hätte auch sie wieder einen richtigen Schatz.

20

Hilde Ranner schnarcht leise. Nie hätte sie es sich träumen lassen, in einer gesundheitlich so bedenklichen Lage doch noch eine Mütze Schlaf zu finden. Der Anruf bei ihrem Chef liegt gerade einmal zehn Minuten zurück, als sie den Abstieg in die erste REM-Phase beginnt, um dort auf gesunde Art und Weise ungesund Erlebtes zu verarbeiten.

Bis auf ihre Unterwäsche jeglicher Kleidung entledigt, irrt Hilde durch menschenleere Krankenhausgänge. Das scharfe Echo ihrer hochhackigen Schuhe wird von den kahlen Wänden zurückgeworfen. Ihre Brustwarzen sind dabei steil aufgerichtet. Wird wohl schrecklich kalt sein, denkt sich die Indoorsportlerin.

Zumindest in dieser ersten Traumsequenz findet die Hilde noch eine logische Erklärung für ganz und gar nicht Logisches.

Kalt und schwer sind ihre Glieder. Ein Blick nach unten macht deutlich, dass sie noch immer den Stringtanga vom Vortag anhat. Aus hygienischer Sicht äußerst bedenklich. Was man da für Keime und Erreger züchtet! Trotzdem findet sich Hilde außergewöhnlich sexy, weil so gar nicht ihr Stil und nun in zweierlei Hinsicht schmutzig. Die Hilde ist bewaffnet. Weil sie sich in dieser leichten Bekleidung doch ein wenig schutzlos fühlt – geil ist das irgendwie schon –, beruhigt sie das Gewicht der Glock-Dienstkanone. Bis auf die orangefarbene und äußerst nervige Sitzbank, die ihr schon seit Minuten hinterherhüpft, gibt es keinerlei Leben in den gespenstisch leeren Gängen. Da sie halb nackt herumläuft, stört sie sich an der Einsamkeit aber kaum.

Das wäre was, würde sie ihr Herr und Meister so sehen. Auf saudumme Gedanken würde der kommen. Schielt ihr ohnehin bei der kleinsten Gelegenheit auf Titten und Arsch und spielt ein Augenzwinkern später wieder den Obermacker.

Dass genau der dann hinter der nächsten Gabelung auf sie wartet, wundert sie weitaus weniger als die Tatsache, dass er einen Minirock trägt. Was denn das jetzt wieder soll, fragt die Hilde im Traum ungewohnt barsch.

»Ich warte auf mein Mäuschen«, gibt ihr der Herr Major ohne einen Anflug von Scham zur Antwort.

»Ich bin nicht dein Mäuschen«, herrscht die Hilde ihren Herrn und Gebieter an. »War ich nie und werde ich auch nie sein.« Wie dann der Oberarzt mit einer im Arm eingehängten lebensgroßen Maus erscheint und diese an den freudestrahlenden Minirockträger übergibt, überrollt die Hilde eine Woge tiefster Enttäuschung.

Völlig unvorbereitet und eiskalt.

Zu gerne wäre sie sein Mäuschen. Das kalte Getue ist doch nur Show. Gehört doch, wie jeder Paarungsfähige weiß, zum üblichen Liebesspiel. Gleich bricht sie in Tränen aus.

Der miese Kuppler von Oberarzt geht kopfschüttelnd an ihr vorüber. »Ich muss noch einen Mittelfinger amputieren«, meint er lapidar.

Wie ein Liebespaar verschwinden die große Maus und ihr Herzbube im Grau des unbeleuchteten Ganges. »Das ist mein Herzbube«, schreit die Hilde Ranner der haarigen Nebenbuhlerin nach. Weil im Traum die Dinge nie so laufen, wie sie eigentlich laufen sollten, bleibt ihr Protest ungehört, die watteähnliche Atmosphäre saugt ihn nahezu rückstandsfrei auf. Wie dann plötzlich der Oberst Draxler in Begleitung ihres verflossenen Schnurlibärlis auftaucht, wird es der Hilde Ranner endgültig zu bunt. Jetzt müsste sie noch eine Bewusstseinsebene tiefer steigen, um in einem zweiten Traum erst einmal diesen hier zu verarbeiten. So viel Zeit hat sie nicht und so viel Geduld schon gar nicht.

Die Hilde Ranner therapiert sich kurzerhand selbst und erschießt die beiden Komödianten.

Beim dritten Klicken des geleerten Magazins wacht Hilde Ranner auf. Ein dünnes Rinnsal fließt zäh an ihrer rechten Wange herunter. Nun kommt der Hilde ein verschämtes Kichern aus. Dieses Wasser steht wohl stellvertretend für andere Säfte, die schon eine ganze Weile nicht mehr geflossen sind. Da gilt es Abhilfe zu schaffen. Die Hilde ist auf einmal heiß wie eine läufige Hündin und, im Jugendjargon gesprochen, unglaublich geil auf den Spazierer.

Hält frisch Geträumtes eindruckstechnisch in der Regel gerade einmal vierundzwanzig Stunden an, ist es diesmal gänzlich anders. Der Begriff »Nachhaltigkeit« scheint hier nicht annähernd angemessen. An diesem schicksalsschweren Tag ist etwas an die Oberfläche gekommen, was wohl schon lange tief versteckt in ihrem Unterbewusstsein vor sich hin geschlummert hat.

Von nun an wird der Herr Major ihr ganzes Denken als Frau bestimmen. In einer Art und Weise, die mehr als pikant ist. Und, für die Hilde Ranner typisch, nicht locker und lässig, sondern mit Stalker-Penetranz. Da kann man dem Spazierer auch keinen echten Rat geben, sondern nur die ehrliche Warnung hinausschreien: »Pass auf, Spazierer, pass auf!«

21

Fast hätte sich der Spazierer an seinem Kaffee verschluckt. Woher der plötzliche Schluckauf? Wenn man dem Volksmund Glauben schenken darf, dann ist das ein untrügliches Zeichen dafür, dass jemand an ihn denkt. »Wird wohl die Karin sein«, meint der ahnungslose Spazierer.

Ja, hat der denn die Warnung nicht verstanden? Ein letztes Mal und zum Mitschreiben. »Pass auf, Spazierer. Pass verdammt noch einmal auf!«

22

Oberst Draxler steigt so plötzlich in die Bremsen seines Ford Mondeo, dass der gemächlich vor sich hin tuckernde Traktor, den er eine Kurve zuvor überholt hat, ihm beinahe das Heck faltet. Da die Verwünschungen, die dem Draxler aus dem offenen Landmaschinencockpit entgegenschallen, in breitestem Dialekt vorgetragen werden, will sich bei ihm der Eindruck tiefsten Gekränktseins partout nicht einstellen. Dafür müsste man den Singsang des Mannes erst einmal verstehen. Der Filzhutträger könnte ihm ja auch gut und gerne ein Kompliment gemacht haben. Wofür, das kann der phantasielose Draxler aber auch nicht sagen.

Da sich der trübe Herbsttag mittlerweile zu einem herrlichen Altweibertag gemausert hat, hat der Draxler das Fahrerfenster offen. Mit ausgestreckter Hand winkt er den Traktor lässig vorbei. »Fahr schon, Alter«, scheint die joviale Geste zu sagen. Ohne das geringste Zeichen von Reue. Kritische Selbstreflexion ist dem Draxler seit jeher fremd.

Dass der Dieselmotor des alten Fendt-Traktors genau auf Fensterhöhe aufröhrt und eine dicke Rußwolke ins Wageninnere bläst, wertet der Draxler als erstes Anzeichen einer gewissen Grundaggression.

Wäre er nicht gerade in wichtiger Mission unterwegs, er würde sich den Furchengräber gleich hier und jetzt höchstpersönlich vorknöpfen. Doch da sich laut Navi das Anwesen des Opfers wohl in unmittelbarer Nähe befinden muss und keine zehn Meter weiter ein vielversprechender Schotterweg steil nach unten abzweigt, lässt der Draxler seinen Kontrahenten ziehen. Das Kennzeichen notiert er sich aber schon noch. Für den Fall, dass der da unten eines natürlichen Todes gestorben ist und die verhasste Langweile mit Riesenschritten wiederkehrt. Auf der Suche nach geeigneter Beschäftigung greift der Draxler mitunter zu seltsamen Methoden.

Der Draxler biegt rechts ab und kriecht den ausgewaschenen und extrem abschüssigen Schotterweg im Tempo einer satten Laufente bergab. Wenn ihn jetzt ein Regenguss überrascht, dann kann er den Wagen gleich inserieren. »Verkauf nur an Selbstabholer!« Da kommt er ohne fremde Hilfe niemals mehr hinauf. Der Draxler zuckt mit den Schultern. Weil es sich beim Mondeo um ein Dienstfahrzeug handelt und beim Draxler um einen gelernten Beamten. In den Augen jedes braven Steuerzahlers eine wohl zu legere Einstellung.

Obwohl dem Steirer Johann vom vormals üppigen Landbesitz gerade einmal zwei Hektar Wiese und fünf Hektar Wald geblieben sind, befinden sich genau diese zwei Hektar Wiese zwischen Straße und Hof. Dieser bedauerliche Umstand verlängert Draxlers Anfahrtszeit wesentlich. Fast wie die Großglockner-Hochalpenstraße windet sich der Schotterweg den Hügel hinunter. So schön die Südsteiermark auch ist, hier unten im tiefsten Graben möchte der Draxler nicht einmal begraben sein.

Ist für ihn ohnehin kein Thema. Der Draxler hat sich, allein schon wegen der berufsbedingten Dauerermahnung an die Vergänglichkeit des Menschen, schon vor vielen Jahren ein sonniges Plätzchen gekauft.

Wo da jetzt der kausale Zusammenhang ist? Kommt schon!

Bei einem sonnigen Plätzchen denkt der durchschnittlich lebensbejahende Mensch an ein feines Kellerstöckel in erhabener Lage, eine urige Skihütte in einem märchenhaft weiß verschneiten Wald unweit der Skipiste oder an ein paar grüne Quadratmeter an einem blauen See mit Surfbrett, Ruderboot und dem ganzen

Aquabrimborium. Handelt es sich jedoch um den mürrischen Draxler, ist dieser Ansatz gänzlich falsch.

Ein Zweipersonengrab auf dem evangelischen Friedhof in Graz-Wetzelsdorf hat der sich gekauft! Aber was für eines. So ein richtiges Nobelgrab. Gehört der Draxler mit seinem bescheidenen Bungalow und dem Vierhundert-Quadratmeter-Grundstück zu Lebzeiten bestenfalls zur *Upper-lower-class*, arbeitet er sich im Tode eindeutig in die *Middle-upper-class* vor. Gleich drei Parzellen hat er sich gekauft. Nebeneinanderliegend, versteht sich. Sogar ein unbescheidenes Mausoleum hätte darauf Platz. Ein posthumer Großgrundbesitzer. Und nicht genug der Morbidität, er hat sich auch noch einmal im Monat selbst besucht. Wenn es nach ihm gegangen wäre, dann hätte er sich sogar seinen Grabstein gravieren und auch gleich aufstellen lassen. Name klar, Geburtsdatum auch, das Datum nach dem Bindestrich noch offen, weil Gott sei Dank fraglich.

Wenn nicht immer irgendwelche Witwen und Waisen in der Gegend herumgestromert wären, er hätte sich auch gerne einmal hingelegt. Quasi die Aussicht checken. Dass seine über alles geliebte Ehefrau Irmi mittlerweile im Souterrain der Prachtparzelle eingezogen ist, war so nicht geplant gewesen. Eine scharfe Kurve, ein liegen gebliebener Traktor, und nichts war mehr wie früher.

Was Traktoren betrifft, kann man Draxlers Aversionen jetzt vielleicht ein bisschen besser verstehen.

Endlich erreicht der Draxler das baufällige Gehöft. Ein alter, aber augenscheinlich liebevoll gepflegter Unimog parkt unmittelbar vor der letzten Kurve, die zur Einfahrt in den Dreikanthof führt. Parallel zum Schotterweg, die Vorderräder akkurat in der Flucht mit dem Chassis. Der Draxler muss grinsen. Das mit dem Spleen liegt bei den Reiningers offenbar in der Familie.

Der Draxler parkt seinen Wagen unmittelbar hinter dem Unimog, sperrt großstadtgeschädigt den Wagen mit der Funkfernbedienung ab und betritt eilig den u-förmigen Innenhof.

Der Schäferhundrüde Rolli macht als Erster seine Aufwartung.

Die drei untätigen Herren und der noch untätigere Maronimann sind für Rolli keine ernst zu nehmenden Spielkameraden.

Das »Husch, weg da«, »Sitz« und »Platz« geht ihm schon langsam auf die Nerven. Endlich für ein paar Minuten aus dem Zwinger heraus, praktisch Freigang, und dann das. Wieder null Freiheiten. Dass er im hundescheuen Oberst Draxler keine wirkliche Alternative gefunden hat, wird dem klugen Schäferhund nach Aufnahme der ersten Witterung klar. Traurig trottet er zum nächsten Apfelbaum und legt sich müde ins Gras.

23

Der Spazierer ist genervt. Fünf, vier oder zwei? Der Spazierer hängt eindeutig fest. Aber weder beim Code für seinen Laptop noch bei der PIN für sein smartes Handy! Das rechte obere Quadrat im täglichen Sudoku-Rätsel der Kleinen Zeitung bereitet ihm Sorgen. Sosehr er auch kombiniert, die Lösung will ihm partout nicht einfallen. Dieser verdammte Ehrgeiz. Weglegen und im Internet surfen? Ist so gar nicht sein Stil. Aufzugeben käme einer Niederlage gleich. Verbissen widmet er sich wieder seiner Aufgabe.

Seine vormals ehrliche Sympathie für die Zahl Fünf scheint langsam aufgebraucht. Nun drängt sich die Vier, trotz ihrer Kanten und Ecken, in den Vordergrund. Vielleicht um einen Deut zu auffällig. Was ist mit der Zwei? Hält sich scheu im Hintergrund. Mit dem buckligen Rücken macht sie auf gebeugtes Haupt. Fast so, als ob sie etwas wüsste. Bar jeder Logik schreibt der Spazierer die Zwei hinein. Und recht hat er gehabt. Der Gordische Knoten löst sich auf wie nächtliche Nebelfetzen in der morgendlichen Sonne.

Von wegen Logik und deduktives Denken. Beim Rätsellösen hat Raten keine Existenzberechtigung. Da braucht man auch keine Nase oder innere Stimme zu bemühen. Das kann sich der Spazierer für seine gehaltsbegründenden Tätigkeiten aufsparen. Dort mag das ja zum Erfolg führen. Hier aber nicht. Wozu hat denn der Spazierer Millionen grauer Gehirnzellen?

Kaum dass der Spazierer sein auf diese zweifellos erbärmliche Art und Weise erratenes Zahlenwerk vervollständigt hat, läutet erneut das Telefon.

Karin! Endlich seine geliebte Karin. Überspringt man das übliche »Was lieb ich dich«, »Du fehlst mir so sehr«, »Du bist mein Lebensmensch«, »Was tät ich ohne dich« und den üblichen schlüpfrigen Sexkram, wird bald klar, dass Karin Koller etwas auf dem Herzen hat. Weil ihre Liebe noch so jung und so grün ist, macht es ihr das weststeirische Herz doppelt schwer.

Der Tante geht es schlecht. Nicht der gichtigen aus Oberwölz, auch nicht der alzheimergeplagten aus Wien, sondern der üblicherweise quickfidelen Alpenflüchtigen. Genau der, die einen reichen italienischen Nudelfabrikanten geheiratet hat, um ihn kinderlos zu überleben. Also eine Erbtante, wie sie im Buche steht.

Lore. Tante Lore. Wohnort: ein toskanisches Landgut, keine zehn Kilometer südwestlich von Siena gelegen und flächenmäßig unwesentlich kleiner als das Bundesland Vorarlberg.

Ursache der momentanen Unpässlichkeit? Ein verstauchter rechter Knöchel!

Beim Putzen eines hoch liegenden Simses unglücklich vom wackeligen Hocker abgerutscht? Die doch nicht. Ist ihr beim Absteigen von ihrem Lieblingshengst passiert. Nach einem scharfen Ausritt, versteht sich.

So wie Karins Vater seine jüngste und äußerst leichtgläubige Schwester einschätzt, schenkt die einer fürsorglichen Pflegehilfe nach einer Woche ihren gesamten Schmuck, überschreibt ihr nach zwei Wochen ihre Aktienpakete und nach drei Wochen das gesamte stattliche Anwesen nebst Ländereien und Araberhengsten.

Karin muss also fahren. Sofort und ohne Widerrede.

Das befiehlt der ansonsten unbestimmte Vater bestimmt. Bei vollen Bezügen, versteht sich. Bei der Rendite ein wirklich bescheidenes Investment. Sosehr sich Karins Vater einen Schwiegersohn wie den Georg Spazierer auch wünscht, da müssen die beiden jungen Menschen jetzt durch. Ist für den Schwiegersohn-Aspiranten auf lange Sicht auch kein wirklicher Nachteil. Der wird wohl nicht sein ganzes Leben auf Mörderjagd gehen wollen.

Sein zukünftiges Frauchen durch Zypressenhaine zu jagen, um in einer einsamen, aber eigenen Scheune einen Enkel zu zeugen oder gar zwei, ist doch eine weitaus schönere Perspektive.

Dass Karin mindestens drei Wochen wegbleiben wird, ist für den Spazierer ein rechter Schlag. »Ob sich noch ein schneller Quickie ausgeht?«, fragt der Spazierer vorsichtig. In einer Dreiviertelstunde könnte er in Köflach sein. Um Zeit zu sparen, könnten sie das Vorspiel auch telefonisch erledigen. Während der Fahrt. Da ist der Spazierer schon flexibel.

Die Karin schmunzelt, ehe sie für eine Sekunde den Hörer zuhält, um bei ihrem Vater nachzufragen. Weil gut erzogen, stellt sie Georgs Anliegen stark zensiert durch. Nach alter Ostblock-Briefzustellmanier, praktisch jedes zweite Wort geschwärzt. So klar die Botschaft für den Absender, so unverständlich das eigentliche Anliegen für den Informationsempfänger. Acht »und«, drei »er«, ein paar »die«, »ich« und »Georg« sowie ein einsames »vielleicht« kommen als Ergebnis bei Karin Kollers Vater an. Das »vielleicht« fast bettelnd ausgesprochen, mit einem unüberhörbaren Touch von Fragezeichen. Der Vater lächelt schwer irritiert, sagt aber unmissverständlich: »Nein.«

Sie darf sogar seinen großen Wagen nehmen. Den mit den dreihundert Pferdchen unter der Haube. Es zählt wirklich jede Sekunde. Die Tatsache, dass die Promischleuder im eigentumsliberalen Italien ein seltenes Gut ist und die Chance auf einen unfreiwilligen Eigentumsübergang groß, wischt Karins Vater nach einer kurzen Kosten-Nutzen-Rechnung ebenfalls vom gedachten Tisch.

Für die Hilde Ranner wird Karins bevorstehende Abreise wie ein Solosechser bei einem Vierfach-Jackpot sein. Ihr logischer Schluss charmant simpel und in seiner Konsequenz fast männlich gedacht.

Ein einsamer und nach kaum einer Woche sexuell ausgehungerter Spazierer hat da eine weitaus geringere Lebenserwartung als eine weidwunde Antilope während eines Nachmittagsspaziergangs durch eine Reihe hungriger Löwen.

Würde man den Spazierer erneut warnen wollen, man müsste

wohl sämtliche Sirenen der Steiermark plärren lassen, alle Kirchenglocken gleichzeitig läuten und Sondersendungen im Radio bringen. Eine der drohenden Gefahr durchaus angemessene Maßnahme.

24

Oberst Draxler wird vom wartenden Männertrio warm empfangen. Der Ferdl zieht gleich seinen Flachmann aus der Jackentasche, um die südsteirische Gastfreundschaft nachdrücklich unter Beweis zu stellen. Als Vorsitzender des lokalen Fremdenverkehrsvereins ist er diesbezüglich zwar hervorragend geschult, dieses Mal handelt es sich jedoch um eine ehrlich gemeinte Geste. Von stupidem Automatismus keine Spur.

Dem Ferdinand hat das Warten neben der Leiche nämlich am stärksten zugesetzt. Für ihn ist Draxlers Erscheinen fast so etwas wie eine Erlösung. Obwohl sein jüngerer Bruder auch Polizist ist, liegen für den Ferdl doch Welten zwischen einem arrivierten und in die Jahre gekommenen Columbo-Verschnitt wie dem Oberst Draxler und einem Radarpistolencowboy wie dem Reininger Sepp. Nichts für ungut, Brüderchen, denkt sich der Ferdl entschuldigend.

Wäre der Geruch nach verbranntem Fleisch ohne das Wissen, was da zu Tode gegart worden ist, für ihn gerade noch erträglich, ist die visuelle Kombination mit dem durchgegarten Amateur-Mohr eindeutig zu viel für ihn.

Huscht beim Anblick des Edelstahlgebindes gerade einmal ein zartes Lächeln über Draxlers Gesicht, so wird dieses beim Anblick des Toten, der hinter dem Maroniofen in Deckung liegt, richtig breit.

25

Würde der Gerichtspathologe Dr. Schneider, der im Zuge der letzten Mordserie detektivisch Großartiges geleistet hat, den Draxler so sehen, und seinen anschließenden Tanz im Stile eines Derwischs gleich noch dazu, wäre seine Diagnose als bekennender Hobbypsychologe eindeutig uneindeutig.

Sein erster Ansatz würde in Richtung bipolare Störung gehen. Sprich: manisch-depressive Erkrankung. Wie selbst ein leidlich gebildeter Hauptschulabgänger weiß, handelt es sich dabei bekanntlich um eine sogenannte Affektstörung. Dass hier der Draxler im Affekt reagiert hat, und das über das Normalniveau hinaus, würden die drei Anwesenden und sogar Rolli, der Schäferhundrüde, mit Sicherheit bestätigen. Wenn auch in unterschiedlicher Form.

Bejahendes Schwanzwedeln, all den schmutzig Denkenden zum Trotz: eindeutig Rollis Ausdrucksweise.

Da es sich wohl kaum um ein unkontrolliertes Verhalten handelt und ein extremer Ausschlag in die Gegenrichtung auch nicht erkennbar ist – der Draxler denkt nicht im Traum daran, nach diesem Freudentaumel in Trauertränen auszubrechen –, steht diese Diagnose jedoch auf äußerst wackeligen Beinen.

Zwar würde sich der professionelle Leichenöffner beim nächsten Diagnoseansatz, der Nekrophilie, vielleicht ein wenig schämen – »Dr. Schneider, wer denkt denn an so etwas?« –, zu beleuchten wäre diese Überlegung jedenfalls. Allein schon aus Gründen der Vollständigkeit. Auch das Ausschlussprinzip kann einen schließlich ans Ziel führen.

Die Nekrophilen nachgesagte Vorliebe für schlechte Gerüche? Davon kann hier wohl nicht die Rede sein. Der Johann Steirer riecht wie ein verbranntes Huhn, aber wohl nicht wie ein verdorbenes. Dass, frei nach Fromm, nekrophile Tendenzen stark mit extremen politischen und sozialen Einstellungen korrelieren, muss Dr. Schneider im Fall Draxler entschieden vom Tisch wischen. Er kennt den Oberst seit nunmehr vierzehn Autopsien – den Rest hat der Draxler draußen auf dem Gang verbracht – und hat in den vielen Stunden trauter Dreisamkeit, die jeweils anwesenden Toten miteingerechnet, vom Draxler weder eine abweichende soziale Einstellung erfahren, geschweige denn ein politisches Statement gehört. Zu diesen zwei Themenbereichen waren sogar die bedauerlichen Leichen gesprächiger. Dass der Draxler oft von seiner Irmi gesprochen hat, mit glänzenden Augen zu ihren Lebzeiten und mit stumpfen, traurigen nach ihrem Tod, entkräftet den zweiten Diagnoseansatz wohl endgültig.

Als letzten Vorschlag hätte Dr. Schneider wohl schizoides Verhalten ins Rennen geführt. Auch hier ergeben sich alsbald die ersten ernüchternden Widersprüche. Defizite an zu erwartenden emotionalen Reaktionen auf die Gefühlslage der Mitmenschen? Hat er nun Ferdls Flachmann mit einer positiven emotionalen Reaktion entgegengenommen oder nicht? Fehlende emotionale Authentizität? Zum Schnaps sicherlich nicht! Zum Toten?

Nun ja.

Woran Dr. Schneiders wohl letztes Argument hängt, und damit an einem zweifellos seidenen Faden, ist die Sache mit Draxlers Beruf. Neigen doch, Zitat Wikipedia, schizoide Menschen verstärkt zu abstrakten Tätigkeitsfeldern. Spätestens jetzt wäre Dr. Schneider ernsthaft ins Grübeln gekommen. Im Vergleich zum Beruf eines Gerichtspathologen scheint die Tätigkeit eines Mordermittlers auf biedere Weise unabstrakt.

Gib es zu, Dr. Schneider! Der Draxler ist ein alter, brummiger Kriminaloberst, dem es auf der Zielgeraden seiner beruflichen Laufbahn extrem fad geworden ist. Der will am liebsten mit Pauken und Trompeten, quasi mit einem lauten Abschiedstusch, in den Ruhestand gehen. Nicht schleichend und dem Vergessen geweiht. Ende der Diagnose! Basta!

26

Nach einem herzhaften Schluck schmatzt der Draxler einmal laut. Dann ist er wieder im Dienst. Um ja sicherzugehen, dass keine Tatortverunreinigung stattgefunden hat, stellt der Draxler jetzt ein paar routinemäßige und für den Uneingeweihten scheinbar sinnlose Fragen.

»Hat jemand den Tod des Mannes festgestellt?«, fragt Draxler unnötig barsch. »Rolli hat das getan«, meint Sigmund Stoiser lapidar. »Hat dafür wohl den besten Riecher.«

Da der Draxler eins und eins zusammenzählen kann und der ihm unbekannte Mann wohl nicht von sich in der dritten Person gesprochen haben wird und da der Ferdl dem Sepp wie aus dem Gesicht geschnitten ist und dieser, wie der Draxler aus Erzählungen weiß, auch nicht Rolli heißt, fehlt da wohl einer.

Ungläubig sieht er den Stoiser an und meint: »Da herrscht ja mehr Betrieb als in der Grazer Fußgängerzone an einem Vorweihnachtssamstag. Wer ist der Kerl und wo ist der Kerl?« Der Stoiser schüttelt müde den Kopf und zeigt hinüber zum Apfelbaum.

Kaum dass alle vier Männer sich umgedreht haben, bellt Rolli beleidigt auf. Einmal muss reichen. Spiegelt in prägnanter Kürze am ehesten seinen Frust wider.

»Ach, der Hund ist gemeint.« Der Draxler ist vorerst einmal beruhigt. Draxlers nächste Frage scheint Ferdls Vorschussvertrauen in Draxlers Kompetenz arg ins Wanken zu bringen.

»Wie sieht es mit Wiederbelebungsversuchen aus?«

Die drei sehen sich entgeistert an. Hätte das einer von ihnen versucht, würde wohl im verrußten Antlitz des Toten eine gehörige Portion Fleisch fehlen. Da hätte eine zarte Brise gereicht, und das krosse Fleisch wäre in dünnen Fetzen davongeflogen. Da kann ich gleich versuchen, den sonntäglichen Schweinsbraten zu beatmen, denkt sich der Stoiser patzig.

»Kann ja durchaus sein. Im Affekt Erste Hilfe zu leisten, ist schließlich kein Schwerverbrechen, sondern vielmehr hehre Menschenpflicht«, meint der Draxler fast entschuldigend und mit einem Achselzucken. Mit dieser Frage ist er wohl die eine oder andere Meile über das Ziel hinausgeschossen. Das ist dem Draxler auch relativ rasch klar.

Einzig und allein der Reininger Sepp kann Draxlers Gedankengänge nachvollziehen. Nicht ganz ohne ein schlechtes Gewissen. Der Draxler muss natürlich auf Nummer sicher gehen, dass hier nichts und niemand angerührt wurde. Nach dem Fiasko im Sommer oben am Reinischkogel durchaus verständlich. Solche scheinbar dämlichen Fragen zu stellen, ist wirklich ein großer Freundschaftsdienst. Dass die Message angekommen ist, gibt der Sepp dem Draxler mit einem dankbaren Zwinkern auch gleich zu verstehen.

Der Draxler nimmt Sepps Reaktion grunzend zur Kenntnis und sich erneut für eine Minute frei. Was so viel heißt wie: dem Ferdl die Flasche aus der Hand und einen erneuten Schluck aus der Pulle. Den hat er jetzt bitter nötig.

Dann blickt er sich um. Reichlich verwahrlost sieht die Hütte da aus. Da hat der ausgewaschene und schlaglochgepflasterte Schotterweg nicht zu viel versprochen.

Das Dach löchrig wie ein Schweizer Käse und der First wellig wie eine Gabunviper beim Wedeln, dazu die Wände größtenteils schiefer als der Turm in Pisa und allem Anschein nach feuchter als ein patscherter Teenagerkuss.

Dieser erste Eindruck liefert kein mögliches Mordmotiv auf dem Silbertablett. Doch eines weiß der Draxler aus Erfahrung. Das Augenscheinliche gibt nur selten den Kern der Wahrheit wieder. Gräbt man ein paar Zentimeter tiefer, kommen rasch Mordmotive ans Tageslicht, die man anfänglich nicht für möglich gehalten hatte.

Einen Rundgang durch die Gebäude hebt sich der Draxler für später auf. Sein erklärtes Primärziel: Sammeln von sachdienlichen Hinweisen, um einen Einsatz der Spurensicherung zu rechtfertigen.

Am besten, er fängt beim armen Opfer an. Ein fragender Blick in die Runde, und der Stoiser Sigmund gibt artig und unaufgefordert Johann Steirers Eckdaten bekannt. Eifrig kritzelt der Draxler die gesammelten Informationen in sein kleines schwarzes Büchlein. Quasi als Ouvertüre zu einer Mordermittlung. Zu *seiner* Mordermittlung. Zwischenzeitlich plätschert sich der Reininger Ferdl einen gehörigen Rausch an. Weil seine gewachste Jacke ein ordentliches Sortiment an diversen Taschen hat und sein Bestand an Flachmännern auch nicht unbeträchtlich ist – das Ergebnis zahlloser einfallsloser Weihnachtsbescherungen –, geht ihm sein Schnapsvorrat so schnell nicht aus. Da das umliegende Land eine Vielzahl erlesener Früchte hervorbringt, steht jede einzelne Tasche für eine eigene Geschmacksrichtung. Von Pflaumen über Pfirsiche, Äpfel und Birnen bis hin zu den kostbaren Vogelbeeren. Der Ferdinand ist ein wandelndes Schnapsoleum.

Je mehr der Draxler über den Verblichenen erfährt, umso mehr verwandelt sich die Leiche vor seinem geistigen Auge in einen Menschen. Armselig zwar, aber offenbar liebenswert. Schnell wird eine anfangs nüchterne Ermittlung zu einer ernsten und auch sehr persönlichen Angelegenheit.

Wie dann die Rede auf das steiermärkische Muttermal kommt und sich der Draxler, quasi zur Verifizierung, mit zusammengekniffenen Augen nach vorne beugt, wird die Schaßaugigkeit, sprich: Draxlers vermaledeit schlechtes Sehvermögen, zum ernsthaften Problem. Dass er wegen der potenziellen Spuren dem Opfer nicht zu nahe kommen will, ist mit der Brennweite seiner erstarrten Linse nicht in Einklang zu bringen. Gott sei Dank kann sich der Reininger Sepp an den Feldstecher erinnern, der in der Beifahrerablage des Unimog steckt.

Da sein Bruder das kichernde Stadium eines zünftigen Rausches gerade hinter sich gebracht hat und mittlerweile katatonisch vor und zurück wippt, nahe am unvermeidlichen stabilisierenden Ausfallschritt, der ihn beängstigend nahe an die Leiche brächte, ist er keine echte Unterstützung. Muss sich also der Sepp wieder um alles kümmern. War in ihrer gemeinsamen Jugendzeit auch nicht viel anders.

Kaum dass der Sepp mit Feldstecher und dem reaktivierten Rolli im Schlepptau zurück ist, beginnt der Draxler das Opfer blicktechnisch abzutasten. Da der Feldstecher aus einer bekannt guten Tiroler Manufaktur stammt und die Auflösung entsprechend exzellent ist, erscheint dem Draxler das Muttermal so groß wie ein Scheunentor.

Stumm wohnen die vier Statisten dieser seltsamen Ermittlungszeremonie bei.

Weil der Draxler sich keinen Deut bewegt und in seiner vergeistigten Starrheit jedem dieser geschminkten und zu Stein erstarrten Fußgängerzonen-Performancekünstler ernsthaft Konkurrenz gemacht hätte, wird Rolli langsam nervös.

Und wenn Rolli nervös wird, dann winselt er automatisch. Was denn los ist?, fragt der Sepp flüsternd. Fast so, als wolle er Draxlers unmittelbar bevorstehenden Ermittlungsdurchbruch nicht gefährden.

Der Draxler schüttelt kaum merklich den Kopf und starrt ungerührt weiter durch das Fernglas und hinauf auf Johanns Bauch. Rolli winselt erneut. Dann rülpst der Ferdinand. Einmal, dann noch einmal.

Als wollte auch er seinen akustischen Beitrag leisten, lässt der Stoiser Sigmund nun einen fahren. Altersflatulenz. Der Sepp blickt ihn böse an. Darauf der Stoiser mit einem Achselzucken: »An Achtung verloren, aber an Gesundheit gewonnen.«

Der Draxler lässt sich von dem anwesenden Komödiantenstadl nicht aus der Ruhe bringen. Langsam kommt die Vermutung auf, dem Draxler wäre die Hexe in den Ischias gefahren. Sprich: Hexenschuss.

Der Draxler schüttelt den Kopf.

»Ich kann es nicht finden.«

»Was nicht finden?«, fragt der Sepp supportiv nach.

»Radkersburg. Ich kann Radkersburg nicht finden. Der Bürzel rechts unten fehlt.«

Der Sepp blickt fragend in die Runde. Dreht der Draxler denn jetzt völlig durch? Was Geografie angeht, ein Angeber, wie er im Bilderbuch steht. Weil Muttermal und nicht Tattoo, sind Abweichungen von der steiermärkischen Landeskontur wohl mehr als zulässig.

Wie dann der Draxler seinen Blick über das Gesicht des Toten, jetzt eine schwarze Aschewüste, schweifen lässt, bleibt er am Stiernacken des Johann Steirer hängen. Dort, wo sich vor der Brandrodung der linksseitige Haaransatz befunden hat, erkennt der Draxler eine noch dunklere, ovale Stelle. Könnte ein Erguss sein. Bei der frei gewordenen Hitze wahrscheinlich gestocktes

Blut. Da der Johann brav auf dem Rücken liegt und eine Inspektion auf der gegenüberliegenden Seite daher ebenfalls möglich ist, wechselt der Draxler seine Position. So unvermutet, dass dem Rüden Rolli ein gefährliches Knurren auskommt. Eher vor lauter Schreck als aus Bösartigkeit.

Die Gegenprobe liefert dem Draxler den erwünschten Spurensicherungsanforderungsfreibrief. Der Draxler findet auch dort einen Bluterguss. Und noch einen und dann gleich wieder zwei. Weil ein umfassender Griff einer menschlichen Hand im Regelfall den Daumen links oder rechts abbiegen lässt und diesen so vom Rest der Fingerriege trennt, presst sich dieser einsam ins Fleisch, während die anderen vier wie eine fröhliche Pokerrunde beieinanderbleiben dürfen. Das ergibt dann dieses ungleiche Muster. Auch kein denkintensives Doktorandenthema.

Dr. Schneider wird in wenigen Stunden zu folgendem Ergebnis kommen. Ursache: Druck, eindeutig im Verantwortungsbereich des Angreifers, gepaart mit Gegendruck, definitiv auf Johanns vehemente Zurwehrsetzung zurückzuführen, ergibt einen noch größeren Druck.

Ergebnis: verletzte Blutgefäße und damit eine unweigerliche Ansammlung von Blut im Körpergewebe. Zwar unschöne Flecken, jedoch nur äußerst selten tödlich. Der Schluss, dass der Tod auf einen stressbedingten Herzinfarkt und weniger auf den Bluterguss zurückzuführen ist, erfordert auch keine akademische Ausbildung. Ein Wi-Fi-Grundkurs für Werkmeister hätte für diese Erkenntnis auch gereicht.

Oberst Draxler hängt sich hektisch den Feldstecher um den Hals und durchsucht auf seinem Wischhandy eifrig seine Kontakte. Weil die mordfreie Zeit eine lange war, hat sich die Telefonnummer der Spurensicherung klamm und heimlich aus seinem fragilen Gedächtnis gestohlen.

Während es tutet, schnappt sich der Draxler erneut einen von Ferdinands Flachmännern. Diesmal Vogelbeerschnaps. Hervorragend, denkt sich der Draxler erfreut, der ist richtig gut.

So schlecht der gestrige Tag geendet hat, so unerwartet erfreulich scheint dieser hier anzufangen. Dem Spazierer um Haaresbreite entkommen, dann den Dieselmotor sauber durchgeputzt, nun eine vielversprechende Leiche und als Sahnehäubchen obendrauf ein exzellenter Umtrunk.

Sobald der Draxler die Spusi informiert hat, wird er sich um das anwesende Kondolenzkommando kümmern müssen. Am wenigsten Sorgen macht er sich seltsamerweise um den Rüden Rolli. Scheint ein artiges und recht sittsames Tier zu sein. Vielleicht sollte er seine Haltung gegenüber dem besten Freund des Menschen überdenken. Mit seiner Alterspension in Reichweite wäre es schon schön, nicht Tag und Nacht allein sein zu müssen. Ein Hund, wenn auch nicht gleich so ein großer, wäre wirklich eine Überlegung wert.

Um wen der Draxler sich am meisten Sorgen macht, ist der schwer in Seenot geratene Ferdinand. So wie der schlingert, ist es bis zur endgültigen Kenterung nicht mehr weit. Den gilt es aus dem Nahbereich des Toten zu bringen. Und zwar schleunigst.

Als hätte der Sepp die Botschaft telepathisch empfangen, nimmt er den Ferdl beim Oberarm, führt ihn hinüber zum Wohntrakt und setzt ihn auf den Holzstapel gleich neben der Eingangstüre. Weil der Spalt zwischen Wand und Stapel nicht gerade groß ist, wird sich dahinter wohl kaum ein potenzieller Mörder versteckt haben. Und weil der Draxler in der Nähe ist, achtet der Sepp auf die kleinsten fühl-, hör- und riechbaren Nuancen etwaiger Missbilligung. Nicht, dass er wieder für jede unabsichtliche Spurenvernichtung verantwortlich gemacht wird. Da wird ihm sein fast väterlicher Freund mitunter eine Spur zu väterlich. Bevormundung ist beim Draxler fast schon eine Charaktereigenschaft.

27

Chefpathologe Dr. Schneider ist ernsthaft beunruhigt.

Seit sich seine berufsuntätige Frau aufgrund ihres ungesund hohen Freizeitquotienten dieser seltsamen Frauengruppe angeschlossen hat, passieren in ihren heiligen vier Wänden gar seltsame Dinge.

Zu jener Zeit, als seine talentfreie bessere Hälfte die Kunst und speziell die Ölmalerei für sich entdeckt hatte, war die Welt ja noch einigermaßen in Ordnung. »Einigermaßen«, weil das, was Amalies kreatives Ich in diesen Monaten zutage gefördert hat, auf den ersten Blick auf einen äußerst kranken Geist schließen ließ.

Ihr Geschmiere, anders hatte es Dr. Schneider beim besten Willen nicht bezeichnen können, zeichnete sich durch einen unverkennbaren Hang zur Farbe Braun aus. Bei Kindern hätte man zweifellos eine unpathologische Fäkalphase diagnostiziert. Aber diesen kindlichen Schutz genießt Amalie schon seit dreiundvierzig Sommern nicht mehr.

Waren die schwer depressiven Ölmalereien im lichtdurchfluteten Atelier im verglasten Oberstock ihrer herrschaftlichen Villa gerade noch zu ertragen, kroch einem bei drei Lichtstärken weniger der blanke Horror ins Gebein. Noch schlimmer war Amalies Wunsch nach Anerkennung. Ehrlicher Anerkennung.

Im Hause Schneider zählt das Wort des Hausherrn noch etwas. Prinzipiell eine wirklich gute Sache, hier aber tödlich.

Kaum dass wieder eine dieser grässlichen Todesspiralen fertig geworden war, eines der Lieblingsmotive ihrer frühen Schaffensperiode, kam sie freudestrahlend auf ihn zu, nahm ihn wortlos bei der Hand und zerrte ihn zwei Stockwerke höher.

Jetzt kann man annehmen, dass einem so ein sprichwörtlicher Canossa-Gang genügend Vorlaufzeit gibt, um sich eine elegante Umschreibung dessen zurechtzulegen, was im Grunde genommen unbeschreiblich ist. Dieser theoretische Ansatz ist zwar prinzipiell richtig, jedoch schaffte es Amalie mit einer erschreckenden Regelmäßigkeit, ihren innerlich gewappneten Mann mit noch abstruseren und noch abscheulicheren Bildern zu überraschen.

Dass er jedes Mal noch um einen Deut sprachloser war als bei dem Vorgängergeschmiere, deutete seine Frau als ein positives Zeichen ehrlicher Ergriffenheit.

Und wie ergriffen er war.

In solch dramatischen Momenten kam ihm seine Arbeit als Gerichtspathologe vergleichsweise hell und fröhlich vor.

Eine künstlerische Weiterentwicklung seiner Frau im positiven Sinn war weit und breit nicht erkennbar.

Da sich Amalies Begeisterungsfähigkeit generell durch eine relativ kurze Halbwertszeit auszeichnet, war der Spuk nach vierunddreißig Monstrositäten, also achtzehn Monaten, drei Tagen und fünf Stunden, wieder vorbei.

So groß Dr. Schneiders erste Erleichterung auch war, wusste er doch, dass seine sprunghafte Frau bestimmt wieder etwas Neues ausbrütete. An Sprunghaftigkeit überbot sie locker das gesamte österreichische Skispringerteam.

Dass es für ihn noch viel schlimmer kommen sollte, bestätigte sich bald. Woher die eigentliche Bedrohung kam, war ihm allerdings noch völlig unbekannt.

Dass vor drei Tagen eine angeschnittene, aber durchaus noch appetitliche Schweinshaxe aus dem heimatlichen Kühlschrank spurlos verschwunden ist, deutet Dr. Schneider als erstes untrügliches Indiz dafür, dass hier etwas im Busch ist. Eine noch jungfräuliche Dose mit würzigem Verhackerten ist seit gestern abgängig. Der bekennende Fleischliebhaber Schneider schneidet sich im ersten Frust eine dicke Scheibe Hauswurst ab, schiebt sich diese zur Hälfte in den Mund und kaut beharrlich den würzigen Mischmasch. An den frei stehenden Küchenblock gelehnt, sucht er grübelnd nach einer Antwort.

Vielleicht kann ihm das Foto einen Hinweis geben, das schon seit Längerem auf der Vorzimmerkommode herumliegt. Darauf abgebildet drei etwas befremdlich aussehende Frauen mit noch befremdlicherer Garderobe. Könnten fast Obdachlose sein. Dass sie seine breit grinsende Frau, immerhin im edlen Armani-Zweiteiler, in ihre Mitte genommen und auch augenscheinlich adoptiert haben, gibt ihm nun wirklich zu denken.

Dass sich seine Frau den Umweg über die milde Perversität des Vegetarismus erspart hat und sich tatsächlich einer militanten Veganertruppe angeschlossen hat, wird sie ihrem Gatten bei einer

Schüssel gedünsteten Sauerampfers und einer Fuhre gedämpfter Knollen noch heute Abend mitteilen.

28

Major Spazierer fühlt sich weit weniger einsam, als es die fast menschenleeren Büros hätten erwarten lassen. Natürlich ist er traurig, dass seine Karin bald weit fort sein wird, trotzdem wollen beim Gedanken an Draxler und die Hilde Ranner ähnliche Gefühle nicht so recht aufkommen.

Außerdem ist er schrecklich müde.

Zwar war der Spazierer dem Kontinent Afrika nie näher als im »Hakuna Matata«, einer südafrikanischen Bar am Fuße des Schlossbergs, trotzdem könnte man meinen, ihn hätte irgendwann einmal eine dieser fetten Tsetsefliegen gestochen. Bekannt für ihre altruistische Fähigkeit, die Schlafkrankheit zu übertragen. Eine bequeme Sitzposition vorausgesetzt, dazu noch eine Temperatur, die an die kuschelige Zeit im Mutterbauch erinnert, und schon gehen beim Spazierer die Lichter aus. Eben noch hellwach, trompetet eine Minute später seine Atemluft, vorbei an der schief stehenden Nasenscheidewand, hinaus in die Einsamkeit seines Zweipersonenbüros. Das sonore und akkurat regelmäßige Schnarchen transferiert den Spazierer gleich noch schneller in die Tiefschlafphase. Ist wie eine Endlosschleife. Das Geräusch bei der Nase hinaus und bei den Ohren wieder hinein. Ein ungemein beruhigender Zyklus.

Dass der Spazierer ein Beamter ist, wie er im Buche steht, kann man ihm aber nur eingeschränkt nachsagen. Selbst mit den fähigsten Anwälten und Verteidigern an seiner Seite wäre das just in diesem Augenblick zwar nur schwer zu widerlegen, doch der Spazierer wird zum Rennpferd, wenn es gilt, Mörderbuben und, im Zeitalter der schon krankhaften Geschlechtergleichmachung, auch Mördermädels zu jagen.

Dann herrscht echt null Schlendrian, nichts ist mit fünfzehn

Uhr Dienstschluss, ausstempeln und hurtig heimgehen. Genau da kommt nämlich sein männlicher Jagdinstinkt durch. Der Spazierer ist der festen Überzeugung, dass ihn das Jagdfieber sogar tagelang wach halten könnte. Ganz ohne Red-Bull-Nierenspülung oder bunte Ecstasy-Tabletten. Da könnten ihn sogar Tsetsefliegen maschinengewehrartig piksen. Keinerlei Reaktion.

Obwohl das Anfuttern von Winterspeck ein allgemein anerkannter Mechanismus ist, steht das Prinzip des Vorschlafens medizinisch auf wackeligen Beinen.

Ist auch eine Gabe, die nicht jeder hat. Echt praktisch, bei jeder passenden Gelegenheit wegdösen zu können, hat schon einen gewissen Charme. Da ist nichts mit nächtelangem Wachliegen und an die weiß gekalkte Decke starren.

Und wie die Karin ihn dann immer hasst.

Im Gegensatz zum Spazierer hat die Koller Karin den wohl seichtesten Schlaf überhaupt. Die kennt die REM-Phase praktisch nur vom Hörensagen. Ist für sie wie eine Legende, reine Fiktion. Die wacht sogar auf, wenn eine Bettmilbe Junge wirft.

Liegen die beiden Turteltauben im lauschigen Bett beieinander, muss die Karin auf kurze, prägnante Sätze umsteigen. Ein mehrzeiliger Schachtelsatz, und der Spazierer schläft zwischen dem Beistrich und dem nachfolgenden »dass« ein. Egal, ob mit einfachem »s« oder doppeltem.

»Beneidenswerter Gauner.«

Eines der letzten nächtlichen und sehr schweren Sommergewitter hat der Spazierer elegant in einen peppigen Traum eingebaut und kein einziges Mal mit einem Augenlid gezuckt, während sich die Karin zu Tode gefürchtet hat.

»Vermaledeiter Verbrecher.«

Beim Aufwachen hat sich sein vom Schlaf verklärter Blick mit ihrem blutunterlaufenen Starren getroffen. Auf der Suche nach Versöhnung dann sein unschuldig mildes Lächeln, ohne sich dabei wirklich schuldig zu fühlen. Warum auch. War was?

»Widerlicher Bastard.«

Das laute Klingeln des Telefons reißt den Spazierer aus seinen Träumen.

Jetzt kommen Draxlers fast schon perfides Timing und sein Gespür für seine zeitweise faulen Mitarbeiter ins Spiel. Da die Spurensicherung bereits im Laufschritt in die Südsteiermark unterwegs ist, soll es ihnen der Spazierer nebst Hobbyhure gleichtun. Das teilt er dem Spazierer nun umgehend mit.

29

Der Spazierer nickt auch artig, während ihn der Oberst über das Ende der Ermittlungsflaute in Kenntnis setzt. Ein belegtes Räuspern erspart er sich aber. Sonst zählt der Spürhund Draxler auch gleich eins und eins zusammen.

Obwohl den Herrn Major die Aussicht auf ehrliche Arbeit riesig freut, muss er trotzdem zuerst den verdammten Frosch im Hals loswerden, ehe er angemessen antworten kann.

In Ermangelung sinnvoller Alternativen legt der Spazierer kurzerhand auf. Ausreden wie die Anfälligkeit moderner Smartphones, wo man sich mit einem Ohrenwackeln unabsichtlich aus einem Gespräch ausklinkt und gleichzeitig ins Internet einloggt, sind absolut legitim und von der Gesellschaft so anerkannt wie die Gesetze der Schwerkraft.

Konzentriertes Würgen, zwei tiefe Huster, ein, zwei in den Raum geworfene Sprechproben, und der Spazierer ist stimmlich wieder voll da. Dem Schweizer Armeeprinzip gehorchend, wo nach einer Verbindungsunterbrechung erneut der Erstanrufer wählen muss, wartet der Spazierer artig auf Draxlers zweiten Anlauf.

Da sich der Reininger Ferdl gerade rücklings in den Spalt zwischen Holzstapel und Hauswand verabschiedet hat und nur unter Aufgebot aller verfügbaren Kräfte wieder geborgen werden kann – ein korpulentes und angeeistes Gletscherspaltenopfer in zehn Meter Tiefe wäre wohl leichter herauszubekommen –, wartet der Spazierer vorerst umsonst.

Beim Reininger Ferdl sind die Lichter gerade doppelt ausgegangen. Darüber hinaus hat er sich mit seinem Rolexuhr-Nachbau aus Bangkok derart unglücklich und natürlich kopfüber am Fuß des Holzstapels verhakt, dass der selbst leicht illuminierten Rettungsmannschaft nichts anderes übrig bleibt, als Teile des Holzstapels mühsam abzutragen. Dass Rolli sich über ein wenig Action unsagbar freut, ist nur schwer zu überhören. Bei dem Lärm hätte der Draxler ohnehin auch den lautesten Klingelton niemals hören können.

Der Spazierer klopft zwischenzeitlich mit den Fingern nervös den Hummelflug auf seine grüne Schreibtischunterlage.

Zeit genug hat er ja, um diesen möglichen Mordfall und Draxlers morgendlichen und äußerst egoistischen Alleingang miteinander in Verbindung zu bringen. Ob er als logischer Nachfolger des Herrn Oberst auch so seltsame Züge entwickeln wird? »Nicht, wenn wir zusammenbleiben«, flüstert ihm seine Karin in seinen Gedanken zu. Da ist etwas Wahres dran.

Zu jener Zeit, als Draxlers Frau Irmi noch gelebt hat, war der Draxler eigentlich ein recht akzeptabler Zeitgenosse. Zwar nicht gerade der liebe Onkel von nebenan, aber noch halbwegs normal. Was Einsamkeit so anrichten kann, schlussfolgert der Spazierer richtig. Für die Hilde Ranner sieht er da langfristig auch schwarz. Obwohl die Gute körperlich durchaus ansprechende Ansätze hat, eliminiert sie mit ihrer Art noch jeden potenziellen Ehemann.

Ihr nächstes Opfer tut dem Spazierer jetzt schon leid.

30

Die Hilde schläft tief und fest. Kaum mit bloßem Auge zu erkennen, wie sich die Bettdecke hebt und senkt.

Wäre da nicht dieser gelegentliche Schluckauf, man könnte die Hilde für tot halten. Die Ursache für den plötzlichen Schluckauf ist auch klar. Der Spazierer denkt gerade an sie.

Dass Spazierers Gedanken an Fräulein Ranner eher unfreundlicher Natur sind, tut nichts zur Sache. Für Hilde Ranner ist der

Schluckauf Grund genug, sich in einem nächsten Traum erneut mit ihrem Schatz zu beschäftigen.

Hilde steckt bis zu den Knöcheln im Schlamm fest. Sie blickt an ihren nackten Beinen entlang hinunter auf die braune Brühe, auf der sich ölig schillernde Lachen gebildet haben. Ach, wie langweilig, denkt sich die Hilde. Und wenn ihr langweilig ist und ihr nichts Besseres einfallen will, fängt sie an, wie ein kleines Kind mit ihren jetzt unsichtbaren Zehen zu schnalzen. Eine laut schmatzende und unangenehme Angewohnheit.

Viel besser, als im Krankenhaus herumzuirren, scheint ihr diese Sache hier auch nicht zu sein. Wenigstens treibt sich die blöde Bank nicht in der Gegend herum. Erstaunlich, dass sich die Hilde in diesem neuen Traum an den alten erinnern kann. Die Hilde blickt sich um. Rasch wird ihr klar, dass sie sich auf einem Friedhof befindet. Zu ihrer Linken türmt sich nämlich ein mehrstöckiges Mausoleum auf. Wird wohl dem Draxler gehören. Der hat ja andauernd von so einem Monument für die Ewigkeit geplappert. Armer alter Mann. Die Hilde muss die Augen zusammenkneifen, um die Inschriften zu entziffern, die sich auf einem unvollständigen Kreis von Grabsteinen vor ihr auftun. Unvollständig wegen Draxlers sinnlosem Protzbau, der das fast perfekte Rund unelegant unterbricht. Dass die Inschriften keine Von-bis-Lebzeiten wiedergeben, erstaunt die Hilde. Was sie noch mehr erstaunt, ist der wahre Sinn dieses Friedhofs.

Hier liegt nämlich die Liebe begraben.

Das Geburtsdatum steht für den Tag des ersten Treffens, den ersten Kuss oder vielleicht sogar den ersten Intimkontakt. Der Sterbetag dokumentiert dann das Ende der ganz großen Gefühle und ist augenscheinlich für alle Ewigkeit in Stein gemeißelt.

Das ist ja seltsam, denkt sich die Hilde Ranner. Vor lauter Nervosität fängt sie wieder an, mit den Zehen zu schnippen, was umgehend einen Frosch irritiert, der es sich in einer der benachbarten Pfützen bequem gemacht hat.

Der erste Grabstein dokumentiert ihre Liebesbeziehung zum verflossenen Schnurlibärli. Ein löchriger Sandstein, auf dem die Gravur kaum mehr zu erkennen ist. War wohl nichts Ernstes. Die Hilde kann dem nur zustimmen. »Leider. Oder Gott sei Dank.« Wie man es nimmt.

Der nächste ist da schon interessanter. Frau Dröster, die erste Witwe der zurückliegenden Mordserie, liebt ihren Mann immer noch. Bis über den Tod hinaus. So scharf, wie die Kanten der Inschrift immer noch sind, war ihr Mann wohl die Liebe ihres Lebens. Die Hilde wird nun sentimental. Erste salzige Tränen rinnen über ihre Wangen und tropfen hinunter auf den schon langsam enervierten Frosch.

Erst das erdbebenähnliche Zehenschnippen und jetzt der künstliche Regen. Äußerst lästig so etwas.

Wie ein Leuchtturm in der Brandung steht der nächste Stein da. Fahl schimmernd, fest und robust. Karin Kollers und Georg Spazierers Nachweis ihrer noch jungen Liebe. Nach dem Geburtsdatum ein dämlicher Bindestrich und dahinter spiegelglatter Marmor. Fast wie poliert. Man könnte fast meinen, dass hier selbst der schärfste Meißel keinen Halt findet. Jetzt nicht und auch nicht später. Hätte die Hilde Ranner ein derartiger Tiefschlag früher in tiefste Depressionen gestürzt, fühlt sie sich heute durch diese Botschaft in ihren Ambitionen nur noch bestärkt. »Na wartet!« Mit energischen Schwimmbewegungen befreit sich die Hilde Ranner aus dem klammernden Schlick, gibt dem nassen Frosch noch einen Tritt mit auf den Weg und taucht aus ihrem Traum auf.

31

Zeitgleich taucht der Reininger Ferdinand auf. Mit hochrotem Kopf schnauft er hinter dem Holzstapel hervor. Da hat er es mit dem Schnaps wohl ein wenig übertrieben, stellt er überraschend nüchtern in Gedanken fest. Nach einem scheelen Seitenblick auf die Männerrunde beschließt der Ferdl, sich den anklagenden Blicken nicht weiter zu stellen. Die sollten sich lieber einmal vom Arzt durchchecken lassen. Schwitzen allesamt wie die Saunagänger, und bei den ungesund roten Gesichtern stimmt mit deren Blutdruck wohl auch irgendetwas nicht. Dass Alkohol die Wahrnehmung mitunter seltsam verändert, findet hier einen eindrucksvollen Beweis.

Ächzend richtet sich der Draxler auf und drückt sein malträtiertes Kreuz kräftig durch. Altwerden ist zwar kein Honiglecken, aber jung zu sterben schließlich auch keine sinnvolle Option.

Oben auf der asphaltierten Straße donnert gerade der VW-Bus der Spurensicherung vorbei. Die lassen wohl wieder den irren Rupert fahren, denkt sich der Draxler prompt. Weil im Nebenberuf leidenschaftlicher Rallyepilot mit nur bescheidenem Talent, wird der Rupert in Kripokreisen kurz »der Irre« genannt. Bei Blaulichtfahrt kennt der nur ein Gas. Nämlich Vollgas. Das kreischende Quietschen der Bremsen quittiert der Draxler mit einem bösen Grinsen. Da hat dem Guten die weibliche Navistimme einen gehörigen Dämpfer verpasst.

»Wenn möglich, bitte wenden.«

Der Rupert lässt sich von keiner Frau etwas sagen. Das Quietschen der Bremsen ist ein akustischer Beweis dafür, dass diese Regel wohl auch ihre Ausnahmen hat.

Bevor die lebenden Staubsauger anrücken, will der Draxler noch rasch den Spazierer anrufen, um zu überprüfen, ob seine Botschaft auch angekommen ist.

Sobald die Pfadfinder ihr Equipment ausgepackt haben, wird nämlich jede noch so kleine Handlung als beweisverfälschend angesehen. Selbst dann, wenn ein Kriminaler im Range eines Obersts zum Handy greift. Kommt ihm dann ein Huster aus und werden drei Tröpfchen Speichel in den Äther geblasen, wird er umgehend zur Nachschulung geschickt. Wenn es blöd hergeht, dann halten die ihm die belehrende Standpauke gleich vor versammelter Schulklasse.

Natürlich hat die fehlende Technik vor zwanzig Jahren viele Mörder ungeschoren davonkommen lassen, und natürlich war das für die Verwandten ungesühnter Mordopfer bitter, dafür aber waren die Tatortbegehungen im Vergleich zu heute nahezu gemütlich.

Wenn da ein kettenrauchender Ermittler am Tatort seine Kippen in die Natur gepfeffert hat, dann hat von dem ein sonor gebrülltes »Die-Marlborostummel-sind-von-mir!« gereicht, um klarzumachen, was Beweise sind und was eben nicht. Hat dann ein Uniformierter, mit Zange und Plastiksackerl bewaffnet, versehentlich einen der Kommissar-Tschiks eingetütet, dann hat genau der den Anschiss bekommen. Er und kein anderer.

Hektisch tippt der Draxler auf »letzter Anruf« und lässt es läuten. Vergeblich. Da bekommt er gleich einen Kropf. Wenn sein potenzieller Nachfolger glaubt, dass er so sicher im Sattel sitzt wie John Wayne in seinen besten Jahren, dann irrt der sich aber gewaltig. Die letzten Hymnen, wer ihm nachfolgen darf, sind noch nicht gesungen.

32

Wer dem Spazierer und seinem bevorstehenden Karrieresprung hier und jetzt in die Quere kommt, ist wider Erwarten die Hilde Ranner.

Zu eindrücklich war der warnende Traum, als dass die Hilde auf ihren geschändeten Mittelfinger hätte Rücksicht nehmen können. Ein lederner Überzieher und ein Topfhandschuh während der Autofahrt müssen vorerst reichen. Die Hilde meldet sich beim Spazierer zum Dienst.

Das Mobiltelefon zwischen Schulter und Ohr eingeklemmt, steht sie halb nackt im Bad und nestelt an ihrem Push-up-BH herum. Da der Spazierer erst gestern einen eindrucksvollen Blick auf ihren Hintern genießen hat dürfen, quasi aus erster Reihe fußfrei, stellt sie heute zur Abwechslung ihre Brüste als Reizobjekte in den Mittelpunkt. Und vielleicht noch ein wenig ihre Beine.

Von nun an wird die Hilde Ranner all ihre weiblichen Vorzüge ganz gezielt einsetzen. Der Spazierer soll nur sehen, welche Granate er da jeden Tag vor sich sitzen hat.

Die Waffen einer Frau sollte man nicht unterschätzen. Verschiedenste Gattungen bis zum Abwinken.

Dass er noch nicht auf sie angesprungen ist, kann sie ihm nicht einmal verdenken. So abweisend, wie sie immer zu ihm war. Kein schmachtender Augenaufschlag und keine zweideutige

Andeutung. Außerdem hat sie der Fehlgriff namens Schnurlibärli zwei wertvolle Jahre gekostet und beim Spazierer wohl auch einen ganz falschen Eindruck hinterlassen. Auch wieder klar, wenn sie sich jeden Tag über jedes noch so kleine private Problem, das sie mit ihrem Lover gehabt hat, bei ihm ausheult.

Die andere Seite der Hilde hat er ja noch nie zu Gesicht bekommen. Quasi ihre Schokoladenseite. Genau jene Seite, die dem Schnurlibärli so unendlich viel Vergnügen bereitet hat.

Bei diesem Gedanken muss die Hilde lächeln. Jetzt noch den engen roten Pullover mit dem tiefen Ausschnitt drübergezogen, und dem Spazierer werden die Augen übergehen. Der schwarze Rock, den sich die Hilde für heute ausgesucht hat, ist zwar deutlich länger als der gestrige Minirock, trotzdem lässt ein langer Beinschlitz nicht nur mehr erahnen, sondern auch erkennen.

Dass sich Hilde Ranners Bekleidungswahl auf die anstehenden Ermittlungen leider negativ auswirken wird, ist wohl nur bedingt ihre Schuld. Da sich die Frauenquote bei der Spusi noch auf Vor-Weltkriegsniveau befindet und gerade einmal eine Kollegin in die Südsteiermark hat mitfahren dürfen und weil es im Team keine Männer gibt, die auf weibliche Reize so gar nicht anspringen, hat der größte Teil der Spurensicherung am Ende des Tages nur äußerst schlampig gearbeitet. Was da an Speichelproben aufgesammelt wurde, ist bemerkenswert. Dass die Sekrete von oben und nicht von unten an die Tupfer gekommen sind, haben erst sehr viel später umfassende und sauteure Labortests ergeben.

Hätte sich die Hilde weit weniger oft gebückt und dem Rüden Rolli weniger oft das Stöckchen zugeworfen, es wäre weitaus mehr Verwertbares ans Tageslicht gekommen. Ob die folgende Mordserie hätte verhindert werden können, ist dennoch fraglich. Was aber erneut anzumerken ist: Hätte der Schäferhundrüde Rolli sprechen können, es wäre wahrscheinlich nur bei diesem einen steirischen Mord geblieben.

33

Dr. Schneider hat Spazierers Anruf mit Wohlwollen entgegengenommen. So wenig, wie er in den letzten Wochen zum beruflichen Tranchieren gekommen ist, ist das auch kein Wunder. Um nicht aus der Übung zu kommen, hätte sich Dr. Schneider vor lauter Langeweile beinahe als Volontär beim städtischen Schlachthof gemeldet.

Zugegebenermaßen wären seine detektivischen Fähigkeiten bei den toten Viechern so unnötig gewesen wie ein Kropf, die Todesursache war ja ohnehin immer dieselbe, aber zumindest wäre er handwerklich nicht eingerostet.

Dabei hätte er nur die Augen ein wenig offen halten müssen, weil sich gerade in seinem Privatleben schier Unglaubliches ereignet. Die Stunden in der Gerichtsmedizin werden schon bald eine Erholung sein im Vergleich zum Kampf an der heimatlichen Front. Eine militante Veganerin und ein bekennender Fleischesser. Einst zwei sich unwiderstehlich anziehende Magnete, jetzt auf Abstoßen gepolt. Bei Amalies beschränkter Ausdauer zwar bestimmt nur ein kurzes Intermezzo, aber der Dr. Schneider ein Jahr ohne Fleisch? »No way«, hätte ihm die NSA durchs Telefon geflüstert.

34

Der Wanderzirkus hatte die längste Zeit die Gegend rund um Bukarest abgegrast. Immer weniger Menschen zog es zu den Schaustellern. Obwohl das kommunistische System der späten fünfziger Jahre nicht viel an Unterhaltung bot, waren die Darbietungen der engagierten Artisten den meisten bald keinen müden Leu mehr wert. Nach mehreren Besuchen wirkten auch die kühnsten Trapezakte fad und die grimmigsten Tiernummern ausgelutscht.

Langweile machte sich in der Manege breit. Für drei zaundürre Kinder den Affen zu machen, besaß auch für die Schausteller einen nur sehr geringen Spaßfaktor. Den Tanzbären auf die Handvoll Kinder loszulassen, würde zwar deutlich mehr Freude machen, aber bei der Unberechenbarkeit der alten Braunbär-Dame war das Risiko eindeutig zu groß.

Wenn dann gar nichts mehr ging, packten sie zusammen und zogen ein gutes Stückchen weiter in Richtung Norden. Ob sie dort willkommen waren, wussten sie im Vorhinein nie. Nicht nur einmal sind sie von der Dorfwiese gejagt worden.

Zigeuner waren sie. Stolz auf ihre Rasse und doch vielerorts unverstanden. Die den Zigeunern anhaftende Unstetigkeit konnte dem Wanderzirkus zwar einen halb legalen Charakter verleihen, aber Nomaden waren sie, und Nomaden würden sie immer bleiben. Nur wenige gingen wenigstens optisch als »Normalbürger« durch. Die meisten von ihnen hatten diesen südländischen Teint und dieses tiefschwarze Haar, das sie so andersartig machte. Konnte sich ein rassiger Süditaliener in der Gesellschaft fast immer behaupten, fiel genau das den Roma seit jeher schwer. Auch wenn sie sich gar nicht wesentlich von den Bewohnern der nahen Apenninen-Halbinsel unterschieden, war ihre Verfolgungsgeschichte lang und blutig. Und der nationalsozialistische Genozid war dann der Super-GAU.

Doch langsam begann sich ihr Volk von den sogenannten Säuberungen wieder zu erholen. Nach der Machtübernahme der sozialistischen Partei gelang es einem Teil der Roma, ihre wirtschaftliche Grundlage zu verbessern. Die planmäßige Industrialisierung Rumäniens bot ihnen feste Erwerbsmöglichkeiten. Auch wenn das Regime schon bald begann, die Existenz einer ethnischen Minderheit der Roma zu leugnen, waren offene Verfolgung und Diskriminierung verboten.

Und im Wort »offen« verbarg sich, gut versteckt, die eigentliche Wahrheit. Die Diskriminierung im Verborgenen. Quasi hinter vorgehaltener Hand. Wie schnell konnte eine gerade noch freudige Begrüßung beim Einzug des Schaustellervolkes in blanken Hass umschlagen.

War erst einmal die hübsche Tochter des Dorfvorstehers schmachtend in die Arme eines attraktiven Artisten gefallen und im feuchten Heu ihrer Unschuld beraubt worden, wurde nur allzu schnell der Pöbel auf den Dorfplatz gerufen, und die Hetze begann aufs Neue.

Dass zumeist Janosh der Stein des Anstoßes war, machte Boboko, den Zirkusdirektor und Besitzer des Schaustellerbetriebs, regelmäßig zornig. Konnte der gut aussehende Jüngling nicht ein einziges Mal seinen Schwanz in der Hose lassen?

Boboko war wütend über Janoshs Schönheit, Boboko war wütend über die Horden bildhübscher Mädchen, die Janosh nachliefen, und Boboko war wütend über Janoshs Talent, das ihn, Boboko, daran hinderte, die Hauptattraktion des kleinen Wanderzirkus in die tiefsten Schluchten der Karpaten zu jagen. Boboko war mehr auf Janosh angewiesen als Janosh auf Boboko. Viel mehr sogar.

Dabei hatte er den verlausten Jungen vor vielen Jahren aus dem Straßengraben geholt und ihm ein Zuhause geschenkt. Der Tross hatte damals auf dem Weg ins nächste Dorf kurz angehalten, da bei der »bärtigen Dame« die Presswehen eingesetzt hatten. Und genau an der Stelle, wo Bobokos Wagen zum Stillstand gekommen war, hatten ihn, wie zwei strahlende Sterne, dunkelbraune Kinderaugen aus einem verschlammten Rohrdurchlass angeleuchtet. Die Zähne im verdreckten Gesicht weißer als weiß. Und gelacht hatte der Kleine. So als ob seine Seite die Sonnenseite des Lebens wäre. Der Kleine besaß ein unübersehbares Talent, all das Böse zu überleben, was einem auf rumänischen Landstraßen in diesen unruhigen Zeiten widerfahren konnte. Und davon gab es in diesen Tagen nur allzu viel.

Boboko hatte in dem kurzen Augenblick erkannt, dass Janosh etwas ganz Besonderes war. Boboko musste Janosh einfach haben. Aber wohl kaum aus Hilfsbereitschaft. Boboko war als geiziger Kauz bekannt, und sein Jähzorn war gefürchtet. Keine wirklich attraktiven Charaktereigenschaften. Was Boboko aber definitiv hatte, war sein untrügliches Gespür fürs Geschäft. Aus der kleinen Tunnelratte konnte ein ganz Großer werden.

Boboko hatte Janosh am Kragen seines verlausten Hemds aus dem Rohr gezogen, ihn hinter seinen Wohnwagen gezerrt und einem der Tierpfleger übergeben. Zur Grundreinigung. So verdreckt, wie der Kleine war, würde er ihn nicht in seinen Wagen lassen.

Eine Stunde später saß der kleine Janosh frisch gewaschen und auf Hochglanz poliert an Bobokos Esstisch und schaufelte alles in sich hinein, was essbar und in Reichweite war.

Das war der Beginn von Janoshs kometenhafter Karriere als Dompteur. »Kometenhaft« zumindest in dem überschaubaren Mikrokosmos des Wanderzirkus. Janosh hatte eine ganz spezielle Art und konnte praktisch alles bändigen.

Waren es in jungen Jahren die Tiere des Wanderzirkus, fügte er später noch eine weitere Spezies hinzu. Menschlich, weiblich und, wenn möglich, gut gebaut. So sehr gefielen Janosh die Frauen, dass er schon mit vierzehn Jahren die Sache mit dem Sex angefangen hatte.

Und gerade war es wieder an der Zeit, eilig die Zelte abzubrechen. Das Schluchzen der hiesigen Dorfschönheit war bis auf die Dorfwiese zu hören. Hirnverbrannter, ständig geiler Janosh.

35

Oberst Draxler erinnern die weißen Overalls der Spurensicherung immer an die Vergänglichkeit des Menschen. Solange die Weißgekleideten stehen, geht das ja noch in Ordnung, sobald sie sich aber in die Waagerechte begeben, ähneln sie verdächtig fetten Maden, die auf einem Stück verdorbenen Fleisches herumkriechen.

Diesen Anblick will sich Oberst Draxler nicht stundenlang antun. Mit dem Chef der Spurensicherung tauscht er rasch die Telefonnummern aus. Der Draxler wird sein örtliches Hauptquartier in einem nahe gelegenen Gasthof aufschlagen. Das sagt er dem Spusimann so natürlich nicht.

Neid ist ein gar so schlechter Verlierer.

Den gelallten Vorschlag des Reininger Ferdl, doch vorübergehend in der Schnapsbrennergarage einzuziehen, schlägt der Draxler dankend aus. Mit dem Schnaps ist der Herr Oberst für heute erst einmal durch.

Gemeinsam hieven die drei Männer den völlig fertigen Ferdinand auf den Beifahrersitz des Unimog. Auch wenn der Sepp mit dem Ding noch keinen Meter weit gefahren ist, muss er seinen Bruder schleunigst zurück in die Zivilisation und ins Bett bringen. Wenn er mit seinem Dienstfahrzeug zurechtkommt, dem altersschwachen Octavia, bei dem jeden zweiten Tag ein Teil den Geist aufgibt, dann wird er dieses technisch einwandfreie Sahnestückchen wohl auch noch bändigen können.

Der Stoiser hat seinen Rolli wieder angeleint und sieht den beiden Polizisten beim mühsamen Reversieren zu. Dass der Sepp versehentlich den Rückwärtsgang einlegt und das fürchterliche Piepsen nebst gleißendem Rückfahrscheinwerfer den Draxler zu einem Blitzstart zwingt, bereitet dem Rüden Rolli ein unerwartetes Vergnügen. So spannend war es die ganze letzte Stunde nicht.

Mühsam kriecht der Draxler in seinem Ford Mondeo den steilen Schotterweg hinauf. Würde sich der Draxler nicht gerade so sehr über den Spazierer auf Schleichfahrt ärgern und würde die steile Straße nicht seine volle Aufmerksamkeit fordern, könnte er im Rückspiegel die schiefe Stallwand beobachten, die unter dem Druck der massigen Stoßstange des Unimog soeben noch ein Stückchen weiter aus dem Lot gerät.

Hätte der Reininger Sepp nicht rechtzeitig die Bremse gefunden, es hätte noch vier weitere Todesopfer gegeben. Und hätte der Spusitrupp nicht so hoch konzentriert gearbeitet, dann wäre den Kollegen mit Sicherheit der Schatten des Stalles aufgefallen, der wie im Zeitraffer Teile des eben noch im Sonnenlicht liegenden Innenhofes verdunkelt hat. Sämtlichen Gesetzen der Statik zum Trotz ist der alte Holzbau dann aber doch noch stehen geblieben.

Außer dem Schäferhund Rolli hat das Drama niemand gesehen. Da hat der Reininger Sepp wieder einmal gewaltiges Glück gehabt.

36

Auf der asphaltierten Gemeindestraße angelangt, blickt der Draxler unschlüssig nach links und rechts. Wohin jetzt? Da ihm bei der Herfahrt kein Wirtshaus aufgefallen ist, biegt er kurzerhand rechts ab und folgt dem kurvigen Verlauf der Straße den nächsten Hügel hinauf. Nach kaum fünf Minuten tut sich ein derart herrliches Panorama auf, dass der Draxler einen perfiden Mord und krosses Fleisch für einen Moment vergisst. Dass genau auf der höchsten Stelle, fast wie ein Adlerhorst in luftiger Höhe, ein Gasthof thront, wie ihn sich der Draxler nicht schöner hätte vorstellen können, in einem zarten Sonnengelb gestrichen und mit überbordenden Blumenkästen in voller Blütenpracht, stimmt den Draxler auf einmal milde. Hier wird er fürs Erste seine Zelte aufschlagen.

37

Und genau dieses milde Klima nutzt der Major Spazierer, fast instinktiv, für seinen Anruf. Noch ehe Draxler seinen Restgroll loswerden kann, berichtet der Spazierer von einem Wunder.

Die eben noch rekonvaleszente Hilde Ranner, quasi dem Tod von der Schaufel gesprungen, hat sich gerade zum Dienst gemeldet. Weil so unglaublich, schlägt der Spazierer auch gleich vor, das Haus von Hildes Tante, in dem die Hilde bekannterweise zur Untermiete wohnt, zum Wallfahrtsort zu erklären. Eine derartige Blitzheilung stellt selbst das überlaufene Lourdes in den Schatten. Neben der Basilika und Wallfahrtskirche Mariatrost, die nur einen Steinwurf von Hildes Domizil entfernt ist, ein Zeichen mehr für die Heiligkeit der ganzen Gegend.

Obwohl sich der Draxler mit dem Jenseitigen schon langsam zu arrangieren beginnt, liegt ihm nun doch zu viel Frömmigkeit in der Luft. Der Spazierer solle jetzt mitsamt der Wundergeheilten gefälligst antanzen. Aber rasch, meint der Draxler barsch. Kaum hat er die Adresse der interimistischen Kripoaußenstelle, also den Namen des Wirtshauses, bekannt gegeben, kommt eine resche und nicht minder fesche Kellnerin im modischen Dirndlkleid an seinem Tisch vorbei. Ob er denn etwas essen oder trinken möchte?, fragt sie ihn im breitesten Südsteirer Dialekt. »Selbstverständlich!«, meint der Oberst Draxler mit einem entwaffnenden Lächeln. »Beides, wenn's geht.« Dann drückt er den Major aus der Leitung.

38

Da sich die Wolken nun endgültig verzogen haben und die Sonne vom kitschigen Blau des Himmels lacht, verlegt der Draxler, nach Rücksprache mit der aparten Kellnerin, die Kripoaußenstelle kurzerhand ins Freie. Unter einer dicht bewachsenen Weinlaube, deren Farben untrügliche Spuren des Herbstes zeigen, sitzt er nun und sieht hinauf zu den dicken Trauben, die fett von den knorrigen Weinreben hängen. Da sich die Mittagsstunde mit Riesenschritten nähert, bestellt sich der Oberst aus reiner Schadenfreude Spazierers Leibgericht. Ein halbes Backhuhn mit Haut, eine Portion Reis, dazu einen gemischten Salat mit Kernöl und als Begleitung ein großes Weizen vom Fass.

Auf Gegrilltes will er sich aus Pietätsgründen heute nicht einlassen.

Genüsslich reibt sich der Draxler die Hände.

Da ihn schon seit dem frühen Morgen üble Winde zwicken, beschließt er, da unten erst einmal Platz für den Nachschub von oben zu machen. Dann schmeckt so ein feudales Mahl gleich doppelt so gut.

Auf der Suche nach dem stillen Örtchen landet er schließlich im geschmackvoll gestalteten Souterrain des Haupthauses. Grobe Klinkerziegel und eine raffinierte indirekte Beleuchtung erzeugen in den Toilettenräumen eine schon beinahe heimelige Wohnatmosphäre.

Das ist endlich einmal ein Wohlfühlplatz, denkt sich der Draxler, ehe er sich hinter der allerletzten Kabinentüre verschanzt. Und keine Menschenseele weit und breit. Genauso mag es der Draxler, wenn er seinen persönlichen Geschäften nachgehen muss. Einsam, still und verschwiegen.

Wie auf dem Donnerbalken einer Legebatterie zu hocken, um den Nachbarn beim zumeist geräuschvollen Geschäft zuzuhören, ist so gar nicht sein Ding. Nicht nur einmal ist er nahe an einer Implosion vorbeigeschrammt, wenn ein Nachbar in der Kabine nebenan eingezogen ist, um dort minutenlang aktionslos auszuharren. So viel Anstand hat der Herr Oberst schon, dass er im Beisein von Ohrenzeugen nicht mit vollem Getöse loslegt.

In der Ruhe liegt die Kraft, die dem Draxler nun zur Befreiung verhilft. Beachtlich, welches Potpourri an üblen Gerüchen der Draxler da in die heimelige Atmosphäre entlässt. Der verblichene Johann Steirer hat da weitaus angenehmer gerochen.

Gerade wie der Draxler aufstehen will, geht quietschend die Außentüre auf. Ein erschrockenes Schnaufen. Dem kurzen Moment atemloser Stille folgt sogleich ein ehrlicher Ausruf.

»Herr im Himmel! Da stinkt's ja impertinent! Haben die da einen abgestochen?«

Mehr braucht der Draxler nicht, um in die Luft zu gehen. »Das ist ein Scheißhaus und keine Parfümerie«, donnert er los. Ein erneutes Quietschen der Türe, und wieder herrscht Stille. »Ungehobelter Scheißkerl«, murmelt der Draxler, ehe er den Rest seines Geschäfts beinahe lustlos zu Ende bringt.

39

Der Krummer Karl hat es zu etwas gebracht. Zwar ist aus ihm kein Pfaffe geworden, wie es sich seine Mutter immer gewünscht hat, trotzdem hat er es geschafft, sich seinen Kindheitstraum zu erfüllen. Zumindest fast. Der Karli verhökert Lastkraftwagen. Nicht diese kleinen Pritschenwagen, die vollgepackt jedem Sportwagenfahrer permanent die Überholspur verstellen, nein. Der Krummer Karl bringt die ganz großen Brummis an den Mann. Aufgrund eines schmerzhaften Bandscheibenvorfalls, der ihn schon in jungen Jahren ereilt hat, hat er nach sechs Monaten seine Fernfahrerambitionen an den Nagel hängen müssen. In der Branche ist er aber geblieben.

Der Karl ist recht froh, dass seine Mutter seinen endgültigen Berufsweg nicht mehr hat miterleben müssen. Just an jenem Tag, an dem er seine C-Führerscheinprüfung bestanden hat, ist seine Mutter aus Versehen vom Balkon im Oberstock ihres Hauses kopfüber in die Tiefe gestürzt. So zumindest ist die Version, die sich der Karli für sein weiteres Leben zurechtgelegt hat. Ein

Freitod seiner Mutter? War mit ihrem Glauben an Gott und alle Heiligen so gar nicht in Einklang zu bringen. Dass sie tatsächlich gesprungen ist, blendet Karl in typisch männlicher Manier einfach aus. Darf nicht sein, also ist es auch nicht so. Basta!

Da seine katholische Hardcore-Erziehung doch recht nachhaltig war, geht Karl regelmäßig in die Kirche. Neben Gebeten für mehr Geschäft widmet er das Gros seiner frommen Gedanken stets seiner geliebten Mutter. Und ein kleines Quäntchen Gottessegen wünscht er sich für seine Süßwasserbarsche. Seinen kleinen privaten Stolz.

Frau hat der Krummer Karl leider keine. Er würde sich zwar selbst nicht als hässlich bezeichnen, aber als fesch nun auch wieder nicht. Wenn er dann hört, wie der Traummann für die meisten Frauen auszusehen hat, da kann er ohnehin gleich einpacken.

Blond oder schwarzhaarig muss er sein, sportlich, eh klar, humorvoll, aufgeschlossen, natürlich aufmerksam, und wenn's geht, finanziell gut situiert.

Deprimierend so etwas. Aber wenn man zwischen den Zeilen liest und dem Motto »Gegensätze ziehen sich an« Glauben schenkt, dann muss das Gros der holden Weiblichkeit wohl klein, unsportlich, absolut humorlos, ignorant und notorisch pleite sein. Dieser ironische Augenblick ehrlicher Genugtuung kann dem Karli über seine wenigen und sehr ernüchternden Versuche, eine Frau über eines dieser Partnervermittlungsportale zu finden, auch nicht hinweghelfen. Die Dates waren der blanke Horror. Minuten wurden zu gefühlten Stunden. Wie es erst den aufgebrezelten Damen dabei ergangen sein muss, will sich der Karl nicht vorstellen müssen.

Wäre das Traummannkriterium der Besitz blendend weißer Zähne gewesen, der Krummer Karl hätte sie alle gekriegt. Aber so war die Sache nun einmal nicht.

Ziehen Kinder im Normalfall mit achtzehn aus, hat sich bei Karl diese Frage nicht gestellt. Er wohnt nach wie vor in seinem Elternhaus, einem jener typischen Siebziger-Jahre-Reihenhäuser. In Graz-Puntigam. Mit dem für die damalige Zeit typischen spitzen Dach samt messerscharfem Giebel. Wäre dort oben Baron

Münchhausen von der Kanonenkugel gesprungen, er hätte sich wohl eine zweite Arschfurche gezogen.

Die greise und überaus nervige Nachbarswitwe hätte dem damals jungen Burschen niemals zugetraut, dass er aus dem biederen Haus mit dem pflegeintensiven Gartenanteil ein derartiges Schmuckstück machen würde. Ein typisches Vorurteil alter Menschen über die jeweilige Jugend. Vergessen immer, dass sie auch einmal jung gewesen sind. Den hohen Lattenzaun an ihrer gemeinsamen Grundstücksgrenze hat sie ihm aber nie verziehen.

Dem Karl war das aber egal. So konnte er die notorische Nörglerin zumindest optisch ausblenden. Das andauernde Schielen über den Maschendrahtzaun war ihm gehörig auf die Nerven gegangen. Dass ihr Mann Horst im Kessel von Stalingrad gefallen war, wertete Karl als absoluten Glücksfall. Für den Horst, versteht sich.

Weil es die Zaunelemente damals im Sonderangebot gegeben hat und weil sich der andere Nachbar offensichtlich mit Nachdruck für eine dieser Messie-Dokusoaps bewerben will und den gesamten Garten mit nicht enden wollendem Engagement übel zumüllt, haust Karl Krummer praktisch in einem Niemandsland zwischen meterhohen Holzwänden. Aufgrund der depperten Nord-Süd-Ausrichtung seines Grundstückes lebt er den großen Teil des Jahres, den die Sonne tief über den Horizont kriecht, im Schatten seines persönlichen Hadrianswalls. Und trotz seiner baulichen Vorkehrungen muss er dennoch mit zänkischem Geschnatter und üblen Gerüchen leben.

Das, was sein krankhaft sammelnder Nachbar im Laufe seines Lebens zusammengetragen hat, ist für einen Normalsterblichen eigentlich nicht nachzuvollziehen. Wozu in Gottes Namen braucht einer ein Dutzend ausgebrannte Autowracks? Und wozu bitte benötigt man Tonnen von ausgedienten Klomuscheln? Für einen alleinstehenden Mann reicht doch wohl eine! Bei hartem Stuhlgang und einer überdurchschnittlichen Lebenserwartung vielleicht zwei, maximal drei, aber doch nicht gezählte dreihundertfünfundvierzig Stück! So viel Zimmer hat nicht einmal das größte Hotel in Graz.

Das Tohuwabohu in der unmittelbaren Nachbarschaft passt so gar nicht zu Karl Krummers gesundem Ordnungsfimmel. In seinem bescheidenen Reich hat jeder noch so kleine Teil seinen angestammten Platz. Schließlich ist Ordnung für ihn das halbe Leben. Umso erstaunlicher fand es Karl, dass ihm vor wenigen Tagen beim Stöbern im selbstverständlich besenreinen Dachboden eine unbekannte Kiste untergekommen ist. Offenbar durch das Raster seiner Akribie ganz einfach durchgerutscht.

Gerade weil die Geschäfte aufgrund der angespannten Wirtschaftslage momentan schlecht gehen und der Karl noch viel öfter und länger bei den Spediteuren in der Region Klinken putzen muss, hat ihm bis dato die Zeit gefehlt, den Inhalt der alten Kiste genauer unter die Lupe zu nehmen. Eine kurze Bestandsaufnahme hat ergeben, dass es sich dabei wohl um eine Reihe alter Fotoalben handelt. Heute Abend wird er sich endlich die Zeit nehmen, die Alben durchzublättern.

40

Major Spazierer hat mittlerweile die Büros abgesperrt und sitzt nun unten auf dem Parkplatz in seinem Dienst-Alfa. Ungeduldig wartet er auf die Hilde Ranner. Den Vorsprung, den sich der Draxler in Rallyefahrer-Manier herausgeholt hat, kann er natürlich nicht mehr wettmachen, trotzdem will er der Hilde Ranner den Weg hinauf in die Büros ersparen. Da der Zeitfaktor bei Mordermittlungen nicht zu unterschätzen ist, kommt es in den ersten Tagen auf wirklich jede Minute an.

Das langweilige Warten erinnert den Spazierer auffällig an seine ersten Dienstjahre, wo er sich bei diversen Observierungen mehr Nächte in Dienstwagen um die Ohren geschlagen hat als ein geldgeiler Turnusarzt in der Notaufnahme.

Als so schlimm hat er diese quasi Lehrbubentätigkeit anfangs gar nicht empfunden. In einer lauen Sommernacht konnte man als romantisch veranlagter Mensch sogar von einem reinen Vergnügen sprechen. Zwar nicht unbedingt der pragmatische Fußballfanatiker Spazierer, aber einer wie der Hilde Ranner wäre vor lauter Romantik im zarten Rot des Morgengrauens sicherlich die Liebe eingeschossen.

Eiskalte Winternächte waren da schon ein ganz anderes Kapitel. Laufender Motor und weiß qualmende Auspuffgase wurden geheimdienstlich nicht wirklich empfohlen. Selbst in dicke Daunenjacken eingepackt konnte einem da durchaus das Gemächt abfrieren.

Die wahre Krux an der Sache war aber meist nicht die Tätigkeit an sich, sondern eher der zugeteilte Partner. Ein Kartäuser mit Schweigegelübde – die wohl tödlichste Option? Auch nicht ganz richtig, wenn man sich die Alternativen vor Augen führt.

Aus Sicht des Spazierers aus purer Bosheit, aus Sicht von Draxler als Weiterbildungsmaßnahme hat ihm der Draxler, damals noch im Rang eines Oberstleutnants, einen viel quatschenden Frauenversteher und bekennenden Besserwisser auf den Beifahrersitz gesetzt.

Nach ein, zwei Nächten fängt man da an, jenen Verbrecher aus tiefstem Herzen zu hassen, der einem die Sache mit dem Observieren und der Dauerbeschallung vom Beifahrersitz eingebrockt hat. Zwei weitere Nächte später nimmt dann der Plan, wie man den Kollegen am einfachsten sedieren könnte, erste Formen an. Zwei, drei Tropfen Rohypnol in die Thermoskanne, und bei dem gehen die Lichter aus.

Läuft so eine Observierung gar über mehrere Wochen, dann rücken auch Totschlag oder sogar vorsätzlicher Mord in den Bereich des Möglichen. Zuerst der Kollege und dann der Observierte. Letzterer trägt ja immerhin eine Mitschuld an dem ganzen Drama.

Jetzt hatte es sich der Spazierer schon in jungen Jahren angewöhnt, aus jeder noch so unangenehmen Situation etwas lernen zu wollen. Prinzipiell ein äußerst intelligenter Ansatz, da einen im Regelfall ja erst die schwierigen Lebenssituation wachsen und reifen lassen.

Auf diesen hehren Ansatz hat der Spazierer in Woche zwei aber endgültig geschissen. Da das menschliche Maschinengewehr von Kollege seine Erkenntnisse weniger aus selbst erlebten Erfahrungen, sondern aus diversen Büchern zusammengetragen und fast wahllos und bunt durcheinandergemischt hat, ist am Ende ein so unglaubliches Konglomerat an Schwachsinn herausgekommen, dass es den gymnasial gebildeten Spazierer nicht gewundert hätte, wenn ihm der Heini nahegelegt hätte, die Grundgesetze der Physik ernsthaft in Frage zu stellen.

War diese anfängliche Kost, quasi die kulinarische Vorspeise, für den Spazierer schon schwer verdaulich, sind zum Hauptgang des Abends regelmäßig die mesopotamischen Götter, die sogenannten Annunaki, in Spazierers Dienstfahrzeug und sein naturwissenschaftlich geprägtes Weltbild eingefallen. Weil schlaksige Außerirdische, haben sie allesamt auf der Rücksitzbank Platz gehabt. Und von dort haben sie den Spazierer aus ihren toten Facettenaugen angestarrt.

Von der Existenz dieser Extraterrestrischen, die wohl die Intelligenz mit auf die Erde gebracht haben sollen, derart überzeugt, hat der vermaledeite Kollege geplappert, was das Zeug hielt. Wie ein missionierender Sektenführer auf Speed.

Ab und zu hat ein Annunaki zustimmend genickt. Das konnte der Spazierer im Rückspiegel unschwer erkennen.

Dem Draxler hat der Spazierer diese Sache nie verziehen. Ein weit weniger gefestigter Mann wäre in diesen endlosen Nächten an so einem Vollidioten wohl zerbrochen.

Dass genau dieser Kollege ein halbes Jahr später in eine Straßenbahn gelaufen ist, die von einem Straßenbahnfahrer namens König pilotiert wurde, war für den Spazierer ein göttlicher Ausgleich. Da haben die Annunaki wohl einmal nicht aufgepasst. Der liebe Kollege war von einer Sekunde auf die andere Teilinvalide. Ab in die Frührente. Bei diesem Gedanken muss der Spazierer auch heute noch schadenfroh grinsen.

Wo bleibt denn nur die kleine Hobbyhure, denkt sich der Spazierer immer noch einigermaßen tiefenentspannt.

41

Jetzt sollte man das Übersinnliche, die Annunaki einmal außer Acht lassend, nicht so einfach abtun. Die Hilde Ranner spürt erneut die feinen Schwingungen, die von ihrem Chef ausgehen. Ich eile schon, mein Schatz. Ich bin doch schon fast da, flötet Hilde telepathisch zurück.

Und wirklich. Schon biegt sie mit sportlichem Schwung auf den Stützpunkt ein. Schau einer an. Was für ein Kavalier. Wartet brav in seinem Wagen auf mich, freut sich die Ranner. Obwohl der Topfhandschuh farblich vortrefflich zum roten Oberteil passt, muss ihn der Spazierer doch nicht sehen, denkt sich die Hilde. Zerstört ihren umwerfenden Gesamteindruck. Ehe sie aus ihrem Ford Fiesta aussteigt, verstaut sie den Handschuh passenderweise im Handschuhfach.

Dem Spazierer bleibt das geistig schon vorprogrammierte »Na endlich!« im Halse stecken. Gestern noch eine gefallene Gehsteigschwalbe und heute, wie Phönix aus der Asche, ein mondäner Vamp. Respekt, junge Dame. Auf einmal kommt sich der um zwölf Jahre ältere Spazierer uralt vor. Dass ihm der Altersunterschied Sorgen macht, ist ihm im Zusammenhang mit der Ranner auch noch nie passiert.

Der Spazierer peitscht sich in Gedanken selbst aus. Die Karin ist noch nicht einmal über die österreichisch-italienische Grenze, und schon spielt sein Hypothalamus verrückt. Wenn er daran zurückdenkt, dass er vor gar nicht allzu langer Zeit der Hilde einen Grundsatzvortrag über das Wesen »Mann« gehalten hat und genau dieses primitive Element das Rückgrat seines ganzes Plädoyers war, dann bleibt ihm wohl nichts anderes übrig, als das jetzt mit einem Achselzucken abzutun. Die Antwort hat er sich praktisch selbst gegeben. Wahrscheinlich sind die Männer eben so. Außerdem ist ja noch nichts passiert.

»Was soll das depperte ›noch‹ in diesem Satz?«, fragt die Karin von oben herab aus der Gedankenblase.

Auf diese Frage fällt dem Spazierer auf die Schnelle auch keine passende Antwort ein.

Obwohl die Außentemperatur angenehme zweiundzwanzig

Grad Celsius beträgt, dreht der Spazierer die Klimaanlage auf volle Leistung. Einen roten Kopf will er der Hilde Ranner mit Sicherheit nicht präsentieren. Die zählt sonst auch eins und eins zusammen. Bei Zwischenmenschlichem haben Frauen in der Regel einen untrüglichen Instinkt.

Die Hilde steigt ein und schnallt sich artig an. Der Griff nach hinten zum Sicherheitsgurt drückt ihren gepushten Busen gleich noch eine Etage höher. Gleichzeitig sucht und findet Hildes linkes Bein den Weg durch den geschlitzten Rock hinaus ins Freie. Der Spazierer bereut sofort, dass er gerade heute seine engen Jeans angezogen hat. Dem Druck hält er ohne Dauerschäden auch nicht lange stand.

Dann entfleucht dem roten Mund der Hilde ein gehauchtes »Fahren wir?«.

Das so überhebliche Chefgehabe wie aus dem Gesicht gewischt, startet der Spazierer den Alfa und schlägt den Weg nach Süden ein. Auf den ersten Kilometern will kein rechtes Gespräch aufkommen. Worüber soll der Spazierer auch reden? Über den Tod, wenn ihm der Sinn nach Sex und Leben steht? Irgendwie krank, wo doch in der Südsteiermark ein gegrillter Toter auf sie wartet. Und gewiss auch pietätlos. Sich akkurat jetzt nach dem verletzten Finger zu erkundigen, wo der Spazierer in den letzten Jahren jede einzelne von Hildes unzähligen Krankheiten so was von ignoriert hat? Auch kein glaubwürdiges Gesprächsthema.

Beim Blick hinüber, auf und dann hinein in Hildes tiefes Dekolleté, fällt dem Spazierer dann doch das Naheliegende ein. »Ein wirklich charmantes Outfit, das du da heute anhast.« Die Hilde nimmt das Kompliment dankend entgegen und legt wie zum Beweis, dass es ihr gefallen hat, ihr linkes Bein über das rechte. Wie auf Befehl rutscht der Rock auch noch die letzten paar Zentimeter nach oben.

Dieser Hirsch ist so gut wie erlegt.

42

In den folgenden Jahren zog der Wanderzirkus quer durch Transsilvanien bis hinauf nach Cluj. Obwohl die Geschäfte nur schleppend liefen, hatte Boboko genügend Reserven angespart, um auch schwierige Zeiten zu überstehen. Sein ursprünglicher Plan, weiter nach Nordosten bis hinauf in die Bukowina zu ziehen, war durch einen tragischen Zwischenfall vereitelt worden.

Die alte Tanzbärendame war aus unerklärlichen Gründen übergeschnappt. Dass die Braunbärendame ausreichend Futter bekommen hatte und sogar einen eigenen Käfig bewohnen durfte – ein absoluter Luxus, wenn man bedachte, wie zusammengepfercht die anderen Tiere hausen mussten –, war für Boboko Grund genug, anzunehmen, dass die Bärendame glücklich war. Für Boboko kam der Angriff auf Janosh daher völlig unerwartet.

Nicht so ganz für Janosh, der den Angriff instinktiv vorhergesehen hatte. Zwar hatte die Braunbärendame Janoshs Unterarm zu fassen bekommen und diesen schon auch ein wenig malträtiert, sein schönes Gesicht blieb aber außer ihrer Reichweite. Boboko hätte es nichts ausgemacht, wenn der Bär Janoshs Gesicht ein wenig entstellt hätte, solange Janosh nur am Leben blieb. Die unsägliche Herumvögelei hätte schlagartig ein Ende gehabt. So aber waren Janosh nur ein paar nette Bissspuren geblieben, die ihn bei den Mädchen gleich noch interessanter machten. Was für ein Held!

Boboko war nichts anderes übrig geblieben, als die Braunbärendame zu töten. Zwar gab es für eine Weile ausreichend Futter für den Rest der hungrigen Tiermeute, aber eben keine reißerische Hauptattraktion mehr. Die Bärendame war der absolute Knüller gewesen auf den Werbezetteln, die die Kinder aus dem Wanderzirkus in den Städten und Dörfern verteilten, kaum dass der Tross haltgemacht hatte.

Boboko musste sich dringend nach einem Ersatz umschauen. Ein alter Scherenschleifer, der geradewegs aus Temeşwar in die Stadt gekommen war, hatte Boboko von einem Jäger berichtet, der sich zwei Jungtiere hielt. Waren ihm bei einem seiner letzten Balkanstreifzüge in die Falle gegangen.

Diese Notlage und die Information des Scherenschleifers hatten Boboko die Entscheidung abgenommen, wohin der Wanderzirkus weiterziehen sollte. Es würde also nach Westen gehen. Hinüber nach Temeşwar und in die Nähe der rumänisch-jugoslawischen Grenze. Eines der Jungtiere *musste Boboko unbedingt haben; der großzügige Notgroschen, den er zurückgelegt hatte, würde dafür wohl reichen.*

Blickte man zurück auf die Route, die der Wanderzirkus in den letzten drei Jahren hinter sich gebracht hatte, so fand man überall, aufgereiht wie auf einer Perlenschnur, auffallend viele Kinder mit dunklen Augen und blendend weißen Zähnen. Dass die oftmals verheirateten Mütter nach der Geburt nicht selten mit einem blauen Auge herumliefen, war durchaus verständlich. Besonders dann, wenn deren Ehemänner zahnlos und blauäugig waren.

43

Im Augenblick ist auf den steirischen Straßen mächtig was los. Major Spazierer und die mittlerweile »schöne Hilde« brettern nach Süden. Dr. Schneider fährt gerade aus seiner Doppelgarage heraus und hinein nach Graz in seine Tranchierhalle, während der Amtsarzt, mit dem Totenschein in der Aktentasche, versucht, den Tatort zu verlassen. »Versucht«, weil seinem allradgetriebenen Elektroauto akkurat auf dem steilsten Abschnitt der Schotterstraße der Saft ausgeht. Der Arzt verteufelt die Ökoanschaffung, die ihm seine umweltbewusste Frau eingeredet hat, und würde nur zu gerne mit Karin Koller tauschen, die gerade den väterlichen Porsche-SUV in Richtung Italien prügelt. Der Fendt-Traktorfahrer, der den Draxler so genervt hat, zieht auf dem Maisacker seines Bruders seine staubigen Kreise, während der Krummer Karl auf dem Gelände eines großen Spediteurs im Süden von Graz stolz die neueste Renault-Zugmaschine präsentiert.

44

Da der Draxler dem Spazierer lediglich mit auf den Weg gegeben hat, dass es endlich wieder Arbeit gibt, befindet sich Spazierers analytisches Denkvermögen im Stand-by-Modus. Da auch keine Fußballpartien anstehen, auf die sich der Major hätte geistig vorbereiten können – Spazierers launisches rechtes Knie macht ihm derzeit Probleme, wahrscheinlich ein eingerissener Meniskus –, und es die Koller Karin vorgezogen hat, statt in einer luftigen Gedankenblase im robusten Porsche herumzuschwirren, bleibt dem Spazierer nichts anderes übrig, als sich erneut den sexuellen Reizen der Hilde Ranner zu widmen.

Die Tätowierung auf ihrem linken Knöchel scheint wohl aus einer früheren Phase zu stammen. Der zarte und leicht vergilbt wirkende Schmetterling passt so gar nicht zu dem martialisch wirkenden Arschgeweih. Weil die skizzierte Motte rot-gelb gefärbt ist, korrespondiert sie hervorragend mit dem engen Pullover. Dass die Hilde keinen flachen Waschbrettbauch hat, stört den Spazierer nicht. Hauptsache, die Proportionen stimmen. Unproportionierte Frauen haben ohnehin nie in sein Beuteschema gepasst.

Beuteschema!

Schon wieder ein unausgesprochenes Indiz dafür, dass des Spazierers Treue bald auf eine harte Probe gestellt werden wird.

Wer da auf wen Jagd macht, ist auch nicht eindeutig. Da schauen sich gerade zwei über Kreuz in ihre doppelläufigen Flinten.

45

Laut Gallwitz, einem anerkannten Profiler, gibt es drei klassische Hauptmotive für Mord. An erster Stelle der häufigsten Tötungsgründe stehen Kränkung und Verletzung des Selbstwertgefühls. An zweiter Stelle rangieren Habgier und materielle Bereicherung. Erst dann kommt das Motiv Rache, gefolgt von einem bunten Mix aus Sex, Eifersucht, Hass und Liebe. »Der Prozentsatz jener Menschen, die aus reiner Lust am Töten morden, ist jedoch nur sehr gering«, meint Gallwitz. »Und selbst das ist ja irgendwie auch eine Art von Motiv«, schiebt er noch nach.

Das Wie müsste man dem armen Johann Steirer sicherlich nicht erklären. Das Wann hätte er sich auch noch selbst beantworten können, aber beim Warum wäre er endgültig ausgestiegen. Zwar juckt ihn jetzt gar nichts mehr, aber würde er, im Idealfall von Wolke sieben, auf die Erde hinunterblicken, dann hätte es ihn schon interessiert, zu welchem Zweck man ihn ins Jenseits befördert hat.

Ob der Draxler mit seinem voreiligen Schluss, Habgier und materielle Bereicherung als Motiv auszuschließen, wirklich richtigliegt? Allerdings, wenn man durch die alte Schule gegangen ist und in verknöcherten Mustern denkt, ist das eine durchaus logische und vielleicht auch verzeihliche Schlussfolgerung.

46

Da dem Schäferhund Rolli der architektonisch unspektakuläre Zwinger zu langweilig erscheint, sein beschwipstes Herrl den Riegel nur nachlässig zugeschoben hat und der leichte Wind die Rufe und Gesprächsfetzen der Spurensicherung bis zu ihm herüberträgt, beschließt der Rolli kurzerhand, erneut stiften zu gehen.

Da es im Spusiteam fast nur bekennende Tierliebhaber gibt und sich der Rolli wieder artig in den Schatten seines krummen Lieblingsbaumes legen wird, alles kein Problem. Der Stoiser wird seinen Hund erst sehr viel später vermissen. Dem fährt der Schnaps nämlich erst jetzt so richtig in die Glieder. Ohne ein ausgedehntes Mittagsschläfchen geht bei ihm heute gar nichts.

47

Der Draxler würde gerne langsamer essen, um den Spazierer so richtig zu ärgern. Leider schmeckt das kulinarische Ensemble so vorzüglich, dass der Draxler schon beim finalen Knochenabnagen ist. Von diesem göttlichen Mahl will er so wenig wie möglich übrig lassen. Wie schon so oft, verpuffen Draxlers kleine Gehässigkeiten, noch ehe sie erste Wirkung zeigen können.

48

Während der Draxler das letzte Mark aus den aufgebrochenen Knochen saugt, geht der Spazierer vom Gas und rollt an den Straßenrand. Laut Navi muss wohl irgendwo da unten das bedauernswerte Opfer liegen. Zwar waren Draxlers Befehle eindeutig, nämlich sofort bis zum nahe gelegenen Gasthof weiterzufahren, aber wenn der Spazierer bald das Ruder übernehmen soll, dann könnte eine gewisse Portion Selbstinitiative im Lebenslauf sicherlich nicht schaden. Da ihm die Hilde das Machogehabe bis auf Weiteres ausgetrieben hat, muss er sich jetzt zwangsweise am bärbeißigen Oberst reiben.

Die Hilde blickt ihn von der Seite her fragend an. Beinahe wäre ihr ein »Und jetzt, mein Schatz?« herausgerutscht. Wohl noch den einen oder anderen Tag zu früh. Züchtig schiebt sie ihren Rock über den nackten Oberschenkel, wohl wissend, dass der dort keine Sekunde liegen bleibt. Ein sich öffnender Vorhang ist weitaus spannender als ein offener. Hilde Ranners raffiniertes Spiel könnte man durchaus als perfide bezeichnen.

Der Spazierer biegt ab und kollidiert drei Kurven weiter beinahe mit dem verzweifelten Amtsarzt. Ist zwar mit Leib und Seele Arzt, mit den trivialen Problemen des alltäglichen Lebens aber völlig überfordert. Ein liegen gebliebenes Kraftfahrzeug auf einem einsamen Schotterweg – für ihn beinahe wie ein Todesurteil.

Der Spazierer und die Ranner steigen aus. Da der Wagen mitten auf der Straße verreckt ist, kommt der Spazierer mit dem tiefergelegten Alfa ohnehin nicht vorbei. Dass es sich um eines dieser batteriebetriebenen Mikroautos für die Handtasche handelt, hat der passionierte Auto-Motor-Sport-Leser Spazierer gleich überrissen.

Vor lauter Freude wegen der anstehenden Rettung reißt der Arzt die Hände hoch und will auch gleich die Hilde umarmen, überlegt es sich dann aber doch anders.

Bei dem Donnerbusen und dem Fahrgestell wird ihr groß gewachsener Pächter wohl etwas dagegen haben.

In diesem Jargon hat der biedere Doktor der Medizin natürlich nicht gedacht. Aber klingt die Wahrheit so viel besser?

Welch wohlgeformte Milchdrüsen. Diese zu berühren würde wohl den Begleiter erzürnen. Na also!

Unaufgefordert schildert der Arzt den beiden Kriminalern sein Problem. Bevor er dem Toten kondoliert hat – jetzt ist es definitiv amtlich, dass der gute Johann Steirer nicht nur ein Schläfchen hält –, war seine Batterie noch im grünen Bereich. Jetzt aber sind alle Lichter aus.

Ob er denn nicht vielleicht den Ladestatus mit dem grünen Blinkerlicht verwechselt habe, fragt ihn der Spazierer. »Nun ja«, meint der Arzt zögernd und kratzt sich nachdenklich an der Nase. »Das könnte schon sein. Tut jetzt aber auch nichts mehr zur Sache.« Da muss der Spazierer ihm recht geben. Das tut es wirklich nicht. Die Sardinendose ist mausetot. Dass der Spazierer kein zwei Kilometer langes Verlängerungskabel im Kofferraum hat, ist auch klar. Hätte man dem Steirer Johann nicht den Strom abgestellt, hätten dreihundert Meter auch gereicht.

Dem Spazierer bleibt nun nichts anderes übrig, als die Blechdose samt promoviertem Fahrer hinauf auf die Straße zu schleppen. Von dort oben wird der Gute schon allein weiterkommen. Die Hilde bietet freundlich ihre Hilfe an und befestigt Spazierers Abschleppseil geschickt an den beiden Fahrzeugen. Dabei kommen erneut die beiden Grübchen auf ihrem Heck inklusive Arschgeweih zum Vorschein. Für den nüchternen Arzt ist Ersteres eine anatomische Ausprägung, Zweiteres subkutan verabreichte Farbe. Für den nervlich überstrapazierten Spazierer etwas gänzlich anderes.

Kaum dass der Weg freigeräumt und die Mikrokarre am Straßenrand entsorgt ist, verabschieden sich Spazierer und Ranner artig, nicht ohne vorher ihre Dienstmarken gezeigt zu haben. Erfreulich für den Amtsarzt. Erspart er sich doch so das Porto für den Totenschein. Mit dem eifrig hervorgezauberten Amtsdokument in der Hand steigt der Spazierer in den Alfa. Noch ehe er starten kann, wird es plötzlich dunkel. Drohend versperrt ein dunkelblauer Transporter Spazierers Sicht auf die Sonne und die Welt. Von hoch oben herunter fragt ein tätowierter Arm, mehr sieht der Spazierer leider nicht, ob es denn da »zur Leich geht«.

Für den Arzt eine potenzielle Mitfahrgelegenheit weniger, für den Johann Steirer die Chance, endlich aus der prallen Sonne und hinein in Dr. Schneiders Gefrierkombination zu kommen. Dem pietätlosen Burschen hält der Spazierer zugute, dass es einen wohl abstumpfen lässt, jeden Tag tote Menschen in der Gegend herumzukutschieren. Dass der Arsch dann aber noch fragt, wer denn die geile Schnecke auf dem Beifahrersitz ist, geht dem Major entschieden zu weit.

Wahrscheinlich hätte er gestern über diese ungehobelte Ansage noch ein Lachduett unter Männern angestimmt, aber gestern war eben gestern. Mit der Linken hält der Spazierer seine Dienstmarke hoch, mit der Rechten seinen ausgestreckten Mittelfinger. Dass ihm die Hilde für diese Heldentat sanft über den Oberschenkel streichelt, registriert Spazierers Unterbauch weitaus früher, als es Spazierers Hirn tut.

Mit dem Bus im Rückspiegel starten die beiden den nächsten Versuch und fahren hinunter zum Hof.

Nach ein wenig Herumstreunen hat es sich Rolli erneut unter dem Obstbaum bequem gemacht. Seinen Wunsch nach Aufmerksamkeit hat er der vorherrschenden Situation angepasst. Für ihn ist es immer noch besser, den seltsamen weißen Menschen zuzusehen, wie sie hundegleich auf allen vieren ihre Arbeit verrichten, als im Zwinger auf bessere Tage zu warten. Dass von denen keiner spielen will, schreibt er dem Ernst der Lage zu. So wenig, wie sich der Maronimann in den letzten Stunden bewegt hat, weiß der intelligente Hund, dass seine Erstdiagnose zweifelsfrei richtig war. Dass die Hilde mit ihm gleich Stöckchenwerfen spielen wird, macht Rolli zum zweiten männlichen Rannerfreund an diesem Tag.

Der Spazierer lässt der Hilde die kleine Freude und schlendert hinüber zu den Kollegen von der Spurensicherung. Dass sich so gar keiner aufrichten will und einer sogar zwischen Spazierers Beinen hindurch auf die Hilde schielt, kann der Spazierer zwar verstehen, aber wenn ein Major am Tatort erscheint, hätte er sich doch ein Quäntchen mehr Professionalität und Achtung gewünscht. Die Einzige, die sich ernsthaft mit ihm auseinandersetzen will, ist die junge Kollegin. Auch sie blickt zwar hie und da eifersüchtig hinüber zur auf und ab springenden Sexbombe, trotzdem schildert sie dem Spazierer in karriereförderndem Telegrammstil, was sie bisher gefunden haben.

Im Haus gibt es keine augenscheinlichen Hinweise, dass sich jemand gewaltsam Zutritt verschafft hat. Bei dem maroden Zustand der gesamten Anlage wäre Gewalt aber ohnehin nicht notwendig gewesen. Da weder Türen noch Fenster richtig schließen, hätte jeder halbwegs Sportliche praktisch in jeden Raum einsteigen können. Zwar sichert gerade ein Kollege Fingerabdrücke an den üblichen Stellen, aber zu viel verspricht sich niemand von dieser Standardprozedur. Die Küche und das bescheidene Frühstücks-Set-up lassen auch nicht den Schluss zu, dass der Tote kürzlich Besuch empfangen hat.

Dass der Spazierer den zwei Leichenkutschern verbietet, den toten Steirer Johann sofort in den Blechsarg zu leeren, verschafft den zwei hormongesteuerten Idioten eine unerwartete Pause. Unisono wenden sich der Tätowierte und sein kränklich aussehender Fahrer der Hilde Ranner zu. Größer kann Hilde Ranners Publikum gar nicht sein. Von den Männern bleibt einzig und allein der Steirer Johann unbeeindruckt.

Zwar verspürt der Spazierer einen leisen Anflug von Eifersucht, trotzdem widmet er sich pseudosouverän gleich wieder dem wahrscheinlichen Mordfall.

Ob es denn irgendwelche Indizien gibt, die für einen Mord sprechen, will der Spazierer nun wissen. Wie der Spazierer dem Totenschein entnehmen konnte, gibt es keinen eindeutigen

Hinweis auf eine äußere und gleichzeitig tödliche Verletzung. Draxlers erster Ermittlungserfolg, nämlich die Blutergüsse im Nackenbereich des Toten, sind derzeit die wohl einzigen sichtbaren Zeichen, dass der Steirer Johann nicht ganz freiwillig dieses ungesunde Feuerbad genommen hat.

Die junge Kollegin erspart sich die Antwort, nimmt den Spazierer am Arm und führt ihn durch die halb offene Stalltüre ins Dunkel des Gebäudes. Kaum dass sich Spazierers Augen an das schummrige Licht gewöhnt haben, wandert sein Blick nach oben und bleibt ängstlich an den marode wirkenden Balken hängen. Dass der baufällige Stall genau jetzt zusammenbrechen könnte, hält der Spazierer aber für unwahrscheinlich.

Zwar will niemand im Vorhinein wissen, *wann* für ihn die Zeit abgelaufen ist und es gilt, die Koffer für die letzte Reise zu packen, aber das *Wie* interessiert gleich noch viel weniger.

Interessieren würde es natürlich schon. Mehr als alles andere! Aber auch nur dann, wenn die Antwort leicht verdaulich ist und in das eigene Weltbild passt. Wie zum Beispiel im Schlaf, und das knapp vor dem einhundertundersten Geburtstag, leise und schmerzfrei davonzudriften. In Wahrheit genauso unwahrscheinlich wie ein Lottosechser.

An ein sanftes Entschlafen glaubt der Spazierer bei sich selbst ohnehin nicht. Nicht bei der Geschwindigkeit, mit der er lebt. Ein Rendezvous mit einem Tunnelportal ist da eher wahrscheinlich. Mit Tempo zweihundert und Kawumm. Abgelenkt wegen dem depperten SMS-Schreiben.

Oder vielleicht Tod durch Köpfen. Nicht irgendwo kurz hinter Aleppo, sondern kurz vor dem Jakomini-Platz. An einer Bushaltestelle. Geköpft vom Rückspiegel eines Linienbusses. Mit ein Meter dreiundneunzig Kopfoberkante über Grund durchaus realistisch. Tod durch einen zufällig herabfallenden Holzbalken? Wohl kaum!

Der Spazierer schüttelt den Kopf und damit die trüben Gedanken ab und widmet sich wieder ganz der Kollegin in Weiß.

In einem abgesperrten und mit hübschen farbigen Nummernkärtchen versehenen Bereich kann der Spazierer eine

Abfolge von Fußspuren erkennen. Neun Schuhgrößen kleiner als Steirer Johanns klobige Arbeitsstiefel passen die Abdrücke so gar nicht auf einen frauen- und kinderfreien Hof. Vergleichende Druckproben auf dem weichen Untergrund lassen zwar eine grobe Gewichtsabschätzung zu, ob es sich bei dem Schuhträger aber um einen leptosomen Mann, eine durchschnittliche Frau oder ein überschweres Kind gehandelt hat, kann die Dame von der Spusi nicht sagen. Das wäre reines Glaskugellesen. Ein in ihrem Metier nicht gerade gerne gesehener Ermittlungsansatz.

So dürftig, wie die Spuren am Tatort sind, wird die Spurensicherung ihre Zelte hier bald abbrechen. Da die Spurensicherung von der »Schnapsrunde« vergleichende Fußabdrücke genommen hat und sich die vier Herren, wie es sich herausgestellt hat, auch noch in einem unkritischen Bereich des Innenhofes aufgehalten haben, den unmittelbaren Bereich um den Maroniofen natürlich ausgenommen, kann auch nicht von einem kontaminierten Tatort gesprochen werden. Die Gegend rund um den neu aufgeschichteten Holzstapel hat auch keine nennenswerten Erkenntnisse gebracht. Was die Kollegin wirklich verwundert, ist die Tatsache, dass ein kleiner Teil des Holzstapels so akkurat geschlichtet ist und irgendwie frisch aussieht. Ob das Relevanz besitzt, kann sie leider nicht sagen. Ein Blick hinaus auf ihre sabbernden Kollegen macht deutlich, dass es momentan sinnlos wäre, einen von ihnen zu diesem Thema zu befragen.

Hätte der Draxler dem Spazierer mitgeteilt, dass der Reininger Sepp am Tatort gewesen ist, und hätte der Draxler den Absturz des Reininger Ferdinand erwähnt, der Spazierer hätte eins und eins zusammengezählt und wissend gegrinst. Pedanterie und der Reininger Sepp! Zwei eineiige Zwillinge. Der Holzstapel eindeutig Sepps akribisches Werk.

Dass der Stoiser artig und unaufgefordert seine eigene Kotze identifiziert hat, sei an dieser Stelle positiv vermerkt.

Wieder zurück im Freien, nähert sich der Spazierer der Leiche. Die Leichenkutscher haben sich mittlerweile auf den Blechsarg gesetzt und sehen gebannt der aufreizenden Hilde beim Herumturnen zu. Zwei qualmende Zigaretten unterstreichen den Eindruck südsteirischer Gemütlichkeit zur mittäglichen Stunde.

Der Spazierer schüttelt nur müde den Kopf und gönnt sich einen kurzen Kondolenzblick auf den toten Steirer Johann. Schön sieht der auch nicht mehr aus, denkt sich der Spazierer traurig. Schön sehen Mordopfer, den Todeskampf meist ins Gesicht eingebrannt, in der Regel niemals aus. Im vorliegenden Fall heißt das aber eher: aus dem Gesicht gebrannt.

So gut kennt der Spazierer den immer hungrigen Gerichtsmediziner Dr. Schneider, dass er weiß, dass der sich heute Abend noch ein Stück Fleisch auf den Grill werfen wird. Eine Schrulle hat der angesehene Gerichtsmediziner definitiv. Kulinarische Inspiration durch seine Kunden.

Grantig beendet der Spazierer die Softporno-Vorstellung und herrscht die Bestatter an, den armen Toten jetzt gefälligst einzupacken. Murrend stehen die zwei Hillbillys auf und hieven den Toten in die Höhe. Mühsam zerren sie die korpulente Leiche über den Rand des Blechsarges. Weil die beiden nicht wirklich gut organisiert sind, der schmale Kränkliche den Steirer Johann oben anpackt und ihm auch gleich die Kraft ausgeht, landet Johanns Kopf mit einem fürchterlichen Krachen in der Edelstahltruhe. Der Leichenwagenfahrer, jetzt Leichenschänder, quittiert seinen Fauxpas mit einem entschuldigenden Lächeln. Da ihm beide Schneidezähne bereits vor vielen Jahren ersatzlos abhandengekommen sind, wirkt das auf den Spazierer leicht verstörend.

Der Spazierer schüttelt nur traurig den Kopf. Bei den zwei Vögeln ist Hopfen und Malz verloren. Die beiden jetzt anzubrüllen hätte auch keinen Sinn mehr. Da sich der aufgewirbelte Gesichtsstaub nur langsam legt, schließen die beiden Komiker erst zwei lange Minuten später den blechernen Sargdeckel.

Der Spazierer stapft an den Leichenschändern vorbei zum Auto. Mit einem letzten Gewaltwurf verabschiedet sich die Hilde vom Schäferhundrüden Rolli und läuft dem Spazierer mit gesund rotem Kopf hinterher. Da sie sich so richtig verausgabt hat und nun förmlich dampft, legt ihr aufgelegtes Parfüm an Betörungskraft gerade gewaltig zu.

Der Hund blickt der Hilde traurig nach. Die mag er auch. Nicht aber ihr Parfüm. Das hat er heute schon einmal gerochen. Und das hat dem Maronimann kein Glück gebracht.

Auch der Spazierer hat Hildes Duft in der Nase. Wenn das heute noch so weitergeht, wird der Spazierer abends wohl die eine oder andere Stunde kalt duschen müssen.

49

Lang hält es den Draxler nicht mehr auf seinen vier Buchstaben. Ein Blick auf seine Armbanduhr macht deutlich, dass er wohl bald beim hiesigen Meldeamt vorsprechen muss, so lange, wie er schon hier herumhockt. Jetzt hat der Spazierer seine Nerven endgültig überstrapaziert. Dass der schon auf dem Weg ist, im Gepäck den Totenschein und diverse Tatortinformationen, wird den Oberst aber nur bedingt beruhigen. Das Gefühl, übergangen worden zu sein, hat der Draxler noch nie gemocht. Nur dass ihm die nette Kellnerin einen Schnaps auf Kosten des Hauses in die schattige Laube trägt, besänftigt den Draxler dann doch ein wenig.

Noch ehe sein Schnapsglas geleert ist, parkt der Alfa mit quietschenden Reifen vor dem Gasthaus ein. Grimmig blickt der Draxler mit verschränkten Armen und rollenden Augen seinem Gefolge entgegen.

Wohlwollend nimmt er Hilde Ranners Äußeres zur Kenntnis, missbilligend jedoch Spazierers selbstzufriedenen Gesichtsausdruck. Dass sich die beiden gemeinsam auf die gegenüberliegende Bank zwängen und, fast wie ein Liebespaar, den üblichen Intimabstand ignorieren, fällt sogar dem für Gefühlsschwingungen im Regelfall resistenten Draxler auf.

Auf einmal fühlt sich der mürrische alte Mann noch einsamer. Im Dezember ist es jetzt fünf Jahre her, dass seine geliebte Irmi tot ist. Auch wenn sie die Liebe seines Lebens war und zweifellos auch für immer bleiben wird, würde er sich dennoch ein wenig Weiblichkeit an seiner Seite wünschen. Speziell dann, wenn die endlosen Stunden seines drohenden Pensionistendaseins anbrechen. Die einzige weibliche Bekanntschaft, die dem Draxler wirklich etwas bedeutet, ist die Hannelore Dröster. Bedauernswerte Witwe und somit quasi das zweite »Opfer« des ersten Mordes vom vergangenen Sommer.

Damals hat sich der Draxler der Pflege ihres Gartens angenommen. Voreilig zwar und ohne jeglichen Hintergedanken, trotzdem hat er diese Entscheidung keinen Tag bereut. Bis heute pflegt er das Vermächtnis des Dr. Dröster mit ehrlicher Aufopferung. Da die Winterszeit mit großen Schritten naht, muss er sich schleunigst eine Ausrede zurechtlegen, um auch in der kalten Jahreszeit bei ihr vorbeischauen zu dürfen. Vielleicht zum Schneeschaufeln? Schließlich will er nicht aufdringlich erscheinen.

Typisch Draxler, dass er dafür nach einer Ausrede sucht. Erwartet er von seinen Verdächtigen immer die Wahrheit und nichts als die Wahrheit, so wahr ihnen er und Gott helfe, könnte er es bei der Witwe Dröster doch genauso halten. Warum eigentlich nicht? Ist doch kein Verbrechen, zuzugeben, dass einem ein Mensch etwas bedeutet und langsam ans Herz gewachsen ist. Ja genau! Das wird er tun! Frau Dröster einfach ansprechen.

Nachdem dieser für den Draxler fast epochale Entschluss gefasst ist, hört sich der Herr Oberst geduldig Spazierers Bericht an. Eigentlich nicht viel, was die Spurensicherung da zusammengetragen hat. Wären da nicht diese Fußspuren, würde der Mordverdacht auf noch wackeligeren Beinen stehen, als er es ohnehin schon tut.

Der Draxler beschließt, erst einmal die Autopsie abzuwarten. Auf Dr. Schneiders Expertenmeinung, gepaart mit dessen brillanter Analysefähigkeit, war noch immer Verlass. Der vielleicht einzige Wermutstropfen ist da Dr. Schneiders Unbeeinflussbarkeit. Wenn es kein Mord war, dann war es kein Mord. Da könnte der Draxler auf Knien rutschen und betteln wie ein kleines Kind.

Diesmal werden sie alle drei dem Dr. Schneider einen Besuch abstatten. Und das sagt der Draxler den beiden auch gleich. Hat so eine Information, weil eine Autopsie doch ein Weilchen dauert, beim Spazierer und der Hilde Ranner in der Vergangenheit immer zu großem Gejammer geführt, beim Spazierer wegen dem depperten Fußballspielen und bei der Hilde Ranner wegen dem armen Schnurlibärli, ist heute genau das Gegenteil der Fall. Die Aussicht auf weitere gemeinsame Stunden, selbst in einer gruseligen Obduktionshalle, ist für die beiden eher eine Freudenbotschaft.

Da sich Draxlers Groll mittlerweile in Rauch aufgelöst hat und er sich auf einmal wieder als Spazierers Mentor sieht und außerdem die Karin Koller in sein lauwarmes Herz geschlossen hat, trennt er die beiden Kollegen für eine Weile, nun in der Rolle des fürsorglichen Onkels. Die Ranner wird bei ihm mitfahren. »Keine Widerrede.«

50

Allein der systembedingten Gefühllosigkeit toter Menschen ist es zu verdanken, dass sich die Holding Graz im Geschäftsbereich »Bestattung« zwei derartige Weichbirnen leisten kann. Ohne lebende Zeugen an Bord schaffen es die beiden regelmäßig, selbst die schönste, sanft entschlafene Leiche in bedauernswert derangiertem Zustand abzuliefern. Hauptgrund dafür ist sicherlich der erbärmliche Fahrstil der »Zahnlücke«, obwohl man den »Tätowierten« auch nicht aus der Verantwortung entlassen kann. Er lenkt den Fahrer durch seine nervöse Art und seine dämlichen Diskussionen andauernd ab. Außerdem fallen ihm laufend brennende Zigaretten in den Fußraum.

Weil für die zwei bekennenden Schlagerfans ihre atemlose Helene Fischer nur eine Lautstärke verdient, nämlich die volle, bekommen die beiden gar nicht mit, dass der Johann Steirer im Blechsarg herumgewirbelt wird wie eine Orange in einem Hochleistungsmixer. Dr. Schneider wird einige Frakturen im Bereich des Rippenbogens in seinem Obduktionsbericht als eindeutig postmortal festhalten.

Hat ein toter Mensch das ungeheure Pech, an die zwei Hillbillys zu geraten und im Anschluss an die Gratis-Achterbahnfahrt auch noch an einen dilettantischen Gerichtsmediziner, dann wird aus einem heimtückischen Giftmord schnell ein Tod durch einen großen und schweren Gegenstand. Bei der Vielzahl an Knochenbrüchen!

»Wahrscheinlich ein stumpfer Gegenstand. Sieht fast so aus, als hätte sich ein Elefant auf den Verblichenen gesetzt.«

»Und was ist mit dem für Zyankali typischen Mandelgeruch?«

»Die Mandeln hat wohl der Elefant gefressen. Während er gemütlich auf dem Toten gesessen ist.« Das Schlussplädoyer des dilettantischen Doktors der Medizin. Eine derartige Fehldiagnose ist Gold wert für die Statistiken und die augenscheinliche Sicherheit des Landes.

Eins ist aber gewiss: Dr. Schneider wird ein paar Stunden später bei seinem Jugendfreund Magister Jochen Frank anrufen. Zufällig Holding-Graz-Vorstand und Oberchef des degenerierten Duos.

Obwohl man als Leichenkutscher nicht mehr allzu tief fallen kann, werden die Zahnlücke und der Tätowierte schon bald die Truppe der Kanalräumer massiv verstärken.

51

Betrachtet man den Mord am Steirer Johann als isoliertes Ereignis auf einem einsamen und unbedeutenden südsteirischen Bauernhof, dann kann das Fehlen jedweder Motive jeden Ermittlungsfortschritt im Keim ersticken. So schrecklich Mordserien auch sein mögen, erhöht sich in solchen Fällen mit jedem weiteren bedauerlichen Opfer die Aufklärungschance. Da kann die Presse mit ihrer Gier nach blutigen Sensationen ein ganz guter »Brandbeschleuniger« sein. Oftmals lässt es erst eine hysterische Öffentlichkeit zu, teure und personalintensive Sonderkommissionen ins Leben zu rufen. Ein toter Landwirt, mit dem Bauernbund als einziger ernst zu nehmender Lobby, ist ein Bauernopfer im wahrsten Sinne des Wortes. Ergebnis: weit und breit keine Soko in Sicht.

Zwar kann der Draxler auf keine hundertprozentige Aufklärungsquote zurückblicken, aber einen schönen Ermittlungserfolg, so kurz vor seiner beruflichen Verschrottung, würde er sich schon noch wünschen. Nicht erst seit Stoisers Kurzporträt des Steirer Johann hat der Draxler für sich entschieden, diesen Fall als etwas ganz Persönliches anzusehen. Er als Sachwalter für einen Menschen, für den die Gesellschaft, weil mittlerweile verroht und schrecklich abgestumpft, nicht das leiseste Mitgefühl hegt. Nicht, dass sich der Oberst Draxler zwangsläufig einen weiteren Mord wünscht, aber was ist, wenn der hier gar nicht der erste gewesen ist?

Der Draxler nimmt sich vor, seine Interpol-Kontakte und die zugänglichen Datenbanken zu befragen. Welche Suchbegriffe er da eingeben soll, um eine mögliche Verkettung mit anderen Fällen aufzudecken, ist ihm im Moment aber schleierhaft. Am nächsten Tag wird er sich mit seiner Truppe zu einem morgendlichen Brainstorming zusammensetzen. Das Frühstücksgebäck wird er höchstpersönlich beisteuern. Da die Blickwinkel unterschiedlicher Altersschichten im gleichen Maße unterschiedlich sein können, ein durchaus intelligenter Ansatz.

52

Biegt der Draxler, mit der Hilde Ranner auf dem Beifahrersitz, gerade auf die A 9 in Fahrtrichtung Graz ein, gibt der Spazierer, schon ein gutes Stück weiter nördlich, seinem Alfa sportlich die Sporen. Soeben passiert er die Bezirkshauptstadt Leibnitz. Dass er allein im Wagen ist, stört ihn nicht. Endlich ein paar Minuten Zeit, um sich geistig zu ordnen und sich ernsthafte Gedanken darüber zu machen, was da gerade Seltsames passiert.

Erst gestern hat er sich noch über die Kollegin Ranner auf eine Art und Weise lustig gemacht, die seine heutigen Gefühle nicht gerade plausibel erscheinen lassen. Der Spazierer kommt damit im Moment überhaupt nicht klar.

Würde seine Großmutter noch leben, er wäre schnurstracks zu ihr hingefahren, um sich einen weisen Rat abzuholen. Gerade in solchen Momenten fehlt ihm die alte Dame sehr. Mit einer Zigarette im linken Mundwinkel und einem Glas Rotwein in ihrer Rechten hätte sie auf das, was da passiert, mit Sicherheit eine Antwort gewusst. Und wenn schon keine Antwort, dann zumindest den Weg dorthin.

Und im Anschluss hätten sie eine Partie Rummy gespielt.

Als Jugendlicher hat er über Schlagworte wie »Lebenserfahrung« und »Lebensweisheit« immer nur gelacht. Hat diese immer als Entschuldigung dafür angesehen, dass die Alten mit der Jugend und ihrer Denke nicht mehr mitkamen. Wie falsch seine damalige Einschätzung gewesen war! Das weiß der Spazierer nicht erst seit heute. Die wahren Probleme des Lebens sind seit jeher weder an ein Lebensalter noch an eine Zeit gebunden. Die waren vor dreihundert Jahren genau dieselben wie heute. Zumindest, was das Zwischenmenschliche angeht. Selbst der technische Fortschritt hat darauf nur einen geringen Einfluss genommen.

Der Spazierer sollte eigentlich seine Karin anrufen. Aber nicht gleich. Den Wildoner Berg gibt er sich noch. Eine Gnadenfrist von ein paar Autobahnminuten für seine immer noch wirren Gedanken.

Fünfzehn Kilometer weiter südlich grinst die Hilde Ranner bis über beide Ohren. Bei dieser Autofahrt bleibt der »Vorhang« brav geschlossen.

53

Der Reininger Sepp hat seinen sinnlos lallenden Bruder nach langem Hin und Her dann doch ins Bett gebracht. Da seine herrische Schwägerin erst am späteren Nachmittag zurückerwartet wird, könnte Ferdinand mit einem blauen Auge davonkommen. Zur Sicherheit lässt der Sepp schon ein paar Tassen Kaffee durch die Filtermaschine rinnen. Quasi als Vorbereitung für den zweiten Schritt hin zur völligen Wiederherstellung seines Blutsverwandten. Da an Schnapsbrennen heute nicht mehr zu denken ist, wird sich der Sepp auf die Terrasse setzen und lesen.

Inmitten liebevoll arrangierter Balkonpflanzen, die so üppig wuchern, dass man die Töpfe darunter schon gar nicht mehr sehen kann, rückt sich der Sepp einen bequemen Liegestuhl zurecht. Noch rasch einen Polster unter den Kopf geschoben, und es kann losgehen.

Seine heutige Lektüre: »Bestie Mensch« vom österreichischen Profilerpapst Dr. Thomas Müller. Ein Muss für jeden Kriminalbeamten. Da der Reininger Sepp seine Ambitionen, sich zur Mordkommission zu melden oder diese zumindest zu unterstützen, noch nicht gänzlich aufgegeben hat, bestimmt auch für einen einfachen Revierinspektor eine sinnvolle Investition in eine bessere berufliche Zukunft. Der Sepp blickt auf seine Uhr. Weil noch früher Nachmittag ist, wird er den Draxler erst zu einer späteren Stunde anrufen. Dann wird Dr. Schneider mit Sicherheit wissen, was Sache ist.

54

Was Dr. Schneider weiß, ist, dass sich seine Amalie heute noch kein einziges Mal bei ihm gemeldet hat. Untypisch für seine umtriebige Frau. Obwohl sie sehr schusselig ist und vieles nur allzu schnell vergisst, ruft sie ihren Mann doch mehrmals täglich an. Entweder um sich einen Rat zu holen oder um einfach zu sehen, wie es ihrem Gatten geht. Und da er in der Gerichtsmedizin über das Festnetz, sein Handy und auch per Mail erreichbar ist, geht ein Mehr an Erreichbarkeit ja gar nicht. In den letzten Tagen hat sich die Häufigkeit ihrer Anrufe wie der Abschwung der Gauß'schen Glockenkurve verhalten. Mit dem eindeutigen Trend, gegen null zu gehen. Dr. Schneider kann sich nicht erinnern, seine Gattin in den letzten Tagen über das übliche Maß hinaus beleidigt zu haben. Ihr neues »Jute-statt-Plastik«-Ensemble hat er zwar mit einem »Es gibt sicher Leute, denen so etwas gefällt« quittiert, aber in Anbetracht der Hässlichkeit dieses neuen Outfits war seine Stellungnahme durchaus moderat und höflich. Hätte er gar nichts gesagt, wäre das weitaus schlimmer gewesen.

Dr. Schneider schreckt auf, als es an der Hintertüre klopft. Kaugummikauend steht der Tätowierte vor der Türe. Die Zahnlücke öffnet gerade die Heckklappe des Transporters. »Zart Gegrilltes für einen …?« Der Tätowierte starrt nun auf einen Zettel und versucht, der Ansammlung von Buchstaben einen Sinn zu geben. »Dr. Schneider?«, meint er dann stotternd und mit einem großen Fragezeichen am Schluss. Stolz blickt der Tätowierte auf.

Als Lesen kann man das nicht bezeichnen, denkt sich der Dr. Schneider. Und Witze über verstorbene Menschen macht man nicht. Auch das denkt er sich. Jede Kommunikation mit dem Reserve-Rocker ist für ihn reine Zeitverschwendung. Zwar ist der Dr. Schneider ein bekennender Menschenfreund, wenn auch auf eine etwas stille Art und Weise, aber auch er nimmt es sich hie und da heraus, jemanden unsympathisch zu finden. Und der da gehört eindeutig zu dieser Kaste. Die im Hintergrund verlegen grinsende Zahnlücke erscheint dem Dr. Schneider auch nur um einen kleinen Deut sympathischer.

Dr. Schneider öffnet den zweiten Teil der Türe und arretiert beide Hälften mit den seitlich angebrachten Türstoppern. Die zwei Leichenfahrer deuten diese Handlung als Zeichen, dass die Adresse wohl richtig ist.

Gesprochen hat Dr. Schneider kein einziges Wort. Zehn Minuten später ist der Sarg geliefert und im Obduktionssaal abgestellt. Fragend blicken die beiden Leichenfahrer den Dr. Schneider an. Fast so, als würden sie auf ein Trinkgeld warten. Auf die Idee, dass bei Mordverdacht der Sarg bis auf Weiteres in der Gerichtsmedizin verbleiben muss und erst nach Sichtung aller im Sarg gesammelten Teile, Krümel, Fasern und Hautschuppen freigegeben wird, wären die beiden von selbst wohl nie gekommen. Noch aber bleibt der Sarg geschlossen. Bei dem Chaos, das die zwei bei der Überstellung angerichtet haben, werden sie noch eine ganze Weile auf die Freigabe warten. Mit einer ungeduldigen Handbewegung scheucht Dr. Schneider die Männer durch die Hintertüre hinaus ins Freie.

Kaum dass die Zusteller abgerauscht sind und sich der saure Schweißgeruch verzogen hat, den die beiden verströmt haben, läutet bei Dr. Schneider das Mobiltelefon.

Die abgängige Amalie? Fehlanzeige! Dr. Schneiders Sorgen werden langsam größer. Nicht, dass ihm die zwei Heinis von vorhin auch noch eine unbekannte Frauenleiche zustellen.

Wüsste Dr. Schneider, dass seine Frau gerade gemeinsam mit drei verschrobenen Kräuterhexen diverse Wiesenhänge nach Essbarem abgrast, es hätte ihn weit weniger beruhigt, als man hätte annehmen können.

Tatsächlich am Apparat ist Oberst Draxler. Sie wären bereits auf dem Weg, gibt ihm der Draxler zu verstehen. Der Dr. Schneider solle doch dieses eine Mal netterweise auf sie warten. Ausnahmsweise werden sie gleich mit der ganzen Mannschaft anrücken. Ob er die Sitzbänke im Foyer abstauben soll?, fragt ihn der Dr. Schneider fürsorglich. Das kennt er ja von früher. Obwohl ihm der Draxler bei den Leichenöffnungen auch nicht immer assistiert hat, haben es der Kollege Spazierer und die junge vollbusige Dame noch nie weiter als bis in die Vorhalle geschafft. Der Draxler meint entschieden: »Nein.« Dr. Schneider muss schmunzeln. Ob da nicht wieder eine dieser Erziehungsmaßnahmen dahintersteckt, für die der bärbeißige Oberst Draxler so berüchtigt ist? Dr. Schneider verspricht zu warten. Die Vorbereitungen für die Obduktion werden ohnehin noch ein Weilchen dauern.

Leise geht die Türe zum angeschlossenen Umkleideraum auf. Dr. Schneider hört ein Rascheln und erhebt, ohne sich dabei umzudrehen, den linken Arm zum Gruß. Als Antwort ertönt ein gutturales Knurren. Hat einer ein besonderes Gespür für Nuancen, dann ist klar, dieses Knurren ist eines der freundlichen Sorte und der Knurrende keine Gefahr.

Nun ist der Begriff »Behinderung« ja bekanntlich ein dehnbarer. Kann für eine Frau schon ein eingerissener Fingernagel als Behinderung gelten und die Sinnhaftigkeit des Weiterlebens ernsthaft in Frage stellen, trifft beispielsweise das plötzliche Fehlen eines Unterschenkels den Kern des Pudels wohl eher. Zwar sieht sich einer wie der geruchsresistente Sigmund Stoiser als vollwertiger Mann, trotzdem fällt der Ausfall eines Sinnesorgans durchaus in die Kategorie »Behinderung«.

Lebt nun einer wie der Dr. Schneider schon seit zwei Jahrzehnten mit seiner Frau und damit mit einem Stimmbandwunder unter einem Dach – Stimmbandwunder, weil im Regelfall auf Dauerbetrieb –, dann kommt ihm ein von Geburt an stummer Gehilfe äußerst gesund vor. Und genau dieser Gehilfe tritt gerade seinen Dienst an.

Dr. Schneider schätzt Jürgen Grallas ruhige Art. Das bezieht sich auf den ganzen Mann. Jürgen bewegt sich langsam, Jürgen arbeitet langsam, und Jürgen denkt langsam. Trotzdem, oder gerade deswegen, ist er der geeignetste Mitarbeiter, den sich Dr. Schneider wünschen kann. Darüber hinaus arbeitet Jürgen Gralla akkurater als eine Singer-Nähmaschine. In ihrem Beruf eine unbezahlbare Tugend. Ein Denker und ein Tuer. Das absolut perfekte Gespann.

Da Jürgen Gralla gleich die volle Packung abbekommen hat, also stumm und taub ist, stört er sich auch nicht an Dr. Schneiders Musikgeschmack.

Der ist nämlich auch ein Kapitel für sich. An Variation und Vielfältigkeit kaum zu überbieten. Plärren gerade noch die Stoanis ihre Hymne in den Äther, dass die steirischen Männer wohl die Krönung der Schöpfung sein müssen, meint im nächsten Stück Elvis, dass Las Vegas verdammt noch mal hochleben soll. Wäre dieser Genresprung nicht schon schräg genug, wollen gleich darauf die fehlgeleiteten Les Humphries Singers mit aller Gewalt nach Kansas City, obwohl die Steiermark, so wie sie S.T.S. bildhaft beschreibt, doch wohl der einzig lebenswerte Platz auf Mutter Erde ist.

Der eigens von Dr. Schneider zusammengestellte Partymix ist mittlerweile auf stolze sieben Volume angewachsen. Das bunt gemischte Gedudel ist viel besser geeignet, Tote von Scheintoten zu unterscheiden als so ein nüchterner Pupillen- oder Reflexzonentest. Den akustischen Mischmasch tut sich auf Dauer keiner freiwillig an. Nicht einmal ein Halbtoter.

55

Artig sitzt Hilde Ranner in Draxlers Ford und fixiert den Horizont. Wenn das mal nicht ein gelungener Angriff war. Dabei ist das erst der Anfang. Wie lange wird der Spazierer ihren weiblichen Waffen wohl noch standhalten können? Als hätte es der Draxler gerochen, macht er akkurat jetzt die Karin Koller zum Thema.

Vor ihrer Abfahrt waren er und der Spazierer noch auf einem Gruppenpinkler. Beim Warten auf Draxlers erste Tröpfchen – seine Prostata macht auch mehr und mehr, was sie will – hat er den Major gefragt, ob eigentlich die Karin schon weiß, dass sie wieder mitten in einer Mordermittlung stecken.

Der Spazierer hat da gerade abgeschüttelt und Nein gesagt. »Ist aber ohnehin nicht relevant, da die Karin auf dem Weg in die Toskana ist. Wird wohl ein Weilchen dortbleiben«, hat er dann noch gemeint.

»Habt ihr euch gestritten?«, fragt der Draxler mit großen Augen. Anders kann er Karins plötzlichen Aufbruch in einen Singleurlaub nicht verstehen. Er und seine Irmi sind nie getrennt auf Urlaub gefahren. Bei einem Streit unter Liebenden könnte er Spazierers seltsames Verhalten zumindest in Ansätzen nachvollziehen.

Wie er denn darauf komme, fragt der Spazierer, der den Wasserhahn absichtlich offen lässt. Sonst schafft es der Draxler heute gar nicht mehr, die paar müden Tropfen aus seiner alten Blase zu pressen.

»Ach, war nur so ein Gedanke.«

»Karins Tante hat sich den Knöchel verstaucht. Und da die Gute nicht gerade arm ist, rückt die Familie in so einer Situation gleich noch enger zusammen.«

Der Draxler nickt verständnisvoll und wertet den Pinkelversuch im Skispringerjargon als »nicht gestanden«.

So ist der Draxler also zu seiner Information gekommen.

»Die Karin, ja die Karin«, murmelt der Draxler gedankenverloren vor sich hin. »Was ist mit der Karin?«, fragt die Hilde Ranner interessiert. Es ist immer gut, zu wissen, was ihre Nebenbuhlerin gerade so treibt.

Und jetzt begeht der Draxler einen Kardinalfehler. Mit treuen Augen berichtet er, dass die Karin auf dem Weg zu ihrer Tante in die Toskana ist.

Das temperamentvolle »Wie bitte?« der Hilde Ranner deutet der Draxler fälschlicherweise als Ausruf ehrlicher Besorgnis. »Ist nichts Ernstes. Die alte Dame hat sich nur den Knöchel verstaucht, und ihre liebe Nichte wird sich eine Zeit lang um sie kümmern. Ist wie gesagt nichts Ernstes.«

Wäre Draxlers Chef, der Polizeipräsident, im Wagen gesessen, er hätte umgehend Draxlers Entlassungspapiere unterschrieben. Hier und jetzt und gleich auf seinem Schoß und damit den Draxler per Unterschrift mit sofortiger Wirkung in Pension geschickt.

Als arrivierter Kriminalbeamter so einen Anfängerfehler zu begehen, verdient ganz einfach die Rote Karte.

Der Hilde wird es auf einmal wohlig warm. Das sind nun wirklich gute Nachrichten.

56

Der Spazierer hat unmittelbar vor der Gerichtsmedizin einen Parkplatz gefunden. Da es in Graz schon recht kühl ist, wird er im Wagen auf die Kollegenschaft warten.

Das Gespräch mit seiner Karin war nur kurz. Obwohl Karin als Kfz-Meister-Tochter dem Porsche auch während der Fahrt die Reifen hätte wechseln können, stehen ihre Fahrkünste in einem argen Missverhältnis zu ihren handwerklichen Fähigkeiten. Eine Autobahnfahrt bei starkem Verkehrsaufkommen ist für die Karin der pure Stress. Und die kurvenreiche Tunnelstrecke zwischen Bologna und Florenz, auf der sie sich gerade befindet, der wahr gewordene Alptraum. Sie werden am späten Abend in Ruhe telefonieren.

Spazierers »Ich liebe dich« geht ungehört in einer wahren Schimpftirade unter. Ein Lkw mit einer Fuhre Parmaschinken, bestimmt für diverse Trattorien in Neapel und Umgebung, hat die Karin gerade geschnitten. Ein tödlicher Fehler, wie der Spazierer weiß. Der arme Italiener, hat sich der Spazierer auch noch schnell gedacht.

Mit seinem Gefühlswirrwarr ist er keinen Deut weitergekommen. Fragezeichen über Fragezeichen. Die eigentliche Frage hat sich der Spazierer aber bis dato noch nicht gestellt. Die Frage: »Warum gerade jetzt?« Was hat sich in den letzten Tagen geändert? Hat er sich verändert? Wohl kaum.

Der Spazierer ist ein bequemes Gewohnheitstier und kein abenteuerlicher Schürzenjäger. Nicht, dass er sich als fad und erzkonservativ bezeichnen würde, aber als im Sternzeichen des Stiers Geborener sind für ihn Verlässlichkeit und Beständigkeit keine erzwungenen Verhaltensmuster, sondern angeborene Tugenden. Eigenschaften, die sein Wohlgefühl garantieren.

Er ist keine dieser Flipperkugeln, die ständig in der Gegend herumfetzen, bei dem ersten Hindernis einen Einhundertachtzig-Grad-Haken schlagen und nie einen wirklich geraden Weg gehen. Der Spazierer würde sich eher mit einer Bowlingkugel vergleichen. Einmal aufgesetzt, läuft diese ruhig in ihrer vorprogrammierten Bahn. Kann schon sein, dass sie einmal nach links oder rechts wegeiert, aber das ändert nichts an der Grundrichtung. Dort vorne stehen die Kegel, und dort ist das Ziel.

Was der Spazierer bei seinen Betrachtungen aber völlig außer Acht lässt, ist die Raffinesse einer entschlossenen Frau. Der kann ja gar nicht anders. Die Hilde sagt ja auch nicht offen: »Ich will dich.« Blöd wäre sie. Damit verschreckt sie einen wie den Spazierer unwiderruflich. Was die Gute aus dem Fiasko mit ihrem verflossenen Schnurlibärli gelernt hat, ist wirklich bemerkenswert. Die spricht den Spazierer auf Nervenbahnen an, die sein Gehirn und sein analytisches Denkvermögen elegant umgehen.

Und dem Sexuellen ist mit Logik und Vernunft definitiv nicht beizukommen.

Prinzipiell weiß der Spazierer das natürlich. Trifft es einen Außenstehenden, dann kann er auch wirklich vernünftige Ratschläge geben. Betrifft es ihn aber selbst, lässt er nur logische Erklärungen zu. Das passt so nicht zusammen.

Sich als Opfer eines teuflischen Planes zu sehen, wäre dem Spazierer im Traum nicht gekommen.

Der Spazierer hält das Warten nun nicht mehr aus. So viel weiß er schon, dass der Draxler ihn heute auf die Probe stellen will. Nachfolgen heißt, sich all jenen Situationen zu stellen, denen man nur allzu gerne aus dem Weg gehen würde. Im normalen Leben. Aber was ist schon normal, wenn man als Kriminalbeamter dem absolut Bösen im Menschen begegnet.

Das aber auch nicht jeden Tag. Morde sind in der Steiermark ein eher homöopathisches Verbrechen. Raser und Falschparker liegen immer im Spitzenfeld. Obwohl, diese als Verbrecher zu bezeichnen, wäre auch kein Ansatz à la Spazierer. Dann wäre er mit Sicherheit der Oberverbrecher schlechthin.

Dass er sein Blaulicht nur im Einsatz aufs Dach knallt, ist nämlich ein bis zwei Lichtjahre von der Wahrheit entfernt. Wenn seiner Mutti das Mehl ausgeht und die Billa-Mitarbeiter im Geschäft ums Eck wie gebannt auf den Sekundenzeiger der Uhr starren und im Geiste jeden verfluchen, der es wagt, so kurz vor Geschäftsschluss noch den Laden zu betreten, dann schaltet der Spazierer sämtliche Lichter ein. Aus Versehen vielleicht auch das blaue. Und dass er dann mit gemütlichen dreißig Stundenkilometern auf den menschenleeren Parkplatz rollt, ist auch eher unwahrscheinlich.

Der Spazierer hat vom Warten genug. Er wird es sich nun in den altbekannten Hallen der Gerichtsmedizin gemütlich machen. Nun ja, »gemütlich machen« ist vielleicht der falsche Ausdruck, aber da der Spazierer einen leichten Anflug von Prüfungsangst verspürt, wird ihm etwas Akklimatisierung guttun. Das war schon immer so. Auch in der Schulzeit. Sobald er am Tag einer Prüfung das altehrwürdige Schulgebäude betreten hat, war die Versagensangst zwar nicht wie weggeblasen, aber deutlich geringer als noch draußen vor der Türe.

Der Spazierer lässt sich im Foyer auf die obligat orangefarbene Sitzbank fallen und atmet tief durch. Wenn nur diese schrecklichen Gerüche nicht wären.

Dr. Schneider hört das entfernte Knarren der Bank und macht dem Spazierer seine Aufwartung. »Ist das alles?«, will er wissen. Der Spazierer lächelt milde. Dr. Schneider kann man zwar nicht mit dem kauzigen Draxler vergleichen, aber höflichen Charme hat er auch nicht gerade mit der Muttermilch eingesogen.

»Der Rest müsste bald hier sein«, meint der Spazierer. »Sie hören es dann schon. Die Hilde Ranner hat heute erstmals die genagelten Stöckelschuhe an.« In dieser Ansage liegt diesmal kein süffisanter Unterton.

Dr. Schneider lädt den Spazierer ein, doch hereinzukommen. Sein Adlatus hat gerade Kaffee gekocht. Zwar nicht auf Barista-Niveau, aber echt nicht schlecht. Warum eigentlich nicht, denkt sich der Spazierer. Dann kann er sich vielleicht schon mal an die grässlichen Instrumente und den üblen Formalingeruch gewöhnen.

Erstaunt stellt der Spazierer für sich fest, wie freundlich die Tranchierhalle eigentlich ist. Zumindest, wenn man sich die kalten Blechtische wegdenkt. Die Bose-Soundanlage, definitiv das Feinste vom Feinsten, gepaart mit Rainhard Fendrichs Hymne an Österreich, und schon ist die Obduktionshalle einen Schritt näher an einem begehrten Ort aus »Schöner Wohnen«. Warum er sich immer so geziert hat, hier hereinzuschauen, und den unbequemen Platz draußen vor der Türe vorgezogen hat, kann er selbst nicht verstehen. Die Antwort darauf gibt sich der Spazierer allerdings in einem zweiten Gedanken auch gleich selbst. Der Johann Steirer ist nämlich eine lobenswerte Ausnahme von der Regel. Ein Toter, der den Anstand besitzt, verkohlt und nicht verwest zu riechen. Bei all den gut abgelegenen Leichen, die sonst hier eintrudeln, kann einem der Geruch der Vergänglichkeit schon draußen auf dem Gang den Magen umdrehen. Und wenn der Magen erst einmal indisponiert ist, dann helfen weder spezielle Atemtechniken noch ein Tässchen Kaffee.

Jürgen Gralla nickt dem Spazierer freundlich zu und schenkt sofort eine dritte Tasse ein. Der fragende Blick soll »Milch und Zucker?« bedeuten. Der Spazierer zählt kombinatorisch eins und eins zusammen, nickt ebenso freundlich zurück und bestellt sich mit zwei eindeutigen Handbewegungen Milch und zwei Zuckerwürfel.

An eine lange Kommode gelehnt, die einen Großteil der Wand einnimmt, schlürfen die drei Männer nun ihre Heißgetränke. Wie drei Vögel auf einem Drahtseil. Vier Blechtische kann der Spazierer ausmachen, von denen nur einer der mittleren belegt ist. Darüber ist der Spazierer schon recht froh. Den Toten kennt er ja schon, und auf weitere unbekannte Leichen kann er gut und gerne verzichten. Vielleicht noch eine hübsche tote Frau, aufgebahrt und seelenlos. So ein Anblick lässt einen den Glauben an einen gütigen Gott verlieren. Wenn sich etwas Schönes verabschiedet, dann tut das doppelt weh. Sorry, Johann, war jetzt nicht böse gemeint!

Johann Steirer liegt artig auf dem Rücken. Brav bis zum Hals zugedeckt. Die Reste, die Jürgen Gralla aus dem Metallsarg gekratzt hat, ruhen in einer sauberen Schale auf einem benachbarten Labortisch, auf dem das wohl größte hochauflösende Mikroskop aufgestellt ist, das der Spazierer je gesehen hat.

Viel erwartet sich der Dr. Schneider von den krossen Flughautresten, die in der Blechschale vor sich hin krümeln, ja nicht. Die Ergüsse im Nackenbereich sind mit Sicherheit die ergiebigste Informationsquelle.

Dr. Schneider nimmt einen letzten großen Schluck, dann geht es an die Arbeit. Das laute Stöckelschuhgeklapper draußen auf dem Gang ist für ihn der akustische Startschuss.

Höflich hält der Draxler der Hilde die Türe auf. Das Spielen in der Sonne hat der Hilde sichtlich gutgetan, ihr Teint ist um Klassen gesünder als ihr perforierter Mittelfinger. Freudestrahlend fällt ihr Blick auf den Spazierer. Alle wieder beisammen. So soll es auch sein.

Dann legen Dr. Schneider und Jürgen Gralla los. Es wird gesägt und geschnitten, es wird gebohrt und gehämmert. Organe werden gewogen, und Proben werden gezogen. Mit einer Geschwindigkeit und Routine, dass es der Kripo fast schwindlig wird. Da der Steirer Johann in den letzten Tagen praktisch keine feste Nahrung zu sich genommen hat, ist der Darm nahezu leer und der Geruch relativ unspektakulär. Die drei von der Kripo danken es dem Johann Steirer stumm.

Dr. Schneider blickt auf. »Todesursache: eindeutig Herzinfarkt. Die Leber hätte es aber auch keine zwei Jahre mehr gemacht. Leberzirrhose im Endstadium. Das Herz, wenn man sich den Herzinfarkt wegdenkt, sieht aber augenscheinlich gut aus. Mit dem hätte er normalerweise locker achtzig werden können. Wenn die Leber nicht gewesen wäre, versteht sich!«

Was Dr. Schneider aber am meisten erstaunt, ist das tadellose Gebiss des Toten. So etwas bekommt man heutzutage nur äußerst selten zu Gesicht. Jeder einigermaßen vernünftige Zahnarztbohrer, der Alptraum jedes Wartezimmerhockers, hätte bei diesem Anblick die eigene Nutzlosigkeit erkannt und das hochfrequente Surren resigniert eingestellt. Keine Plombe, kein Loch, kein Karies. Null, nichts, nada. Respekt! Zumindest Teile des genetischen Abdrucks dieses armen Mannes sind etwas ganz Besonderes. Darüber gibt es keinen Zweifel.

Als Nächstes ist der Bluterguss an der Reihe. Stoisers mündliche Beschreibung jener Position, in der er den Johann Steirer vorgefunden hat, nämlich mit dem Kopf im Topf, ruft, in Verbindung mit den gemailten Tatortfotos der Spurensicherung, den Ingenieur und Mathematiker in Dr. Schneider auf den Plan. Er setzt sich an seinen Schreibtisch und fängt an, wie wild zu rechnen. Dann kritzelt und zeichnet er, und gleich darauf rechnet er wieder.

Weil nur eiserner Wille, gepaart mit einer gehörigen Portion Kraft, einen stattlichen Kerl wie den Steirer Johann eine Zeit lang niederhalten können, versucht Dr. Schneider nun den ungefähren Winkel zu ermitteln, mit dem der Arm auf den armen Johann gedrückt haben muss. Dabei kommt er ins Grübeln. »Kann gar nicht sein!« Dr. Schneider schüttelt den Kopf und fängt erneut zu zeichnen an. Seiner ersten Einschätzung nach müsste der Angreifer, wenn man sich den Steirer Johann in halb devoter Grillposition vorstellt, fast waagerecht und von der Seite zugegriffen haben und weniger direkt von hinten. Dr. Schneider sieht sich nochmals die Blutergüsse an und stellt fest, dass die Daumenseite der rechten Täterhand wohl einen größeren Druck ausgeübt hat als die gegenüberliegende Pokerrunde. Dass der Daumen genau auf die Halsschlagader gedrückt hat, wird auch kein Versehen gewesen sein. Da hatte jemand eine zumindest rudimentäre medizinische Ausbildung. Wie er es auch dreht und wendet, Dr. Schneider kommt immer wieder zu demselben Ergebnis: Der Mörder muss klein gewesen sein. Sieht man sich den Abstand zwischen dem Daumenabdruck und dem der anderen vier Finger an, dann liegt der Schluss nahe, die Angreiferhand als zierlich zu bezeichnen.

Ob die Hilde Ranner ihm vielleicht kurz zur Hand gehen könnte, quasi als lebende Frauenhand auf totem Männernacken, nur so zum Vergleich? Diese Frage verkneift sich Dr. Schneider gerade noch. Obwohl, gejuckt hätte es ihn schon. Dann besiegt jedoch seine Professionalität seinen gesunden schwarzen Humor.

Dr. Schneider denkt nun weiter. Wenn beispielsweise ein Tiger einen ausgewachsenen Bären angreift, dann stimmen die Größenverhältnisse. Hier hat sich an dem Bären aber eindeutig eine Hauskatze vergriffen und ihr Glück versucht. Und das dann augenscheinlich auch noch gehabt.

Weil der Spazierer draußen am Tatort die sichergestellten Fußabdrücke mit seinem Handy fotografiert hat, mailt er diese dem Dr. Schneider auch gleich zu. Die Fotos samt Maßband runden das Bild endgültig ab. Das lästige Fragezeichen, das sich ständig vor Dr. Schneiders gerunzelter Stirn herumgetrieben hat, löst sich nun langsam in Luft auf. Die Größe der Hand und die Schuhgröße könnten definitiv zu einer Hauskatze passen.

Dr. Schneiders Resümee. »Da *der Mörderin*« – bei dem alles offenhaltenden Wortspiel muss Dr. Schneider schelmisch grinsen – »einen feuerfesten Handschuh getragen hat, gibt es keinerlei verwertbare DNA-Spuren. Die wenigen Fasern, die wir sichergestellt haben, sind hitze- und flammbeständige Nomex-Fasern, wie sie Millionen von Feuerwehrmännern in aller Welt an den Händen tragen. Die Faser ist inhärent flammfest, besitzt eine hohe Temperaturbeständigkeit und kann weder schmelzen noch abtropfen. Die Wahrscheinlichkeit, dass der Täter oder die Täterin Brandspuren davongetragen hat, ist daher sehr gering. Speziell, wenn man beachtet, wo der Arm zugegriffen hat und wo der Herr Steirer seine Brandwunden trägt. Mehr werden wir wohl nicht finden. War der Täter ein Mann, dann muss er ungewöhnlich klein gewesen sein. War der Täter aber eine Täterin, dann bewegen wir uns größenmäßig im österreichischen Durchschnitt. Schränkt die Tätergruppe nicht gerade ein. Mord ist es aber definitiv.«

Der Draxler klatscht freudig in die Hände und bereut seinen unverhohlenen Freudenausbruch auch gleich wieder. Obwohl mit dem Rücken zum Geschehen, ist sogar der taubstumme Jürgen Gralla unangenehm berührt. Der kann diesen Freudenausbruch förmlich spüren. Solche positiven Schwingungen sind ihm in all seinen Jahren als Tranchiergehilfe auch noch nie untergekommen. Nicht hier in diesen Räumlichkeiten.

Er habe doch nur zum Ausdruck bringen wollen, dass er wieder einmal recht gehabt hat, beteuert Oberst Draxler kleinlaut.

Dr. Schneider schüttelt den Kopf, ehe er verspricht, sein Gutachten noch heute fertigzustellen. Spätestens um neun Uhr abends hätten es die Kollegen in ihrer Mailbox.

57

Draußen auf der Straße stehen die drei noch ein paar Minuten zusammen. Da der Spazierer bis auf absehbare Zeit nicht hinaus nach Köflach fahren wird und seine Wohnung in der Morellenfeldgasse praktisch ums Eck liegt, wird der Draxler die Hilde Ranner auf den Stützpunkt und zurück zu ihrem Auto bringen. Die Hilde Ranner ist mit ihrer heutigen Vorstellung äußerst zufrieden, lässt den Spazierer aber zur Sicherheit noch einmal tief in ihr Dekolleté blicken. Dann steigt sie, mit einem zufriedenen Lächeln im Gesicht, in Draxlers Ford Mondeo ein.

Der Draxler schüttelt nur ungläubig den Kopf, ehe er sich zu einem verschwörerischen Zwinkern in Richtung Spazierer hinreißen lässt. »Morgen acht Uhr! Und bitte pünktlich! Brainstorming und Surfen im Interpol-Netzwerk. Ich habe da so eine Idee.«

Dann rauschen die beiden ab. Zurück bleibt ein ratloser Spazierer. Den Tag wird er wohl nicht so schnell vergessen. Das viel bemühte Tüpfelchen auf dem »i« kommt aber noch.

58

Langsam verliert sie die Übersicht. Die Liste ist zwar bei Weitem nicht mehr so lang wie noch vor ein paar Monaten, trotzdem liegt noch ein schönes Stück Arbeit vor ihr. Dann kommt ihr ein Seufzer aus. Hätte sie nicht mütterlicherseits reichlich preußisches Blut geerbt und wären die Zigeunergene ihres Vaters, denen sie ihr formidables Gebiss zu verdanken hat, nicht zugunsten ihrer deutschen Herkunft einen großen Schritt weit zurück ins zweite Glied getreten, sie hätte sich organisatorisch wohl kaum an diese Herkulesaufgabe herangetraut.

Ihre ausführlichen Recherchen im Vorfeld haben ergeben, dass einige ihrer Halbgeschwister bereits frühzeitig und freiwillig das Zeitliche gesegnet haben, was ihr die Arbeit ungemein erleichtert hat. Danke vielmals, ihr Unbekannten.

Selbstüberschätzung, medizinisch »Hybris« genannt, ist bei ihr überdurchschnittlich stark ausgeprägt. Hitler und Stalin im Vergleich dazu naive Waisenknaben.

Da sie sich praktisch nie mit anderen Mitmenschen gemessen und sich selbst immer als absolute Krönung der Schöpfung gesehen hat, gibt es für sie keinen Anlass, sich irgendwie pathologisch zu fühlen. Die Todesliste ist für sie auch nichts anderes als eine

Shoppingliste. Aufspüren, erledigen, abhaken. Schritt für Schritt. So richtig preußisch.

Karl Krummer ist der Nächste auf der Liste. Schön, weil nicht allzu weit von der Südsteiermark entfernt, und schön, weil sie noch ein Weilchen in Österreich bleiben kann. Österreich gibt doch viel mehr her als Rumänien. Selbst im Vergleich zu Deutschland findet sie Österreich wunderbar aufgeräumt und friedlich.

Hätte sie gewusst, dass ein unterfordertes Ermittlertrio, bald verstärkt durch einen Revierinspektor, und ein genialer Gerichtsmediziner Witterung aufgenommen haben, sie hätte die Situation zweifellos ein wenig anders bewertet. Aber auch nicht ganz richtig. Eine Mahnung zur Vorsicht hätte bei ihr nur einen Tag lang angehalten. Dann hätte ihre Hybris jedwede Bedenken achtlos beiseitegewischt.

59

Obwohl dem Spazierer nach der eindrücklichen Leichenöffnung und dem akribischen Organewiegen jeglicher Hunger vergangen ist, zwingt er sich zu einer abendlichen Einkaufstour. Da die Karin für längere Zeit fort sein wird und in seinem Kühlschrank gähnende Leere herrscht – nicht einmal das Weltall kann so leer sein wie sein Kühlschrank –, wird er sich beim Merkur Markt seines Vertrauens mit dem Notwendigsten eindecken.

Fast hätte er über seinen diversen Sorgen die fidele alte Dame vergessen, die ihm bei nahezu jeder zweiten Einkaufstour in einem der Gänge auflauert. Immer ihren verzogenen Enkel im Gefolge.

Beim ersten Mal hat sie ihn in der Kosmetikabteilung gestellt. »So ein netter und attraktiver Mann«, hat sie damals gemeint. Der Spazierer hat sich anfänglich geschmeichelt gefühlt, aber auch nur einen kurzen Moment lang. Ein neugierig prüfender Blick in seinen Einkaufswagen hat ihr gezeigt, dass es sich bei ihm wohl um einen Singlemann handeln muss. Kein Kosmetiktinnef oder Ähnliches, was auf eine Frau hingedeutet hätte.

»Ach, wie schade. Sie haben wohl kein Glück bei den Frauen. Strengen Sie sich mehr an, junger Mann. Mit der richtigen Frau an Ihrer Seite kommen dann auch die Kinderchen. So etwas Kleines ist doch wunderbar. Sehen Sie sich nur meinen vierjährigen Enkel an. Ein wahrer Wonneproppen.«

Die Gute hatte damals gar nicht mitbekommen, dass das pummelige Etwas im Einkaufswagen dem Spazierer permanent die Zunge gezeigt hat. Das mit dem Proppen konnte der Spazierer bestätigen, das mit der Wonne eher weniger.

Beim nächsten Einkauf hatte der Spazierer dieses kleine Intermezzo schon wieder vergessen. Diesmal hat die schräge Oma seinen Einkaufswagen unmittelbar vor der Vitrine mit den Milchprodukten gestoppt.

Erneut ihr Blick hinein in seinen Wagen und auf seine Einkäufe. Da der Spazierer als bekennender Whiskyfan an diesem Tag dabei war, seine längst zur Neige gegangenen Vorräte aufzustocken, kam die Sprache unweigerlich auf Spazierers vermeintlichen Alkoholismus. Der dickliche Enkel hatte in den vergangenen zwei Wochen locker drei Kilogramm zugelegt und nagte unappetitlich an einem Twixriegel.

»Wenn Sie einmal Vater sind, dann müssen Sie der Jugend mit gutem Beispiel vorangehen«, meinte die alte Frau vorlaut. »Da ist dann Schluss mit dem abendlichen Schnapssaufen.« Der Herr Major hatte seinen Ohren nicht getraut. Hatte sie ihn doch glatt als Säufer bezeichnet.

Als krönenden Abschluss hat ihm ihr verfressener Enkel noch einen fetten Schokoladenpfriem auf seine Raulederschuhe gespuckt.

Bar jedes Rechtsempfindens hatte die Omi die Zielspuckversuche ihres missratenen Fratzes als Ausdruck seiner sportlichen Vielseitigkeit gesehen. Von wegen stellvertretende Entschuldigung und Sippenhaftung. Obwohl man den Spazierer beileibe nicht als Feigling bezeichnen kann, hatte er mit großen Schritten das Weite gesucht. Dass ihm das Balg auch noch Reste des

Schokoriegels nachgeworfen hat, hat der Spazierer Gott sei Dank nicht mitbekommen.

Seit diesem Tag verhält sich der Spazierer bei seinen Einkäufen wie einer dieser Baumarktverkäufer. Wie ein Geist huscht er durch die Gänge und Hallen. Nicht mehr als ein gehauchtes Gerücht und ein flüchtiger Schatten.

Die Ereignisse an diesem wahrlich abwechslungsreichen Tag lassen den Spazierer unvorsichtig werden. Da ihm heute der Sinn nach einer guten Flasche Rotwein steht, taucht er ins schummrige Dunkel jenes Ganges ein, der, mit dunklem Holzboden ausgelegt, der Suche nach einem edlen Tropfen noch mehr Glanz und Exklusivität verleiht.

Mit der alten Abstinenzlerin und ihrem Süßigkeiten fressenden Gnom hat er dort definitiv nicht gerechnet. Und doch waren sie da. Das Halbdunkel lässt die gelben Augen der Hexe noch bedrohlicher erscheinen. Vier Wochen wird das fette Etwas noch in den Kindersitz passen, ehe die dicken Oberschenkel das endgültige Aus bedeuten und der kleine Fettsack laufen muss.

Der Spazierer fasst sich rasch.

Weil so abgeschieden und keine Menschenseele weit und breit, steht wohl das alles klärende Gespräch an. Der Spazierer ist dafür auch in der genau richtigen Stimmung. So richtig aufgekratzt. Und obwohl ihn seine momentane Gefühlslage mächtig ratlos macht, hat er zum Thema »Kinder und Enkelchen« den absoluten Durchblick.

Der Spazierer streckt seinen Rücken durch, macht aus seinen echten ein Meter dreiundneunzig gefühlte zwei Meter zehn und startet mit einer kurzen Freundlichkeit, um im Anschluss doppelt hart zuzuschlagen.

»Wie heißt denn Ihr kleiner Enkel?«

Die gelben Augen der Hexe werden auf einmal ganz milde. »Das ist der kleine Fritzi«, antwortet die Hexe stolz und tätschelt das stattliche Doppelkinn ihres Enkelsohnes.

»Sie wissen, dass ich Polizist bin. Genau genommen Major bei der Kriminalpolizei. Kapitalverbrechen! Abteilung *Mord*!«

Das wusste die Hexe natürlich nicht.

»Und um auf Ihr immer wiederkehrendes Drängen zurückzukommen, mir endlich eine Frau und vielleicht schon am übernächsten Tag ein Kind zuzulegen, habe ich folgendes Szenario im Kopf, das nicht mehr verschwinden will. Weil ich Ihren kleinen Fritzi so gar nicht aus meinem Gedächtnis streichen kann. Hören Sie gut zu. Vielleicht verstehen Sie meine Situation dann ein wenig besser.«

Die Hexe nickt freundlich, in der ehrlichen Meinung, dass der nette Herr Kommissar ihren kleinen Fritzi in sein Singleherz geschlossen hat.

»Schauen Sie sich einmal Ihren Fritzi an. So wie der frisst, hat der locker dreißig Kilo zu viel auf den Rippen, noch ehe er in den Kindergarten kommt. Da bekommt er als Symbol für seinen Garderobenhaken sicherlich eine Torte. Den Fritzi wird das bestimmt freuen, weil das doch sein Hauptlebensmittel ist. Das Symbol sagt ihm etwas. Weil die Kindergartentante ihre Augen nicht überall haben kann, wird der Fritzi schon bald die Gehässigkeiten der anderen Kinder am eigenen Leib zu spüren bekommen. Und weil die Kleinen auch nicht dumm sind, immer dann, wenn die Kindergartentante gerade abgelenkt ist oder auf dem Pipitopf sitzt. Der Fritzi wird leiden und in der Folge Schmach und Erniedrigung tief in sich hineinfressen. Und das auf zweierlei Art und Weise. Die Jahre werden vergehen, und Fritzi wird in die Volksschule wechseln. Da er mit sechs Jahren gewichtsmäßig locker als Zehnjähriger durchgeht, wird er sich langsam seiner körperlichen Macht bewusst. Wenn dann der kleine, pfeilschnelle Andi den Fritzi bis aufs Blut reizt, wird ihn der Fritzi bei einer der langen Hofpausen abpassen und ihm eine semmeln, dass dem kleinen Andi Hören und Sehen vergeht. Dass die kleine blonde Inge kichernd danebensteht, ist Pech. Die wird der Fritzi so lange wütend an ihren langen Zöpfen ziehen, bis sie weinend zur Lehrerin läuft. Dass Fritzis Eltern gleich damit drohen, einen Rechtsanwalt einzuschalten, sollte es die Schulleitung wagen, Fritzi von der Schule zu verweisen, ist Glück für den Fritzi. Der glaubt dann aber auch automatisch, dass man ihm alles durchgehen lässt.«

Der Spazierer fährt fort: »Fritzi wird größer und wahrscheinlich eher lustlos eine Lehre beginnen. Am ehesten als Maschinenschlosser. Bei dieser Zunft ist sein massiger Körper kein Nachteil. Oder als Möbelpacker. Als leidlich guter Geselle kommt er dann in ein heiratsfähiges Alter. Auch für den dicken Fritz wird sich ein vollschlankes Mädchen finden. Weil Verhütung vermutlich ein Fremdwort ist, lässt das erste Balg auch nicht lange auf sich warten. Und schon ist die Omi Uromi. Bald folgen Kind Nummer zwei und Kind Nummer drei. Wenn der Fritz dann nach langen, heißen acht Stunden von der Nachtschicht nach Hause in seine geförderte Gemeindewohnung kommt, wo die Wände dünn wie Seidenpapier sind und die Bälger wie am Spieß plärren, und wenn dann die Gattin vergessen hat, ihm seinen Kaffee und seine Lieblingsmarmeladesemmel zu richten und verlegen vor sich hin kichert, brennen beim Fritz endgültig die Sicherungen durch.«

Ganz ruhig redet der Spazierer weiter: »Die Zöpfe seiner Frau erinnern ihn an diesem Tag stark an die der kleinen Inge aus seiner Volksschulzeit. Keine gute Idee, die langen Haare gerade heute so zu tragen. Mächtig großer Fehler. Und da diese Erinnerung definitiv keine gute ist, dreht der Fritz nun endgültig durch. Dann wird er ein Küchenmesser nehmen und seine Frau für immer still machen. Gebrochen wird er dann am Küchentisch sitzen und lustlos auf den Resten herumkauen, die seine Kinder vom Frühstück übrig gelassen haben. Und dann wird es an der Türe klopfen. Die Nachbarn haben die Polizei gerufen. Gestritten haben die da drüben beinahe jeden Tag, so schlimm war es bisher aber noch nie, werden sie berichten. Der Fritz wird die Türe öffnen, und der Erste, den der Fritz sehen wird, das werde ich sein. Mit meiner Dienstmarke in der Hand. Etwas in die Jahre gekommen, an den Schläfen schon ergraut, aber immer noch kinderlos. Und genau deshalb glücklich.«

Die Hexe blickt den Spazierer ängstlich an.

»Ich werde es nicht sein, der die Mörder, Vergewaltiger und Terroristen von morgen in die Welt setzt. Das erledigen schon andere für mich. Die machen den Dreck, und ich mache hinter ihnen sauber. Ein Diener des Staates. Ehrenhaft und zuverlässig. So viel zu Ihrer Frage zum Kindersegen!«

Das hat gesessen!

Sogar dem kleinen Fritzi bleibt die Spucke weg. Wohl das erste Mal in seinem bisher überschaubar kurzen Leben.

Und dann rauscht der Spazierer ab, nicht ohne sich noch rasch aus dem Regal über der Hexe eine Flasche australischen 2009er Shiraz zu greifen. »Margaret River«. Auch keine schlechte Weingegend.

60

Karl Krummer hat allen Grund zu feiern. Die Vorführung der neuesten Renault-Zugmaschine ist heute ausnehmend gut gelaufen. Zwar hat er noch keinen unterschriebenen Vertrag in der Tasche, aber Karls langjährige Erfahrung und seine Menschenkenntnis lassen gar keinen anderen Ausgang zu. Der zuständige Prokurist war vom Preis-Leistungs-Verhältnis sichtlich beeindruckt. Und natürlich von der Breitling-Uhr, die ihm der Krummer Karl als kleinen Bonus versprochen hat. Unter der Hand, versteht sich. Dass es sich um eine Kopie handeln wird, ist egal. Das Geschenk gibt es erst nach geleisteter Unterschrift, und wenn der Käufer den Schwindel entdeckt, bei wem soll sich der denn beschweren? Und weil es in der Branche so viel Wettbewerb gibt, ist dem Karl ein Einmal-Deal lieber als gar kein Geschäft.

Das war früher freilich etwas anderes. Da hätte Karl nicht im Traum daran gedacht, eine gute Kundenbeziehung mit solchen Kleinbetrügereien zu gefährden. Morgen soll er wieder beim Kunden vorbeischauen. Die Papiere sollten dann so weit fertig sein.

Und mit der Unterschrift kommt dann der kleine Geldregen. Wenn sich der Krummer Karl sein bescheidenes Fixgehalt ansieht, dann ist die anstehende Provisionszahlung mehr als nur ein kleiner Bonus. Zwar sind die Preise japanischer Kois mit jenen von Karls bevorzugten Süßwasserbarschen nicht annähernd vergleichbar, aber die stattliche Erfolgsprovision hätte auch den Kauf eines japanischen Nobelpärchens locker abgedeckt.

Bescheiden, wie der Karl nun einmal ist, wird er das schwer verdiente Geld aber nicht so einfach durch den Kamin jagen. Süßwasserbarsche sind ein Gott sei Dank vergleichsweise billiges Hobby. »Sparst du in der Zeit, dann hast du in der Not.« Das hat ihm seine Mutter immer gepredigt, ihm praktisch ins Hirn tätowiert. Gehirnwäsche in Reinkultur.

Selten gönnt sich der Karl mehr als nur eine Flasche Aktionsbier. Heute wird er aber eine Flasche trockenen Schlumberger Sekt köpfen.

Schwer bepackt betritt Karl seine Terrasse, die in den hinteren Garten hinausgeht, und breitet im Schatten seiner überdimensionalen Holzzäune die alten Fotoalben vor sich aus. Sein ausgebeulter Trainingsanzug hat auch schon bessere Tage gesehen, die Farben wohl eine Laune der späten achtziger Jahre. Den trägt der Krummer Karl aber auch nur, weil er hinter dem Haus sitzt, wo der Holzzaun blickdicht ist. Der Jogginganzug, optisch mehr als nur eine Peinlichkeit, ist immer noch urgemütlich.

Mit einem trockenen Knall schießt er den Sektkorken in den Nachmittagshimmel und hinaus auf die frisch gemähte Wiese, ehe er es sich in einem gepolsterten Lehnstuhl gemütlich macht. An einem Abend wie diesem hätte er gerne mit einem geruchsunempfindlichen Sigmund Stoiser getauscht. Seine Nase sagt ihm nämlich, dass sein verschrobener Messie-Nachbar heute wohl wieder etwas Dioxinhaltiges abgefackelt hat. Den Karl würde es nicht wundern, wenn der dort drüben auch Leichen vergräbt. Ein an der Hauswand lehnender Grabstein ein mögliches Indiz dafür.

Da die Fotoalben auf dem Rücken fortlaufend nummeriert sind, fällt es dem Karl nicht schwer, die chronologische Reihenfolge festzustellen. Ein großer Schluck Sekt aus dem Kristallkelch, und der Karl begibt sich auf eine kleine Zeitreise.

Äußerlich ist das erste Album in einem bemitleidenswerten Zustand. Umso erstaunlicher, dass die alten Fotos mit leichtem

Sepiatouch ungewöhnlich gut erhalten sind. Zwar kann er die fremdartigen Gesichter niemandem zuordnen, aber kein Wunder bei der Übersichtlichkeit seiner kleinen Familie. Grimmig starren ihn bärtige Männer von den alten Bildern an. Zumeist die Hände auf die Schultern ihrer sitzenden Frauen gelegt, die auch nicht weniger grimmig dreinschauen. Ein untrügliches Zeichen für die Besitzverhältnisse der damaligen Zeit. »Die da gehört mir. Und ich habe hier das Sagen.« Die gute alte Zeit, denkt sich Karl mit einem Augenzwinkern.

Eine genaue Jahreszahl kann der Karl keiner der frühen Aufnahmen zuordnen. Wenn wenigstens hie und da Autos zu sehen wären, dann könnte Karl, das lebende Autolexikon, über das Baujahr zumindest das Jahrzehnt eingrenzen. Ist aber nicht so.

Mit jeder Seite wird der Bekleidungsstil moderner und die Fotos schärfer. Dennoch ist das letzte Foto im ersten Album noch zu alt, um seine Mutter zeigen zu können. Es wurde eindeutig in der Zwischenkriegszeit geschossen. Noch zu früh für seine Mutter. Die letzten Bomben des Zweiten Weltkrieges waren wohl am Ostermontag auf Graz gefallen. Im April 1945. Und genau an diesem Tag ist seine Mutter in ihr sorgenvolles Leben gestartet.

Das nächste Album wird endlich bunter. Farbfotos sind langsam Standard und für den Normalsterblichen erschwinglich. Und dann endlich entdeckt Karl seine Mutter. Unverkennbar! Ihre Augen und ihr unvergleichlicher Mund. Erst jetzt fällt Karl auf, dass er eigentlich noch nie Babyfotos seiner Mutter zu Gesicht bekommen hat. Und auch keine aus ihrer Jugend.

Seltsam, denkt sich der Karl, schüttelt verwundert den Kopf, nimmt einen weiteren Schluck und blättert eifrig weiter.

Auf den nächsten Seiten begleitet Karl seine Mutter durch die Kindergartenzeit, verbringt mit ihr die Schulzeit, die mit der obligatorischen großen Erstklasslertüte startet, und teilt im Anschluss ihre Pubertätsängste auf dem Weg hin zum Erwachsenwerden. Mit jedem Umblättern wird seine Mutter schöner. Sie als hübsch zu bezeichnen, wäre maßlos untertrieben. Bevor ihr Slogan, irgendwie am Leben bleiben zu müssen, um sich und ihren Sohn durchzubringen, ihr Leben bestimmt hat, war seine Mutter offenbar eine richtige Schönheit. Und glücklich. Dieser unglaublich schöne lachende Mund, und dann noch das Lachen ihrer Augen. So hat Karl seine Mutter nie kennengelernt. Karl hat den Eindruck, als hätte seine Mutter zwei Leben gehabt. Ein erfülltes und offenbar wunderschönes.

Bis zum Tag seiner Geburt.

Und dann ihr zweites. Ihr trauriges Leben. Mit ihm an ihrer Seite.

Karls Augen werden auf einmal feucht. So etwas wünscht sich kein Sohn. Karl kann nun verstehen, warum sie diese Alben all die Jahre vor ihm versteckt hat. Sie hat ihn vor dieser ernüchternden Wahrheit beschützen wollen. Sonst hätte sie ihm auch kein Märchen erzählen können. Das Augenscheinliche ist nur zu augenscheinlich.

Karl vergeht schlagartig die Lust, weiterzublättern. Würde seine Mutter noch leben, er könnte zumindest mit ihr darüber reden. Er hätte versuchen können, sie zu verstehen, und hätte wahrscheinlich jede Erklärung akzeptiert, die ihn von der Schuld an ihrem Elend und ihrer Verzweiflung freigesprochen hätte.

Widerwillig zwingt sich Karl, weiterzumachen. Dann stutzt er. Hier gibt es einen erkennbaren Bruch in Mutters Leben. Mit diesem einen Umblättern hat er die Grenze hinüber in ihr anderes, ihr schlechteres Leben passiert. Auf keinem der nächsten Bilder mehr als ein gezwungenes Lächeln, fast zwanghaft in ihr noch immer schönes Gesicht gepresst. Karl blättert wieder zurück und bleibt bei einem Foto hängen. Zwei junge Menschen. Ein Mann und eine Frau. In einer eindeutig vertrauten Pose. Die Frau definitiv seine Mutter. Mit dem schönsten Lächeln, das Karl je gesehen hat. An diesem Tag muss sie unbeschreiblich glücklich gewesen sein. Der Mann ist ein dunkler Typ. Sieht für den Karl fast aus wie ein Zigeuner. Einer von der ganz attraktiven Sorte. So einer, wie ihn sich jede Frau wünscht. Quasi die Inkarnation eines Parship-Gottes. Fast schwarz sind seine dunklen Augen. Und im Gegensatz dazu die Zähne weißer als weiß. Strahlend wie Sterne in einer glasklaren Winternacht. Fast unnatürlich.

Karl greift sich ins Gesicht und berührt fast ehrfürchtig sein Gebiss. Karl hat Mutters Augen und Mutters dichtes Haar, aber er hat nicht Mutters Zähne. Er hat eindeutig die Zähne seines Vaters.

61

Durch das straßenseitige Fenster dringt lautes Schnarchen auf die Straße hinaus. Vom vielen Müllsammeln, Übereinanderstapeln und für den Laien sinnlosen Hin-und-her-Schieben völlig erschöpft, hält der Messie von nebenan ein wohlverdientes Schläfchen. Weil er beim Stöbern im öffentlichen Glascontainer über eine halb volle Flasche Cognac gestolpert ist, die wohl irgendeine gehässige Ehefrau zur Rache an ihrem gewalttätigen Alkoholikerehemann entsorgt hat, schläft er friedlich wie ein soeben gestilltes Baby. Mit einem fast seligen Lächeln im Gesicht.

Das rege Kommen und Gehen stört ihn nicht. Es sind keine Menschen, sondern münzgroße Fliegen, die durchs offene Fenster fröhlich hereinfliegen und dann wieder hinaus. Manche in dezentem Schwarz gehalten, die meisten aber in schillerndem Blau. Die einen auf der Suche nach etwas Süßem, die anderen nach etwas Salzigem. Am besten verwesendes Fleisch. In diesem Messie-Haus ist für jede Gattung etwas dabei. Dass die blauen auf dem schnarchenden Mann ihre Eier ablegen, auch nur mehr eine Frage der Zeit. Zwar nicht heute, aber bald.

Der morsche Gartenzaun zur Straße und zum Gehsteig hin unterbricht optisch und auf erbärmliche Weise die Abfolge der akkurat gepflegten Vorgärten, die sich wie Soldaten vorbildlich aneinanderreihen. In Reih und Glied. Nahezu uniform. Kopf hoch und Bauch rein!

»Ein Blick in deinen Vorgarten ist ein Blick in deine Seele«, hat irgendjemand einmal gesagt. Muss wohl etwas Wahres dran sein. Natürlich nicht immer. Selbst in Häusern, die mit kurz geschnittenem Gras und Gartenzwergidylle protzen, schlachtet schon auch einmal der fürsorgliche Familienvater im Blutrausch die gesamte Familie ab, ohne anschließend den Mumm zu haben, sich auch gleich selbst zu richten.

Da der Messie sein Haus schuldenfrei geerbt hat und er es, kurz nachdem die eine oder andere Mahnung eingetrudelt ist, doch immer irgendwie schafft, seinen steuerlichen Verpflichtungen gegenüber dem Staat und der Gesellschaft nachzukommen, und sei es durch kleine Gaunereien, hat die Stadt bis dato noch keinen rechtlichen Grund gehabt, diesen Schandfleck von der Erde zu tilgen. Und ohne Enteignungsgrundlage kein anschließendes Straßenfest. Wegen der Drei-Sterne-Auszeichnung, die die Siedlung nach dem Schleifen dieses Schandmals mit Sicherheit bekommen hätte. Vom Grazer Bürgermeister höchstpersönlich!

Wüsste der Stadtrat, dass sich in genau dieser Gegend gerade eine Mörderin herumtreibt, hätte die Stadt ein bisschen Kleingeld in der geheimen Kriegskasse, und hätte die ohnehin brüchige Moral einiger Stadträte noch ein paar Risse mehr, dann hätte man die Mörderin wohl höflich gebeten, den Messie doch bitte auch noch mit auf die Liste zu setzen. Bei etwaigen anderen Morden hätte man dann schon das eine oder andere Auge zugedrückt. Oder zumindest weggesehen. Wird eben die ganze Mordkommission für ein paar Tage auf Weiterbildung geschickt. In irgendeinen dunklen Graben, hoch oben an der tschechischen Grenze. Abgeschieden und von der Menschheit weitgehend isoliert. Ohne Handyempfang und ohne Internetzugang. Damit keiner von denen auf die Idee kommt, privat weiterzuermitteln.

Und wenn das nicht fruchtet, dann vielleicht eine kleine Drohung in Richtung Oberst Draxler? Wegen der nahenden Pension und ein paar Ungereimtheiten, die sich plötzlich ergeben haben und über die man aktuell aber nicht sprechen möchte? Schaue jedenfalls nicht gut aus.

Beim Spazierer wäre es ein wenig leichter. Wegen der Draxler-Nachfolge, die ja auch noch nicht entschieden ist. Da gibt es bei der Wiener Polizei sicherlich den einen oder anderen Exil-Grazer, der gerne wieder zurück in die Heimat will. Einen, der auch gar keine schlechten Referenzen hat. Freilich nicht so gute wie der

Major Spazierer, aber schließlich handelt es sich zufällig um den Neffen eines wichtigen Politikers. Ist zwar nur ein Neffe zweiten Grades, aber Blut ist eben doch dicker als Nudelsuppe. Dem wichtigen Nationalratsabgeordneten, den man tunlichst unerwähnt lässt, schuldet der Stadtrat noch diesen einen klitzekleinen Gefallen. Nichts Großartiges, aber damit wären die Schulden endlich beglichen. Schulden hat ja keiner so gerne. Selbst bei den derzeit so niedrigen Zinsen. Hat doch was mit Anstand und Moral zu tun. Sie verstehen?

Die Hilde Ranner und den Dr. Schneider hätten sie erst gar nicht auf der Rechnung gehabt. Sollten sie aber. Nicht zu vergessen den Reininger Sepp.

So schön das auch alles wäre, Märchen passieren in diesen Tagen nur zu selten. Der Messie darf also weiterleben.

Windschief und irgendwie lustlos hängt das verrostete Gartentor auf dem einzigen noch nicht vom Rost zerfressenen Scharnier. Das dichte Unkraut, das aus den Ritzen zwischen den Granitplatten wuchert, lässt nur einen schmalen Spalt zwischen Tor und Betonsäule frei. Für ihre schmalen Hüften reicht es aber gerade so. Ein rascher Seitenblick die Straße hinauf und dann hinunter, und aus einem einfachen Passieren wird ein unbefugtes Betreten. Ein Zugang über die andere Seite der »Puntigamer Doppelmauer« ist keine Alternative. Die alte Keife sitzt, die wabbeligen Unterarme auf ein Kissen gestützt, schon seit Stunden am offenen Fenster und spielt den wachsamen Siedlungswauwau. *Neighbourhood watching* auf Österreichisch. Bis hier herüber sieht die Alte aber nicht. Wegen dem seltsamen Bretterverschlag, den sich wohl der Krummer Karl gebastelt hat. Den Kopf weit in den Nacken gelegt, blickt sie am hölzernen Monsterzaun hoch. Ein seltsames Gebilde! Bei den Nachbarschaftsverhältnissen für sie aber durchaus verständlich. Die Wand wirkt sehr robust. Aber Schwachstellen gibt es immer. Das eine oder andere Astloch wird sich wohl finden lassen. Aufgrund ihrer eigenen niedrigen Bauhöhe kommen nur die Astlöcher in unmittelbarer Bodennähe in Frage.

Genug gegrübelt. Sie ist eine Frau der Tat, und sie muss rasch einen Blick in Karl Krummers Garten und wenn möglich auf Karl Krummer selbst werfen. Quasi die Lage sondieren.

Hier ist ein Zugriff eindeutig schwieriger als auf dem einsamen Hof im Süden der Steiermark, der Grad der Verwahrlosung aber durchaus vergleichbar. Für ihre zutiefst deutsche Einstellung fast unerträglich. So aufgeräumt ihr Österreich auch erscheint, gibt es doch auch unrühmliche Ausnahmen. Erinnert sie auffällig an Bilder aus dem Nachkriegsberlin. Ein baufälliges Haus und ausgebrannte Autos. Und natürlich die Mauer.

Wie sie über all das Gerümpel hinter das Haus gelangen soll, ist ihr ein Rätsel. Der beste Weg wird wohl sein, wenn sie sich durch die diversen Autowracks nach hinten durcharbeitet. Der Berg aus Klomuscheln ist für sie keine Alternative. Ohne festes Schuhwerk, Kletterausrüstung und Bergkameraden geht da gar nichts. Eine Lawine losgetreten, tagelang verschüttet, und das viele Geld erben andere.

Zehn Minuten später erreicht sie, dampfend wie ein Ross nach scharfem Galopp, die Rückseite des Hauses und schließlich das Ende des Gartens. Da die Mülldeponie, ein anderer Begriff will ihr nicht einfallen, genügend Deckung bietet, fühlt sie sich hier relativ sicher. Allenfalls aus der Luft wäre sie hier auszumachen. Ein Blick nach oben macht deutlich, dass keine dieser lästigen Drohnen mit integrierter Kamera herumschwirrt. Jetzt kann ja schon jeder Private dem anderen von oben in den Garten und auf den nackten Arsch schauen. Kein Privileg der NSA oder CIA mehr. Sie sollte sich mit ihrer Liste wirklich beeilen. So mir nichts, dir nichts durch die Gegend zu morden wird auch immer unbequemer.

Nach kurzer Suche findet sie dann ein Astloch in exakt ihrer Augenhöhe. Das rechte Auge auf die harzige Öffnung gepresst, hat sie einen schönen Rundumblick und eine hervorragende Sicht auf den ganzen Krummer'schen Garten.

Und wieder ist ihr das Glück hold. Auf der gartenseitigen Terrasse sitzt ein Mann. In einem überaus grässlichen Jogginganzug, vor sich einen Berg aus alten Fotoalben. Von Karl Krummer kennt sie zwar Namen und Adresse, und das Internet hat auch ein paar Bilder ausgespuckt, jedoch waren diese so nichtssagend, dass sie sich persönlich Gewissheit verschaffen musste.

Träge verrinnen die Minuten. Dann endlich tut sich was. Der Mann auf der Terrasse greift nach einem Sektkelch und nimmt daraus einen kräftigen Schluck. Dann erregt irgendein Foto seine Aufmerksamkeit, und er lächelt. Ein breites und freundliches Lächeln. Jetzt muss auch sie lächeln. Diese Zähne lassen für sie nur einen Schluss zu. Die Adresse stimmt, und der Mann stimmt.

Ohne jegliche schwesterlichen Gefühle zieht sie sich leise zurück. Nächste Nacht wird sie wiederkommen. Zu einem kleinen intimen Stelldichein.

62

Karl Krummer fühlt sich irgendwie beobachtet. Und es singt auch kein einziger Vogel. Unüblich für diese Tageszeit. Wäre eine Katze in der Nähe, dann würden die Amseln wie verrückt schnattern. Aber so still? Karl schüttelt den Kopf. Ist wahrscheinlich alles nur Einbildung.

Gerade wie er das ganz persönliche Familienalbum weglegen will, jenes mit seinem Vater und seiner noch glücklichen Mutter, flattert ein vergilbter Prospekt aus den Seiten. War wohl irgendwo im Einband des Albums versteckt. Schnaufend hebt er ihn vom Boden auf. Weil das Blatt einmal in der Mitte gefaltet ist, kann er nicht gleich erkennen, worum es sich bei diesem Fund handelt. Zwar ist das vergilbte Papier an den gefalteten Kanten schon brüchig, trotzdem ist die reißerische Aufmachung im Fünfziger-Jahre-Stil noch tadellos erhalten. Im Hintergrund ein Zirkuszelt, im Vordergrund diverse Jongleure und Artisten sowie zwei grässliche Clowns zwischen einem bunten Mix aus diversen Tieren, und mittendrin ein riesiger, die Zähne fletschender Bär. Der Dompteur am rechten Rand hat eine gewisse Ähnlichkeit mit seinem Vater. Zwar nicht ganz getroffen, aber doch gut genug. Sympathisch, im Gegensatz zum grimmig dreinblickenden Zirkusdirektor, der auf der linken Seite, mit Peitsche und Zylinder, das Bild beherrscht.

Zwar würde sich der Krummer Karl nicht unbedingt als Sprachengenie bezeichnen, aber seine ausgeprägte Kombinatorik bringt erfreuliche zutreffende Ergebnisse.

Vater mit Zigeunereinschlag plus nicht alltägliches Schriftbild mit romanischem Touch und unter vielen ihm unbekannten Städtenamen dann der eine, der ihm etwas sagt. Bucureşti!

Dieser Zirkus wird sich wohl in Rumänien herumgetrieben haben, schlussfolgert der Karl folgerichtig. Die abgebildete Liste, eine Aufzählung diverser Ortsnamen, interpretiert der Krummer Karl – ebenfalls korrekt – als Reiseroute dieses seltsamen Ensembles. Das Foto und dieser Werbezettel sind für Karl die einzigen Beweise, dass sein Vater tatsächlich gelebt hat. Aus Gründen der Sentimentalität, die wohl jeder verstehen kann, wird er sich das gute Stück wohl einrahmen lassen.

63

Dr. Schneider schickt mit einem Mausklick das versprochene Gutachten auf den Weg. Dann ein hastiger Blick auf die Uhr. Schon achtzehn Uhr durch, und noch immer kein Lebenszeichen von seiner Gattin Amalie. Das ist jetzt schon grenzwertig. Jürgen Gralla grunzt ihn fragend an.

»Wir machen für heute Schluss«, meint Dr. Schneider jovial. Das teilt er dem Herrn Gralla mit einer waagerechten Handbewegung mit. Quer über die Kehle. Ist aber nicht böse gemeint. Die beiden haben in all den Jahren gemeinsamer Zusammenarbeit ihre eigene und ganz persönliche Gebärdensprache entwickelt. Da er den Johann Steirer sauber im Kühlschrank verstaut weiß, gibt es heute und hier für ihn wohl nichts mehr zu tun. Die Bestattung wird er morgen früh anrufen.

Der Sarg ist mittlerweile reiner als ein frisch gewaschenes Laken. Jürgen Gralla könnte zweifellos auch als Reinigungskraft

Karriere machen. Rasch noch die mikroskopisch kleinen Leichenteile von den Händen gewaschen, und Dr. Schneider macht sich aus dem Leichenstaub.

Bei der kurzen Fahrt hinauf auf den mondänen Ruckerlberg, wo zumeist nur Reiche wohnen können, hängt er seinen Gedanken nach. Und das, was bei ihm äußerst selten ist, gänzlich ohne Hintergrundgedudel. Auch ein untrügliches Zeichen dafür, dass sich Dr. Schneider wirklich und wahrhaftig Sorgen macht. Dass die Kräuterhexen seiner Frau vom Gebrauch des tödlich strahlenden Teufelszeugs, sprich: des Mobiltelefons, dringend abgeraten haben, wird für Dr. Schneider auch keine befriedigende Erklärung sein.

Dr. Schneider rollt in seine Garage, steigt aus, sperrt seinen Range Rover ab und fängt einen undefinierbaren Geruch auf, der sogar den Gestank des heißen Motors überlagert.

Was da riecht, ist eine Mischkulanz aus gedämpftem Gemüse, gekochten Wurzeln und geschrotetem Korn. Alles Nahrung für die Tiere, die Dr. Schneider so gerne isst. Definitiv jedoch keine Ernährungsalternative für ein gestandenes Mannsbild wie ihn. Dass der Gestank nicht von draußen kommt, sondern durch die Ritzen der Türe dringt, die die Garage mit dem Wohntrakt verbindet, macht Dr. Schneider nur eingeschränkt froh. Froh aber auch nur, weil Amalie offenbar am Leben und zu Hause ist. Und das war es auch schon mit dem Frohsein.

Die Küche ist eine einzige Dampfsauna. Sämtliche Fenster sind beschlagen, und von den über dem Herd baumelnden Kupfertöpfen tropft der kondensierte Wasserdampf. Inmitten von all diesem Chaos wirbelt Amalie in ihrem Jutesack, der mittlerweile mehr Grasflecken hat als eine Kuhweide, hektisch hin und her. Die ihr nur mündlich übermittelten Rezepte beginnen sich bereits aus ihrem fragilen Gedächtnis zu verflüchtigen.

Wie war das noch schnell mit dem Sauerampfer? Ein Grund mehr, die Sache schleunigst zu Ende zu bringen. Ein kurzer Seitenblick auf ihren zur Salzsäule erstarrten Mann, den sie nahezu konturlos durch den wabernden Dampf gerade eben so ausmachen kann, dann ein flüchtiges Winken, und schon gilt es, die köstlichen Knollen aus dem Sud zu fischen.

Mit Wehmut erinnert sich Dr. Schneider an die vergleichbar wunderbare Zeit ihrer Malleidenschaft. Wenn das hier so weitergeht, rückt für Dr. Schneider eine Scheidung durchaus in den Bereich des Möglichen.

64

Hilde Ranner sperrt ihre Einliegerwohnung auf. Heute hat sie das ganze Haus für sich allein. Die Tante ist für ein paar Tage nach Radkersburg in ein Thermenhotel für Verliebte gefahren. »Dort gibt es die besten Nachspeisen der Welt«, hat ihr die rundliche Dame versichert. Da kümmert es die Gute wenig, wenn sich an den meisten Tischen händchenhaltende Verliebte verträumt in die Augen starren. Die kommen ihr wenigstens beim reichhaltigen Nachspeisenbüfett nicht so schnell in die Quere.

Der Hilde ist es nicht nur heiß, sie ist auch heiß. Feine Nuancen in der deutschen Sprache, aber der Sinn ist ein gänzlich anderer. Für Ausländer kaum zu verstehen und auch nach zwanzig Jahren im Land nur schwer zu beherrschen.

Rasch schält sich die Hilde aus ihrer verführerischen Aufmachung. Nur mit aufreizender Unterwäsche bekleidet, öffnet sie die Kühlschranktüre und lässt die kühle Luft ihren Körper umschmeicheln. So zumindest hätte das in einem Rosamunde-Pilcher-Roman gestanden. Lassen wir, in Gottes Namen, dieses Bild einmal so stehen.

Das kalte Mineralwasser mit Limettengeschmack schmeckt herrlich. Kalt rinnt es ihr die Kehle hinab und erzeugt dabei diesen göttlichen Temperaturspagat. Heiß unmittelbar neben kalt. Die Hilde zerreißt es fast vor lauter Wollust. Heute wird sie sich ein wenig Spaß gönnen. Der elektrische Massagestab mit extralangem Kabel ist zwar schon etwas in die Jahre gekommen, leistet aber noch hervorragende Dienste. Was Hilde aber noch nicht weiß, ist, dass sie heute noch bei flackerndem Kerzenlicht den FI-Schalter suchen wird.

Nach dem unerwarteten Kurzschluss, den das vermaledeite Mistding verursacht hat. Ihr tiefer liegendes krauses Haar wird bald um einen Deut krauser sein.

65

Dr. Schneider wälzt sich schlaflos in seinem Bett hin und her. Ein für ihn ganz untypisches Verhalten. Was das Schlafen anbelangt, ist er genetisch praktisch Spazierers Zwillingsbruder. Kaum dass der Kopf ins Zirbenkissen taucht, ist er schon weg. Normalerweise.

Amalie liegt leise schnarchend neben ihm. Aus Gründen, die ihm völlig verborgen sind, wohl aber mit ihrem neuen Hobby, der Veganerei, zusammenhängen müssen, hat sie vor dem Zubettgehen konsequent auf jegliche Körperpflege verzichtet. Ihre wohlduftenden Nachtcremes vermisst er schon jetzt. Die Geruchsnoten, die er in drei bis vier Tagen zu erwarten hat, will sich Dr. Schneider nicht einmal vorstellen müssen. Obwohl seine Nase an Leichengeruch gewöhnt ist, ist eine schweißelnde Frau kein Grund für Frohsinn.

Das kurze Abendessen versucht Dr. Schneider ebenfalls zu verdrängen. Aus reiner Liebe zu seiner fehlgeleiteten Frau hat er eine der undefinierbaren Knollen probiert. Den Bissen wollte wirklich keiner haben. Sein Mund war froh, als er das breiige und nur halb zerkaute Ding los war, seine Speiseröhre erleichtert, wie der schleimige Batzen endlich durch war, und sein Magen aufs Äußerste irritiert. Wohin mit dem Zeug? Von oben ein bestimmtes »Sicher nicht!« und von ganz unten ein flehentliches »Bitte nicht gleich!«.

Obgleich begnadeter Gerichtspathologe, leidenschaftlicher Mathematiker und analytisch brillanter Kriminologe, hat Dr. Schneider nicht den Deut einer Ahnung, wie ein Frauenhirn generell, und Amalies Gehirn im Speziellen, funktioniert. Er hat diese Unberechenbarkeit an seiner Frau immer geliebt. Mit so einer Frau an seiner Seite konnte es ihm nie langweilig werden. Und genau diese Eigenschaft war es, die ihn eines Tages um ihre Hand anhalten ließ.

Wenn er sich gegenüber ehrlich ist, dann war mit so einem

unfreundlichen Intermezzo früher oder später zu rechnen. Wie schnell sich doch die Perspektiven verändern. Eben noch davon überzeugt, dass es nach den grausigen Malereien nur mehr aufwärtsgehen könnte, die Talsohle quasi erreicht war, und heute, wenige Tage später, wehmütige und gänzlich unpolitische Gedanken an die »gute alte braune« Zeit.

Gerne wäre Dr. Schneider in einen traumlosen Schlaf abgedriftet, aber in dieser Nacht hat auch er Dinge aufzuarbeiten. Da macht auch bei einem derart gebildeten Mann wie dem Dr. Schneider das Unterbewusstsein keine Ausnahme.

Dr. Schneider hört seltsame Geräusche. Hoch über ihm turnen seltsam anmutende Affen durch das undurchdringliche Dickicht gewaltiger Bäume. Der Urwald dampft schwül vor sich hin, und es riecht irgendwie nach Gras. Oder gedünstetem Gemüse.

Dr. Schneider kommt sich verloren vor. Keine Metalltische, kein Partymix und kein dampfender Kaffee weit und breit. Hier ist er ein Fremder. Obwohl Einsamkeit für einen Gerichtspathologen an sich kein Fremdwort ist, hätte er nur allzu gerne den Jürgen Gralla an seiner Seite gehabt.

Neben den typischen Urwaldlauten kann Dr. Schneider ein weiteres Geräusch ausmachen. Das entfernte Brodeln von Wasser. Das kennt er. Werden hier etwa Schweinefüße gekocht? Obwohl ihn seine dienstliche Tranchieruniform beim Weiterkommen im Dickicht behindert, ist er schon recht froh, dass er sein Skalpell dabeihat, das er auch gleich geschickt als Machete einsetzt.

Schwer atmend bricht Dr. Schneider durch das dichte Grün und hinaus auf eine große Lichtung. Dort gibt es endlich Menschen. Eine kleine Gruppe gichtiger Frauen hat sich um einen riesigen Kupferkessel versammelt, der über einem lodernden Feuer baumelt. Zwischen den gebückten Alten stehen überdimensionale Weidenkörbe, aus denen sie, mit bloßen Händen, diverses Grünzeug und dicke schwarze Knollen fassen, um sie reihum ins kochende Wasser zu werfen.

Dr. Schneider tritt achtlos auf einen trockenen Ast, der knackend unter seinem rechten Schuh zerbricht. Wie ein gut trainiertes Synchronschwimmer-Damenteam drehen sich alle vier Hexen gleichzeitig und in einer fast anmutigen Bewegung zu ihm um. Kein Ausdruck von Überraschung in ihren Gesichtern.

Sie haben zweifellos auf ihn gewartet.

Erst jetzt erkennt Dr. Schneider, dass seine Frau Amalie eine von ihnen ist. Mit einem schaurigen Grinsen offenbart sie zwei zahnlose Reihen, die ein selbst im Traum präziser Dr. Schneider natürlich nicht so bezeichnen würde. Etwas, das nicht da ist, kann ja wohl keine Reihe bilden. Ein letztes verzweifeltes Aufflackern der Schneider'schen Logik.

Langsam geht Dr. Schneider auf die Gruppe und den Kessel zu. Nur allzu gerne würde er sich umdrehen und wegrennen, um im dichten Dschungel Schutz zu suchen, aber fast magisch wird er von dem brodelnden Gebräu angezogen. Ein grob gezimmertes Treppchen macht Dr. Schneider deutlich, wohin ihn sein weiterer Weg führen wird.

Je näher Dr. Schneider tritt, umso buckeliger und hässlicher erscheinen ihm die Fratzen der Hexen. Dabei raubt ihm der Gestank von gedünstetem Gemüse beinahe den Atem. Noch einen Schritt weiter, und an der Hexe rechts außen erinnert ihn nichts mehr an Amalie.

Fragend blickt Dr. Schneider die größte der Hexen an. Anscheinend handelt es sich dabei um die Oberhexe, die mit ihrem knochigen Zeigefinger bestimmt auf seinen Arbeitsmantel zeigt. Mit einem knurrenden Nicken gibt ihm die Hexe dezent zu verstehen, dass das Süppchen ohne Baumwollbeigeschmack wohl besser munden würde. Bei Hose, Hemd und Rippunterwäsche macht die Chefhexe auch keine Ausnahme.

Nackt steigt Dr. Schneider an den Hexen vorbei über das Treppchen und hinein in den brodelnden Kessel. Kaum durch den dichten Teppich der schwarzen Knollen gezwängt, geht er unter wie ein Stein. Das schrecklich krächzende Lachen des Hexenzirkels nimmt der Sporttaucher nur mehr gedämpft wahr.

Mit einem lautlosen Schrei wacht Dr. Schneider auf und taucht ein in die tiefschwarze Dunkelheit seines Schlafzimmers. Die fremde Frau da neben ihm schnarcht, als wäre nichts geschehen.

66

Ein voller Mond erhellt das friedlich schlafende Land. Nur wenige Fenster sind erleuchtet. Vereinzelt fällt das bläuliche Licht schlafresistenter Fernsehjunkies auf die Straßen und Gärten. Fast alles ruht. Nur Oberst Draxler sitzt in seinem zerschlissenen Morgenmantel auf der Wohnzimmercouch und starrt unablässig auf sein Diensthandy. Dieses neumodische Teufelszeug hat derartig viele Features – ärgerlich, dass sich auch bei ihm schon diese schrecklichen Anglizismen einschleichen –, dass es einem wie ihm, einem von der alten Garde, schwindlig werden kann. Beispielsweise das mit der Fotofunktion. Draxlers Fotoversuche sind ein einziges Desaster. Wie oft er Fliesenritzen und sinnlose Ausschnitte zweifellos herrlicher Motive abfotografiert hat, ist schon rekordverdächtig. Mit dem Ding kommt er irgendwie nicht klar. Da stellt sich sein Kollege Spazierer schon ein wenig geschickter an. Nichts aber im Vergleich zur fingerfertigen Hilde Ranner. So etwas ist eindeutig die Domäne der heutigen Jugend. Das gibt der Draxler, dieses eine Mal ohne seine angeborene Ärgerlichkeit zu bemühen, auch unumwunden zu. Sich einen kleinen Handycrashkurs zu gönnen, lässt seine Eitelkeit aber auch nicht zu. Der Mensch, der den Begriff »selbsterklärende Menüführung« erfunden hat, gehört aus Draxlers Sicht standrechtlich erschossen. An die Wand gestellt. Und sicherlich keine letzte Zigarette! Wo kämen wir da denn hin? Und peng!

Das zweifellos Wichtigste für den Draxler ist die eigentliche Bestimmung des blöden Wischundweg-Kastels. Die Telefonie. Damit kommt er noch irgendwie zurecht. Auch sein elektronisches Telefonbuch beherrscht er gerade einmal so. Und genau dort treibt er sich gerade herum. Im Nummernverzeichnis. Telefoneintrag Nummer neun. Hannelore Dröster. Eine wirklich tolle Frau. Lehnt den Doktortitel, mit dem sie auf dem Land permanent angesprochen wird, immer noch mit ehrenhafter Konsequenz ab. Schließlich hat ihr verstorbener Mann studiert und nicht sie. Ein Blick auf die Schwarzwälder Kuckucksuhr macht ihm deutlich, dass null Uhr dreißig wohl kein geeigneter Zeitpunkt ist, um die Hannelore anzurufen. Eigentlich schade.

So oft ist der Draxler auch nicht in der Stimmung, über seinen eigenen Schatten zu springen, der ihm speziell in solchen Situationen immer viel zu groß erscheint. Dieses eine Mal nimmt er sich ganz fest vor, es bei Tag zu versuchen. Ohne Ausflüchte. Ist fast wie ein Versprechen, weil romantische Gefühle, die die Nacht geboren hat, im grellen Licht des Morgens oft so kümmerlich wirken.

Ächzend und unter lautem Gelenkeknacken erhebt er sich.

Dann erlischt auch das letzte Licht in der kleinen Bungalowsiedlung.

67

Für diese eine Nacht ist sie in einem Seminarhotel im Westen von Graz untergekommen. Eigentlich gar nicht so weit von den Büros der Mordkommission entfernt. Zwischen ihrem Zimmer und dem Büro von Major Spazierer gerade einmal das weitläufige Gelände der Gablenzkaserne. Unter Annahme einer perfekten Stille, die eine lebendige Stadt so aber selten zulässt, ein lautes »Hallo«, und der Spazierer hätte mit einem »Wer spricht?« antworten können.

Abergläubisch war sie noch nie. Ihre heutige Zimmernummer, die Dreizehn, ist für sie daher auch nicht mehr als eine beliebige Zahl. Trotzdem hat sie es dieser Tage häufig mit Zahlen. Wegen ihrer langen Opferliste. Bei der Eins war alles noch so anders.

Und beim Gedanken an ihr erstes Opfer kommt in ihr fast so etwas wie Nostalgie auf. Ist gefühlt noch gar nicht so lange her; wenn man dann aber auf den Kalender blickt, doch schon ein Weilchen. Wie schnell die Zeit vergeht.

Dann zieht sie, fast ehrfurchtsvoll, eine Liste aus den dunklen Tiefen ihrer Handtasche. Behutsam, als wäre es ein zerbrechlicher Schatz. Ihre persönliche Abschrift all jener Namen und Leben, die ihren Alltag und ihr gewohntes Sein von einem auf den anderen Tag vollständig auf den Kopf gestellt hat. Ihre angeborene und krankhafte Neugierde, in Vaters Arbeitszimmer und seinen heiligen Unterlagen herumzustöbern, hat ihr genau jenes Wissen gebracht, das den Unterschied zwischen einer wohlhabenden

Erbin und einer steinreichen ausmacht. Eine lange Liste seiner Liebschaften.

In der wunderbar verschnörkelten Handschrift ihres Vaters, fast liebevoll auf pergamentartigem Papier akribisch aufgelistet. Zusammengetragen aus alten und größtenteils zerfledderten Tagebüchern. Seine fast feminine Handschrift. Untypisch für einen Mann und noch untypischer für einen erfolgreichen Geschäftsmann, der ihr Vater letztendlich geworden ist. Über die Sturm-und-Drang-Zeit seiner frühen Jugend, ehe er es nach verworrenen Umwegen bis nach Deutschland geschafft hat, hat er nie viel gesprochen. Vielleicht die eine oder andere Anekdote erzählt, wenn der Alkohol in Strömen floss und ihr Vater die fest verriegelten Tore seiner Erinnerung einen Spaltbreit geöffnet hat. Viel mehr aber auch nicht.

Da sie sich nicht die Mühe gemacht hat, seine Muttersprache zu erlernen, und ihr Vater auch nie nachdrücklich darauf bestanden hat, konnten ihr seine alten Tagebücher auch keine augenöffnenden Geschichten erzählen. Und diese von einem Fremden übersetzen zu lassen, erschien ihr viel zu gefährlich.

Und dann diese Zeichnungen neben den durchwegs weiblichen Namen. Die Zeichnungen, fast kindlich und äußerst fein gearbeitet, ließen eine verklärte Romantik erahnen. Anscheinend Symbole für das Besondere des jeweiligen weiblichen Wesens, das ihr Vater gerade wieder flachgelegt und verliebt ins Stroh geworfen hatte. Da war mehr im Spiel als nur die Jagd nach einem weiteren Weiberrock. Ihr Vater war den Frauen ganz einfach verfallen. Kein geiler Bock, der sich jedes Mal vor lauter Stolz eine weitere Kerbe in den Wanderstock geritzt hat.

Ihn jetzt deshalb als edelmütig zu bezeichnen, wäre ihr zwar auch nicht eingefallen, aber Verdammnis hätte auch sie anders definiert.

Im Gegensatz zur Umtriebigkeit ihres Vaters waren seine Spermien Gott sei Dank weit weniger umtriebig gewesen. Nicht gerade die effektivsten Torpedos auf dem Weg hin zur gierig wartenden Eizelle.

»Herr Kaleu! Der Fisch ist im Wasser.« *Dann das lange atemlose*

Warten. Laut die Schiffsschrauben des Konvois. Nahezu tausend Frachter ziehen nach Südosten. Fast nervös im Vergleich dazu die hektischen Schrauben der emsigen Zerstörer, die in ihren rastlosen Runden den Zug vor dem lauernden Rudel schützen sollen. Das Warten scheint kein Ende zu nehmen. Nach wenigen Minuten wird allen an Bord klar, dieser Torpedo ist wieder einmal ein Blindgänger. Wie schon so oft. Dieser »Fisch« wird niemanden versenken.

Für sie ein Glück. Ein potenzielles Opfer und eine schwierige Aufgabe weniger.

Hätte ihr Vater jede seiner Spermien in einer Eizelle versenkt und wäre jede dieser guten Eizellen auf die Idee gekommen, ungefährdet vor sich hin zu reifen, man hätte die Hardcore-Fankurve von Hertha BSC mit seinen Nachkommen bis zum letzten Platz füllen können.

Dabei hat sie noch unwahrscheinliches Glück gehabt, ist sie doch gerade noch rechtzeitig über die Liste gestolpert. Keinen Tag zu spät. Denn just am nächsten Tag war ihr Vater mit einem plötzlichen und völlig unvorhersehbaren Schlaganfall in die Berliner Charité eingeliefert worden. Die Bedeutung dessen, was ihr tags zuvor in die Hände gefallen war, hat sie damals sofort begriffen. Mit der eiskalten Klarheit einer wolkenlosen sibirischen Jännernacht. Ohne zu zögern, hat sie die Namensliste mitsamt den unzähligen Tagebüchern an sich genommen und verschwinden lassen.

Im Nachlass war die Liste daher nie aufgetaucht.

Der dezidierte Wunsch ihres Vaters, sein gewaltiges Vermögen zu gleichen Teilen unter seinen noch lebenden Kindern aufzuteilen, war zwar der Kern seines Testaments, aber ohne die Liste auch nicht mehr als ein frommer Wunsch eines in den Tod hinübersiechenden Mannes.

Da Vaters Testament im Vorfeld notariell beglaubigt worden war, hatte die Verzweiflung des zuständigen Notars und Rechtsanwaltes mit jedem Tag zugenommen. Mit der Exekution der Verlassenschaft beauftragt, fehlte Dr. Walther, dem ehrwürdigen Sachwalter ihres Vaters, der entscheidende Schlüssel. Der Notar, der zu Vaters Lebzeiten einer seiner engsten Vertrauten gewesen war, hatte in der ordnungsgemäßen Abwicklung dieses letzten Willens mehr gesehen als nur einen notwendigen beruflichen Akt. Für ihn war es eine Berufung, ein letzter Dienst an seinem Weggefährten.

Auch sie fühlt sich berufen. Zwei Berufene und nur eine mit dem wahren Durchblick. Mit diesem höhnischen Gedanken lässt sie es für heute gut sein. Und dann gehen auch in ihrem Zimmer die Lichter aus.

68

Die wolkenlose Vollmondnacht kommt dem Begriff »perfekt« so nahe, dass es den weißen vierstrahligen Kondensstreifen hoch droben in der Stratosphäre braucht, um genau jenen kleinen Makel zu erzeugen, der ein schönes Bild erst zu etwas Perfektem macht. Hätten die vor sich hin dösenden Reisenden in dreizehntausend Meter Höhe gewusst, welch blutige Spur die Mörderin auf dem europäischen Kontinent hinterlassen hat, sie wären sehr froh gewesen, dass ihr eigenes Ziel ganz weit im Fernen Osten liegt.

69

Während die Hilde Ranner im Licht der flackernden Kerze genervt nach dem Sicherungskasten sucht, liegt der Spazierer zum zweiten Mal in Folge allein in seinem eigenen Bett. Seltsam, wie schnell so ein relativ beschauliches Leben aus den Fugen geraten kann.

Er wünscht sich zwar nichts mehr, als einschlafen zu können, aber dafür muss erst einmal sein Denkapparat zur Ruhe kommen. Für heute reicht es ihm mit den Selbstvorwürfen, den Zweifeln und den dauernden Fragezeichen.

Schäfchenzählen für den Spazierer auch keine passende Meditationsübung. Der Spazierer kann sich Tiere so schwer vorstellen, bei dem sieht ein Schaf wie das andere aus. Von wegen Kreativität und Artenvielfalt. Und wenn ein Schaf wie ein Ei dem anderen gleicht, dann verzählt sich ein Major schon einmal.

Ärgerlich so etwas. Und wenn der Spazierer sich ärgert, dann kommt sein Blut in Wallung, und dann ist die ganze Übung für die Katz. Oder in diesem Fall das Schaf.

Nach mehreren Versuchen – bei einem hat sich sogar ein Schaf beim Sprung über den gedachten Graben einen Huf verstaucht – schält sich der Spazierer aus seiner Decke und schleicht im bleichen Licht des Mondes hinüber in sein Wohnzimmer. Dunkel kauert die übergroße Couch auf einem riesigen weißen Hirtenteppich. Wie ein unförmiges Wesen aus einer anderen Welt, das jeden zu verschlingen droht, der es wagt, ihm zu nahe zu kommen. Der Spazierer fühlt sich schuldig. Würde das Unding nach ihm schnappen, er hätte es freilich verdient.

In einem großen Bogen marschiert er hinüber zu seiner Hausbar. Die bernsteinfarbenen Flüssigkeiten seines respektablen Whiskyvorrats schimmern vielversprechend im fahlen Licht des Mondes.

Probleme wegtrinken!

Auch wieder so eine typisch männliche Lösungsstrategie. Von der Gesellschaft zwar noch nicht ganz so verteufelt wie das ehemals so schicke Rauchen, aber wahrscheinlich auch bald ein No-Go.

Beim bigotten Verhalten der Menschheit kommt dem Spazierer regelmäßig die Galle hoch. Speziell beim Thema Rauchen. Von der Gesellschaft mit schönen Bildern von noch schöneren Frauen und schnellen Autos in die Abhängigkeit getrieben. Jahrzehntelang damit Geld in die Staatskassen gespült, weil in Österreich Staatsmonopol, und dann der Schwenk. Weltweit volle einhundertachtzig Grad im Zeitraum eines gefühlten Augenzwinkerns. In Österreich wenigstens mit einer beschaulichen Langsamkeit. Manchmal ein wenig trotzig, weil »wir eben wir sind«, aber dann schließlich doch – angepasst, wie heutzutage alle sind.

Und wenn all die Gesetze umgesetzt sind, wenn jede Gesundheitsfibel die Raucher das Grauen lehrt und die Raucherplätze Käfigen gleichen, auf dem Boden dick umgrenzt von gelben Farbstreifen – fehlt nur noch der NATO-Stacheldraht –, dann bleiben die paar letzten Unbelehrbaren übrig.

Aber wer hat sie denn allesamt da hineingetrieben? Der Staat, die Gesellschaft, die Werbung, einfach der ganze gehirnwaschende und profitgierige Apparat. Und Vorbilder gab es auch genug. Auf der Leinwand, sogar im Radio und gewiss auch in den eigenen vier Wänden.

Das Lästern seiner kleinen Schwester, wenn sein Vater im Auto geraucht hat. Als einziges Zugeständnis das Fahrerfenster einen Fingerbreit geöffnet. »Was die Kinder auch immer haben! Bei der Kälte holt man sich doch den Tod.« Ja, Vorbilder hat es wahrhaftig reichlich gegeben.

Der Spazierer schüttelt verärgert den Kopf. Zwar hat er sein Verhalten angepasst – zu einem kleinen Teil zweifellos freiwillig, zum größeren Teil aber sicher unfreiwillig –, trotzdem gönnt auch er sich manchmal noch eine Zigarette.

»Ein ehemaliger Raucher«, so sagt man, »ist ein nicht rauchender Raucher.« Wahrscheinlich von einem dieser bebrillten, humorresistenten und natürlich nichtrauchenden Forscher in einem lässigen Nebensatz auf einem dieser pseudowichtigen Symposien in die Welt geworfen.

Da hört beim Spazierer die Toleranz dann endgültig auf. Der Spazierer ist prinzipiell ein sturer Mensch. Passt etwas nicht in sein mühsam erarbeitetes Weltbild, dann wird es passend gemacht, indem er gerne auch anderen die Schuld in die Schuhe schiebt. Und nicht selten hat er damit ja auch recht. So ein Weltbild zimmert doch keiner für sich allein und im stillen Kämmerlein mühsam zusammen. Völlig unbeeinflusst von der Außenwelt? Geht ja gar nicht. Da darf man die Altvorderen schon zur Verantwortung ziehen, und dann ist das mit den Schuldzuweisungen auch durchaus legitim.

Mit einem entschuldigenden Grinsen schenkt er sich zwei Fingerbreit eines herrlichen Single Malts ein. Obwohl im Dunkel der Nacht das Etikett nur schwer zu erkennen ist, vom Geruch her eindeutig ein Schotte. Die Hand noch an der Flasche, überlegt der Spazierer einen kurzen Augenblick. »Ach, was soll's.« Aller guten Dinge sind schließlich drei. Mit dem halb vollen Kristallglas in der Hand verschwindet der Spazierer wieder in seinem Schlafzimmer, um dann doch noch eine Mütze Schlaf zu finden.

70

Währenddessen irrt die Hilde Ranner immer noch verzweifelt durch die dunklen Katakomben ihres Domizils. Im Flackern der Kerzen wirkt jeder Gegenstand mitsamt seinem Schatten wie ein gruseliges Monster. Trotz ihrer notorischen Ängstlichkeit steht die Hilde in dieser Nacht »ihren Mann«. Irgendwo muss dieser depperte FI-Schalter ja sein.

71

Weit nach Mitternacht füttert Karl Krummer seine Süßwasserbarsche. Über den Fotoalben hat er doch fast seine geliebten Freunde vergessen. Feng-Shui-mäßig ist so ein Barschbecken ja nicht das Gelbe vom Ei. Bekommen die vergleichsweise kleinen Raubfische nicht rechtzeitig ihr Futter, dann wird gleich einmal der Schwächste unter ihnen zur abendlichen Jause. Da setzt der Hunger sämtliche quasi vermenschlichten Verhaltensmuster mit dem ersten Biss außer Kraft. Fisch bleibt eben Fisch. Null Empathie für den Kollegen, der gerade eben noch der beste Kumpel war. Hätte Karl Krummer Kinder gehabt, er hätte sich friedliche Gesellschaftsfische gehalten. Für Kinder ist so ein Kampfschwimmerbecken sicherlich nicht das beste Anschauungsmaterial. Mord an der Tagesordnung und nahezu eine Selbstverständlichkeit. Da kann ein kleines Kind schon verrohen.

Wenn am übernächsten Tag der Major Karl Krummers Wohnzimmer betreten wird, werden von den gut dreißig Barschen aus dem fernen Malawisee noch genau dreißig quickfidel herumschwimmen. Von wegen Brudermord. Karl Krummers Gesicht, vom warmen Wasser herrlich aufgedunsen, war für die kleinen Barsche wie ein weich gekochtes Gourmetbüfett.

72

Und dann graut der nächste Morgen.

Oberst Draxler hat sein sich selbst gegebenes Versprechen wahr gemacht und reichlich Frühstück für sich und seine Truppe mitgebracht. Und weil ihn der Reininger Sepp spätabends noch angerufen hat und in jovialem Plauderton wissen wollte, wie denn die Sache so steht und ob der Steirer Johann nun wirklich ermordet worden ist und ob nicht vielleicht doch ein Landpolizist eine sinnvolle Ergänzung des Ermittlertrios wäre, hat ihn der Draxler kurzerhand ebenfalls zum Brainstorming-Frühstück eingeladen. Nachdem der Reininger gerade auf Urlaub ist, geht der in Voitsberg ohnehin niemandem ab. Weder auf dem Polizeiposten noch daheim in seinem netten Reihenhaus mit den weniger netten Mädels.

Langsam trudelt die Kollegenschaft ein. Als Erstes der Reininger Sepp. Mit roten Bäckchen, strotzend vor Gesundheit und Tatendrang. Eine seiner Tugenden. Die Überpünktlichkeit.

Oberst Draxler hat auch eine Kanne Kaffee organisiert und schenkt dem Sepp gleich eine Tasse ein. Ob er mit dem Topfentascherl auf jemanden warten muss?, fragt der immer hungrige Reininger Sepp. »Nein«, meint der Draxler mit einem schnellen Blick hinauf zur vererbten Uhr. Ist schließlich genug für alle da, und da die Pendeluhr gerade zur achten Stunde schlägt, auch zeitlich mehr als nur angemessen.

Dann geht erneut die Türe auf. Forsch betritt der Major Spazierer das Büro des Herrn Oberst, wenngleich das an diesem

Tag auch ein wenig Show ist. Den dritten Fingerbreit Whisky hätte sich der Spazierer freilich sparen können. Das leichte Kopfweh war aber gewiss eine sinnvolle Alternative zu einer schlaflos durchwachten Nacht.

Dass die Hilde noch gar nicht da ist, fällt dem Spazierer nicht erst jetzt auf. Vergeblich hat er unten auf dem Parkplatz nach ihrem Ford Fiesta Ausschau gehalten. Fast besorgt.

Da sich der Reininger Sepp und der Spazierer gestern nicht persönlich über den Weg gelaufen sind und der Spazierer natürlich nicht gewusst hat, dass der Draxler den Sepp zum Brainstorming eingeladen hat – der Draxler kann mitunter ein fürchterlicher Geheimniskrämer sein –, ist die Freude der beiden ehrlich und entsprechend groß.

Der Spazierer umarmt den Sepp herzlich. Der Sepp erwidert die Umarmung nicht minder herzlich, hat aber den Mund voller Plundergebäck und bringt daher nur ein zuckergestaubtes »Servus, Georg« auf die Welt. Auf Spazierers Schultern hinterlässt er Reste des Staubzuckers. Ähneln aus der Ferne unappetitlichen Hautschuppen.

Der Draxler hat dem Spazierer zwischenzeitlich auch eine Tasse Kaffee eingeschenkt. Mit einem herzhaften Schuss Milch und zwei Löffeln Zucker. Zumindest diese Gewohnheit des Major Spazierer hat sich der hauptberuflich unaufmerksame Draxler nach all den gemeinsamen Dienstjahren gemerkt.

Fehlt nur noch die Hilde Ranner, denkt sich Oberst Draxler geduldig. Wo bleibt denn die hübsche Planstellenaspirantin vom vergangenen Sommer?, denkt sich der Reininger Sepp fragend. Wo steckt denn nur die Zuckerschnecke?, denkt sich der Major Spazierer nervös.

73

Die »Zuckerschnecke« hat leider nur eine sehr kurze Nacht gehabt. Da einen aber die Jugend, noch dazu, wenn man bis über beide

Ohren verliebt ist, jederzeit nächtelang durchmachen lässt, ist das für die Hilde auch kein wirklicher Beinbruch. Wachmacher oder literweise schwarzer Kaffee? Völlig überflüssig! Was sie definitiv genossen hat, das war dieser eine elektrische Schlag. Könnte sie den gefahrlos reproduzieren, sie würde es in der nächsten Nacht gleich wieder tun. Wo in dem alten herrschaftlichen Haus ihrer Tante der FI-Schalter versteckt ist, weiß sie ja mittlerweile.

Hilde ist gerade dabei, eine neue Seite an sich zu entdecken. Die Sache mit den lustvollen Schmerzen. Ihre Handschellen und dann noch die von Georg Spazierer, und ihr würden ein paar nette Spielchen einfallen. Ihre Rechte bräuchte ihr der Georg aber nicht vorzulesen. Bei den Spielen, nach denen ihr nun der Sinn steht, völlig kontraproduktiv.

Ihre Kleiderwahl für diesen Tag auch irgendwie logisch: Leder, Leder und nochmals Leder.

74

Wie dann die Hilde als Letzte in Draxlers Büro stürmt, ihrem Kleidermotto entsprechend schon ein wenig mit Pep und Elan, bleibt dem Spazierer sein Mohnkipferl beinahe im Hals stecken.

Auch der Reininger Sepp ist nicht gerade unangenehm berührt. Das ist endlich einmal was für sein heimliches Biker-Herz. Der Mund knallrot und der Rest der Person dunkelschwarz. Und enger als eng. Oben wie unten. Und heute ist eindeutig Hosen-Tag.

Und schon wieder feuert eine andere Waffengattung. Diesmal nagelt die schwere Artillerie aus vollen Rohren in Richtung Spazierer. So präzise, wie die Granaten bei ihm einschlagen, großes Kompliment an den Richtschützen. Einwandfreie Arbeit, Herr Oberleutnant.

Was soll das denn jetzt wieder?, fragt sich der Spazierer bestürzt.

Hier gilt es einen Mordfall aufzuklären! Aber wenn die so

mit seinen grauen Zellen Fußball spielt und derartig seine Nervenbahnen reizt – sein Hypothalamus ist ohnehin nur mehr ein verwirrtes, wimmerndes Organ –, dann kann der Mörder schon feiern gehen und er gleich mit.

Abschied feiern von seinem in greifbare Nähe gerückten Leitungsposten.

Wenn er weiter so zügig zu einem sabbernden Etwas degeneriert, dann ist das wohl auch nur mehr eine Frage der Zeit. Die kommen auf die Idee und holen einen Externen herein, setzen den in Draxlers Büro, und vorbei ist es mit der gemütlichen Beschaulichkeit. Ein karrieregeiler Vorgesetzter, und der Spazierer muss sich nach Alternativen umsehen.

Karin und die reiche italienische Erbtante wären die wirtschaftlich wohl sicherste Option. Obwohl der Spazierer sich als Gutsverwalter auch nicht wirklich vorstellen kann.

Hoch zu Ross und mit einem Revolver im Holster? Eigentlich ein schönes Bild. Noch seinen arrogantesten Blick aufgesetzt, und man wird ihn »Don« nennen oder wie die da unten eben die Chefs bezeichnen. Was aber weiß der Spazierer schon über Italien. Pizza, Pasta, Rom und natürlich Grappa kennt er, sonst aber nicht viel.

Solange er nicht den ganzen Tag sinnlos über diverse Hügel und Wiesen reiten muss, wäre das kein schlechter Plan B.

Das Reiten geht ihm nämlich gehörig auf den Arsch. Und nicht im übertragenen Sinn. Das schmerzt wirklich, die Sitzknochen nach einem Tag im Sattel wie zwei glühende Eisen. Wahrscheinlich gewöhnt man sich auch an das. Trotzdem möchte der Major die Alcantaraledersitze seines Alfa nicht so einfach gegen das harte Sattelleder eintauschen. Sein Alfa ist ihm Italien genug.

Die beruflichen Gefahren einmal außer Acht gelassen, muss der Spazierer den Draxler wirklich bewundern. Für sexuelle Reize hat der nicht einmal ansatzweise eine Antenne. Am Oberst Draxler prallen ein geschlitzter Rock, ein enger roter Pullover oder eben diese Lederkombi rückstandsfreier ab als ein Tischtennisball von einer polierten Granitplatte.

Der zuckt nicht einmal mit der Augenbraue. Im Gegenteil. Er schiebt der Ranner ein Topfentascherl mit einer Selbstverständlichkeit über den behördlichen Besprechungstisch, als wäre so ein Domina-Outfit die übliche Kripostandarduniform.

Ein Blick in Sepps Gesicht rückt Spazierers erschüttertes Weltbild wenigstens wieder ein Stückchen zurecht. Dieses leicht debile Lächeln ist wohl leichter zu entschlüsseln als ein Sudoku-Rätsel für Anfänger. Beim Reininger Sepp hat die Hilde auch gerade etwas zum Klingen gebracht. So gut kennt der Spazierer den Sepp nun auch wieder nicht, dass er seine geheimsten Phantasien kennt, aber auf eine Vorliebe für Lack und Leder hätte er bei ihm mit Sicherheit nicht getippt.

Die Ranner nimmt dankend das Topfentascherl entgegen und verteilt den pudrigen Zucker auf ihren roten Lippen. Der feine Zuckerstaub, der dort nicht hält, fällt ihr leise in den schwarzen Schoß. Und dort liegt er dann. Wie frisch gefallener Schnee. Jungfräulich.

Wenn der Spazierer sich nicht gleich zusammenreißt, dann bleibt ihm wohl nichts anderes übrig, als die Glock-Dienstkanone zu entsichern, ein leises »Servus« zu flüstern und sich die Rübe wegzublasen.

Der Draxler nimmt dem Spazierer diese unpopuläre Entscheidung ab und fängt an zu resümieren wie ein exzellent geschulter Nachrichtensprecher.

»Liebe Kollegin, liebe Kollegen.«

Der Reininger Sepp wird gleich einen Kopf größer. Heute hat er erstmals das Gefühl, wirklich zur Truppe zu gehören. Das hat schon was. Das präventive Studium diverser Fachbücher erscheint ihm auf einmal furchtbar schlau.

»Was haben wir? Einen toten Johann Steirer. Herzinfarkt als Folge eines Schocks. Logische Konsequenz eines unfreiwilligen Feuerbades. Was uns ein Fragezeichen erspart, das ist Dr. Schneiders Obduktionsgutachten. Von seiner profunden Seite her gibt es keinerlei Zweifel an dieser Theorie! Aber bis auf die Fingerabdrücke im Nacken des armen Verstorbenen und ein paar Fußabdrücke in der Scheune gibt es auch keine weiteren handfesten Beweise. Die Verwendung eines feuerfesten Handschuhs lässt über die Fingerabdrücke keine weitreichenden Schlüsse zu. Die Gummistiefel sollen laut Bericht Siebenunddreißiger sein. Italienisch geschnitten Achtunddreißiger, was auch immer das bedeuten mag. Oder andersherum? Egal.«

Hilde könnte den Draxler da gerne aufklären, aber mit vollem Mund wäre das so gar nicht ladylike.

Dass der Zuckerstaub in Hildes Schoß nicht im Traum daran denkt, sich zu verkrümeln, beruhigt den Spazierer nicht im Mindesten. Trotzdem versucht er, sich artig zu konzentrieren. Bis dato noch kein augenscheinlicher Denkfehler in Draxlers äußerem Monolog.

»Zwar sind noch nicht alle Fingerabdrücke ausgewertet, aber dass ein Großteil vom Steirer Johann selbst zu stammen scheint, ist so gut wie sicher. Die Spurensicherung hat noch weitere Fingerabdrücke sicherstellen können, die sind aber augenscheinlich uralt. Könnten von zwei bis drei weiteren Personen stammen, aber da kommt dann wieder der Faktor Zeit ins Spiel. Alt bedeutet eben alt. Wahrscheinlich sind die eigentlichen Besitzer ohne Großfahndung gar nicht auffindbar oder bei unserem Glück schon seit Jahren verstorben. Wenn es ganz dumm läuft. Wenn man Sigmund Stoisers Aussagen Glauben schenken darf«, der Draxler bemüht nun sein kleines schwarzes Büchlein, »dann war der Steirer Johann das, was man im Volksmund als wirklich armen Hund bezeichnet. Völlig verarmt, dem Alkohol von Jugendtagen an verfallen und tagein, tagaus damit beschäftigt, nur irgendwie zu überleben.«

Wenn man auf einmal mit einem derartig traurigen Schicksal konfrontiert wird, dann kommt einem wie dem Reininger Sepp sein eigenes Armageddon mit einem Schlag nicht mehr ganz so schrecklich vor. Genug zu essen ist immer da und zu trinken auch. Die Heizung liefert im Winter immerhin heimelige zweiundzwanzig Grad, und Frau und Tochter können mitunter auch ganz lieb sein. Ohne das »mitunter« hätte der Reininger Sepp den Satz aber so nie stehen lassen!

Dann wieder der Draxler.

»Ich habe mir gleich heute Morgen einen Grundbuchauszug von Steirers Landwirtschaft zukommen lassen. Obwohl mir der Begriff Landwirtschaft etwas übertrieben erscheint. So wie es da draußen aussieht, gibt es zwar einiges an Land, aber bewirtschaftet wurde dort in den letzten Jahren wohl gar nichts mehr. Die gesamte Liegenschaft besteht aus zwei Hektar Wiesen und fünf Hektar Wald. Der Wald ungepflegter als ein verwahrloster Männerbart. Alle sieben Hektar jedenfalls belastungsfrei. Keine Hypotheken, keine aushaftenden Bankverpflichtungen und keine Steuerschulden. In Zeiten wie diesen wohl eher verdächtig als unverdächtig. Schulden zu machen gehört heute schließlich zum guten Ton.«

Gut, dass Reiningers Damen das nicht gehört haben. So weit kommt es noch, dass einer Schulden macht. Pedant ist der Sepp, und korrekt ist er obendrein. Und korrekt sein heißt, eben nur das auszugeben, was man in Form von Geld auf dem Konto oder diversen Sparbüchern besitzt. Auf Pump läuft im Reininger-Clan, den südsteirischen Ableger mit eingeschlossen, rein gar nichts. Wenn seine fordernden Damen ihre Wünsche äußern, muss der Reininger Sepp meist müde den Kopf schütteln. Das aber auch nur im Geiste. Offene Ablehnung, und die haben ihn sofort bei den Eiern. Was man nicht hat, kann man nicht ausgeben. Für den Sepp eine simple Devise.

Am Reininger Sepp und seinem Bruder Ferdinand wären sämtliche Wirtschaftsfachleute mit ihren gut gemeinten Ratschlägen, in wirtschaftlich schwachen Zeiten doch in Gottes Namen zu kaufen und zu investieren, kläglich gescheitert. Die Wirtschaft anzukurbeln, und wenn es geht, über den Überziehungsrahmen hinaus? Weit hinaus? Für die Reiningers der blanke Horror.

Der Draxler merkt, dass der Reininger auf einmal ganz zappelig wird, und schiebt ihm eine weitere Mohnschnecke zu. Zur Beruhigung quasi.

Wo der Spazierer gerade hinstarrt, will sich der Herr Oberst nicht einmal vorstellen müssen.

Ein rascher Blick hinüber zur Ranner. Kaut brav an ihrem Zuckergebäck und lauscht dem Draxler mit aufmerksamen und großen Augen. Wie eine Vorzugsschülerin.

So ist es recht, denkt sich der Draxler. Aus der wird noch einmal was! Dass er sie noch vor zwei Tagen als verdeckte Ermittlerin an die Sitte verborgen wollte, hat der Draxler schon längst wieder vergessen. Die ignorante Eigenschaft, vieles nur allzu schnell zu vergessen, hat manchmal auch ihr Gutes. Hilde Ranners süffisantes Schmunzeln kann er aber so gar nicht einordnen. Der Draxler beutelt sich einmal kurz durch und wird wieder dienstlich.

»Wir fassen zusammen: Der Steirer Johann ist also ein schuldenfreier Einsiedler, der mit niemandem im Streit lebt, keinem auch nur je ein Haar gekrümmt hat und, laut Stoiser Sigmund, auch keinerlei Feinde besitzt. Zu holen war bei dem augenscheinlich gar nichts. Dass der einen geheimen Schatz gehortet hat, ist auch eher unwahrscheinlich. Nichts aufgebrochen, keine Schubladen in Unordnung gebracht und weder im Haus noch auf dem Hof noch auf den sieben Hektar Wald und Wiesen irgendwelche Grabungslöcher. Aus purer Verzweiflung gegraben, weil die vergilbte Schatzkarte so schwer zu lesen war. Die Motive Habsucht und Geldgier können wir daher getrost ausscheiden oder zumindest ganz weit nach hinten reihen.«

Ach, Draxler. Nicht so voreilig. Sind diese Motive erst einmal gedanklich auf die Seite geschoben, dann wird es in diesem Fall wirklich mühsam. Ist genauso grob fahrlässig, wie in einem Labyrinth falsch abzubiegen. Zumindest, wenn man keinen Zweig abgeknickt hat. Für den sicheren Weg zurück.

Dann wieder der Draxler.

»Dass beim Steirer Johann die Frauen reihenweise ein und aus gegangen sind, ist, aufgrund seines Lebenswandels und seiner etwas oberflächlichen Körperpflege, auch eher im Bereich Fiktion anzusiedeln. Die Motive Sex und Eifersucht also auch ab nach hinten.«

Den Ansatz kann man stehen lassen. Das stimmt so.

»Obwohl, schöne Zähne hat er schon gehabt«, meldet sich der Spazierer erstmals zu Wort. Sinnierend wiederholt der Spazierer das soeben Gesagte. »Wirklich unglaublich schöne Zähne.«

Der Draxler ist schwer irritiert.

»Was bitte haben jetzt schöne Zähne, die der Mörder dem bedauerlichen Opfer noch dazu gelassen hat, mit einem möglichen Mordmotiv zu tun?«

Der Spazierer sollte sich das mit dem nächtlichen Whiskytrinken noch einmal überlegen. Zwar hat der Spazierer keine riechbare Fahne, aber so ein blödes Argument kann ja wohl nur von einem Rauschigen kommen, denkt sich der Draxler leicht verärgert.

Die Hilde versucht erst gar nicht, Spazierers Blick aus ihrem Schoß zu vertreiben. Das passt schon so. Die Gute ist gedanklich so weit von Johann Steirers Zähnen entfernt wie Proxima Centauri von der Erde. Von wegen Vorzugsschülerin.

Die Ranner genießt, der Spazierer stiert gedankenverloren vor sich hin, behält aber trotzdem sein untrügliches Gespür für die wahren und auf den ersten Blick so gar nicht erkennbaren Zusammenhänge, während sich der Draxler gehörig über den Spazierer ärgert.

Der Reininger versteht diese Dreierkonstellation so gar nicht und fühlt sich auf einmal wie das fünfte Rad am Wagen. Obwohl dieser Vergleich bei einem Ermittlerquartett – den Sepp miteingerechnet – echt scheiße ist.

Der Draxler entwickelt auf einmal so etwas wie einen sechsten Sinn nebst Gemeinschaftsgefühl und klopft dem Reininger Sepp aufmunternd auf den linken Oberschenkel.

Schön, dass er nun bei ihrer Truppe sei, und dass er nur ja bei ihnen bleibt, meint der Draxler ehrlich. Speziell jetzt, wo man mit einem derart derangierten Major Spazierer wohl keinen Krieg gewinnen kann. So kennt der Draxler den Spazierer gar nicht.

Früher ja, aber doch nicht heute.

Wie der Spazierer als Novize bei ihnen angefangen hat, war der ein Milchbart, wie er im Buche steht. Bei jedem Schießtraining auf die Scheibe, sogar die mit der ausgesucht aggressiven Bösewichtfresse, hat der jedes Mal einen Moralischen bekommen. Auf Menschen zu schießen, wenn auch nur auf gezeichnete, ist für den Spazierer fast wie ein echter Mord. Geht gar nicht.

Hätten die nicht Nase und Augen aufgemalt und nur eine Silhouette gezeigt, wär's aber wirklich feig gewesen. Jemanden von hinten zu erschießen ist auch für den bekennenden Western-Fan Oberst Draxler ein eindeutiger Verstoß gegen den Ehrenkodex.

Ein Magazin hinausgeknallt, und dann gleich in den Schwerverbrecherknast nach Stein, an die Gestade der wunderschönen Donau? Wegen Mord an einer Pappfigur? Also wirklich nicht!

Und dann die Geschichte mit ihren »Kunden«. Jede Leiche für den Spazierer das ganz große Drama.

Bei nahezu jedem Begräbnis ist der Spazierer höchstpersönlich aufgetaucht. Nicht im dezenten Grau, weit hinter der Trauergemeinde und in dienstlicher Mission, sondern vorne, mittendrin im Kreis der Familie, und im hochoffiziellen Trauerschwarz. Auch nicht, um potenzielle Verdächtige abzuchecken, sondern wegen der Andacht und dem Mitgefühl für den toten Menschen, der da zu Grabe getragen wurde.

Der Draxler hat zwar auch häufig kondoliert, danach aber ging's für ihn immer zurück ins Büro. Meist ohne den Spazierer. Der ist nämlich gleich mit zum Leichenschmaus. Ohne Ausnahme. So wie der Mitgefühl gezeigt hat, war er automatisch ein Mitglied der Familie. »Wohl der Mann der Nichte des längst verstorbenen Onkel Gustav. Gott hab ihn selig. Oder doch der Sohn von Tante Irmi? Groß ist er geworden, der Bub.«

Und dann hat der Draxler aus ihm einen harten Polizisten geformt.

Zwangsverordnetes und nächtelanges Observieren mit akribisch ausgesuchten Arschpartnern. Mitunter bei minus zwanzig Grad. Dann wieder als Adlatus und Seminarist bei Kreuzverhören. In bewusst verrauchten, fensterlosen Räumen. Außer natürlich bei rauchenden Unterweltganoven. Dann eher frische Brise und Blick hinaus aufs Sonnenblumenfeld.

Mit jedem Tag hat der Draxler ein Stück mehr Mann aus dem Spazierer gemacht. Zwar hätte das der Draxler niemals zugegeben, aber irgendwie ist er stolz auf seinen heimlichen Ziehsohn. Zumindest bis gerade eben.

Draxlers ursprünglicher Plan, das Interpol-Netzwerk zu bemühen, scheitert an einer klitzekleinen Hürde.

Und die lautet: »Bitte Suchbegriff eingeben!«

Wonach sollen sie denn suchen? Mit der Mordserie des kürzlich in Rente gegangenen Sommers hat Johann Steirers Tod rein gar nichts zu tun. Dieser Fall ist vollständig aufgeklärt, abgeschlossen und zu den Akten gelegt.

Die letzte Schießerei im Zuhältermilieu, wo sich zwei amischlittenfahrende Hohlköpfe, zur Freude der Konkurrenz, im Vollrausch und in Duellmanier gegenseitig die Rübe weggepustet haben, und das noch dazu am helllichten Tag und mitten in Graz, hat mit dem südsteirischen Mohr wohl auch nichts zu tun.

Fragend blickt der Draxler in die Runde. Seinen Part hat er erledigt, und mit seinem Latein ist er nun am Ende. Zugeben würde er das aber nie.

Das mit dem Zusammenfassen und Resümieren hat der Draxler übrigens in der Schule gelernt. Dort, wo seine Mitschüler mit brillanten Schlussfolgerungen geglänzt und vor seinen Augen und Ohren Weisheiten von sich gegeben haben, auf die der im Prinzip einfach gestrickte Draxler in hundert Jahren nicht gekommen wäre, konnte er Mitarbeit nur heucheln. Bis zu jenem schicksalhaften Tag, als endlich auch er einen seiner seltenen Geistesblitze hatte.

»Zusammenfassen! Ist doch ganz einfach.«

All das Gesagte, in eigene Worte verpackt, am Ende der Stunde zusammenfassen.

Warum eigentlich nicht? Ein, zwei offene Fragen nebst trivialen Antworten in sein Abschlussplädoyer eingebaut, und schon war das Ganze ein wenig aufgepeppt und die geistige Raubkopie fertig. Und wie hervorragend der Plan funktioniert hat.

Die intelligenten Mitschüler waren die Souffleure und der Draxler der ein Mitarbeitsplus abräumende Quotenkaiser. Wie in der Tierwelt. Der Draxler der faule Kuckuck und die anderen die fleißigen Eierausbrüter und Kückendurchfütterer.

Heute aber verpufft Draxlers erprobte langjährige Taktik nahezu wirkungslos.

Wo verdammt noch mal sind denn seine Nestwärmer? Das Gratisfrühstück war doch quasi das Anfüttern. Nahrung für die geistigen Höhenflüge, die ab diesem Zeitpunkt die anderen machen sollten. Für umsonst gibt es beim Draxler nichts. Und das war schon immer so.

Nur das monotone Ticken der Pendeluhr und das Schmatzen des mohnkipferlkauenden Reininger Sepp. Sonst kaum ein Geräusch. Dem Draxler tut es um die investierten dreißig Euro auf einmal schrecklich leid. Da wären sich locker zwei Kisten Bier ausgegangen. Im Sonderangebot vielleicht sogar drei.

Unten vor dem Bürofenster wirft der Hausmeister gerade den Rasenmäher an. Der Draxler ist für diesen Lärm sogar dankbar. Stille kann mitunter schrecklich sein.

Bald schwebt der Geruch nach frisch gemähtem Gras nebst Pollen durch das geöffnete Fenster ins Amtsgebäude und verteilt sich gleichmäßig im illustren Bund der Viererrunde. Wohl eine der letzten Mäharbeiten in diesem Herbst. Die Ranner Hilde hechelt leise, ehe sie einmal kurz wie ein Meerschweinchen niest. Dann wieder diese enervierende Grabesstille. Als würde ihm der Geduldsfaden reißen, kommt dem Spazierer endlich ein Statement aus.

»Wenn uns so gar kein augenscheinliches Motiv einfallen will, dann können wir nur hoffen, dass der Mörder bald wieder zuschlägt. Auf so ein Glück, wie es der Sepp letzten Sommer gehabt hat, können wir auch nicht immer warten. Und wenn unsere zweifellos guten Forensiker nicht mehr als ein Achselzucken zustande bringen, dann hilft uns unser ehrlicher Wille, der Seele des armen Johann Steirer den Weg in den Himmel zu ebnen, auch nicht weiter. Mohnschnecken hin, Topfentascherl her.«

Beim Draxler schleicht sich ein Gefühl leichter Beleidigung ein. War zwar nicht ganz altruistisch, aber er hat es mit seinen kulinarischen Leckerlis doch nur gut gemeint.

Langsam öffnet Hilde ihren Schoß, um dem Spazierer die nächste emotionale Watsche mit auf den Weg zu geben. Der talwärts rieselnde Zuckerstaub muss den Major zwangsweise noch tiefer hinein in die Abgründe seiner sexuellen Phantasien reißen. Bis ganz tief nach unten. Dort, wo seine geheimen Lüste und Wünsche ihren Dornröschenschlaf schlafen.

Das war aber ein äußerst schlechtes Timing, meine Liebe.

Damit hätte die Gute noch ein Weilchen zuwarten müssen, denn akkurat jetzt verpufft ihre Anmache nahezu wirkungslos. Hat sich der Spazierer nämlich geistig auf einen Mordfall eingelassen, mit vollster Aufmerksamkeit und nicht so im lockeren Plauderton und quasi im Vorübergehen, dann kann der sich derartig konzentrieren, dass ihn selbst Horden nackter Traumfrauen maximal an die nackten und weit weniger agilen Körper in der Gerichtsmedizin erinnern.

Die Hilde Ranner kann ihre Enttäuschung nur schwer verbergen und steckt sich zum Trost einen Zuckerwürfel in den rot umrandeten Kussmund. Dem Sepp Reininger gefällt das sehr. Da er aber eindeutig nicht in Hildes Beuteschema passt, darf der überignorierte Sepp gleich wieder den herben Duft tiefster Enttäuschung atmen.

Dann doziert wieder der Spazierer.

»An einen Zufallsmord glaube ich definitiv nicht. Da hat sich jemand eindeutig auf den Mord vorbereitet. In einer Scheune auf die richtige Gelegenheit zu warten und auch noch einen feuerfesten Handschuh parat zu haben, hat mit Zufall rein gar nichts zu tun. Der Mörder muss darüber hinaus gewusst haben, dass der Johann Steirer ein kleines Feuerchen entzünden wird. Das ist Vorsatz, wie er im Lehrbuch steht. Und dann die wenigen verwertbaren Habseligkeiten des Toten zu ignorieren, um ja keine zusätzlichen Spuren zu hinterlassen – auch nicht gerade dumm. Denn was hilft es uns, eine der besten Datenbanken zur Verfügung zu haben, wenn wir nicht wissen, welche Fragen wir eigentlich stellen sollen?«

Mit einem Nicken muss ihm der Oberst Draxler recht geben.

»Aber diese weißen Zähne«, meint der Spazierer laut und wie zu sich selbst. »Das will mir nicht und nicht aus dem Kopf gehen. Und dabei bleibe ich.«

Oberst Draxler nimmt Spazierers Abschlussbemerkung erneut zur Kenntnis. Kann damit aber immer noch nichts anfangen. Zwar könnten sie jetzt in die Südsteiermark gondeln und nach guter alter Polizeitradition Klinken putzen und die Nachbarschaft befragen, aber der Draxler hat eigentlich keine rechte Lust dazu.

Der nächstgelegene Nachbar ist ohnehin der Sigmund Stoiser, und den hat der Draxler bereits alles gefragt, was man bei so einer Mordermittlung nur fragen kann. Der gestrige Energieschub scheint bei Oberst Draxler gänzlich verflogen zu sein.

Stumm blinkt der Cursor vor sich hin. Wie ein enervierendes Mahnmal. »Kommt da noch was?«, scheint er zu fragen. Verärgert schließt der Draxler das geöffnete Suchprogramm. Nein, da kommt heute bestimmt nichts mehr!, gibt er der versammelten Runde stumm und mit einem bösen Blick zu verstehen. Den letzten bösen Blick widmet er dem nun schwarzen Computerbildschirm.

Zumindest einer hat den Durchblick und ein klares Ziel vor Augen. Der Hausmeister nämlich. Draußen auf der duftenden Wiese.

75

Das appetitlich aufbereitete Frühstücksbüfett hat ihren Gusto dann doch irgendwie angeregt. Zuerst wollte sie gar nichts essen, bloß ihre Siebensachen packen, ein paar Euroscheine auf den Tresen knallen und hurtig auschecken. Wie dann aber die freundliche Rezeptionistin auf das hervorragende Frühstücksbüfett hinweist und ihre Nase das soeben Gehörte auch gleich wohlwollend bestätigt, entscheidet sie sich dann doch für ein Frühstück. Zwar mit leichtem Unbehagen, da in der Öffentlichkeit zu essen irgendwie auch ein Zurschaustellen ihrer Person ist. Und auf dem Kriegspfad, auf dem sie gerade wandelt, erkannt zu werden, wäre wohl ihr allerletzter Wunsch. Vor dem langen Tisch mit all den Köstlichkeiten bleibt sie sinnierend stehen.

Bei der Vielfalt an leckerem Gebäck, das duftend in diversen Weidenkörben angerichtet ist, können die deutschen Bäcker gleich einpacken. Die würden in Österreich bestenfalls als Lehrlinge durchgehen, Handlanger für die wahren Meister ihrer Zunft. Das denkt sie sich. Eine der wenigen positiven Gefühlsregungen, die ihr kaltes Herz in den letzten Wochen zugelassen hat. Eine sternenklare Polarnacht kann nicht kälter sein.

Von einem Berufskiller, wie ihn die Blockbuster-Filme immer wieder vorgaukeln, ist sie aber meilenweit entfernt. Kein ausführliches Dossier ihres nächsten Opfers steckt in ihrer Tasche. Und in ihrem Handkoffer auch kein Sammelsurium an diversem perfiden Mordwerkzeug. Nur besagte Liste und ein Paar Lederhandschuhe. Das eigentliche Mordwerkzeug sucht sie sich meist spontan. Im Regelfall in der unmittelbaren Umgebung ihrer armen Opfer. Da ist sie schon sehr flexibel. Improvisation ist ihr zweiter Vorname.

Bei dem südsteirischen Halbbruder hat sie aber eine Ausnahme gemacht und sich den Spezialhandschuh selbst mitgebracht. Auf dem Hof hätte sie vergeblich nach so einem feuerfesten Ding gesucht. Dass der Steirer Johann an dem schicksalhaften Tag seine alljährliche Proberöstung angehen wird, hat ihr ein gesprächiger Kellner in so einem heruntergekommenen Landgasthaus mitgeteilt. Natürlich nicht ihr direkt. Seiner weiblichen Küchenhilfe hat er es erzählt. Zwischen Tür und Angel. Also zwischen Tresen und Küche. Unmittelbar nachdem der Johann Steirer, nach zig Schnäpsen und mit schwerer Schlagseite, das Etablissement verlassen hat.

Weil auf dem Land eben alles besprochen und kommentiert wird. Auch die Dinge, die ohnehin keinen Menschen interessieren. Aber in so einer Spelunke ist das kein Wunder. Gibt es ja für so einen Kellner und so eine Küchengehilfin kaum etwas zu tun. Zumindest zu dieser Tageszeit. Maximal ein paar Alkoholiker und vielleicht der eine oder andere Frühpensionist, der vor der keifenden Ehefrau frustriert aus dem Haus geflüchtet ist. Dass sie als Frau mit Berliner Akzent dort auffällt, war ihr von Anfang an klar, aber zielführende Recherchen können nicht immer anonym sein. Andererseits ist die Südsteiermark für jeden eine Reise wert. Und das gilt nicht nur für die benachbarten Grazer. Da sich die Schönheit des Landstriches, der sich hart an die slowenische Grenze schmiegt, mittlerweile bereits über die Grenzen hinaus herumgesprochen hat, kommen mehr und mehr Touristen aus weiten Teilen Europas. Eine Berlinerin mehr oder weniger ist da keine Besonderheit. Vor einigen Jahren wäre sie mit Sicherheit das Gesprächsthema des Tages gewesen, aber heute? Sicherlich nicht.

Und Verbindungen zu ihrer Person gibt es bis dato keine. Das glaubt sie, und recht hat sie damit. Das verräterischste Indiz ist mit Sicherheit ihre Liste. Zwei der durchgestrichenen Namen gegoogelt, und schon kann man die ersten Schlüsse ziehen. Vielleicht noch einen dritten Namen nachgeschossen, und die Verbindung zwischen den bedauernswerten Opfern wird klar wie Kloßbrühe. So zumindest hätte es ihre Berliner Schnauze formuliert.

Ein wirkliches Motiv wäre zwar auch dann noch nicht zu erkennen, aber die strahlend weißen Zähne all ihrer Opfer sind doch ein eindeutiges Indiz dafür, dass da etwas wirklich Großes im Gange ist.

Da hat die technische Weiterentwicklung des Internets schon ungeahnte Möglichkeiten eröffnet. Selbst jeder kombinatorisch nur halbwegs helle Kopf kann mit einem Suchbegriff und den daraus gezogenen Erkenntnissen etwas anfangen. Vielleicht noch ein wenig nachgedacht und das nächste Suchwort präzisiert, und schon stellen sich die ersten kriminalistischen Erfolge ein. Vielleicht braucht es im Internet ein Quäntchen Glück, im Interpol-Netzwerk jedoch nur zwei gesunde Finger und rudimentäre Rechtschreibkenntnisse. Der Suchbegriff sollte schon einigermaßen richtig geschrieben sein.

Das hätte man dem Oberst Draxler in seiner momentanen Stimmung aber so nicht sagen dürfen. Der hätte wahrscheinlich seine wohlverdiente Pension riskiert und die Dienstpistole auf Dauerfeuer gestellt. Setzt so ein tödlich verwundeter Hiobsbotschaftsüberbringer dann noch flüsternd nach, dass der Suchbegriff »weiße Zähne« vielleicht auch schon gereicht hätte, dann hätte sich der Draxler in Ermangelung weiterer Mordwerkzeuge auch noch in dessen Kehle verbissen. Und dann hätte sich der Spazierer hämisch grinsend zu Wort gemeldet. »Und? Was hab ich euch gesagt?«

Ist so aber natürlich nicht passiert.

Ob ein derartiger Wissensvorsprung dem Krummer Karl letztendlich das Leben gerettet hätte, ist freilich fraglich. Alle

Steirerinnen und Steirer in einer Reihe aufstellen lassen, dann der laute Befehl zum Strahler-80-Lächeln wegen dem Kauleistencheck und dann die Selektion potenzieller Opfer?

Bei all den überkronten Beauty-Gebissen, die mittlerweile überall herumlaufen, für die Kripo die Suche im Heuhaufen.

Zwar hätten die traurigen Röntgenbilder der überkronten Ruinen eine andere Wahrheit erzählt, aber die stecken im Regelfall ja nicht in jedermanns Handtasche, gleich neben dem Führerschein und der Bipa-Bonuskarte.

Noch aber erfreut sich Karl Krummer bester Gesundheit. Nun ja, nicht ganz. Heute spürt er nämlich ein leichtes Pochen in der Schläfengegend, das er eindeutig seinem exzessiven Sektkonsum zuschreibt.

Aber das passt schon so. Ohne den Alkohol hätte er die Wahrheit, die ihm die Fotoalben am letzten Abend erzählt haben, wohl nicht so leicht ertragen. Wäre jedem anderen doch auch ähnlich ergangen. Auf einen Schlag, und nicht in homöopathischen Dosen, serviert zu bekommen, dass ein großer Teil des eigenen Lebens eine einzige Lüge war, erfordert etwas mehr als nur ein stabiles Nervenkostüm. Komm du einmal mit so einem Schock einigermaßen erwachsen zurecht.

Sich quasi selbst tröstend meint der Krummer Karl, dass es ihn durchaus schlimmer hätte treffen können. Seine Mutter war eindeutig seine leibliche, und sein verloren geglaubter Vater hat für ihn nun endlich auch ein Gesicht. Zwei unumstößliche Fakten. Karl Krummer ist also kein verzweifeltes Petrischalen-Experiment. Es hätte durchaus schlimmer kommen können.

Sieht man sich zum Beispiel die Sache mit den vielen vertauschten Babys heutzutage an, dann hat der Karl sicherlich irgendwie recht. Hätte auch ihm passieren können. Eine schlampige Schwester auf der Babystation, vielleicht noch mit einem kleinen Hangover von der gestrigen Singleparty, und schon sind die falschen Bändchen an die Ärmchen geheftet. Mit einer Handlung gleich zwei Leben zerstört. Stimmt natürlich nicht immer. Hängt ganz davon ab, aus welchem Elternhaus die beiden Frischgeschlüpften stammen.

Bei »Landadelnachwuchs« versus »Landstreicherbrut« wird es für eines der Neugeborenen aber definitiv bitter. Zwar beide Male »Land«, aber damit hat es sich mit der Vergleichbarkeit auch schon.

Flutscht so ein kleiner Stammhalter aus Mamis adeligem Bauch und lässt einen Schrei los, der jedem im Kreißsaal klarmachen soll, dass der neue Gutsherr soeben Anspruch auf sein fürstliches Erbe und die weitläufigen Ländereien angemeldet hat, dann wundert sich so ein Früchtchen freilich, wenn es einige Tage später in einer zugigen Bude aufwacht und die Muttermilch diesen bierigen Beigeschmack hat. Die Krippe, in der der Kleine liegt, lieblos aus ein paar Schalungsbrettern eilig zusammengezimmert. Vielleicht picken auch noch Reste von Beton auf dem Holz, die dem Jungchen schrecklich ins kindliche Kreuz drücken. Als Matratze dient maximal eine dünne Lage aus feuchtem Stroh.

Mit großen Augen starrt der Kleine an die rissige Decke, die schon lange keine Farbe mehr gesehen hat, und wundert sich zu Recht, wie klein einem doch eintausendzweihundert Quadratmeter herrschaftliches Landgut im Liegen vorkommen können.

Dass sein ehemaliger LKH-Bettnachbar in einem wohltemperierten Tanzsaal von Kinderzimmer aufwachen darf, obwohl seine Ahnenreihe eher blau vom Alkohol und weniger vom Blut ist, ist für den Schalungstafelschläfer auch keine erbauliche Erkenntnis. Dass der genetisch Privilegierte Jahre später trotz schulischer Spitzenleistungen als Bäckerlehrling anfangen muss, weil das in der »Gastfamilie« gute alte Berufstradition ist, während sein »Zwilling« mühsam durch eine Privatschule gequält wird und es ohne einen stattlichen Obolus des vermeintlichen Vaters an die Schulverwaltung wohl nie bis zur Matura geschafft hätte, das ist dann die größte Ungerechtigkeit in dieser Welt.

Zweifelsohne hätte es der Krummer Karl auch schlechter erwischen können. Bis zum heutigen Tag zumindest.

76

Nach einigen Tagen auf staubigen Landstraßen hatte Bobokos Wanderzirkus endlich die Stadtgrenze von Temeşwar erreicht. Boboko ließ den ganzen Tross halten und schickte wie immer Janosh als Vorhut zum örtlichen Bürgermeister. Bei Verhandlungen um einen Lagerplatz und eine großzügige Wiese für das Zelt und die Tierkäfige stellte sich Janosh wirklich sehr geschickt an. Zwar hielt sich Boboko zu Recht für einen guten Geschäftsmann, aber was das Zwischenmenschliche anging, hatte er gewisse Defizite. Bei Janosh lag die Sache freilich anders. Der konnte sogar einem Kind das Eis abschwatzen. Und das ganz ohne Gegenleistung. Sein Geschick und seine Menschenfreundlichkeit bezogen sich nicht nur auf die Frauen. Eigentlich liebten ihn alle. Ausnahmslos. Nun ja. Vielleicht nicht alle. Die lackierten Ehemänner hassten ihn natürlich. Wenn sie ihn aber persönlich kennenlernten – was zum Glück für Janosh nicht allzu häufig vorgekommen war –, dann änderten sie zwar nicht vollständig ihre vorgefasste Meinung, aber ein wenig verstehen konnten sie ihre Frauen dann schon. Janosh war ein wirklich schöner Mann. Auch aus dem Blickwinkel eines durchschnittlichen rumänischen Ehemannes. Freunde wären sie zwar nie geworden, aber der Hass wich in der Regel einem dumpfen Groll. Weit weniger bösartig und weitaus ungefährlicher.

Nach einer guten Stunde kam Janosh zurück. Wie üblich mit einer Schar von Kindern im Gefolge. Janosh war quasi der rumänische Rattenfänger von Hameln. Boboko rieb sich bei seiner Rückkehr wie immer die Hände, denn neugierige Kinder bedeuteten Geld. Viel Geld. Und neugierige Kinder konnten die Botschaft, dass der Zirkus in der Stadt war, schneller verbreiten als ein Lauffeuer oder bunte Werbezettel. Neugierige Kinder konnten die eigenen Eltern so sehr nerven, dass selbst tierallergische Väter oder clownresistente Mütter klein beigaben und mit Kind und Kegel im Zirkus auftauchten. Und das manchmal mehrmals hintereinander.

Dieses eine Mal verzichtete Boboko auf die Verteilung der üblichen Handzettel. Boboko war zwar ein schmieriger und geldgieriger Zirkusdirektor, seinen Kunden gegenüber aber im Prinzip immer fair. Die Besucher zahlten gutes Geld und bekamen dafür eine eindrucksvolle Aufführung. Jetzt mit einer Bärendame zu werben, die, in kleine Por-

tionen zerstückelt, in einem der hinteren Wagen wohl ihre letzte Reise antrat, war so gar nicht sein Stil. Sobald Boboko wieder im Besitz eines Bären war, konnte alles wieder seinen üblichen Weg gehen. Vorher aber nicht. Und ob der neue Bär vielleicht um drei Köpfe kleiner war als die verblichene Bärendame und weit weniger beeindruckend, war egal. Bär blieb Bär.

Kaum dass sie die ihnen zugeteilte Zirkuswiese erreicht hatten, begann der übliche einstudierte Tanz. Ein jeder packte mit an, und ein jeder hatte seine Aufgaben. Wagen wurden eilig geöffnet, Kisten wurden mühsam geschleppt, Planen wurden über das Gras gezogen, Tierkäfige wurden aufgebaut, und im Zentrum der Wohnwagenburg wurde ein gemütlicher Gemeinschaftsplatz gestaltet. Selbst die Kinder der Zirkusleute hatten ihren Beitrag zu leisten. Und das taten sie im Regelfall ohne Murren und Jammern. Die Artisten und Dompteure waren wirklich ein seltsames Volk. Eine eingeschworene Partie, die nur sehr widerwillig neue Menschen in ihrer Mitte aufnahm. Fühlte sich ein Neuer einigermaßen integriert, fing für den die eigentliche Arbeit erst richtig an. Der musste sich seinen Ruf als vertrauensvoller Mensch und Kollege erst über lange Jahre erarbeiten. Und natürlich als furchtloser Dompteur oder als geschickter Artist. War er aber nach Jahren der Prüfung endlich ein Teil der »Familie«, dann gingen die anderen für ihn durchs Feuer.

So kompliziert das ganze Treiben für einen Außenstehenden auch war, stand das Zirkuszelt nach gut vier Stunden, und nach sechs Stunden waren sie zumeist vorstellungsbereit.

Boboko beschloss, beim heutigen Aufbau Janosh die Oberaufsicht zu überlassen, und machte sich auf die Suche nach dem Jäger mit den beiden Jungtieren.

Es dauerte nicht lange, und er hatte sich zum Jäger durchgefragt. In der Stadt war fast jeder mit jedem irgendwie bekannt, was Boboko eine mühsame Suche ersparte. Der Jäger war bei Weitem kein so gewiefter Verhandler wie Boboko, und so wechselten nach einer halben Stunde einige hundert Lei und ein Dutzend Freikarten den Besitzer. Auf dem langen Weg zurück zum Zirkus boten Boboko und das soeben erworbene Jungtier einen seltsamen, weil seltenen Anblick. Boboko zerrte an dem alten Strick, den der Jäger dem Bären um den Hals gebunden hatte, während der Bär lieber in die entgegengesetzte Richtung gewandert wäre.

Da das Jungtier dem dicken Boboko gewichtsmäßig nur sehr wenig entgegenzusetzen hatte, ging es aber stetig – und unter lautem Gezeter – dem Zirkusgelände zu.

77

Und schon wieder herrscht in den Büros der Mordkommission diese gespenstische Stille. Der Frühstücksstammtisch hat sich längst aufgelöst und der Hausmeister sein Tagwerk beendet. Der behördliche Rasen ist vollständig und zugegebenermaßen professionell rasiert. Leise hört man noch das eine oder andere Ticken des Rasenmähers, der draußen vor Draxlers Fenster langsam abkühlt. In Draxlers Büro sind Frühstücksgebäckkrümel und Staubzuckerreste die einzigen Indizien dafür, dass es hier einmal so etwas wie eine Brainstormingsession gegeben hat. Oder zumindest den Versuch dazu. Bösartige könnten wohl denken, es wäre eine heiße Party gewesen.

Nachdem Draxler den Computer heruntergefahren hat und grummelnd in seinem Schreibtischsessel versunken ist, hat sich sein Personal verkrümelt, einer nach dem anderen. Verständlicherweise ratlos der Reininger Sepp. Wo sollte er auch hin? In sein Büro? Hat er hier ja keines. Zurück in die Südsteiermark? Wohl noch zu früh. Vielleicht passiert ja noch etwas! Vorzeitig heim zu seiner Familie, wo man ihn erst in einer guten Woche zurückerwartet? Gott bewahre!

Da ihn der Draxler vor lauter Groll und Verbitterung nicht einmal eines Blickes gewürdigt hat, ist der Sepp aus Mangel an Alternativen dann auch gleich dem Spazierer und der heißen Lederbraut hinterher.

Alle drei sitzen nun im Gemeinschaftsbüro und scheinen mit der gerade gewonnenen Freizeit nicht recht viel anfangen zu können. Dass eine gehörige Portion Elektrizität in der Luft liegt, kann man förmlich spüren. Beim Reininger Sepp stellen sich sogar die dicksten Haare auf seinen Unterarmen auf. Da der

Reininger hinsichtlich Körperbehaarung jedem Affen Konkurrenz machen könnte, ein klarer Hinweis für die Intensität der Spannung.

Auf einmal geht ein Ruck durch den Spazierer. Er reißt seine rechte unterste Schublade auf und zieht einen karierten Block hervor. Aus dem Stiftständer direkt neben dem Stehkalender nimmt er drei Stifte in unterschiedlichen Farben und legt alles vor sich auf die Schreibtischunterlage. Hilde sieht ihm dabei mit großem Interesse zu. Ihr sexuelles Verlangen weicht für einen Moment ihrer polizeilichen Neugierde.

Was der Herr Major wohl vorhat?

Beim Sepp will keine rechte Freude aufkommen, da die drei Stifte von unterschiedlichen Herstellern kommen und dieses Chaos seinem Bild von Einheitlichkeit und Symmetrie gehörig widerspricht. Trotzdem ist auch er gespannt, was nun geschieht.

Darf man dem Glauben schenken, was man in diversen Magazinen und Zeitungen so liest, dann sind moderne Polizeiapparate weltweit derartig gut vernetzt und dank länderübergreifender Übungen und Seminare so ausgezeichnet geschult, dass die bahnbrechenden Ermittlungsmethoden jedem Verbrecher automatisch den Angstschweiß auf die Stirn treiben müssen. Jetzt wird wohl auch etwas in dieser Richtung passieren, denkt sich der Reininger Sepp, verschränkt erwartungsvoll die Arme und lauscht.

Major Spazierer räuspert sich kurz und zerstört in einigen wenigen Sätzen Reiningers vorgefasste Meinung von moderner Ermittlungsarbeit. Was der Spazierer will, ist relativ einfach. Da alle Anwesenden am Tatort gewesen sind, hat wohl jeder von ihnen eigene und ganz persönliche Eindrücke gesammelt. Mit einem tadelnden und nicht ganz ernst gemeinten Seitenblick bestraft er auch gleich die Lustschnecke, die sich wohl mehr mit dem Schäferhundrüden Rolli und dem Stöckchenwerfen als mit dem toten Steirer Johann beschäftigt hat.

Drei unterschiedliche Blickwinkel und vielleicht doch Übereinstimmungen? Weil eben doch etwas nicht so gewesen ist, wie es hätte sein sollen? Eine Anomalie? Vielleicht der Anfang einer Spur, die schließlich zum Täter führt? Wer weiß! Mehr haben sie ja momentan nicht. Zumindest bis morgen, wenn sie Karl Krummers aufgequollenen Kopf aus dem Barschbecken ziehen werden.

Der Spazierer verteilt brav die Stifte und die Zettel. Dass er der Hilde den roten Stift über den Tisch schiebt, hat schon eine gewisse Bedeutung. Die Ranner Hilde lächelt den Spazierer an, und der Spazierer lächelt freundlich zurück. Für einen Kollegen eine Spur zu freundlich. Hätte seine Karin, die gerade, quasi simultan, ihrer Tante die Müslischüssel zwar auf ähnliche Art und Weise, trotzdem aber völlig unerotisch über den rustikalen Esstisch schiebt, die Blicke der beiden gesehen, sie wäre umgehend in den Porsche gesprungen und gen Norden gerast. Geld oder Liebe? Die Antwort wäre der Karin nicht einmal ein kurzes Zögern wert.

Die nächste Stunde widmen sich die drei ihren Blöcken und ihren Eindrücken. Die Hilde lutscht anfänglich an ihrem Rotstift herum, den Blick dabei an die Decke gerichtet, ehe sie eifrig zu schreiben beginnt. Der Reininger Sepp hat von den dreien wohl die größte Mühe, seine Gedanken zu Papier zu bringen, da so ein blöder Papierblock einem bei Rechtschreibfehlern so gar keinen Tipp geben will, ob da etwas im Argen liegt. Auf die feinen roten Computerwellen, die so lustig aufpoppen, wenn das Wort zu schräg ist, wartet der Sepp vergeblich. Schaut ein Wort für den Sepp gar zu seltsam aus, dann kritzelt er es hektisch durch und versucht, es mühsam und manchmal etwas holprig zu umschreiben. Blamieren will sich der Reininger Sepp bestimmt nicht. Schon gar nicht, wenn er bei der Kripo karrieremäßig quasi mit einem Fuß in der Türe steht.

Auf unangenehme Weise wird der Reininger Sepp an seine Schulzeit erinnert. War damals kein Honiglecken für ihn. Ausgenommen vielleicht die Volksschule. Aber da ist sich der Reininger auch nicht mehr so sicher, weil Männer Negatives ja so gerne verdrängen. Seine Schreibe seit jeher, und auch jetzt seine Mitschrift, eine absolute Katastrophe.

Viel haben die drei ja nun nicht zusammengetragen. Der Hilde sind die weißen, auf dem Boden krabbelnden Spurensicherer und natürlich die beiden Idioten von der Bestattung im Gedächtnis hängen geblieben. Und das nur, weil die gehörige Portion männlicher Aufmerksamkeit ihrem fraulichen Ego so unglaublich gutgetan hat. Dass da auch eine Frau in Weiß dabei gewesen sein soll, hat sie gar nicht erst mitbekommen. Außerdem hat sie das Spiel mit dem netten Hund gar nicht nahe genug an den Tatort herankommen lassen, um Nennenswertes auf die Welt und zu Papier zu bringen. Hildes Notizen liefern dem Spazierer also keine brauchbaren Anhaltspunkte. Eine neue Spur schon gar nicht.

Mit Sepp Reiningers Geschmiere hat der Spazierer dann so seine Probleme. Während der Major mit gerunzelter Stirn versucht, dem Ganzen einen Sinn zu geben, lächelt der Reininger Sepp entschuldigend. Dass der Reininger Sepp eine ganze Seite der Schnapsorgie gewidmet hat, die anscheinend da draußen gleich neben dem armen Verblichenen stattgefunden haben muss, und pflichtbewusst, weil eben durch eine strenge Beamtenschule gegangen, alle verköstigten Schnapssorten artig aufgelistet hat, lässt den Spazierer an seinem Chef ernsthaft zweifeln. Dass sich der Stoiser, Sepps Bruder Ferdinand und vielleicht auch noch der Reininger Sepp selbst in so einer Ausnahmesituation ein wenig Mut haben antrinken müssen, versteht der Spazierer ja, aber doch nicht der Oberst Draxler. Der ist doch mit allen Wassern gewaschen.

Und das außen und nicht innen.

Dass der Draxler bei dem Saufgelage mitgemacht hat, kann er Reiningers akkurater Liste entnehmen. Neben der jeweiligen Schnapssorte die Namenskürzel der Verkoster. Bloß beim Marillenschnaps hat der Draxler offenbar eine Pause eingelegt. Hatte wohl gerade etwas Wichtigeres zu tun. Der Rest von Reiningers Notizen gibt nicht viel her. Ausgenommen die Erkenntnis, dass der schön geschlichtete Holzstapel weniger mit dem Mord als mit Ferdinands Absturz zu tun gehabt hat. Was die feuchtfröhliche Runde da draußen noch so alles getrieben hat, will der Spazierer gar nicht wissen. An großen Unfug glaubt er aber nicht, da ihm bei seiner Tatortbegehung nichts Ungewöhnliches aufgefallen ist.

Gegenüber dem Reininger und der Ranner sollte der Herr Major aber nicht allzu kritisch sein. Sieht man sich Spazierers eigene Notizen an, dann kommt man unweigerlich zur Erkenntnis, dass jeder Kinderaufsatz wie »Das schönste Erlebnis in meinen Sommerferien« wahrscheinlich weitaus fesselnder und erkenntnisreicher ist als seine schriftlichen Ergüsse.

Nun gut. Einen Versuch war die Sache mit den unterschiedlichen Eindrücken allemal wert.

Zumindest produktiver, als sich wie der Draxler schmollend in seinem Ledersessel zu verkriechen. Dass der Draxler auch nicht mehr so den rechten Biss hat, hätte der Spazierer tags zuvor niemals zu behaupten gewagt. Ganz im Gegenteil! Heute aber freilich schon. Alt zu werden heißt wohl auch, noch schrulliger zu werden, als man ohnehin schon ist. Draxlers Freudenausbruch in der Gerichtsmedizin war peinlicher als peinlich, aber immer noch professioneller als sein heutiges Schmollgehabe. Wie soll denn ein gegrillter Mohr wie der Steirer Johann seine ewige Ruhe finden, wenn sie als Berufene so kindisch reagieren? Launenhaftigkeit hat bei polizeilicher Ermittlungsarbeit so gar keine Existenzberechtigung. Menschlich durchaus nachvollziehbar, aber wenn die Seele des armen Mannes gen Himmel fahren will, dann wird die schon zu Recht nervös, wenn der Draxler wie ein kleines Kind beleidigt in einer Ecke hockt, anstatt draußen auf Feld und Flur wie ein Rumpelstilzchen herumzuhüpfen, um den Mörder aus seinem Versteck zu treiben.

Der Spazierer heftet alle Seiten ordentlich zusammen und lässt diese in seiner Schreibtischschublade verschwinden. Die Zettel gleich jetzt im Aktenvernichter zu zerstückeln war zwar sein erster Gedanke, aber gehört hätte sich das nun wirklich nicht. Haben sich die beiden doch so rechtschaffen Mühe gegeben. Außerdem ist Reiningers Schnapsliste viel zu wertvoll, um sie einfach zu zerschnippeln. Ein jeder ist erpressbar. Auch ein Herr Oberst. Der wird es auch noch billiger geben, denkt sich der Spazierer mit einem breiten Grinsen.

Zwei Augenpaare schauen ihn groß an. Und?, scheinen die vier Augen ihn zu fragen. Haben wir eine Spur? Der Herr Major zuckt nur einmal mit den Schultern, liefert dann aber doch noch einen akustischen Beitrag.

»Viel haben wir nicht. Eigentlich nicht mehr, als uns Dr. Schneider und die Spurensicherung geliefert haben. Der Obduktionsbericht ist wohl unsere profundeste Informationsquelle. Bei dem Almauftrieb, der auf dem verlotterten Hof geherrscht hat, bedauerlich, dass nicht mehr Brauchbares herausgekommen ist. Aber was soll's. Wir haben in der Vergangenheit schon weitaus unergiebigere Tatorte vorgefunden und den Mörder dennoch geschnappt.«

Einen weiteren Kommentar verkneift sich der Spazierer, da gerade Oberst Draxler das Büro betritt. Ein gewisser Grant ist dem Herrn Oberst zwar noch anzumerken, aber so gut kennt der Spazierer seinen Chef schon, dass er gleich weiß, dass das Gröbste wohl vorüber ist.

»Essen?«, fragt der Draxler brummig. »Ich lade ein.« Der Reininger Sepp sagt sofort zu. Wie aus der Pistole geschossen. Die Hilde Ranner hat mit einer Antwort aber so ihre Schwierigkeiten. So sexy das Lederensemble auch aussehen mag, ein wenig eng ist es schon. In der Früh noch ganz passabel zu tragen, haben die zwei Topfentascherl und die zwei Nusskronen den letzten freien Raum zum Atmen prächtig ausgefüllt. Wie sie da noch ein Mittagessen hineinzwängen soll, ist ihr schleierhaft. Maximal ein Salat ginge noch. Oder vielleicht eine Suppe? Mit dieser erhellenden Erkenntnis gibt auch sie ihre Zustimmung. Das aber auch nur unter stillem Vorbehalt. Sollte sich der Major der Mittagsrunde aus irgendeinem unerklärlichen Grund nicht anschließen wollen, dann würde sie wohl auch lieber auf das Essen verzichten. Ihr ganz persönliches Projekt erfordert schließlich ihre gesamte Aufmerksamkeit. Wer weiß, wie lange sich ihre Nebenbuhlerin noch in Italien herumtreibt. Diesen entscheidenden Vorteil wegen einem depperten Salat einfach verspielen? Ein Fehler, den sie sich niemals würde verzeihen können.

Mit großen Augen blickt sie ihren direkten Chef an und erlöst ihn aus seinem Entscheidungsnotstand. Mit einem Nicken gibt auch der Herr Major seine Zustimmung. Draxlers unnatürliche

Freigiebigkeit gehört ausgenutzt. Schamlos! Resümee: *Alea iacta est*. Die Würfel sind gefallen. Die vier brechen also zum gemeinsamen Mittagessen auf.

78

Südlich von Siena herrscht an diesem Freitag eine brütende Hitze. Selbst für Italien in dieser Jahreszeit um fünfzehn Grad zu warm. Wegen der Hitze und dem pochenden Knöchel hat Karin die Tante in deren wohltemperiertem Schlafzimmer für ein paar Stunden zur Mittagsruhe niedergelegt. So agil die ältere Dame auch ist, macht ihr der geschwollene Knöchel, speziell bei Hitze, doch gehörig zu schaffen. Dass ihre Nichte den weiten Weg auf sich genommen hat, um ihr hier für ein paar Wochen zur Hand zu gehen, freut die Tante sehr. Dass ihr lieber Bruder hinter dem Ganzen steckt, weiß sie aber auch. Sie liebt ihren Bruder. Er ist tüchtig, und er lebt ein ehrliches und braves Leben. Ist nicht bei all ihren Geschwistern so. Obwohl seine Geschäfte als Kfz-Mechanikermeister auch nicht immer gut zu gehen scheinen, hat er sie trotzdem nie um Geld angebettelt. Dafür ist er viel zu stolz. Ist Stolz eine auch nicht immer zu adelnde Eigenschaft, macht diese ihn für sie noch liebenswerter. Natürlich hätte sie ihm bei einem finanziellen Notstand aus der Patsche geholfen, wozu hat man schließlich Familie, aber gefragt hat er sie nie. Dass er aber kein Feind des zugeheirateten Familienvermögens ist, ist auch für sie kein gut gehütetes Staatsgeheimnis.

Während die Tante im Halbdunkel langsam wegdöst, sitzt Karin am azurblauen Pool, in dem man locker olympische Schwimmwettbewerbe veranstalten könnte. Mit ihren langen Beinen macht sie verträumte Kreise im warmen Wasser und hängt dabei ihren Gedanken nach. Nicht einmal das ohrenbetäubende Zirpen der Zikaden, die gut getarnt auf mächtigen Zypressen hocken, kann sie von ihrer geistigen Reise hinauf in ihre Heimat abhalten.

Was Georg wohl so treibt?, denkt sich Karin mit so einem unbestimmten Gefühl in der Magengrube. Hat sich heute noch gar nicht bei ihr gemeldet. Ist irgendwie so gar nicht seine Art. Sie wird eine Runde schwimmen gehen und ihn dann anrufen. Ja, genau das wird sie tun.

79

Bemüht man Wikipedia, dann werden als Mordserie im engeren Sinne mehrere Morde bezeichnet, die eine Person, also der Serienmörder, in einem zeitlichen Abstand voneinander, der Monate, aber auch Jahre betragen kann, verübt hat.

Ist die Häufigkeit im Verhältnis zu Einzelmorden sehr gering, kommen Serienmorde doch öfter vor, als man glauben mag. Zwar ist die Wahrscheinlichkeit, einen Einzelmord zu übersehen und vielleicht als dummen Unfall abzutun, weitaus größer als bei einer ganzen Serie, aber anscheinend kann man auch eine Sache übersehen, die so groß ist wie diese da.

Heutzutage mit Sicherheit nicht mehr ganz so leicht, weil die moderne Datenspeicherung und die weltweite Vernetzung kausale Zusammenhänge immer leichter erkennbar machen.

Aber wenn in Rumänien eine bettelarme Frau abgemurkst wird und dann aus unerklärlichen Gründen, weil die Polizei ja auch ihre Quote erfüllen muss, deren Mann Radu völlig zu Unrecht in ein feuchtes Gefängnis geworfen wird, irgendwo in den tiefsten Schluchten der Karpaten, dann fällt so ein Anfängermord ganz schnell aus der Wertung. Gleich lebenslänglich, weil der Mord des blutrünstigen Ehemannes gar so grausig gewesen ist.

Wie man im Polizeibericht nachlesen kann, hat es Radu offenbar geschafft, seine eigene Frau mit einer simplen Drahtschlinge vollständig zu enthaupten. Wie viel Wut und Kraft hinter so einer Wahnsinnstat gesteckt haben müssen, konnten sich nicht einmal die Hartgesottensten unter den Ermittlern vorstellen. Dabei war Radu doch ein so schmächtiges Bürschchen. Der Tatort eine einzige Blutlache. Weil die Hütte so klein und überschaubar war, hätte man meinen können, die hätten einen roten Linoleumboden ausgelegt. Zweifellos schlampig, weil in den Ecken nicht ganz sauber gearbeitet. Wie dann der erste Polizist auf der Blutsuppe ausgerutscht ist und sich herzhaft das Steißbein geprellt hat, war auch diese Sache schnell aufgeklärt.

Dass Radu höchstpersönlich den Mord an seiner Frau gemeldet hat, war wohl ein taktischer Zug, der gehörig nach hinten losgegangen ist. So die einhellige Meinung des Ermittlerteams. In Bukarest will er gewesen sein. Hat nach der Enthauptung aber eher ein paar Stunden zugewartet, das die ebenfalls unwidersprochene Meinung, ehe er, zugegebenermaßen sehr überzeugend, als zutiefst erschütterter Ehemann Meldung gemacht hat. Nach einem anfänglich verzweifelten Gestammel und dem anschließenden Herauspressen der schrecklichen Fakten ist er dann fast bühnenreif auf dem Polizeiposten zusammengebrochen.

Neben der geköpften Leiche wird er wohl auch nicht gewartet haben, haben die meisten gemeint. Die hervorquellenden Augen und die abgebissene Zunge waren auch kein erbaulicher Anblick. Von der vormals schönen Frau hat er nicht mehr übrig gelassen als zwei Teile verdorbenen Fleisches. Und natürlich sechs Liter flächig verteiltes Blut.

Dass Radu ein paar Saufkumpane hat benennen können, die mit ihm zur Tatzeit gesoffen haben sollen, war für die Polizei auch kein hieb- und stichfestes Alibi. Wenn alle im Vollrausch doppelt sehen, dann fällt es wohl kaum auf, wenn einer plötzlich fehlt. Oder korrekterweise zwei.

Und so genau hat bei der Polizei ja auch keiner hinsehen wollen. Denn natürlich hat es diverse Ungereimtheiten gegeben. Gesoffen wurde beispielsweise in Bukarest, und gemordet wurde in einem Feld nahe Buzău. Dazwischen eine beachtliche Wegstrecke und gut eineinhalb Stunden Autofahrt. Aber wenn man eine Ungereimtheit nach der anderen unter den Tisch fallen lässt, also nicht gleich alle in Bausch und Bogen und auf einen Sitz, sondern, wie gesagt, schön eine nach der anderen, dann fällt das gar nicht auf. Und für das Gewissen einzelner rumänischer

Kriminalbeamter, die höhere moralische Ansprüche an sich selbst stellen als der Rest der Truppe, war ein stückweises Negieren von falschen Beweisen auch leichter zu verdauen. Zwar auch mit anfänglichem Sodbrennen, aber dann schließlich doch. Ein paar Stunden später ausgeschieden und nicht mehr darüber nachgedacht.

Dass dann weiter oben im Norden ein Geschwisterpaar, noch dazu Zwillinge, von der Straße abgekommen ist, obwohl Sonnenschein geherrscht hat und die Fahrbahn so trocken war wie ein Wüstenwadi in der Trockenzeit, war auch nur ein böses Unglück. Eben ein tödlicher Verkehrsunfall mehr und zwei weitere Kreuze in einer in diesem Jahr ohnehin erschütternden Unfallstatistik. Die wunderbar weißen Zähne wie ein unzerstörbares Bollwerk inmitten zweier völlig zerstörter Köpfe. Und die haben am Ende eher an zermatschte Melonen erinnert als an etwas anderes. Oder an zermatschte Tomaten. Wegen der passenderen Farbe.

Und dann vielleicht noch die Sache bei Temeşwar. Die Geschichte mit dem abgefackelten Schlafzimmer. Bedauerlich, weil es am helllichten Nachmittag passiert ist und einer dort drinnen geschlafen hat. Noch dazu ein praktizierender Ich-brauch-nicht-mehr-als-vier-Stunden-Schläfer und bekennender Nichtraucher. Und bei dem heißen Sommer war ein eingeschalteter Heizofen oder ein brennender Gaskessel genauso unwahrscheinlich wie Wasser auf dem Mond. Seltsam, irgendwie seltsam.

Waren in Wahrheit zwar alles ehrliche Morde, und es gab auch noch ein paar mehr davon, aber keiner so offensichtlich wie die Sache mit der vormals schönen Marina.

Und wer bitte kommt auf die Idee, eine Mordserie mit der Route eines Wanderzirkus in Verbindung zu bringen, der in den sechziger Jahren quer durch Rumänien gezogen ist? So viele Jahre her!

Würde der Krummer Karl die echte Liste kennen und all die durchgestrichenen Namen und Orte mit dem Flyer vergleichen, er hätte die wahren Zusammenhänge vermutlich erkannt. Aber der Krummer Karl wird schon bald gar nichts mehr erkennen.

Am ehesten noch seinen Halbbruder, den Steirer Johann, der oben auf einer der unzähligen Himmelswolken sitzt und unruhig hin und her rutscht, weil die da unten so gar nichts unternehmen, um seinen Mörder zu fassen. Aber Wolke sieben wird es auch für den Krummer Karl nicht sein.

80

In Ferdls Gasthaus herrscht um die Mittagszeit Hochbetrieb. Hektisch schießen die Kellner, in elegant grünen Schürzen mit dem stolzen steirischen Panther auf der Brust, zwischen den Tischen hin und her, um Büroangestellte aus der Region so rasch wie möglich satt zu kriegen.

Fesch aufgebrezelt die Vorzimmerdamen irgendwelcher Geschäftsführer und im edlen Zwirn die Banker, dazwischen die Normalsterblichen in normaler Alltagskluft und dann noch, in zünftiger Tracht, ein Männerchor, der auf dem Weg zurück nach Kärnten hier spontan eingekehrt ist und mit zwanzig Mann hoch die üblichen Platzverhältnisse sprengt.

Müssen die, die nachmittags wieder arbeiten, nur ein einziges Mal zu lange warten und überziehen deswegen ihre Mittagspause, dann kommen die so schnell nicht wieder. Ein ehernes Grundgesetz der Gastronomie. Mittagsmenüs anzubieten heißt Vollgas geben.

Praktisch alle Tische sind besetzt. Verzweifelt sucht Oberst Draxler den Hausherrn. So oft, wie er schon Geld hier hereingetragen hat, sollte sich wohl noch ein Tisch für das Quartett finden lassen. Sobald der Wirt schwitzend und mit gerötetem Kopf aus der Küche kommt, ist der Draxler schon bei ihm. So eine Reaktionsschnelligkeit hätte dem älteren Herrn wohl niemand zugetraut.

Nach kurzem Getuschel zeigt der Wirt auf den einzigen leeren Tisch unmittelbar neben dem Eingang. Vom Klima her, wegen dem Zug und dem ständigen Tür auf und Tür zu, sicherlich nicht der beste Platz, dafür aber für Stammgäste präventiv mit einem Reserviert-Schild frei gehalten.

Ächzend lässt sich der Oberst auf die Bank fallen. Von wegen Gentlemen und Vortritt für die Damen. Der Draxler kennt da kein Pardon, weil der Draxler die Wand im Rücken braucht, weil er auf einer Bank sitzen will und nicht auf so einem klapprigen Stuhl und weil der Herr Oberst ein weiches Sitzkissen benötigt. Offiziell wegen seinem schlimmen Rücken, inoffiziell wegen seiner Hämorrhoiden. Gibt ja keiner so gerne zu, dass da unten etwas derartig Garstiges wächst und gedeiht.

Wie sich der Rest der Truppe verteilt, ist für ihn nur mehr Makulatur. Das unterschwellige Gemurmel der schmatzenden und trinkenden Gäste wird nur hie und da von einem volltönenden Lacher unterbrochen. Das mit dem professionellen Singen und dem vielen Üben hat schon was. Da klingt ein Lacher fast wie Musik. Kommt natürlich vornehmlich aus der Ecke des Kärntner Männerchors.

Kaum dass ein zaundürrer Kellner ihre Bestellungen aufgenommen hat, sprintet der schon wieder in Richtung Tresen, gibt dem Schankbuben im Telegrammstil die Getränkewünsche bekannt und verschwindet eilig in der Küche. Da die Schwingtür ein Weilchen offen bleibt, kann der Spazierer von seinem Platz aus erkennen, wie turbulent es dort drinnen zugeht. Ein Gewusel wie auf einem überfüllten Flughafen. So einen Job will der Spazierer nicht in einhundert Jahren. Bei dem Stressniveau wäre er in drei Jahren im Burn-out. Vielleicht sogar schon in zwei. Ist einer erst einmal ein paar Jahre Beamter, dann ist der für die Privatwirtschaft da draußen für immer verdorben.

81

Krummer Karls Kopfweh ist auf einmal wie weggeblasen. Und das ganz ohne Tabletten. Was eine rechtsgültige Unterschrift unter einem Kaufvertrag so alles bewirken kann. Sind erst einmal gehörig Endorphine ausgeschüttet, lebt es sich zweifellos besser. Dass der Karl die Breitling-Kopie noch nicht besorgt hat – auch kein Beinbruch.

Kaum dass der Krummer Karl wieder draußen auf dem Parkplatz der Spedition steht, ruft er seinen Chef an. Weil die Branche derzeit in einer schweren Krise steckt, lässt diesmal auch Krummers Vorgesetzter seiner Freude freien Lauf. Für den ebenfalls ganz untypisch. Da der Karl mit Lob und Komplimenten so gar nicht umgehen kann, weil in seinem Leben eher die Ausnahme als die Regel, legt er kurzerhand auf. Die Freudenschreie noch als Nachhall im Innenohr, steigt er in seinen von der Herbstsonne aufgeheizten Wagen. Weil gerade Mittagszeit ist, wird er sich heute ein feines Schnitzel gönnen. Eines von den ganz großen. Mit Suppe, Salat, Beilage und einer »Heißen Liebe« zum Dessert. Vielleicht noch ein Birnenschnaps zur Verdauung nachgeschüttet. Wegen der vielen Kalorien so üppig, wie es wohl nur eine Henkersmahlzeit sein sollte, denkt sich der Krummer Karl mit einem breiten Lächeln.

Mit einem ebenso breiten Lächeln der Gevatter Tod: »Ist ja auch eine.«

82

Dr. Schneider starrt in sein Mikroskop, kann sich an diesem Tag aber so gar nicht konzentrieren. Der blöde Traum mit der Hexenbande und dem riesigen Wasserkessel will sich einfach nicht verflüchtigen. Die Geschichte an sich nicht mehr als ein Konglomerat an Eindrücken, hübsch in einem Traum verpackt. Eigentlich sollte die Sache damit emotional verdaut sein. Üblicherweise.

Dieses eine Mal sieht Dr. Schneider die Sache aber ein wenig anders. Für ihn ist diese nächtliche Erfahrung eher eine Warnung vor etwas, das noch gar nicht geschehen ist. Aber wovor hat ihn der Traum gewarnt?

Mit seiner Frau hat er heute noch gar nicht gesprochen. Wie er frühmorgens aufgestanden ist, hat sie noch tief und fest geschlafen. Zwar hat er sich beim Verlassen des ehelichen Schlafzimmers noch einmal umgedreht und nach dem schnarchenden Jutesack gesehen, aber so richtig viel Sympathie für dieses plötzlich so fremde Wesen wollte bei ihm auch nicht aufkommen. Den strengen Geruch hat er noch immer in der Nase. Wie schnell es doch gehen kann, dass einem ein vertrauter Mensch auf einmal wie ein Fremder vorkommt.

Zwar weiß der gebildete Dr. Schneider, dass labile Menschen nur allzu rasch Opfer irgendwelcher Sekten, selbst ernannter Gurus oder charismatischer Führer werden können, aber dass sich seine Frau von ein paar degenerierten Kräuterhexen derartig beeinflussen lässt, schockiert ihn wirklich. Noch dazu, wo die so extrem ungesund aussehen, dass jedem halbwegs Vernünftigen auf den ersten Blick klar wird, dass diese Art, zu leben und sich zu ernähren, die Lebenserwartung ungesund schnell sinken lässt. Amalie ist labil, aber doch nicht blind und schon gar nicht dumm. Unverständlich so was.

Tatenlos kann er hier wohl nicht viel länger zusehen.

Vielleicht war der Traum ja auch die Aufforderung, seiner Verantwortung als Arzt und Ehemann nachzukommen. Wenn es nur das wäre, dann wäre Dr. Schneider schon beruhigt. Man müsste in diesem Fall wohl Amalies Unterbewusstsein ansprechen und ihr, wie die heilige Inquisition, den Teufel austreiben. Quasi ein Psycho-Exorzismus.

Zwar glaubt Dr. Schneider an ein göttliches Wesen, das vielleicht »Gott« oder auch anders heißen mag, aber so verzweifelt ist er auch noch nicht, dass ein Exorzismus im Stile der katholischen Kirche für ihn in Frage kommt.

Aber das mit dem Unterbewusstsein macht definitiv Sinn. Wenn sich Dr. Schneider recht erinnert, haben sich sogar ein paar seiner Studienkollegen auf Hypnose spezialisiert, und wie Dr. Schneider diversen Fachzeitschriften entnehmen konnte, ist wohl Dr. Kurt Kammerhofer einer der erfolgreichsten unter ihnen.

»Der Kammerhofer Kurt.« An den hat er auch schon länger

nicht mehr gedacht. Dass der in so ein halbseidenes Metier wie die Hypnotisiererei abdriften würde, ist für Dr. Schneider auch keine wirkliche Überraschung gewesen. War als Student schon anfällig für alles, was schräg und andersartig war. Den Kurt wird er heute noch anrufen.

83

Karl parkt mühsam, aber sehr geschickt seinen Wagen ein. An diesem Tag belegt ein großer Reisebus mit Klagenfurter Kennzeichen praktisch den halben Parkplatz. Der Krummer Karl sollte daher mit seiner bescheidenen Parklücke durchaus zufrieden sein. Und weil gut und katholisch erzogen, ist es der Gute ja auch.

Langsam macht sich sein Hunger auch akustisch bemerkbar. Das sporadische Rumoren in seinem Magen ist nun einem stetigen Grollen gewichen. Die gedachte Speisenfolge mittlerweile mehr als nur eine vage Idee.

Karl Kummer öffnet die Türe des Gasthauses und tritt mit einem breiten Lächeln ein. So groß ist seine Vorfreude auf ein lukullisches Mahl.

84

Obwohl der Spazierer seine Bestellung bereits abgegeben hat, blättert er nochmals die Speisekarte durch. Quasi als Vorbereitung für seinen nächsten Besuch. Mit Hunger im Bauch und dem immer gleichen Bild der Lieblingsmahlzeit vor dem geistigen Auge isst man automatisch stets dasselbe. Null Pioniergeist, Neues zu entdecken, und so gar keine Hoffnung auf Variation und Geschmacksvielfalt.

Wie dann auf einmal die Türe aufgeht, ist der Spazierer schwer irritiert. An irgendetwas erinnert ihn der Kerl, der soeben das

Gasthaus betreten hat. Dass es ein »Irgendwas« ist, das ihn irritiert, und ihm der »Irgendwer« völlig egal ist, verwirrt den Herrn Major gleich noch viel mehr. Nach kurzem Grübeln und einem einzigen resignierenden Kopfschütteln widmet sich der Spazierer wieder seiner Speisekarte. Ich werde schon noch draufkommen, redet sich der Spazierer beruhigend zu.

85

Jetzt dem Spazierer quasi Mittäterschaft vorwerfen zu wollen, oder zumindest Vernachlässigung seiner Dienstpflicht, wäre freilich nicht fair. Nur weil ihn der Krummer Karl im Vorübergehen mit strahlend weißen Zähnen angelächelt hat, kann der Spazierer doch gar nicht automatisch die richtigen Schlüsse ziehen.

Nun gut, er hätte aufspringen und den Krummer Karl fragen können, ob seine Beißerchen echt sind. Hätte der Karl auf diese am helllichten Tag und in einem renommierten Gasthaus bei Vollbetrieb und nicht im dunklen Winkel einer schummrigen Schwulenbar gestellte Frage dann doch mit einem selbstbewussten »Ja« geantwortet, weil er auf sein erstklassiges Gebiss schon ein wenig stolz ist, dann wäre dem Spazierer maximal eine zweite Frage eingefallen.

Ob er den Steirer Johann kennt. Ist, oder besser war, ein verarmter Bauer aus der Südsteiermark. So Mitte fünfzig.

Der Krummer Karl hätte ein wenig erstaunt mit einem ebenso klaren »Nein« geantwortet, denn eine Kausalität zwischen den beiden Fragen wäre für ihn unmöglich zu erkennen gewesen. Vielleicht hätte er erst nach einer gewissen Nachdenkpause geantwortet, weil ein Lkw-Verkäufer doch viel herumkommt und sich auch nicht all die Namen merken kann, die ihm in seinem langen Berufsleben so untergekommen sind. Vielleicht hätte er noch, und das aus reiner Gefälligkeit, die Kontakte in seinem Wischundweg-Kastl überprüft und anschließend bedauernd den Kopf geschüttelt.

Und dann wären die beiden wieder auseinandergegangen. Der Krummer Karl zu einem kleinen Zweipersonentisch, der gerade am anderen Ende des großen Gastraums frei geworden ist, und der Major Spazierer zurück zu seiner Sippschaft. Vielleicht hätte sich der Spazierer für das spontane Kurzverhör auch noch entschuldigt, aber viel mehr wäre auch nicht passiert. Hätte er noch hinzugefügt, dass er von der Kripo ist, dann hätte der Krummer Karl ihm die berechtigte Frage nach dem »Wozu denn das Ganze?« gestellt.

Sieht man sich den Rest des Ermittlerquartetts an, dem so gar nichts aufgefallen ist, dann gehört dem Spazierer zumindest aufmunternd auf die Schulter geklopft.

Nimmt man aber die Sitzordnung der vier Beamten ins Visier, dann gehört zumindest der Reininger Sepp von einer möglichen Anklage freigesprochen. Mit dem Rücken zur Türe und die ungesunde Zugluft im Genick, ist er wohl ermittlungstechnisch nahezu blind. Dass sich der Reininger Sepp daher mit sich selbst beschäftigt hat, ist durchaus entschuldbar.

Zwar muss sich der Sepp über die Preise der soeben bestellten Speisen keinerlei Gedanken machen, der Herr Oberst würde seine Einladung wohl nicht zurücknehmen, trotzdem oder gerade deshalb stellt er sich stumm die Frage, ob er als bekennender Sparefroh nicht gerade einen grundlegenden Fehler gemacht hat. Von seiner Frau dazu erzogen, immer die rechte Spalte zuerst zu lesen und erst bei einem vertretbar niedrigen Eurobetrag nach links zu schauen, um herauszufinden, welches Gericht sich dahinter verbirgt, hat er sich auch heute brav an das übliche Prozedere gehalten.

Dass ihm die Hilde einen erstaunten Seitenblick zugeworfen hat wegen dem gerade bestellten Donald-Duck-Teller, macht ihn ehrlich nachdenklich.

Nun der Schwenk zum Oberst Draxler. Der hat zwar den Rücken vom Krummer Karl flüchtig wahrgenommen, aber gedanklich war er gerade mit der lieben Frau Dröster beschäftigt. Wie ernst doch sein Vorsatz gewesen war, die Gute anzurufen und sie vielleicht zu einer netten Tasse Kaffee und auf ein kalorienreiches Stück Kuchen einzuladen. Doch schon wieder ist von seiner Seite aus nichts passiert. Das Wort »erbärmlich« will und will ihm nicht aus dem Kopf gehen.

Wer noch am ehesten etwas hätte bemerken können, das ist die Hilde Ranner. Im rechten Augenwinkel die eintretende Eintagsfliege, aktuelle Lebenserwartung mickrige dreizehn Stunden und fünfundzwanzig Minuten, und doch kein rascher Seitenblick. Wegen dem dummen Reißverschluss, der sich so gar nicht nach unten ziehen lassen will. Wenn sie den nicht bald freibekommt, würde ihr großer Busen mit dem bestellten Backhendlsalat um den restlichen verbleibenden Platz kämpfen. Und wer hier die Oberhand behalten würde, das weiß die Hilde nur allzu gut.

Schließt man den Kreis und schaut man nochmals hinüber zum Spazierer, dann wäre schon noch etwas zu sagen. »Bravo für die folgerichtigen Schlüsse, die Sie morgen ziehen werden, Herr Major. Bravo! Auch wenn es dem Krummer Karl nur mehr posthum etwas bringt.«

86

Die Mörderin hat ihren kleinen Leihwagen im Winkelwerk der engen Gassen versteckt, das die große Einfamilienhaussiedlung sehr unübersichtlich macht. Nun macht sie sich zu Fuß auf den Weg zu ihrem nächsten »Auftrag«. Dass der Krummer Karl das Haus schon sehr früh am Morgen verlassen hat, könnte sie nicht bestätigen, dass er derzeit nicht daheim ist, aber schon. Beim Vorbeifahren waren eine offene Garage und das fehlende Auto für sie klare Indizien dafür, dass das Vögelchen wohl ausgeflogen ist. Genau der richtige Zeitpunkt, um bei ihm einzusteigen.

Da sie die Geduld einer Spinne besitzt, die ja auch stundenlang am Rand ihres Netzes ausharren kann, macht es ihr nicht viel aus, zu warten. Heute jedenfalls bis spätabends. Der Krummer Karl hat sich für den Nachmittag nämlich noch ein sportliches Shoppingprogramm vorgenommen. Erfolge gehören schließlich gebührend gefeiert. Er wird dann gegen Mitternacht, und unwahrscheinlich gut gelaunt, nach Hause zurückkehren.

Wann immer sie von einer Gasse in die nächste abbiegt, dreht sie sich um, um sich die Kreuzung ganz genau einzuprägen. Dabei sucht sie nach Besonderheiten, die sie auch in dunkler Nacht wiedererkennen würde. Sicher ist sicher. Sich allein auf die Straßennamen zu verlassen ist schließlich kein Garant dafür, wieder zurück zu ihrem Wagen zu finden. Und wenn ihr eine Abzweigung gar zu unspektakulär erscheint, dann schießt sie mit ihrem Mehrzweckhandy unauffällig ein Foto. Das wäre was, wenn ein »verlorener« Leihwagen die Polizei auf ihre Spur bringen würde.

Aber genauso blöd wäre es, nach getaner Arbeit die erwähnten Fotos nicht zu löschen. Ein fataler Fehler, wie man meinen könnte. Ein wirklich fataler Fehler.

87

Die Tage in Temeşwar waren für Boboko äußerst erfolgreich. Nicht nur, dass er einen Ersatzbären hatte auftreiben können, die Besucher kamen zahlreicher als sonst. So viel Geld hatte der Wanderzirkus an einem einzigen Ort schon lange nicht mehr eingenommen. Und wenn die Tribünen in der kleinen Manege bei jeder Vorführung gerammelt voll waren, dann übertrug sich dieses große Interesse auch positiv auf alle Artisten und Dompteure. Manchmal hatte Boboko das Gefühl, dass es sogar den Tieren mehr Spaß machte, vor einem so vollen Haus aufzutreten.

Was Boboko jedoch nicht wusste, war, dass Janosh schon lange mit dem Gedanken spielte, den Wanderzirkus zu verlassen, um eigene Wege zu gehen.

Janosh war Boboko für all das, was er für ihn in den letzten Jahren getan hatte, natürlich dankbar, trotzdem hinderte ihn diese Dankbarkeit nicht daran, seinen persönlichen Plänen zu folgen. Sich jetzt unerlaubt von der Truppe zu entfernen war auch kein Bruch einer unausgesprochenen Vereinbarung.

Janosh wusste, wie gut Boboko von ihm und seinen Fähigkeiten gelebt hatte. Zwar wäre der Wanderzirkus ohne Janosh auch nicht am nächsten Tag bankrottgegangen, aber so ein florierendes Unternehmen wäre der Schaustellerbetrieb mit Sicherheit nicht geworden. Janoshs Fähigkeit, Menschen anzuziehen und in den Zirkus zu holen, hatte Boboko mehr Geld eingebracht, als er sich das je vorgestellt hätte. So gesehen waren Janosh und Boboko quitt. Boboko hatte verdient, und Janosh hatte unendlich viel gelernt. Und Janosh war dankbar dafür.

Mit seinen sechzehn Jahren fühlte sich Janosh als Mann. Bei jedem anderen hätte man wahrscheinlich mitleidig gelächelt. Und das offen und nicht hinter vorgehaltener Hand, weil so ein Jungchen ja nicht den Deut einer Ahnung vom richtigen, wahren Leben haben kann. Einfach lächerlich so etwas.

Sah man aber Janosh in sein ernstes und schönes Gesicht und tief hinein in seine dunklen Augen, dann erkannte man dort eine Lebensweisheit und Abgeklärtheit, die man eher bei einem Achtzigjährigen vermutet hätte. Oder besser noch bei einem Neunzigjährigen. Was der junge Mann bereits alles erlebt haben mochte, blieb für jeden, der ihn sah, ein dunkles Geheimnis.

Den Vorsatz, den Zirkus zu verlassen, hatte Janosh schon vor vielen Jahren gefasst. Das Wann und das Wo hatte er sich aber immer offengelassen. Er war ja noch jung, und er hatte alle Zeit der Welt.

Eine Einstellung, um die jeder ältere Mensch seit jeher die Jungen beneidet. Damals wie heute. Die Unbeschwertheit der Jugend. Fast jeder hatte sie einst. Der Tag, an dem mit dem ersten vagen Gedanken an die eigene Vergänglichkeit diese Unbeschwertheit verschwindet, ist für jeden ein anderer. Die ganz ernsten Menschen erwischt es ganz früh. Selig diejenigen, die noch länger jung bleiben dürfen. Zumindest im Geiste. Das Zwicken in den Knien und das Rumoren in den Eingeweiden geflissentlich ignorierend.

Vielleicht auch nicht immer der große Heilsbringer. Und, wenn einem der Glauben an die eigene Unvergänglichkeit überdurchschnittlich lange erhalten bleibt und einen in ein Alter begleitet, in dem man schon längst selbst entscheiden darf, welche Dummheit man als Nächstes begeht, auch kein Garant für ein langes Leben.

Dass es Temeşwar sein würde, wo Janosh seinen Hut nahm, war rückblickend irgendwie logisch. Die Nähe zur jugoslawischen Grenze nur allzu verlockend. War Janosh erst einmal in Jugoslawien, dann war die Hälfte schon geschafft. Der dort herrschende Halbkommunismus bot auch keine wirkliche Hürde mehr, um über die grüne und relativ lasch gesicherte Grenze nach Österreich zu gelangen. Und war Janosh dann endlich in der westlichen Welt, war der Weg nach Deutschland lediglich eine Frage der körperlichen Konstitution und keine von Stacheldraht und Minenfeldern.

Darüber hinaus war Janosh sehr belesen. Dass er sich im Westen zurechtfinden würde, noch dazu bei seinem Talent für Sprachen, war ihm nicht einmal eine Sorgenfalte wert. Die langen Wochen in Temeşwar hatte Janosh sinnvoll genutzt. Hier gab es immer noch so viele »hängen gebliebene Kriegsdeutsche«, dass er sein heimlich erlerntes Deutsch perfektionieren konnte. Einzig und allein das laute Lernen der Aussprache hatte ihm größere Schwierigkeiten bereitet. Mit einem Buch in der Hand laut rezitierend zwischen den Wohnwagen hin und her zu spazieren, war wirklich keine Option. Wann immer es ihm möglich gewesen war, hatte er sich in einen Wald oder auf eine einsame Wiese zurückgezogen, um fern von der Zirkusfamilie eifrig zu üben. Zwar würde man bei seinem Deutsch und seinem Akzent einen gewissen Migrationshintergrund vermuten, aber bald, schon sehr bald, würde Janosh als »erzdeutsch« durchgehen. Akzentfrei und in deutscher Geschichte so gut bewandert, dass selbst die Deutschesten unter den Deutschen an der eigenen Herkunft gezweifelt hätten. Janosh würden sie bildungsmäßig nichts entgegenhalten können.

Wie sich Janosh, erst einmal in Deutschland angelangt, durchs Leben schlagen würde, war ihm damals in Temeşwar noch nicht wirklich klar. Es sollte jedenfalls etwas mit Tieren zu tun haben. Janosh liebte Tiere über alles, und die Tiere liebten ihn. Die mittlerweile in grobe Stücke zerhauene Bärendame vielleicht ausgenommen. Aber wahrscheinlich hätte die Bärin jeden anderen schon viele Monate früher zu zerfleischen versucht.

Dass Janoshs Geschäftssinn und sein guter Riecher ihn nicht im Stich lassen würden, könnte ihm Jahrzehnte später auch Dr. Walther bestätigen. Janosh würde reich werden. Steinreich!

88

Hätte sie nicht diese schönen Zähne, man würde sie als durchschnittlich bezeichnen. Durchschnittlich und nicht einmal ansatzweise hübsch. Eine graue Maus. Die meisten Menschen würden an ihr einfach vorübergehen und sie nicht einmal bemerken.

Ist oft so, dass ein attraktiver Vater und eine wunderschöne Mutter etwas nicht ganz so Schönes zusammen- und auf die Welt bringen. Wenn sie sich an ihre verblichenen Halbgeschwister erinnert, so hat es in ihrer Großfamilie von dieser Regel wohl nur ganz wenige Ausnahmen gegeben. Am auffälligsten noch die Zwillinge. Zwei wirklich schöne Menschen. Zumindest vor dem schrecklichen »Autounfall«, der von ihnen nicht mehr übrig gelassen hatte als zerschmetterte Knochen und zu Tode geklopfte menschliche Schnitzel. Der Tag lag schon einige Zeit zurück, an dem sie aus einem Seitenweg herausgeschossen war und ihren Halbbruder unweigerlich zu einer dummen, weil tödlichen Evel-Knievel-Nummer gezwungen hatte. Geschickt gemacht, ganz ohne Schramme, Bremsspur und Lackschäden. Dass sie sich damals eine Horrorfratze aus Gummi über das Gesicht gezogen hatte, war ein nicht zu unterschätzender Panikverstärker. Wie Glutamin, nur eben nicht für den Magen, sondern für die Erschütterung der Gemütsruhe.

Die Erinnerung an das schiere Entsetzen im Gesicht der Zwillinge, bevor sie über den Rand der Straße in der dunklen Schlucht verschwunden sind, lässt sie auch heute noch freudig erschaudern. Wohl wissend, dass der Schreck ein paar Etagen tiefer auf dem weiten Weg nach unten wohl noch weit größer gewesen sein dürfte.

Mit Männern hat sie es generell nicht so. Wer jetzt wissend nickt, liegt auch nicht ganz richtig. Auch an Frauen hat sie kein nennenswertes Interesse. Ihre Sexualität ist irgendwo auf dem Weg zwischen Kindheit und Pubertät stecken geblieben. Ihr Körper hat sich ganz einfach entschieden, nicht mehr weiter reifen zu wollen. Sex ist für sie daher nicht mehr als ein Wort mit drei Buchstaben. Ohne jegliche Bedeutung und für sie – weiß Gott – weder Antriebsmotor noch ein Mordmotiv.

Obwohl sie von ihrem ganzen Gehabe und Aussehen so

perfekt in das übliche Opferschema gepasst hätte, hatte man sie während der gesamten Schulzeit in Ruhe gelassen. Ein einziger Blick in ihre kalten Augen, und jedweder Mobbingversuch war abgeblasen worden. Ein für alle Mal.

Selbst der schlimmste Klassenprolo hatte genügend Grips gehabt, es bei ihr gar nicht erst zu versuchen. So unterbelichtet, wie der gewesen war, eine seiner seltenen, aber lebensentscheidenden Eingebungen. Weil sie damals schon nachtragend war. Und weil sie sich alle geholt hätte, früher oder später. Mit ihrer Engelsgeduld auch noch sehr viel später. Und sie hätte das Leben derer zerstört, die ihr früher Unbehagen bereitet hatten. Für einen Rachefeldzug hätte es bei ihr keine großen traumatisierenden Erlebnisse gebraucht, die einen auf ewig prägen und jede Nacht in Begleitung von Schweißausbrüchen immer wiederkehren. An einem besonders schlechten Tag hätte bei ihr ein einziges falsches Wort gereicht.

Ja, sie war krank. Vielleicht nicht auf den ersten Blick, aber mehr als zwei hätte es für diese Erkenntnis nicht gebraucht. Als gelehrige und wissbegierige Schülerin hätte sie »Empathie« zweifellos richtig geschrieben, damit hätte es sich aber auch schon gehabt. Empathie war für sie ein abstrakter Begriff, der einem das Leben nur unnötig erschwerte. Wofür auch dieses ganze menschliche Herumgetue. Bringt doch nichts. Weil man sowieso niemanden zum Leben braucht! Aus ihrer Sicht ein zwingend logischer Schluss.

Genetisch waren die weißen Zähne wohl das einzig Sichtbare, was ihre Eltern ihr vererbt hatten. Und das hätte jeder bestätigt. Ohne Ausnahme. Aber nicht in ihrem Beisein und nicht öffentlich, weil sie einfach allen Menschen unheimlich war.

Ihre Mutter hatte ihren Vater geliebt. Ehrlich und aufrichtig. Und ihr Vater hatte ihre Mutter geliebt. Wahrscheinlich mit noch größerer Aufrichtigkeit. In Anbetracht seiner spermareichen und liebestollen Spur quer durch Europa für die Tochter eine späte und erstaunliche Erkenntnis. Aber kann man es einem gefühllosen Menschen verdenken, wenn er all das Zwischenmenschliche nicht begreifen kann? Wahrscheinlich nicht.

Was sie jedenfalls weiß, ist, dass ihre Eltern gehörigen Respekt vor ihr hatten. Der Begriff »Angst« wäre ihr freilich nicht als Erstes eingefallen, aber wenn sie erst einmal begonnen hatte zu schreien und zu toben, und das zumeist aus heiterem Himmel und ohne irgendein erkennbares Vorzeichen, dann waren ihre Eltern von einem zumindest ähnlichen Gefühl nicht allzu weit weg. Wurde sie dann aber schlagartig still, war das für die beiden noch beängstigender. Dann hatten ihre Eltern definitiv Angst.

Und schließlich war ihre Mutter gestorben. Von einem schönen Tag auf den anderen. Ein winziges Blutgerinnsel im Kopf, und Mutter war von ihnen gegangen. Ohne große Vorankündigung. Ohne ein letztes Wort und ohne die Möglichkeit, sich von all den liebenden und geliebten Menschen zu verabschieden.

Wie sie vor dem Grab ihrer Mutter gestanden hatte, um Blumen hinunter auf den Sarg und in Mutters feuchtes Grab zu werfen, hatte sie einen kurzen Augenblick das Gefühl gehabt zu verstehen, was Verlust bedeutet. Zumindest in Ansätzen. Dieser Augenblick war jedoch so kurz gewesen, dass sie sich heute kaum mehr daran erinnern kann. Geweint hatte sie keine einzige Träne. Nicht eine. Damals nicht und auch nicht später.

Selbst als sie sich Monate danach beim Fahrradfahren den Unterschenkel gebrochen und sich ihr bleiches Schienbein dabei den Weg durch die dünne weiße Haut nach draußen gesucht hatte, um sich wie ein zersplitterter Zaunpfahl vor einem tiefblauen Spätsommerhimmel abzuzeichnen, hatte sie für die ganze Situation und die mörderischen Schmerzen nur einen erstaunten Blick übrig gehabt.

Ihr bekümmerter Vater hatte darüber lange mit den behandelnden Ärzten gesprochen. »Kein Anlass zur Besorgnis«, hatten sie ihm gesagt. Seine Tochter habe wohl nur ein extrem vermindertes Schmerzempfinden, was äußerst selten sei, aber eben doch vorkomme. Dass er sich keine Sorgen zu machen braucht, hatte er ihnen damals aber nicht geglaubt. Sein untrügliches Gefühl für Menschen hatte ihn auch dieses Mal nicht im Stich gelassen. Die Ärzte hatten ebenfalls Angst vor seiner Tochter.

Sie war nie das Vorbild von irgendjemandem gewesen, und sie hatte selbst kaum Vorbilder, Hitler und Stalin vielleicht ausgenommen. Und das auch nur bedingt. Waren beide letzten Endes ja auch nur miese Schlappschwänze gewesen. Hatten zwar die großen Entscheidungen getroffen, selbst Hand angelegt hatten sie aber auch nicht. Todesurteile zu unterschreiben, die andere ausführen mussten, war auch keine weltmännische Großtat.

»Management by delegation.« Pah! Lächerlich und geradezu peinlich. Für eine erfolgsorientierte Frau, wie sie es ist, sieht die Sache anders aus. Der Krummer Karl gehört beseitigt. Und wer bitte nimmt sich der Sache an? Irgendein degenerierter Bürokrat im Stile eines Eichmann? Sicherlich nicht! Sie selbst. Hemdsärmelig und ergebnisorientiert. Und am Ende ist keiner mehr da, mit dem man die süßen Früchte der reichen Ernte teilen muss.

Sie wird sich Karls Haus von der Messie-Seite her nähern. An dem alten Siedlungswauwau vorbeizuschlendern und freundlich zu winken, damit sich die alte Keife später an sie erinnern kann und, wenn es dumm läuft, auch noch auf den Gedanken kommt, die Uhrzeit und ein paar persönliche Eindrücke aufzuschreiben, wie das bei der heutigen Kriminalitätsrate, den grässlichen Flüchtlingen und der allgemeinen Stimmungslage einfacher Bürger fast zu erwarten ist, wäre sicher keine günstige Idee.

Im Zweifelsfall hätte sie die Frau auch noch beseitigen müssen. Ein Kollateralschaden quasi. Die Idee wäre vom Prinzip her eigentlich gar nicht so dumm, so ein Siedlungsdoppelmord würde eine kaum sichtbare Spur noch unsichtbarer machen und die Hunde auf die falsche Fährte führen. Übertreiben will sie das mit dem Abmurksen aber auch nicht. Lust hat sie in ihrem Leben noch nie verspürt. Und das galt auch für das Töten.

Dass die Exekutive, oder wer auch immer bei Mordermittlungen hier in Österreich so seinen Beitrag leistet, den großen Durchblick hat, glaubt sie aber nicht. Sind sicherlich weitaus besser geschult als ihre rumänischen Kollegen, aber wohl auch keine großen Intelligenzbestien.

89

Hätte Dr. Schneider heute seine übliche vormittägliche Leberkäsesemmel verputzt, er hätte wegen dieser Einschätzung wohl beleidigt aufgerülpst. Ist aber nicht so, da er kulinarisch an diesem Tag noch gar nicht so richtig in die Gänge gekommen ist. Schuld daran ist zweifelsfrei der letzte Abend. Die lauen Dämpfe vom gestrigen Gemüsearmageddon haben sich zwar schon vor Stunden verflüchtigt, aber auf der Zunge hat er noch immer einen üblen Nachgeschmack. Mittag ist auch schon durch und sein Magen so hohl wie ein Tischtennisball. Könnte Dr. Schneider das Schmatzen des Kripoquartetts drüben am anderen Mur-Ufer hören und würde er die imposante Speisenfolge heute schon kennen, die sich der Krummer Karl gerade bestellt hat – morgen kennt er sie ja ohnehin, weil ihn der übervolle Magen und der wohlgefüllte Darm eine gute Stunde beschäftigen werden –, dann hätte das seinen Appetit an diesem Tag auch nicht wirklich angeregt. Weil er in der Sache »Amalie« keinen Schritt weitergekommen ist, ist Dr. Schneider zu nerviger Untätigkeit verdammt.

Dass der Kurt Kammerhofer gerade jetzt zu einem Segeltörn nach Kroatien aufgebrochen ist, wo er ihn so dringend braucht, ärgert ihn. So homöopathisch, wie Dr. Schneider in den letzten Jahren an den Kammerhofer gedacht hat, hat er aber leider kein Recht, dem das vorzuwerfen. Bei der Vielzahl an Menschen, die heutzutage einen Seelenklempner oder gar einen Hypnotiseur aufsuchen, wohl kein Wunder, dass auch ein gestresster Kurt Kammerhofer einmal Urlaub braucht. Ist ohnehin nur für eine Woche. Ein reiner Männertörn mag für die Leber nicht gerade ein Kuraufenthalt sein, aber für den Rest des Seemannes mit Sicherheit.

Im Gegensatz zum beschaulichen Friedhofsklima in der Gerichtspathologie geht es in Dr. Kurt Kammerhofers Praxis zu wie in einem Taubenschlag. Oder wie in einem Laufhaus. Je nachdem, welche Spezies man lieber mag.

90

Mit missmutigem Gesicht blickt die Hexe hinaus auf die menschenleere Straße. Keine müde Seele weit und breit. Eine einsame Krähe hat sich auf dem First des gegenüberliegenden Hauses niedergelassen und schaut ähnlich missmutig in die Gegend. Zwei verbitterte alte Vögel.

Obwohl man sich heutzutage auf zig Fernsehkanälen, und das vierundzwanzig Stunden am Tag, volksverblöden lassen kann, findet die alte Frau noch Freude am realen Leben da draußen. Zwar plärrt der Fernseher den ganzen Tag unaufhörlich, und das mit einer Lautstärke, die kein halbwegs gehörsensibles Tier auch nur in die Nähe ihres Hauses gelockt hätte, trotzdem liebt sie das Am-Fenster-Hocken mehr als das Dumm-ins-Kastl-Schauen.

Ach, wie gerne hätte sie eine Wohnung in der Grazer Innenstadt gehabt, wenn möglich in der belebten Fußgängerzone. Günstigstenfalls im ersten Stock, weil nicht gar zu nahe am Geschehen, aber auch nicht allzu weit weg. Was wäre das für ein Spaß.

Hier in ihrer Siedlung aber war der Postler ihr Highlight des Tages. Wenn die doch nur wieder einmal die Straße aufreißen würden, um irgendeine poröse Fernwärmeleitung zu erneuern oder irgendein sinnloses Kabel zu tauschen. Wäre für sie das schönste Geschenk. Wegen der vielen Bauarbeiter, wegen dem Geschrei, wenn der Baggerfahrer wieder einmal ein Kabel abgerissen hat, und wegen dem ständigen Kommen und Gehen unterschiedlichster Menschen.

Die Straße vor ihr ist schon bei Hochbetrieb kein belebtes Pflaster, an dem heutigen Tag herrscht Friedhofsstimmung pur.

Die fremde Frau mit dem süßlichen Parfüm, die gerade in der offenen Garage ihres Nachbarn verschwindet, sieht sie nicht.

Dass sie morgen vor lauter Blaulicht, Almauftrieb und Leichenwagen wegen dem Überangebot an Sehenswertem fast einen Schock haben wird, ist dann für sie Ostern, Weihnachten und Silvester praktisch an ein und demselben Tag.

Müde blickt die Krähe hinunter auf die Frau. Die andere, die gerade im Dunkel der Garage verschwunden ist, würdigt sie keines Blickes mehr. Dann wird es auch der Krähe zu bunt. So fad wie hier ist es anderswo sicherlich nicht. Mit einem gelangweilten Flügelschlag erhebt sie sich und fliegt träge davon.

91

Der Krummer Karl reibt sich freudig die Hände. Jetzt, wo drüben beim Kärntner Männerchor das letzte noch fehlende Hauptgericht aufgetragen wird, kann es wohl nicht mehr allzu lange dauern, bis man ihm seine Leberknödelsuppe serviert. Der Vierer direkt neben dem Eingang isst auch schon brav. Warum ihn der eine so seltsam angestarrt hat, weiß der Karl zwar nicht, wird aber wohl seine Beißerchen bewundert haben. Wäre nicht das erste Mal.

So köstlich Karls Menü auch riechen wird, morgen um die Zeit wird das ein wenig anders sein, weil große Mengen von Halbverdautem wirklich ganz erbärmlich stinken können.

92

Noch aber haben die vier einen gesunden Appetit. Die Hilde hat ihr Reißverschlussproblem gerade noch rechtzeitig in den Griff bekommen und ist atemtechnisch wieder Frau der Lage. Mit großem Engagement vergreift sie sich nun an ihrem herzhaften Backhendlsalat. Der Reininger Sepp blickt ein wenig neidisch in die Runde und auf die Teller der anderen. Ob ihn seine Kinderportion satt machen wird? Sepp hat da so seine Zweifel. Das kleine Schnitzel mit der kleinen Fahne drauf ist wie eine kleine Insel auf einem großen weißen Meer. Sprich: weißem Teller.

Sein Gegenüber hat sich gescheiterweise für einen deftigen Schweinsbraten entschieden. Die zwei Bratenschnitten schön fleischig, mit genügend Fett durchzogen und nicht zu trocken.

Daneben der obligate Semmelknödel in der Größe einer Kanonenkugel. Reiningers Fähnchen dort hineingesteckt, und er hätte quasi den Mond annektiert. Von den Proportionen her fast passend. So genüsslich, wie der Spazierer schlemmt, wird der wohl auch nicht auf halber Strecke haltmachen und freundlich in die Runde fragen, ob denn jemand den Rest essen will. Weil der Schweinsbraten wirklich zu empfehlen sei und er so gar nicht mehr kann.

Für den Sepp wohl keine realistische Möglichkeit, seinen Magen doch noch voll zu bekommen. Der resche grüne Salat der noch viel rescheren Hilde weckt im Reininger keinerlei Begehrlichkeiten. Die Hilde selbst natürlich schon, aber so wie der Reininger die Sache einschätzt, ist die Hilde wohl »Chefsache«.

Bleibt ihm als letztes potenzielles Mundraubopfer nur noch der Oberst Draxler. Dessen Kalbsrahmbeuschel duftet ebenfalls wunderbar. Auch bei ihm ein Semmelknödel in Übergröße der absolute Hingucker. Schwimmt inmitten einer tiefen Schüssel. Wie ein großer, fetter Wal. Doch wenn der Sepp sieht, mit welcher Begeisterung der Draxler das Beuschel in sich hineinschaufelt, dann zerplatzt auch diese Hoffnung wie eine Seifenblase. Der Reininger Sepp wird sich seine zehn einsamen Pommesstäbchen wohl äußerst sparsam einteilen müssen.

93

Die Nase der alten Hexe hat sie zwar im Profil aus dem Fensterrahmen ragen sehen, aber so rasch, wie sie in der Garage verschwunden ist, hat die sie sicherlich nicht bemerkt. Ob hinter den Vorhängen der anderen Häuser weitere alte Menschen auf der Lauer liegen, kann sie nicht sagen. Aber wenn eine Frau am helllichten Tag, von einer Sekunde auf die andere, von der Straße verschwindet, kann so ein altersschwaches Auge, das vielleicht noch dazu vom grauen Star befallen ist und nerventechnisch eventuell mit einem alzheimergeplagten Gehirn in Verbindung steht, auch nicht als der verlässlichste Zeuge bei einer Gegenüberstellung gelten.

Wo sich der Messie gerade herumtreibt, weiß sie natürlich auch nicht. Wahrscheinlich aber auf einem Schrottplatz. Oder zwischen Restmülltonnen. Am ehesten in Hochhaussiedlungen, wo doch so einiges Verwertbares zusammenkommt. Aus Messie-Sicht zumindest.

Würde Karls Mutter noch leben, sie hätte sich sehr über ihren Sohnemann gefreut. Das mit dem Adrettsein zieht sich bei ihm nämlich durchs ganze Leben. Er ist zwar kein Bild von einem Mann, aber bekleidungstechnisch, sieht man von diesem schrecklichen Jogginganzug ab, immer tadellos beieinander. Und genauso einwandfrei wie der Mensch ist die ordentliche Garage. Alles an seinem angestammten Platz. Die Gartenutensilien sauber und der Länge nach geordnet an die Wand gehängt, die Werkzeuge in diversen Koffern und Schachteln verstaut und die Autoreifen akkurat im Regal aufeinandergestapelt. Der einzige Makel ein einsamer Ölfleck auf dem sauberen Fliesenboden. Nicht größer als eine Zwei-Euro-Münze und dort, wo sich normalerweise die Vorderseite von Karls Wagen befindet.

Da sich ihre Augen noch nicht ganz an die Dunkelheit gewöhnt haben, hält sie sich auf dem Weg nach hinten, weg von der Straße, möglichst in der Mitte der Garage. Die Hände vorsichtig nach vorne gestreckt, tappt sie wie eine Blinde durch den Raum. Nicht blöd, wenn man nirgends anstoßen will, aber saublöd, wenn man dabei haarscharf auf den einsamen Öltropfen tritt. Normalerweise wohl auch kein echtes Malheur, zumindest bei weiblicher Standardbereifung, aber da sie auf ihren Mördertouren gelegentlich aufs indianermäßige Anschleichen angewiesen ist, trägt sie heute wieder diese Sneakers mit den saugstarken Kreppsohlen. Und weil sich Öl generell gerne dort anschmiegt, wo es eigentlich nicht hingehört, tut das besagter Tropfen eben auch. Und weil noch dazu Kriechöl vom letzten Servicetermin und nicht nur plumpes Motoröl, bestimmungsgemäß gleich noch viel intensiver. Saugt sich an wie eine Klette. Nur weniger stachelig und eben unbemerkt.

Kaum dass sich ihre Augen an die Dunkelheit gewöhnt haben, kann sie am hinteren Ende der Garage zwei Türen erkennen. Die eine führt geradeaus in den Garten, während die zweite, die linke, wohl die Garage mit dem angrenzenden Wohnhaus verbindet. Vorsichtig testet sie zuerst die Türe in den Garten, die auch erwartungsgemäß aufgeht. Viel Wertvolles gibt es in einer Garage im Regelfall ja nicht zu schützen. Der Weg durch den Garten und über ein gekipptes Kellerfenster oder gar eine nachlässig geschlossene Terrassentüre ins Haus ist also barrierefrei und leicht zu erreichen.

Für sie auch nur ein Plan B. Wer will schon im Freien und praktisch ungeschützt in ein fremdes Haus einsteigen. Hier beim Krummer Karl wäre er vielleicht aber doch ein Plan A. Wegen der massiven und nahezu blickdichten Bretterzäune.

Dass die alte Hexe ihren bequemen, weil mit weichen Pölstern ausgelegten Beobachtungsposten mir nichts, dir nichts verlassen würde, um auf ihren gichtigen Stelzen hurtig nach hinten zu eilen und dort durch ein Astloch in Karl Krummers Garten zu äugen, war auch eher unwahrscheinlich. Weil die alte Schachtel ohnehin weiß, dass der Krummer ausgeflogen ist, und weil die sich sicherlich nicht als Beschützerin und persönliche Nachbarschaftswache des Karl Krummer sieht. Für einen Mann, der ihr einen meterhohen Bretterzaun vor die Nase genagelt hat? Ganz bestimmt nicht. Für diesen deduktiven Schluss hätte die Mörderin in der Schule mit Sicherheit ein »sehr gut« bekommen.

Der Test an der zweiten Türe liefert auch das erwartete Ergebnis. Massives Türblatt, schwerer Türgriff und fest verschlossen. Fester als fest. Und das wahrscheinlich gleich zweimal.

Eine so aufgeräumte Garage lässt schon einen Schluss auf den Menschen zu, der hier lebt. Strenge Ordnung heißt strenge Gewohnheiten. Und dazu gehört auch pflichtbewusstes Absperren. Dass der Gute das Garagentor hat offen stehen lassen, war wohl eine kleine Abnormität in einer strikten Routine. Und wieder hat sie mit ihrer Annahme recht.

Wegen dem anstehenden Vertragsabschluss und der verständlichen Vorfreude hat der Karl heute früh ein wenig getrödelt und dabei die Zeit übersehen. Und die galt es wieder hereinzuholen. Einen Kunden am Unterschriftstag warten zu lassen – gar keine gute Idee. Und weil sich das Garagentor nicht elektrisch öffnen und schließen lässt, war es wohl die einfachste Möglichkeit, es offen stehen zu lassen, um zumindest zwei Minuten wieder hereinzuholen. Eine ganz simple Milchmädchenrechnung also.

Nicht, dass die Mörderin an einem zusätzlichen Hindernis gescheitert wäre, aber so ein offenes Tor macht vieles leichter. Das mit dem Ölfleck wäre dann natürlich nicht passiert. Muss man auch wieder bedenken.

Sie wird also gartenseitig eine Möglichkeit suchen, um ins Haus zu kommen. Selbstverständlich hat sie auch einen Plan C parat. Der funktioniert eigentlich immer. Ein kleines Kunststück, das ihr der Vater beigebracht hat. Vor vielen Jahren, als sie noch ganz jung war. Hat ihm irgend so ein Entfesselungskünstler gezeigt, der einige Jahre in dem komischen Wanderzirkus gearbeitet hat, von dem ihr Vater in einer seiner seltenen redseligen Stunden erzählt hat.

Weil eben lernbegierig, hat sie sich auch in jungen Jahren vieles gemerkt. Obwohl ihr damals als Kleinkind die Sache mit den Dietrichen und dem Türenaufsperren nicht so wichtig erschien, ist sie heute mehr als nur froh, so eine gelehrige Schülerin gewesen zu sein. Auf ihren Plan C hat sie zwar schon gelegentlich zurückgreifen müssen, aber nur im äußersten Notfall. Bei Kratzspuren an den Türschlössern kommt selbst der dümmste Dorfgendarm auf die Idee, dass hier ein Profi am Werk gewesen sein muss. Und Spuren wie Krümel auszustreuen, entspricht so gar nicht ihrem preußischen Stil.

Weil Karl als einzige Unvorsichtigkeit nur die Garage hat offen stehen lassen und sich die gartenseitige Einstiegsoption nach eingehender Prüfung – alles bombenfest verriegelt und gesichert – zerschlagen hat, öffnet sie mit einem geeigneten Dietrich nun im Halbdunkel der Garage die Eingangstüre, die die Garage mit dem Haus und einem kleinen Vorraum verbindet. Kaum ins Haus eingedrungen, verschließt sie diese auch wieder artig und akkurat. Genetisch bedingt würde der Karl Krummer sofort stutzig werden, wenn aus einem zweimaligen Abschließen ein einmaliges Aufsperren wird. Ist schließlich ihr Bruder. Wenn auch nur ein halber.

Durch die nächste Türe kommt sie in einen kleinen Gang, wo ihr gleich ein frischer Geruch entgegenweht. Der Geruch nach Putzmittel, Duftkerzen und ätherischen Ölen. Für sie gar nicht einmal so überraschend. Der schreckliche Jogginganzug hat sie nicht täuschen können. Karl Krummer ist ein wirklich sauberes Kerlchen.

Ihre Erkundungstour führt sie als Erstes in Karl Krummers Wohnzimmer. Vom Mobiliar her nicht ganz ihr Stil, aber durchaus ein Platz zum Wohlfühlen. Dann bleibt sie staunend vor dem prächtigen Aquarium stehen. An die dreißig Barsche tummeln sich zwischen akribisch genau aufgeschichteten Steinen und herrlichen Wasserpflanzen. Das Wasser klarer als klar. Keine versiffte grüne Brühe kurz vorm biologischen Super-GAU.

Sie hat ihre Halbgeschwister für das, was sie waren und was sie erreicht hatten, niemals bewundert. Heute aber muss sie eine dieser seltenen Ausnahmen machen. Da hat der Karl etwas wirklich richtig Schönes erschaffen. Nicht so ein Aquarium von der Stange mit ein paar lieblos hineingeworfenen Steinen und ein paar Stäubchen Sand, sondern ein richtiges Kunstwerk. Hätte ihr Vater sie jetzt so sehen können, er hätte geschworen, sie noch nie so ergriffen gesehen zu haben. Und recht hätte er gehabt.

Sie geht hinüber zu einem bequemen Lehnstuhl und lässt sich langsam in die weichen Polster fallen. Die nächsten Stunden wird sie wie in Trance den bunten Fischen beim Schwimmen zusehen. Den Plan, den guten Karl zu ertränken, hat sie schnell gefasst. Kaltstellen mit dem Elektroschocker, und das lustige Duschbad kann beginnen. Dem armen Steirer Johann hat sie diese Zitteraalsession erspart. Feuer im Gesicht hat ein gänzlich anderes Schockpotenzial als wohltemperiertes Barschwasser.

94

Janosh genoss die langen Wochen in Temeşwar. Dort aufzutreten war für alle wie ein nicht enden wollender Rausch. Ein einziges großes Fest. Die Manege bei jeder Vorstellung bis zum letzten Platz gefüllt und das Publikum überaus begeisterungsfähig. Schöner hätte sich Janosh seinen heimlichen Abschied gar nicht vorstellen können. So besonders würde es wohl so schnell nicht wieder werden. Auf dem Höhepunkt abzutreten war wie das große Finale einer Oper. Opulent, laut, dramatisch. Ein wirklich krönender Abschluss. Bedauern verspürte er nur wegen dem kleinen Bären. Der Neuzuwachs war ein liebes Kerlchen und darüber hinaus äußerst gelehrig. Viele Kunststücke hat er dem Bären in der kurzen Zeit nicht beibringen können, aber allein schon mit dem Tier durch die Manege zu laufen, rief bei den Kindern Beifallsstürme hervor und ließ sie voller Begeisterung jauchzen. Um den Kleinen tat es ihm wirklich leid.

Janosh wartete die nächste Neumondnacht ab und stahl sich dann kurz nach Mitternacht aus seinem Wohnwagen. Ein letzter Besuch bei seinem kleinen Zögling, und Janosh war im Dunkel der Nacht verschwunden.

Und er hatte kein einziges Mal zurückgeblickt.

Mit Wehmut hatte er noch nie umgehen können. Jede der schönen Frauen, die er hatte verlassen müssen, hatte in seinem Gemüt eine kleine Narbe hinterlassen, die bei jeder Erinnerung an sie zu schmerzen begann. Der Zirkus, der für viele Jahre seine Welt und sein Zuhause gewesen war, würde wohl die größte Narbe hinterlassen.

Aber Janosh war jung, und er hatte für den Rest seines Lebens andere Pläne. Boboko war er dankbar dafür, dass er all das hier hatte miterleben dürfen, und seinen Kolleginnen und Kollegen war er dankbar, dass sie ihm so viel beigebracht und mit auf den Weg gegeben hatten. Vieles von dem, was sie ihn gelehrt hatten, konnte er da draußen in seinem neuen Leben gut gebrauchen. Und so kam es denn auch.

95

Karls Uhr läuft langsam ab. Trotzdem wird er später, wenn er neben dem Johann auf einer der weißen Wolken sitzt und mehr als ausreichend Zeit hat, sein gelebtes Leben zu überdenken, diesen einen, den letzten Tag, wohl als einen der schönsten seines Lebens in Erinnerung behalten.

Noch aber ist es nicht so weit, und noch hat der Karl viel vor. Die Kripo hat längst Ferdls Gasthaus verlassen, als der Karl seine Henkersmahlzeit bezahlt. Heute wird er sich noch einen Anzug kaufen und ein paar Nettigkeiten für seine schuppigen Freunde. Dann bricht der Karl zu einem nahe gelegenen Einkaufstempel auf. Seine Kreditkarte wird er heute zum letzten Mal belasten, weil oben im Himmel schon vor langer Zeit Geld und Ähnliches abgeschafft worden sind.

96

Zurück auf dem Stützpunkt hat sich das Ermittlerquartett wieder auf diverse Büros verteilt. Oberst Draxler hat gerade Dr. Schneider am Rohr und kann diesen zumindest ein wenig von dessen privatem Drama ablenken. Obwohl Dr. Schneider alles andere als ein passionierter Schwafler ist, tut ihm der Small Talk wirklich gut. Zu viel »Amalie« in seinem Kopf ist auch nicht gesund. Darüber hinaus sind langatmige Gespräche mit Jürgen Gralla ziemlich energieraubend. Wegen der Gebärdensprache und dem andauernden Herumgefuchtel. Einem sportresistenten Gerichtspathologen können nach einem längeren Gespräch da schon ordentlich die Spatzen einschießen.

Mehr, als er bereits in seinen Bericht geschrieben hat, kann Dr. Schneider dem ratlosen Oberst aber auch nicht liefern. Fast beiläufig, weil Dr. Schneider schon langsam der Gesprächsstoff ausgeht, erwähnt er noch das gut erhaltene Gebiss des Brandopfers. So, wie die Zähne nach langer Hitzeeinwirkung ausgesehen haben, sehen die bei den meisten Menschen nicht einmal vor so einer Feuerbestattung aus. Der Oberst nimmt Dr. Schneiders Ausführungen grunzend zur Kenntnis. Mit den blöden Zähnen hat ihn der Spazierer heute schon genug genervt. Trotzdem ist das für den Draxler ein gutes Stichwort. Er muss sich dringend einen Zahnstocher aus der Kantine besorgen. Irgend so ein lästiges Fleischstück, Überbleibsel des wunderbaren Beuschels, hat sich zwischen seinen Backenzähnen verhakt.

Major Spazierer hat die Hände hinter seinem Kopf verschränkt und blickt entspannt auf den nahen Buchkogel, der ihm heute gar nicht mehr so unheimlich erscheint. Neben ihm, auf einem Verhörstuhl, der Revierinspektor Reininger. Der blättert eher aus Verlegenheit als aus Interesse in einem Wälzer mit diversen Dienstvorschriften. Wenn er das alles auswendig lernen muss, um endlich dazuzugehören, dann kann er gleich hier und jetzt einpacken. Weil von den Anwesenden keiner Hildes Bildschirm einsehen kann, surft die Gute eifrig auf einer Website für Dessous. Ihr Unterwäschevorrat bedarf dringend einer erotischen Aufstockung. Ihr erklärtes Opfer, das auf der anderen Seite der Schreibtische so verträumt aus dem behördlichen Fenster blickt, erlegt sie mit ihren mädchenhaft geblümten Baumwollunterwäsche-Ensembles wohl nicht so leicht.

Und so verstreichen langsam die nachmittäglichen Stunden. Während der Krummer Karl Euro um Euro im Shoppingcenter in Seiersberg verpulvert – da wird die Phrase »Das letzte Hemd hat keine Taschen« ihrer Bedeutung mehr als gerecht –, hat sich sogar bei Oberst Draxler ein Gefühl von Gelassenheit breitgemacht. So entspannt, wie er sich gerade fühlt, fehlt ihm jedoch das notwendige Quäntchen Energie, um endlich Frau Dröster anzurufen. An den müsste man schon ein Starterkabel mit ordentlich Ladeleistung anschließen, um ihm den nötigen Strom für den lang ersehnten Telefonanruf durch den Körper zu jagen.

Die Mörderin schnarcht derweilen vor sich hin. Auch nicht gerade die professionellste Einstellung. Aber so eine gurgelnde Wasserpumpe hat ein nicht zu unterschätzendes Einschläferungspotenzial.

Auch die alte Hexe aus dem Nachbarhaus ist auf ihrem bequemen Observierungsposten eingenickt. Ihr lautes Schnarchen hätte wohl jeden vorbeieilenden Passanten aufgeschreckt. »Hätte«, weil die Straße nach wie vor verwaist daliegt.

Unten in der Südsteiermark blickt der Schäferhundrüde Rolli traurig durch das Gitter seines Zwingers hinaus auf die Welt. Eine Blumenwiese mit ein paar verirrten Schmetterlingen drauf ist auch nicht der Reißer. Vorbei die spannenden Tage. Obwohl der Johann Steirer schon lange in Graz und dort in einer Kühltruhe liegt, hat Rolli immer noch den Geruch verbrannten Fleisches in der Nase.

Die Stunden verrinnen träge, und dann beginnt es langsam zu dämmern.

97

Fröhlich pfeifend biegt Karl Krummer in seine Wohngasse ein. Die Lichtkegel seiner Scheinwerfer huschen über dunkle Büsche, dichte Hecken und den weißen Grabstein im Vorgarten des Messies, ehe sich vor ihm seine Einfahrt auftut. Beim Anblick des Grabsteins läuft dem Karl ein kalter Schauder über den Rücken. Ist ihm eigentlich noch nie passiert. So lange, wie das Unding schon in dem Messie-Garten lehnt, und so oft, wie er schon emotionslos daran vorbeigefahren ist, eigentlich seltsam. Fast so etwas wie eine Vorahnung? Hätte der Karl in den Rückspiegel geblickt, es wäre ihm gleich noch viel kälter geworden. Dort steht nämlich der Sensenmann und lächelt stumm. Könnte natürlich auch ein Schatten einer Scheinzypresse sein, von der Straßenbeleuchtung auf eine graue Hauswand geworfen.

Ist es aber nicht.

Mit nun doch etwas schaumgebremstem Schwung fährt er hinein in seine Garage. Mit einer Funkfernbedienung schaltet er das Garagenlicht ein, ehe er beginnt, seine heutigen Einkäufe aus dem Kofferraum zu packen. Und da ist so einiges zusammengekommen. Ein seltener Fall von Verschwendungssucht hat über seine angeborene Sparsamkeit gesiegt. Hätte er viel früher schon so handhaben müssen. So ist die Premiere auch gleich die Abschlussveranstaltung.

Die Mörderin ist mit einem Mal hellwach. Die gleißenden Scheinwerfer und das Brummen eines Motors in der Garage lassen nur einen Schluss zu. Ihre heutige Arbeit ist soeben eingetroffen. Irgendwie bereut sie ihr erholsames Schläfchen. Nur zu gerne hätte sie auch den Rest des Hauses erkundet. Eigentlich ein kapitaler Fehler, denkt sie sich. Und das »eigentlich« können wir auch hier und jetzt gleich streichen. Dieses Versäumnis ist definitiv tödlich. Für den Karl Krummer sowieso – an seiner bescheidenen Situation hätte das auch nichts geändert –, aber auch für die Mörderin. Wäre sie in den Oberstock gegangen und hätte in ihrer grenzenlosen Neugierde Karls Arbeitszimmer betreten, ihr wäre der vergilbte Flyer sofort aufgefallen. Neben ihrer Liste wohl das gefährlichste Indiz dafür, dass es sich hier nicht um einen simplen Mord handelt, sondern um eine ganz beachtliche Serie. Den Flyer wird nun die Kripo finden und daraus die ersten richtigen Schlüsse ziehen.

Nüchtern betrachtet gehört Karl Krummers Aquariumpumpe ein Orden verliehen. Ist wahrscheinlich auch noch nie passiert, dass eine Maschine quasi geadelt worden ist, aber ohne die brave Pumpe wäre die Mörderin wohl nicht so schnell und so fest eingeschlafen. So gesehen hat ein Vierzig-Euro-Teil doch einigen Menschen das Leben gerettet und international vielen herumirrenden Seelen die wohlverdiente Ruhe geschenkt. Aus volkswirtschaftlicher Sicht eine exzellente Investition.

Die Mörderin nestelt den Elektroschocker aus ihrer geräumigen Handtasche und sieht sich hektisch im Wohnzimmer um. Viel Zeit hat sie nicht, um ein geeignetes Versteck für einen Hinterhalt zu finden. Schließlich entscheidet sie sich für eine Nische links vom Durchgang. Wenn man das liebevoll eingerichtete Aquarium ins Kalkül zieht, dann wird ihr bedauerliches Opfer wohl zuallererst seine Lieblinge begrüßen. Ist wie bei Eheleuten der Willkommenskuss. Da der Mörderin kein automatischer Futterautomat aufgefallen ist und ihr ein rascher Blick auf die Uhr zeigt, dass es schon reichlich spät ist, wird sich der liebe Karl vor allem andern um die Fütterung der agilen Barsche kümmern. Die dunkle Nische ist daher mit Sicherheit der geeignetste Ort, um unerwartet zuzuschlagen.

Und dann wartet die Mörderin, mit dem elektromechanischen Sedativ bewaffnet, geduldig auf ihr Opfer.

Der Krummer Karl plagt sich mit all seinen Säcken und Taschen mühsam durch die Türe. Weil er beide Hände voll hat, wird er die Türe in die Garage erst später zusperren. So akkurat, wie er ist, denkt und tickt, hätte er es auch bestimmt getan, wäre ihm nicht etwas völlig Unerwartetes dazwischengekommen.

Verträumt bleibt der Karl vor seinem Aquarium stehen. Zwar nimmt er unbewusst einen seltsam süßlichen Geruch wahr, der heute Morgen definitiv noch nicht da war, aber einen Deut zu spät, um zu überleben. Ehe er noch seine Einkäufe abstellen kann, brutzelt auch schon ein lustig blauer Lichtbogen an seinem bloßen Hals. Karl fällt, wie vom Schlag getroffen, gleich einem Sack zu Boden und zuckt dort noch das eine oder andere Mal fröhlich vor sich hin. »Fröhlich« aus Sicht der Mörderin natürlich. Da der Karl ganz schön im Futter steht und ihn die noch gar nicht lange zurückliegende Henkersmahlzeit auch nicht leichter macht, steht die Mörderin nun vor einem ernst zu nehmenden Problem. Wie zum Teufel soll sie diesen schweren Brocken nach oben und mit dem Kopf in das Barschbecken bringen? Da bräuchte sie schon einen Seilzug oder gar einen Gabelstapler. Auf Drahtschlingen oder ähnliche Scheußlichkeiten will sie nicht zurückgreifen. Hätte sie eine blutige Schweinerei vorgehabt, hätte sie heute Morgen ein anderes Outfit anlegen müssen.

Dr. Schneider hätte aufgrund seiner Erkenntnisse über Größe und Statur des Mörders, oder eben der Mörderin, ebenfalls den Schluss gezogen, dass den Karl nach oben und ins Becken zu bekommen keine leichte Aufgabe sein wird. Da aber Dr. Schneider bereits im ehelichen Bett liegt, um sich an dem stetig zunehmenden Gestank zu stoßen, den sein angeheirateter Jutesack verströmt, sind seine Gedanken ganz woanders. Auch wieder verständlich.

Die Mörderin gerät nun langsam unter Zeitdruck, weiß sie doch, dass ein Stromstoß aus dem Zitteraalding so einen schweren Brocken wie den Karl nicht ewig auf dem Boden halten kann.

Da sie die vorgesehene Mordmethode nicht so mir nichts, dir

nichts ändern will, bleibt ihr wohl nichts anderes übrig, als den Kerl mit eigenen Kräften über den Beckenrand zu hieven.

Gott, ist der Kerl schwer, denkt sie noch. Die ihr angeborene Zähigkeit und ihr eiserner Wille, Angefangenes zu Ende zu bringen, machen schließlich das schier Unmögliche möglich. Stück um Stück schiebt sie den Karl das Podest und die anschließende Aquariumwand nach oben. Dabei hinterlässt der vom Stromschlag gezeichnete Karl auf dem Glas eine widerliche Schleimspur. Weil doch so einiges an Sabber aus seinem Mund tropft.

Und wie dann der schlafende Karl mit der Nase ins lauwarme Barschwasser eintaucht, und weil die Mörderin die Sache mit dem Hochhieven und Über-den-Beckenrand-Wuchten auch nicht in fünf kurzen Minuten zusammengebracht hat, kommt sein Bewusstsein, mit einem lauten flatulenten Geräusch als Vorankündigung, auf nicht ganz so leisen Sohlen wieder zurück.

Was nun folgt, kann sie nur allzu gut voraussagen. Karl wacht schließlich mit pochendem Kopfweh auf und will herzhaft einatmen. Weil ihm das Wasser mittlerweile bis zu seinen großen, fleischigen Ohren reicht, geht dieser Versuch natürlich voll in die Hose. Oder besser gesagt, in die Lunge. Fast hätte er beim hektischen Einatmen einen der kleineren Barsche mit eingesogen. Dass einem Wasser in der Lunge eine gehörige Portion Unwohlsein beschert, weiß auch der Karl gleich. Da sich die Mörderin schon ein gewisses Geschick angeeignet hat, wie man denn so einem Nach-hinten-Austretenden ohne schwerwiegende Folgen ausweichen kann, tänzelt sie bühnenreif hin und her, ohne dabei ihren eisernen Nackengriff zu lockern. Aus Mörderinnensicht eine sehr weise Maßnahme. Schlagartig und durchaus nachvollziehbar gerät der Krummer Karl in Panik. Dass ihm seine geliebten Barsche in seine schreckgeweiteten Augen starren und sich dabei genüsslich die Lippen lecken, weil es bis zum lukullischen Festmahl wohl nicht mehr allzu lange dauern kann, sieht der tierliebende Krummer Karl Gott sei Dank nur ganz verschwommen.

Und wenn ein stattlicher Mann wie der Karl dann schließlich

doch ertrinkt, senkt sich bei so einem großen Aquarium der Wasserspiegel auch nicht wirklich. Eigentlich keine schöne Sache, wenn ein Mensch die Erde verlässt, und das ganz ohne ein sichtbares Zeichen. Hätte man genau nachgemessen, dann wäre einem schon der eine oder andere Millimeter Wassersäule abgegangen, aber augenscheinlich ist das Ganze im wahrsten Sinne des Wortes nicht. Seine gar nicht so nette Halbschwester lockert zwar langsam ihren stählernen Griff, behält ihre Position aber sicherheitshalber noch eine gute halbe Stunde bei, ehe sie sich sicher sein kann, wieder einen Namen von der Liste streichen zu können.

Bevor sie den Tatort verlässt, blickt sie sich noch einmal um. Wie ein nasser Sack hängt der tote Karl auf dem scharfkantigen Beckenrand und starrt mit offenen Augen in das sich langsam eintrübende Wasser. Seine langen Wimpern flirren in der Strömung, die die brave Wasserpumpe erzeugt. Sehen dabei fast wie Seeanemonen aus.

Obwohl sie es so gar nicht mag, allzu lange in ein und derselben Gegend zu verweilen, wird sie wohl noch ein paar Tage in der Steiermark bleiben müssen. Aufgrund der recht aparten Mädels hat sich ihr Vater auf seinem Weg nach Deutschland hier so richtig ausgetobt. Noch mehr als anderswo. Drei Nachkommen in einer überschaubaren Region, gewiss eine beachtliche Ausbeute.

Rasch verwischt sie mögliche Spuren und klopft auch noch schnell die Polster ihres Schlafsessels auf, ehe sie das Haus auf demselben Weg verlässt, auf dem sie gekommen ist. Die Türe lässt sie unversperrt. Sollen die dummen Polizisten doch glauben und kombinieren, was sie wollen. Dass das Garagentor ebenfalls offen steht, freut sie. Unnötigen Lärm auf einem indianermäßigen Rückzug zu machen wäre bei einem Kapitalverbrechen kein wirklich professionelles Verhalten.

Was die Gute jedoch nicht weiß, ist, dass der Karl nachts immer alles abschließt. Ohne Ausnahme. Geradezu pedantisch. Und ganz speziell das Garagentor. Sein Auto hat er fast so sehr geliebt wie seine schuppigen Freunde aus dem fernen Malawisee. Und sie weiß auch nicht, dass die Hexe von nebenan Karl Krummers

Gewohnheiten nicht nur beiläufig kennt, sondern diese auch haarklein und bis ins Detail quasi studiert hat. Eine ganz typische Vorgehensweise bei Intimfeinden. Genau diese beiden Umstände bringen die Kripo auf die erste richtige Spur.

98

Just zu dem Zeitpunkt, als der erste Barsch den zarten Versuch unternimmt, Karls ebenfalls zartes Augenlid anzuknabbern, quält sich Major Spazierer durch einen vorehelichen Streit. Die Karin ist nicht nur beleidigt, weil er sie telekommunikativ nahezu jungfräulich behandelt hat, sondern auf einmal hellwach. Ihr Herr Major hat da einen seltsamen Unterton in der Stimme. Den kennt sie noch gar nicht. Als Frau darauf geschult, selbst auf kleinste Nuancen zu achten, schrillen bei ihr im fernen Italien die Alarmglocken.

Zwar hat der Spazierer bei unzähligen Verhören guten und nicht ganz so guten Lügnern ins Angesicht blicken dürfen und dabei auch so einiges über das Lügen dazugelernt, aber wenn es um die Liebe geht, dann sieht die Sache doch anders aus. Muss man beispielsweise einen hartgesottenen Unterweltboss nach einem zehnstündigen Dauerverhör aus Mangel an Beweisen nach Hause schicken, dauert es gerade einmal fünf Minuten, ehe der im ehelichen Vorzimmer geständig zusammenbricht. Da reichen zwei, drei Fragen der eigenen Frau. Zumeist auch noch in liebevollem Tonfall gestellt.

Sachdienliche Hinweise liefert der Spazierer seiner Karin aber dann doch keine. Kino im Kopf und Stielaugen sind ja auch kein Verbrechen. Da hat er, so etwa im zweiten Drittel des Gesprächs, Gott sei Dank doch wieder etwas Oberwasser bekommen. Obwohl die üblichen schmalzigen Liebesbekundungen am Ende des Gesprächs ausbleiben, ist die Karin doch einigermaßen beruhigt. Die Sache wird wohl nicht so schlimm sein. Und das ist sie ja auch noch nicht.

Beim Einschlafen denkt der Spazierer an den kommenden Tag. Samstag und Bereitschaftsdienst. Urlangweilig.

Keine Sorge, Herr Major!

Der nächste Tag wird alles andere als langweilig. Und es wird genau dieser Tag sein, der die Dinge dann wirklich ins Rollen bringt.

99

Die Hexe schläft nur wenig, und sie schläft selten tief. Senile Bettflucht, gepaart mit mehr Wasser in den Beinen, als ein mittelgroßer Bach so im Regelfall führt, und dazu heftiges Rheuma, keine gute Kombination für einen mehrstündigen und geruhsamen Schlaf. Die alte Hexe wird diesmal durch ein Krächzen vom Haus gegenüber geweckt, das durch ihr geöffnetes Fenster dringt. Wenn es draußen nicht gerade tiefe Minusgrade hat, steht ihr Schlafzimmerfenster zu jeder Tages- und Nachtzeit immer sperrangelweit offen. Das Krächzen kommt von der zerrupften Krähe, die wieder auf den First des Nachbarhauses zurückgekehrt ist.

Mühsam schält sich die alte Frau aus ihrem Bett und schlurft zum Fenster. Schon bald wird sich die Dämmerung am fernen Horizont abzeichnen. Noch aber ist es nicht so weit, noch brennen die Straßenlaternen.

Die Straße ist in der Nacht auch nicht viel einsamer als am Tag.

Ihr prüfender Blick schweift über das übliche Fensterhock-Panorama und bleibt an Karl Krummers Haus hängen. Irgendetwas stört sie da. Natürlich stört sie der Karl als Person und als Nachbar, und noch viel mehr stört sie der meterhohe Bretterverschlag, den ihr der dumme Bub vor die Augen genagelt hat, aber das meint sie diesmal nicht. Ist wie bei dem täglichen Bilderrätsel in der Kronen Zeitung, etwas ist anders an diesem nächtlichen Bild. Da hat sich ein Fehler eingeschlichen. Aber welcher? Für ihr hohes Alter hat die Nachbarin noch leidlich gute Augen und noch dazu einen wirklich guten Optiker. Und weil sie ohnehin nicht mehr schlafen kann, gibt es für sie keinen ernsthaften Grund, der Sache nicht auf den Grund zu gehen.

Und dann dämmert es ihr. Weil die Garagentüre eine von jenen ist, die nach oben und unter die Decke klappen, und weil sich das Laternenlicht im Aluminiumrahmen der Türe nur dann spiegeln kann, wenn diese offen steht, und weil der Krummer Karl so ein Theater um sein Auto macht und sie ihn in der Nacht zwar hat heimkommen, aber nicht mehr wegfahren hören, ahnt sie, dass hier etwas faul ist.

Der Krummer ist daheim, das Auto steht in der Garage, das Haus ist dunkel, und das Tor ist offen.

Wenn da nur nicht was Gröberes passiert ist, denkt sie sich nach kurzem Zögern und mit einem kleinen, kurzen Anflug von Häme. Sie kann sich zwar noch dunkel daran erinnern, wie es da drüben aussieht, aber das letzte Mal, dass sie eine ungerade Hausnummer weiter zum Tee eingeladen war, liegt auch schon ein paar Jahrzehnte zurück. Damals hat Karls schöne Mutter noch gelebt. Ist eine wirklich attraktive Frau gewesen. Gott hab die Gute selig, denkt sich die Alte mit einem Anflug von Sentimentalität. Dass sie sich da drüben zurechtfinden wird, ist für die Hexe keine Frage. Ihr Haus und das vom Krummer Karl sind baugleich. Nicht spiegelverkehrt wie in solchen eintönigen Siedlungen von der Stange üblich, sondern vom Schnitt her hundertprozentig ident.

Sie wird sich zuallererst einmal einen Kaffee kochen. An einem morgendlichen Ritual sollte man festhalten. Und wenn gerade die Welt zusammenstürzt. Den Kaffee macht sie nach der guten alten Methode. Wasser aufkochen und durch den Melittafilter rinnen lassen. Obwohl sie den schönen George Clooney fast teenagerhaft verehrt, kommt ihr trotzdem keine dieser Nespresso-Teufelsmaschinen ins Haus. Einige Minuten später ist sie wieder zurück und schlürft, in ihrer typischen Spannerpose, genüsslich den heißen Kaffee.

Immer wieder blickt sie hinüber zum Nachbarhaus, aber dort rührt sich rein gar nichts. Die einzige Bewegung, die die Alte ausmachen kann, sind die kläglichen Putzversuche der alten Krähe auf dem Hausdach gegenüber. Dass die ihr ramponiertes Gefieder wohl nie mehr so richtig auf Vordermann bringen wird, ist der alten Frau klar. Die Alte ist zwar bösartig und vom Leben zutiefst verbittert, aber sie ist nicht dumm und für ihr Alter erstaunlich unverkalkt. Ihre Art und Weise, Dinge zu sehen und zu beobachten, fast eine Gabe.

Der Kaffee ist schon lange ausgetrunken, ehe sich die Alte den notwendigen Ruck zum Aufbruch gibt. Mit ihren stützstrumpfgefesselten Beinen schlüpft sie in abgetragene Straßenschuhe, pflückt sich eine alte Stabtaschenlampe von der Garderobe und verlässt mühsam humpelnd ihr Haus. Es wird noch eine gute Stunde dauern, ehe die ersten Arbeitspendler in die Autos springen, um ihrem Tagwerk nachzugehen. Zumindest die, die im Handel arbeiten. Weil heute ja Samstag ist. Für sie also keine allzu große Gefahr, von einem zufällig Vorbeifahrenden wegen so einem depperten Hausfriedensbruch angezeigt zu werden. Ist aus ihrer Sicht auch eher Nachbarschaftshilfe als sonst etwas.

Für die dreißig Meter hinüber zu Karl Krummers Einfahrt benötigt sie länger als erwartet. Ihre Knie schmerzen heute wieder ganz böse. Besonders das rechte. Da ihre Leibesfülle in den letzten Jahren auch nicht wirklich weniger wurde, kommt sie, in Karls Garage angekommen, nur unter Ächzen und Drücken an Karls protzigem Wagen vorbei. Ihr dicker Hintern überzieht sich, bei dem Gescheuere an der Wand, mit einem zarten Kalkfilm. Der Strahl ihrer Taschenlampe huscht über die Garagendecke, ehe er an den beiden Türen hängen bleibt. Jede am richtigen Platz. Alles so wie bei ihr zu Hause.

Zaghaft klopft sie an. Einmal, dann zweimal. Keine Antwort. Dann legt sie ihr Ohr an das Türblatt und klopft ein drittes Mal. Drinnen ist es mucksmäuschenstill. Bis auf ein leises Gurgeln, das sie nicht einordnen kann. So gut die Alte die Gewohnheiten ihres Nachbarn auch studiert hat, die Sache mit den Fischen und dem überdimensionalen Aquarium ist ihr nicht bekannt. Dann drückt sie langsam die Türklinke hinunter. Eher, weil man das in so einer Situation automatisch tut, und weniger, weil sie erwartet, dass die Türe tatsächlich offen sein könnte. Der Krummer ist da ja so etwas von pedant.

Sie ist fast erschrocken, wie die Türe dann tatsächlich aufgeht. In ihrem Alter reicht schon ein so kleiner Schreck wie dieser, um ein Lackerl abgehen zu lassen.

Inkontinenz ist eine wirklich entwürdigende Sache. Am Anfang des Lebens trägt man Windeln und am Ende leider auch. Das mit den unkontrollierbaren Flüssigkeiten gilt für unten wie für oben gleichermaßen. Sabbern ist auch keine schöne Angewohnheit. Aber immer noch besser als die Schweinerei da unten. Wirklich entwürdigend so etwas.

Sie schüttelt sich ein paarmal heftig durch und nimmt dann all ihren Mut zusammen. Ab hier beginnt der Tatbestand des »unerlaubten Betretens«, weil, ist man erst einmal über die Schwelle getreten, die Sache wohl unschön ist, wenn man dabei erwischt wird.

Dass sich in ein paar Minuten ihre Blase beim Anblick des toten Karls vollständig entleeren wird und dass sie erst die Windeln wechseln muss, ehe sie in der Lage ist, die Polizei anzurufen – ein durchaus nachvollziehbares Verhalten eines Menschen, der noch ein bisschen Restwürde besitzt.

Die drei Stufen hinauf auf die Wohnebene sind für sie wie die Besteigung des Mount Everest. Den Handlauf, der sich in ihrem Haus an genau dieser Stelle befindet, sucht sie leider vergebens. Völlig außer Atem hat sie es drei lange Minuten später dann doch geschafft.

Das Gurgeln der kleinen Wasserpumpe ist nun lauter zu hören. Welches Ding dieses seltsame Geräusch macht, weiß sie immer noch nicht. Dass das Geräusch ihrer Blase suggeriert, gleich wieder ein wenig Harn abzulassen, weil man aus reiner Höflichkeit so eine fröhliche Pumpe doch nicht so allein plätschern lassen sollte, ist ärgerlich. Dagegen etwas zu unternehmen aber völlig sinnlos. Wenn der Körper will oder eben nicht will, dann hat selbst ein willensstarker Geist Sendepause.

Draußen fängt es langsam zu dämmern an. Das fahle Licht des anbrechenden Tages lässt die alte Frau den Durchgang erkennen, der hinein ins Wohnzimmer führt. Licht genug. Sicherheitshalber schaltet sie auch gleich die Taschenlampe aus. Sie wird sich ab nun ohne den verräterischen Lichtstrahl zurechtfinden müssen. Ertappt zu werden steht nicht auf ihrer Wunschliste. Eine Minute Rast, an die Wand gelehnt, gönnt sie sich noch. Weil sie so erschöpft ist, vielleicht auch zwei.

Aus der Ferne signalisiert ihr dann ein krächzender Hahn, doch endlich wieder in die Gänge zu kommen.

Und genau jetzt passiert etwas, das sich mit dem Begriff »Zufall« nur kraftlos beschreiben lässt. »Vorsehung« oder »Schicksal« treffen die Sache auch nicht so ganz, passen aber schon eher.

Jeder Aquarianer wird jetzt eine gewisse Vorahnung haben von dem, was nun kommt. Auch liebe Fischlein aus fernen Ländern sind es gewöhnt, so wie wir Menschen, einem gewissen geordneten Tagesablauf nachzugehen. Natürlich stehen die nicht mit rot geäderten Augen auf, schleppen sich ins Bad und unter die Dusche, um sich den Schlaf und eine vielleicht alptraumhafte Nacht vom Körper zu spülen. Und natürlich schwimmen die nicht, nach einem herzhaften Frühstück, so mir nichts, dir nichts zur nächsten Tankstelle, um sich eine Nusskrone fürs Büro und den langen Arbeitstag zu kaufen. Trotzdem hat Tag und Nacht für die Tiere eine Bedeutung. Leben ja normalerweise auch nicht in der Schwärze der Tiefsee, sondern im Malawisee und unter der freundlichen afrikanischen Sonne. Um den Tierchen das Heimweh ein wenig zu lindern, bringt jeder tierliebende Aquarist zu diesem Zweck geeignete Lichtquellen über dem Becken an, die in einem dunklen Wohnzimmer suggerieren, dass hier in Österreich doch nicht alles so schlimm und düster ist. Die Neonröhren noch rasch an eine Zeitschaltuhr angeschlossen, und die Tag-Nacht-Imitation ist perfekt. Wartungsarm und vollautomatisch. Außer natürlich, es gibt einen längeren Stromausfall. Dann wissen die Barsche auch nicht mehr, was Sache ist. Sind aber zähe Zeitgenossen, ist also auch kein so großes Malheur.

Arbeitet die fleißige Wasserpumpe Tag und Nacht, und das tagein, tagaus, unaufhörlich und mit einer Energie, die selbst einen Akkordarbeiter demütig werden lässt, dann macht im Gegensatz dazu die faule Zeitschaltuhr gerade zweimal am Tag »klick«.

Privatwirtschaft versus Beamtentum, könnte man jetzt zynisch meinen.

Fünfzig Prozent ihres heutigen Tagwerks erledigt die faule Uhr just in jenem Moment, in welchem die alte Nachbarin den Durchgang erreicht. Ist fast wie in der Oper oder im Theater. Mit Pauken und Trompeten als Intro, hier eher mit einem leisen »klick«, dann das Stroboskop-Geflackere der Neonröhren, und schon geht der schwere rote Samtvorhang auf. Das Bühnenbild eine Szenerie des Grauens!

Dass sich so ein Sterbender im Todeskampf auch ein wenig gehen lässt und, jegliche Konventionen außer Kraft setzend, Harn und Stuhl fahren lässt, sich also anpinkelt und bis zum Hosenbund hinauf anscheißt, ist für den Körper der Alten Grund genug, sich erneut solidarisch zu zeigen. Solidarisch mit dem Krummer Karl natürlich. Und dieses Mal gibt es das volle Programm. Die Windel ist schon bald an ihrer zulässigen Belastungsgrenze. Das weitere Fassungsvermögen quasi null.

Der übliche Schreckensschrei bleibt der alten Frau im Hals stecken. Ist auch nicht so unüblich, dass das passiert. Kann man ohnehin in jedem zweiten Kriminalroman nachlesen.

Der arme Karl bietet wirklich keinen schönen Anblick. Von dem adretten Aussehen und den guten Umgangsformen ist nicht mehr viel übrig. Die Hose völlig versaut, das Hemd aus dem Bund gerutscht, und dann noch dazu diese ungebührliche Haltung. Einer Dame den Allerwertesten hinzustrecken ist nicht gerade die feine englische Art.

Dass die Barsche bereits ganze Arbeit geleistet haben, wird erst die Kripo in Erfahrung bringen. Der alten Frau reicht schon Karl Krummers Anblick von hinten. Obwohl sie Männer in solchen Posen eigentlich gewohnt ist. Die zwei Monate, in denen ihr versoffener Bruder bei ihr Unterschlupf gesucht und auch gefunden hat, bis wieder so eine vertrottelte Witwe gemeint hat, dass sie partout nicht mehr länger allein sein will, hat sie noch allzu lebhaft in Erinnerung. Obwohl das auch schon wieder mehr als zehn Jahre her ist. Wie schnell doch die Zeit vergeht. Das Saufen und das anschließende Knien vor der Klomuschel – wegen dem reinigenden Kotzen –, manchmal mit offenem Hosenstall, für sie damals ein alltägliches Bild.

Zwar will sie sich nicht anmaßen, hier ein profundes Urteil abzugeben, aber wenn man das, was man im Fernsehen so hört und sieht, ernst nimmt, dann ist nur der eine Schluss zulässig, nämlich, dass hier wohl ein grässlicher Mord passiert ist.

Die Posen der zwei Halbbrüder Johann und Karl im Todeskampf – und auch danach – nahezu ident. Über ein Gefäß gebeugt, der eine mit dem Kopf im Ofen, der andere im Aquarium. Was den Todeskampf und die übliche Schweinerei angeht, gibt es natürlich signifikante Unterschiede.

Weil der Johann ja nur gesoffen und kaum mehr etwas gegessen hat. Sich vor Angst anzuscheißen ist sich bei dem nicht mehr ausgegangen. War ja nichts da. Beim Karl ist die Sache freilich anders gelagert. Der hat an seinem Todestag noch herzhaft zugelangt.

Als Resümee kann man sagen, dass der Stoiser beim Tote-Auffinden schon mehr Glück gehabt hat als die alte Frau. Ist so aber auch nicht ganz richtig, weil der Stoiser den Steirer Johann ja gemocht hat, während der Krummer Karl für die alte Frau das Feindbild schlechthin gewesen ist. So gesehen gleicht sich das wieder aus.

Wie dann die Alte merkt, dass der Bund ihrer Windel wohl nicht mehr allzu lange dicht halten wird, macht sie sich schleunigst auf den Heimweg. Ein Tröpfchenmuster quer durch Krummers Haus zu ziehen, dann durch die Garage und dann den Gehweg entlang wäre ihr äußerst peinlich und würde wohl zu viele unangenehme Fragen aufwerfen. Und sie wäre sicherlich nicht bereit, diese zu beantworten.

100

Major Spazierer hat beim heutigen Journaldienst die Frühdienst-Arschkarte gezogen. Obwohl er üblicherweise kein Morgenmensch ist, hat ihm an diesem Tag das frühe Aufstehen aber nichts ausgemacht. Er hat ausgiebig geschlafen, und er hat traumlos geschlafen. Nach dem gestrigen wirklich deftigen Mittagessen und bei all seiner momentanen emotionalen Verwirrtheit mehr, als er zu hoffen gewagt hätte.

Als der Anruf der alten Frau zu ihm durchgestellt wird, richtet er sich gerade auf einen gemütlichen Samstagvormittag ein. So ein Büro für sich allein zu haben, ist schon keine schlechte Sache. Ein wenig Internetsurfen, ohne dass ihm jemand über die Schulter blickt. Dann den einen oder anderen Automatenkaffee schlürfen, ohne dass ihm die Hilde sagt, dass das heute schon sein fünfter ist. Anschließend vielleicht eine kleine Sudoku-Session, ohne dass ihm der Draxler eine zu lasche Arbeitseinstellung attestieren könnte. Nichts als Vorteile. Und zum Drüberstreuen noch die Wochenendzulage.

Ohne irgendeine üble Vorahnung hebt der Spazierer beim dritten Läuten ab. So präzise, wie seine Karin ihm im vergangenen Sommer sachdienliche Hinweise präsentiert hat, macht es die Frau am anderen Ende der Leitung freilich nicht, aber das, was sie ihm zu berichten hat, ist nicht weniger spannend. Einen Toten will sie gefunden haben. Liegt mit dem Oberkörper in so einem Aquarium. Quasi eine halbe Wasserleiche. Die Adresse schießt die Gute, weil offenbar fernsehkrimigeschult, auch gleich nach. Ihre und die des Opfers. Und natürlich den Namen des bedauerlichen Nichtschwimmers. »Krummer Karl, Lkw-Verkäufer und alleinstehend.« Die Frage, wie sie eigentlich dazu kommt, beim Herrn Krummer einen Hausbesuch zu machen, spart sich der Spazierer für später auf. Kann ja auch etwas Sexuelles sein. Bitte dem Spazierer jetzt keine Krankhaftigkeit unterstellen, da die alte Frau am Telefon eigentlich gar nicht so alt klingt.

Jovial und mit einem Feingefühl für traumatisierte Mordopferauffinder teilt der Spazierer der Dame mit, dass er praktisch schon auf dem Weg ist und in spätestens einer halben Stunde am

Tatort eintreffen wird. Da bricht die Frau in Tränen aus. Weil die Anspannung nachlässt, und weil sie die Verantwortung endlich hat abgeben können. Jeder Mensch geht mit Stress anders um. Und wenn ein alter Mensch normal nur stundenlang am Fenster sitzt und sich schon aufregt, sobald ein Kind auf der Straße zu laut spielt, dann kann man sich den Unterschied im Stressniveau zwischen den beiden Situationen durchaus vorstellen. Eigentlich müsste man der alten Frau an dieser Stelle ein Kompliment machen. Hat durch ihr Engagement ihrem toten Nachbarn unfreiwillig einen wirklich großen Gefallen getan. Die Kripo und Dr. Schneider von der Mörderin bald nur mehr eine Armlänge entfernt.

Zwar sieht Oberst Draxlers persönlich verfasstes Handbuch für »Einsätze am Wochenende« die unbedingte Miteinbeziehung seiner Person vor, egal, ob es sich um Mord oder Selbstmord handelt, aber der Spazierer gedenkt hier und jetzt einen anderen Weg zu gehen. Als Zweiter im Glied immer nur danebenzustehen, ist ohnehin sehr bald kein Thema mehr. Vorausgesetzt natürlich, er darf tatsächlich Draxlers Nachfolge antreten.

Und schon zum zweiten Mal in nur wenigen Tagen poppt beim Spazierer der Begriff »Eigeninitiative« auf. Dick, fett und rot unterstrichen. Und weil er noch ein Weilchen darüber nachdenkt, fängt das Ding auch noch zu blinken an.

Fünf Minuten später sitzt der Spazierer im Auto und macht sich auf den kurzen Weg hinüber nach Graz-Puntigam. Ist zwar der Name eines Grazer Stadtbezirks, aber wohl weniger bekannt als das Puntigamer Bier. Und die Brauerei sponsert auch die Fußballmannschaft »Sturm Graz«, in Graz »die Schwarzen« genannt. Weil Spazierers Lieblingsclub – »die Roten« – in Konkurs gegangen ist und sich nun von der untersten Liga langsam wieder nach oben arbeiten muss und weil man eine Religion genauso wenig wechseln kann wie die Leidenschaft für einen Fußballverein, kann der Spazierer mit »Sturm Graz« so gar nicht. Mit dem Bier aber schon. Einem Bier die Schuld zu geben wäre ja wirklich dämlich. Noch dazu, wo der Spazierer so gerne Bier trinkt. Auch das aus Puntigam.

Die Straße findet Spazierers Navi im Handumdrehen. Zuerst

glaubt der Spazierer, dass sich der angeblich verblichene Karl Krummer in weiser Voraussicht bereits einen Grabstein zugelegt hat. Selbsterfüllende Prophezeiung quasi. Da an dem verlotterten Gebäude aber die Hausnummer fehlt und der Spazierer nicht an einen zweiten Mord im armseligen Lumpensammlermilieu glaubt, fährt er doch noch ein paar Meter weiter.

Und dort ist er dann richtig. Die alte Frau, die ihm vom Parterrefenster des Nachbarhauses hektisch zuwinkt, wird wohl die Frau vom Telefon sein. Die Finderin quasi. Nur ohne Finderlohn.

Stimmt auch nicht ganz, da die alte Frau tatsächlich ihren gerechten Lohn erhalten wird. Quasi in Naturalien. Zwar werden es sich die neuen Besitzer von Karl Krummers Einfamilienhaus sehr gut überlegen, ob sie den Bretterzaun hin zum Messie-Gelände nicht einfach so belassen, wie er ist, aber der zur Nachbarin muss auf jeden Fall weg. Nimmt einem ja die schöne Morgensonne.

Der Spazierer parkt vor dem Haus der alten Dame und springt sportlich aus dem Wagen. Im nun folgenden Zwiegespräch, so zwischen Straße und Fenster, klärt der Major die wesentlichen Fragen. Dass die Frau nicht noch einmal mit hinüber zum Tatort will, kann der Spazierer nur allzu gut verstehen. Ist wegen dem Spurenvernichtungspotenzial auch eher kontraproduktiv. Sie soll einfach warten. Er findet den Weg schon. So gut, wie sie ihn beschrieben hat, macht ihm das wohl keine Mühe. Die alte Frau fühlt sich durch Spazierers Lob sichtlich geschmeichelt. Sie fährt sich sogar teenagerhaft durchs lila getönte Haar. George Clooney ist für einen Moment ganz weit weg.

Das war beim Spazierer schon immer so. Hat er in der Jugend bei gleichaltrigen Frauen nur selten die richtigen Worte gefunden, so dafür bei den wesentlich älteren mit schlafwandlerischer Sicherheit. Er war für alle immer nur der »liebe Bub« oder der »ideale Schwiegersohn«. Für einen Teenager aber auch nicht gerade der »Burner«.

Als der Spazierer die bereits bestens bekannten drei Stufen erreicht, und weil mittlerweile auch genügend Tageslicht in den kleinen Gang dringt, fallen ihm sofort die Familienfotos auf, die der Krummer Karl akkurat und stufenartig, weil direkt über den

Stufen platziert, als Erinnerung an alte Zeiten aufgehängt hat. In seiner Funktion als Kriminalbeamter hätte der Spazierer diese vorerst einmal ignorieren müssen, aber als neugieriger Privatmensch bleibt er interessiert stehen. Die Leiche läuft ihm schon nicht weg.

Stimmt auch wieder.

Das erste, unterste zeigt den kleinen Karl mit seiner schönen Mutter. Beide lächelnd, aber irgendwie gezwungen. Kein breites Strahlen, wie man es auf einem Mutter-und-Kind-Foto erwarten würde. Der Blick der Mutter wirkt sogar fast gequält. Eine Stufe höher der kleine Karl solo. In seinen kleinen pummeligen Händen hält er einen Lkw aus Plastik. Diesmal lacht der kleine Mann herzlich und zeigt zwei Reihen strahlend weißer Zähne.

Der Spazierer ist nun leicht irritiert. Und plötzlich ist seine innere Stimme wieder da. Was noch vor wenigen Monaten seine Nase war, so etwas wie eine Antenne mit dem gewissen kriminalistischen Gespür, ist jetzt dieses Flüstern im Kopf. Da hat er mit dem Draxler getauscht. Bei dem juckt jetzt die Nase, wenn ihm etwas spanisch vorkommt. Und diese Stimme hat gerade mit einem knisternden Rauschen auf »Senden« gestellt, weiß aber noch nicht genau, was sie ihm sagen soll. Für den Spazierer ein untrügliches Zeichen dafür, dass gleich etwas Entscheidendes passieren wird. Wenn die sich meldet, dann hat das etwas zu bedeuten.

Eine Stufe weiter gehen dann endlich alle Sirenen an. Aus dem Knistern wird ein Flüstern und dann ein lautes Brüllen. Karl Krummer als erwachsener Mann. Erneut ein breites Lächeln und immer noch diese prächtigen Zähne. Weißer als weiß. Und den Mann kennt der Spazierer. Karl Krummer ist der Mann aus Ferdls Gasthaus.

Dem Spazierer wird es leicht übel. Nicht, weil es im Haus besonders schlecht riecht, obwohl da schon ein leichter Fäkalgeruch in der Luft hängt, sondern weil ihm seine innere Stimme auch gleich anklagend die Frage stellt, ob er diesen Mord nicht hätte verhindern können. Den Vorwurf kann der Spazierer aber auch gleich wieder zurückgeben. Ihm ist gestern zumindest etwas seltsam vorgekommen, wenn er auch nicht gewusst hat, was. Und da war aber schon so was von gar kein Knistern oder Flüstern zu hören. Beleidigt schaltet seine innere Stimme gleich wieder ab.

Im Wohnzimmer angelangt, wird das Gefühl von Übelkeit noch stärker. Dieses Mal ist jedoch nicht das schlechte Gewissen der Grund, sondern der arme Tote. Weil der Karl noch die Kleidung vom Vortag anhat und weil der Spazierer ein fast fotografisches Gedächtnis hat, braucht er den Karl erst gar nicht von vorne zu sehen. Er weiß genau, wen er vor sich hat.

Weil die Barsche in den paar Stunden ganze Arbeit geleistet haben und Karls zarte Lippen schon langsam einem ausgefransten Teppich ähneln und weil nicht mehr so viel Fleisch da ist, um die weißen Beißer zu verdecken, hätte dem Spazierer ein seitlicher Blick hinein ins Becken zur endgültigen Verifizierung gereicht. Den Anblick tut er sich aber nicht freiwillig an. Das ist doch eher das Metier von Dr. Schneider.

Wieder ganz Kriminalbeamter, hält sich der Major nun genau an die Dienstvorschriften. Zuerst wird der Draxler informiert, dann die Spurensicherung, im Anschluss daran die Hilde Ranner und am Ende der Dr. Schneider. Dass der Spazierer den Reininger Sepp bei all dem Leute-Informieren völlig vergisst, sei ihm nachgesehen. Den holt ohnehin der Draxler aus dem südsteirischen Gästebett.

Der Spazierer geht hinaus auf die Straße und zündet sich eine Zigarette an. Mehr kann er momentan nicht tun. Ehe die Spurensicherung nicht das ganze Haus unter die sprichwörtliche Lupe genommen hat, wird sich der Spazierer hüten, da drinnen etwas anzufassen. Haben die erst einmal recherchiert, eingetütet und aufgetupft und dann wieder ihre Siebensachen gepackt, ist die Kripo an der Reihe.

Zwar kann der Spazierer im Moment aktiv relativ wenig tun, aber in seinem Innersten herumwandern, seine Gedanken ordnen und seine ersten und ganz persönlichen Schlüsse ziehen, das kann er schon. Und dann fängt er mit dem Denken an.

Es passiert gar nicht so selten, dass einem ein schöner Mensch über den Weg läuft, der nur einen einzigen Makel von der absoluten Schönheit entfernt ist. Kann eine Warze sein, ein Muttermal an einer blöden Stelle oder ein schief stehender Zahn. Viel ungewöhnlicher ist es, auf einen Menschen zu treffen, der scheinbar nur aus Makeln besteht und dann die eine Sache besitzt, die so makellos rein und perfekt ist wie beim Johann Steirer die Zähne. Das fällt einem auf, und das merkt man sich auch. Wenn man dann so kurze Zeit später über eine zweite Leiche stolpert, die zwar nicht annähernd so bemitleidenswert erscheint wie die erste, aber ebenfalls genau dieses augenscheinliche Merkmal besitzt, wenn auch als einzige Gemeinsamkeit, dann fallen einem dazu auf die Schnelle drei Erklärungen ein.

Die erste Erklärung wäre, dass es sich um einen reinen Zufall handelt und die beiden Toten nur noch eine zweite Sache gemeinsam haben. Nämlich das Totsein. Als zweite Erklärung könnte man denselben Zahnarzt anführen. Oder aber, das ist die dritte, beide haben gemeinsame Vorfahren. Wenn Dr. Schneider nun feststellt, dass beim Herrn Krummer genauso wenig gebohrt, plombiert oder überkront worden ist wie beim südsteirischen Maroniröster, dann will der Major »Pepperl« heißen, wenn die beiden nicht irgendwie verwandt sind.

Und wenn eine Verwandtschaft in den Bereich des Möglichen rückt, dann würde der Spazierer zuallererst auf Halbbrüder tippen. Und bei verschiedenen Müttern wird es wohl einen gemeinsamen Vater geben. Dass die Mütter verschieden sein müssen, ist für den Spazierer klar. Krummers Mutter kennt er von den Bildern im Flur und Steirers Mutter von Stoisers Erzählungen. Bis auf die Schönheit der beiden Frauen gibt es auf den ersten Blick keine weiteren Gemeinsamkeiten.

Und damit wäre der Spazierer beim Kern der Sache und vielleicht einem Motiv. Wird sich wohl um eine Familienangelegenheit handeln.

Und wenn sich der Spazierer ansieht, wie die beiden Toten gelebt haben, dann war bei keinem von ihnen viel zu holen. Beim Johann Steirer gleich noch viel weniger als hier in Puntigam. Im Umkehrschluss hätten die beiden ein wenig finanzielle Unterstützung sicherlich brauchen können. Und wo hätten sich die beiden etwas holen können? Wohl am ehesten beim Vater, dem einzigen gemeinsamen Nenner.

Muss so natürlich nicht stimmen. Da ist der Spazierer schon Realist. Aber schließlich fängt Kriminalarbeit nicht immer mit eindeutigen Beweisen an. Bei einer eindeutigen Beweislage ist Ermitteln eher Beamtenarbeit. Ist nicht negativ gemeint, Stetigkeit und Routine können einen durchaus auch ans Ziel bringen. Nur eben Schritt für Schritt und nicht mit einem einzigen bombastischen Inspirationsfeuerwerk.

Wenn man aber so gar keine Beweise hat, dann ist man schon recht froh, wenn es als Anhaltspunkt zumindest eine Vermutung gibt. Und ist sie noch so vage.

Im Vergleich zu gestern sind sie heute schon einen gewaltigen Schritt weiter. So zumindest sieht das Major Spazierer. Und wenn es eben nicht der gemeinsame Vater ist, dann wird es wohl eine andere Verbindung geben, eine andere Gemeinsamkeit. Dass sie den roten Faden finden werden, das sagt dem Spazierer seine innere Stimme. Die hat sich nun doch noch einmal zu Wort gemeldet. Kurz, bündig und mit einem beleidigten Unterton.

Und dann kommt endlich Stimmung in die verschlafene Einfamilienhaussiedlung.

Obwohl heute wieder der irre Rupert den Einsatzwagen der Spurensicherung fahren darf, schafft es Oberst Draxler, dank eines halsbrecherischen Lenkmanövers, noch vor dem weißen Bus in die Zielstraße einzubiegen. Sein Ärger über Spazierers Alleingang ist nach diesem Manöver fast verflogen. Wer den Draxler kennt, der kennt auch den Grund: der im Rückspiegel wild gestikulierende Rupert. Was Draxlers Laune noch weiter hebt, das ist Ruperts hochroter Kopf. Flucht wahrscheinlich wie ein Bierfahrer. Für den kauzigen Draxler ist der Anblick lustiger als jeder alte Klamaukfilm. Und diese Filme liebt der Herr Oberst.

Sein Groll auf den Major Spazierer ist nun wie weggeblasen. Und weil die Lust am Jagen seinen gestrigen Frust mit einem Schlag in Luft aufgelöst hat, wirkt der alte Oberst Draxler auf einmal gar nicht mehr so alt.

Langsam füllt sich die sonst so einsame Straße mit Fahrzeugen unterschiedlichster Provenienz. Weil er mit Abstand die weiteste Anreise hat, kommt der Reininger Sepp als Letzter an. Das aber auch nur einen Hauch nach der Hilde Ranner. Die hat auch länger gebraucht, als es die geografischen Verhältnisse vermuten lassen. Der Guten geht nämlich langsam die sexy Garderobe aus. Aus reiner Verlegenheit trägt sie heute enge Jeans und eine weiße Bluse. Die aber schon mit ausgesuchter Transparenz. Wäre ja dumm, den sündigen BH zu verstecken. Bei der Jagd auf ihr Wild wäre das eine völlig falsche Strategie.

Kaum dass der Reininger Sepp im Garten erscheint, den die Spurensicherung mittlerweile als sicheres Terrain freigegeben hat, gibt der Spazierer endlich seine Theorie bekannt. Dass er das mit den weißen Zähnen gestern mehr als nur einmal erwähnt hat, muss er dem Draxler schon noch unter die Nase reiben. Seine vage Vermutung hat dieser zweite Mord ja nun bestätigt. Weil der Spazierer aber ganz genau weiß, wann so ein ironisches Necken bis auf den letzten Tropfen ausgelutscht ist, sagt er das auf Karls gepflegter Terrasse auch zum allerletzten Mal.

Der Draxler fühlt sich auf einmal so frisch und gleichzeitig so aufgeregt, dass ihm nur ein freundliches Nicken auskommt. Ist schon recht, scheint sein Blick zu sagen. Ist schon recht. Wie dann der Spazierer auf einen möglichen gemeinsamen Vater zu sprechen kommt, beginnt Draxlers Nase höllisch zu jucken. Bei dem ein untrügliches Zeichen dafür, dass sich so etwas wie eine echte Spur vor ihnen auftut. Von den beiden Profis angesteckt, macht sich nun auch bei der Hilde und dem Sepp eine gesunde Nervosität bemerkbar.

Dr. Schneider ist ebenfalls am Tatort und beobachtet im Wohnzimmer die Arbeit der Kollegen im modischen Weiß. Er sieht die Sache weitaus nüchterner als die vier draußen auf der Veranda. Hängt mit seiner trockenen und professionellen Denkweise zusammen. Er kann da nicht anders. In der Regel kommen seine Kunden mit den Füßen voran durch seine Tür. Ob sie einen Namen haben oder arme, unbekannte Opfer sind, ist für Dr. Schneiders Arbeit egal. Der benötigt da keine ausführliche Geschichte oder gar einen langen Lebenslauf. So ein Lebenslauf ist bei ihm auf dem Blechtisch ohnehin immer zu Ende.

Und weil es nicht üblich ist, dass der Dr. Schneider einen Tatort besucht – ist heute eine Ausnahme, da er beruflich momentan ja kaum etwas zu tun hat –, ist es im Fall »Krummer Karl« beim Dr. Schneider vorbei mit kühler Nüchternheit und Reserviertheit. Langsam bekommt Dr. Schneiders harte Schale kleine feine Risse. Risse, die das fahle Licht seiner Menschlichkeit durchschimmern lassen. Er hat sich schon immer als Sachwalter der Leichen gesehen. Als die letzte Barriere zwischen Tod und Vergessen oder eben Tod und Gerechtigkeit.

Das mit dem Die-Toten-zu-Lebzeiten-nicht-Kennen gilt natürlich auch für die Kripobeamten. Im Regelfall. Beim Karl Krummer handelt es sich auch um eine dieser seltenen Ausnahmen. Zumindest für den Spazierer. Der hat ihn zu Lebzeiten vom Sehen her ja gekannt.

Wie dann die Leiche sorgsam verpackt durch die Vordertüre hinausgetragen wird, folgt Dr. Schneider artig dem kleinen Trauerzug. Nur ganz selten holt er seine Klienten vom Schauplatz des Verbrechens persönlich ab. Wäre aber eine nette Angewohnheit, denkt sich Dr. Schneider.

Eine weitere Stunde später packen auch Rupert & Co zusammen. Karls Haus gehört nun voll und ganz der Kripo.

Oberst Draxler und die Hilde Ranner nehmen sich das Erdgeschoss vor, während sich Major Spazierer und Revierinspektor Reininger in den Oberstock begeben. Die ersten Minuten geben ermittlungstechnisch nicht viel her. Ein typischer Männerhaushalt, wenn auch mit einer leicht weiblichen Note. Frische Blumen in einer Vase auf dem Küchentisch und keine Abwasch voll mit verrammeltem Geschirr. Nicht zu vergessen die Tischdeckchen. Der Krummer Karl war ein Paradebeispiel an Ordentlichkeit. Jedoch ohne diesen krankhaften Touch. Einfach ein einsamer Mann mit dem Wunsch, ein schönes, aufgeräumtes Leben zu führen. Wenn auch ohne Frau.

Leider.

Und dieses »leider« können alle vier fast hören. Instinktiv. Ohne diese Ahnung mit Logik erklären zu können. Am ehesten könnte das noch die Hilde Ranner, weil sie eben eine Frau ist. Obwohl zur Suche im Erdgeschoss verdammt, ist sie gedanklich im Oberstock. Der Herr Major fehlt ihr von Tag zu Tag mehr.

101

Und wie dann der Spazierer die Türe zu Karls Arbeitszimmer aufstößt, bekommt die Mörderin, die sich gerade eine neue Bleibe für die nächste Nacht sucht, wie aus dem Nichts eine fürchterliche Gänsehaut.

Kein so kurzer Schauder, sondern eine richtig lang anhaltende Sache. Fühlt sich fast wie ein Anfall an. Und dann setzt auch noch ein heftiger Schluckauf ein. Wenn das nur nicht etwas zu bedeuten hat, denkt sie sich.

Für eine emotionslose Frau, wie sie es schon immer war, eine gänzlich neue Erfahrung. Jetzt sollte man nicht automatisch glauben, dass bei der gleich die volle Panik ausbricht, aber die Erschütterung gleicht bei ihr einem mittelschweren Erdbeben. Und dann kommt dieses ungewisse Gefühl, etwas Entscheidendes übersehen zu haben. Pickt an ihr wie ein lästiger Kaugummi am Schuhabsatz.

102

Wie recht sie doch hat. Hat sie doch den vergilbten Flyer und die alten Fotoalben übersehen. Dass der Spazierer diese nun finden darf, ist so etwas wie ausgleichende Gerechtigkeit. Nicht, dass der Spazierer von Anfang an den absoluten Durchblick gehabt hätte, aber er ist dem Kern des Pudels näher gekommen als der Rest seiner ahnungslosen Truppe. Während der Sepp Schlafzimmer und Bad erkundet, tritt der Spazierer an den Schreibtisch und lässt sich dort in einen bequemen Ledersessel fallen.

Ist sein Bürostuhl zwar auch ganz gemütlich, kann der Beamtensessel doch mit dem Ding da nicht annähernd mithalten. Ist aber auch wieder gut. In so einem Luxusexemplar würde er wohl jeden Arbeitstag verschlafen, und die Mörder könnten lustig durch die Herrengasse bummeln. Sogar mit einem Schild auf der Brust, auf dem steht: »Hasch mich, ich bin der Mörder.« Von wegen auf der Hut sein und dunkles Kellerversteck.

Sosehr den Spazierer die verschiedenen Tasten und Knöpfe des Ledersessels interessieren, dreht er daran nicht herum. Man kann ja nie wissen, ob die Sitzposition später nicht doch noch von Bedeutung sein könnte. Dass hier je ein anderer als der Karl gesessen haben könnte, glaubt der Spazierer nicht. Zwar ist der Karl um gut zwanzig Kilogramm schwerer als der Spazierer und nach dem Barschdinner auch nicht viel leichter, weil fehlende Lippen und Augenlider ja kaum etwas wiegen, aber von der Größe her könnten die beiden fast Brüder sein. Die Sitzposition ist für den Spazierer daher absolut in Ordnung.

Weil der Karl die Alben chronologisch geordnet hat und der Spazierer links außen und damit beim ältesten anfängt, fällt ihm der Weg durch die Zeiten leicht.

Und weil man dem Spazierer schon den Blick auf das Wesentliche zutrauen kann, pickt sich der Spazierer mit schlafwandlerischer Sicherheit genau jenes Foto aus einem der Alben, das Karls Mutter und Karls Vater zeigt. Volltreffer! Die weißen Zähne ein absoluter Hingucker. Im Gegensatz zum Krummer Karl ist an diesem Mann einfach alles schön.

Wenn sich jetzt auch noch ein Foto von demselben Mann in Johann Steirers windiger Bude finden lässt, dann wird aus Spazierers Vermutung die so ersehnte Bestätigung. Wie der Spazierer glaubt, mit seinen Recherchen fertig zu sein, und schon fast einpacken will, fällt ihm der alte Flyer in die Hand.

Hätte er zuvor das Foto nicht gefunden, dann hätte ihm der Strahlemann, gleich rechts von dem furchterregenden Bären, wohl nur wenig gesagt. So aber fügt sich ein Teilchen ins andere.

Wie beim Puzzlespielen. Der junge Mann hat eine auffällige Ähnlichkeit mit dem Burschen auf dem Foto. Wohl der Vater in jungen Jahren. Und dass der Wanderzirkus ziemlich weit herumgekommen ist, wird dem Spazierer auch rasch klar. Die Ortsnamen kann er anfänglich nicht eindeutig zuordnen, aber als begeisterter Fußballfan und bei dem hohen Niveau, auf dem die heute in Rumänien Fußball spielen, kommt ihm die eine oder andere Ortschaft doch bekannt vor.

Mit der ebenfalls abgedruckten Jahreszahl wird für ihn die ganze Sache noch konkreter. Da kann ein Spürhund, wie der Spazierer nun einmal einer ist, schon erste Witterung aufnehmen. Seine Conclusio ist denkbar einfach.

Kann man den mittlerweile wohl in die Jahre gekommenen Vater nicht ausfindig machen, dann muss man entlang seines Lebenslaufes eine Stelle finden, wo man quasi den Karabiner einhaken kann. Ist wie beim Bergsteigen.

Und wenn er höchstpersönlich durch ganz Rumänien tingeln muss. Mit seinem recht passablen Englisch kommt er dort unten noch eher durch als der Draxler mit seinen paar Brocken Spanisch, die er gemeinsam mit seiner verstorbenen Frau Irmi irgendwo auf Mallorca aufgeschnappt hat. Oder der Sepp mit seinem Weststeirer Dialekt. Welche Sprachen die Zuckerschnecke eigentlich spricht, kann der Spazierer nicht sagen. Jetzt ans Französische zu denken, verkneift sich der Herr Major artig. Sonst geht mit ihm erneut die Phantasie durch.

Sauber stellt der Spazierer die Alben wieder in Reih und Glied auf, schiebt den Sessel so ordentlich unter den Schreibtisch, wie er ihn vorgefunden hat, und steigt ins Erdgeschoss hinab. Den Reininger lässt er noch weitersuchen. Soll sich nur brav seine Sporen verdienen. Dass der auch noch eine weitere Spur finden könnte, traut er ihm durchaus zu. Pedant ist der Reininger, und sparsam ist der Reininger, aber dumm ist der Reininger mit Sicherheit nicht.

Die Hilde findet der Spazierer in der Küche. Nestelt gerade an ihrer Bluse herum. Wegen dem obersten Knopf. Auf oder zu? Lässt sie ihn offen, wird beim Herumstöbern ein Hinunterbücken zum Softporno. Lässt sie ihn aber zu, dann ist sie eine einfache Frau, die eine einfache weiße Bluse trägt. Also nichts wirklich Besonderes. Der gewünschte Transparenzeffekt war leider ein Schuss in den Ofen. Nur bei der richtigen Sonneneinstrahlung wird der Spitzen-BH zum Hingucker. Und so trüb, wie der heutige Tag wettertechnisch ist, fehlt ihr die notwendige Bühnenbeleuchtung.

Den Spazierer hört sie nicht kommen.

Der lehnt sich entspannt an den Türstock und schaut der Hilde interessiert beim Offen-oder-geschlossen-Spielchen zu. Würde man ihn nach seiner Meinung fragen, er würde den Knopf freilich offen lassen. Weil sich die Hilde so gar nicht entscheiden kann und weil sich der Spazierer doch als Gentleman sieht, zieht er sich dann doch wieder zurück. Leise. Der Hilde Ranner erspart er damit einen hochroten Knopf und sich selbst eine wahrscheinlich gestammelte Erklärung.

Im Wohnzimmer findet er dann seinen Chef, der mit großen Augen ins Aquarium starrt. Fast wie ein Kind auf einen Topf mit Süßigkeiten, der unerreichbar weit oben im Regal steht. Für den Draxler wäre so eine Sache eine wirkliche Alternative zu einem Vierbeiner. Weil der baldige Pensionär auch nicht jeden Tag um sechs Uhr morgens aufstehen will, um bei Wind und Wetter mit dem Hund vor die Türe zu gehen. Dem Tier ein lebenswertes Dasein zu schenken, wenn das eigene darunter leidet? Der Draxler kennt den Begriff »Altruismus« auch nur vom Hörensagen. Aber so ein paar fröhliche Fische im heimatlichen Wohnzimmer, dann noch das viele Grün und als Draufgabe dieses beruhigende Gurgeln. Warum nicht?

Jetzt, wo die badende Leiche weg ist, erholt sich das fragile Ökosystem langsam wieder. Und dieses kleine Wunder ist erneut der Wasserpumpe zu verdanken. Das trübe Wasser ist fast schon so klar wie am Vortag. Träge schwimmen die Barsche ihre Kreise und Spiralen. Von der üblichen Hektik mit Verfolgungsjagden, die zumeist vor der Fütterung herrscht, ist nichts zu bemerken. Wird wohl noch länger so bleiben. Die Barsche sind schließlich satter als satt.

Ein kurzes Hüsteln des Herrn Major, und der Draxler taucht

aus seinen Gedanken wieder auf. Aus der benachbarten Küche gesellt sich ein Augenzwinkern später die Hilde zu ihren beiden Chefs. Der Spazierer weiß nach einem raschen Blick auf Hildes Busen, dass der oberste Knopf endgültig verloren hat. Die Softpornovariante ist somit amtlich.

Und es wird noch weiter getaucht. Reiningers Arm nämlich. Der versinkt im Oberstock gerade im Spülkasten des Klos. Wird ja oft als Geheimversteck genutzt. Finden wird er dort aber rein gar nichts.

Der Spazierer beschließt, nicht auf den Sepp zu warten, und zaubert das Foto aus der Innentasche seines Sakkos. Der Draxler schaut dem Spazierer fragend in die Augen. Dem Draxler sagen beide Menschen nichts, die ihn da so fröhlich aus der Vergangenheit anlachen. Um es dem Draxler einfacher zu machen, die Zusammenhänge zu erkennen, zückt der Spazierer rasch noch ein zweites Foto. Nämlich das von draußen auf dem Gang. Das jüngste Zweipersonen-Kleinfamilie-Foto. Nun ist der Draxler kein Memory-Spezialist, und mit Gesichtern oder gar Namen hat er es auch nicht so wirklich, aber dass die Frau auf den beiden Fotos wohl ein und dieselbe sein muss, fällt auch ihm auf. Und weil der Spazierer kein weiteres Wort verliert und sein beharrliches Schweigen wohl bedeuten muss, dass es da noch etwas gibt, was dem Draxler auffallen sollte, und weil der Draxler aus diesem eitlen Grund keines der beiden Fotos aus den Händen geben will, bleibt der Hilde nichts anderes übrig, als dem Herrn Oberst über die Schulter zu schauen. Bloß Statistin zu sein ist für sie auch keine Lebensaufgabe. Durch Hilde Ranners schweres Parfüm irritiert, fällt es dem Oberst gleich noch viel schwerer, sich auf das zu konzentrieren, was man von ihm erwartet.

Wie die Hilde dann laut aufseufzt und dieses Seufzen einen typischen Unterton hat, der so klingt wie »Ich weiß was, Herr Lehrer!«, kriecht dem Draxler wieder ein leichter Groll in die Knochen. Den Spazierer nimmt er von seinem Groll auch nicht aus.

Dass er es dem Spazierer übel nimmt, so vorgeführt zu werden, ist freilich unfair. Der hat ja auch nur eine unbestätigte Theorie, die er nun bestätigt haben will. Und das ohne heimliches Zuflüstern und Auf-die-Sprünge-Helfen. Wenn dann ein arrivierter Oberst auch zu demselben Ergebnis kommt und wenn, so wie es den Anschein hat, auch eine Planstellenaspirantin ähnliche Schlüsse zieht, dann bekommt so eine federleichte Theorie das notwendige Gewicht.

Wenn sogar die Unerfahrenen einen besseren Durchblick haben als ich mitsamt meiner langen Erfahrung, dann ist es wirklich langsam Zeit abzudanken, denkt sich der Draxler in einem leisen Anflug von Resignation.

Und dann macht es endlich auch beim Herrn Oberst klick.

Die schönen weißen Zähne! Vielleicht ein gemeinsamer genetischer Ursprung? Und der lacht hier alle aus dem Bild heraus an. Und wenn diese Gemeinsamkeit auch noch einen Bruder hat, und das im wahrsten Sinne des Wortes, dann war der scheinbar sinnlose Mord am Steirer Johann vielleicht doch nicht so sinnlos. »Sinnlos« im Sinne von »ohne Motiv« natürlich. So pietätlos würde der Draxler niemals denken.

Zwischen den beiden Toten könnte es also tatsächlich eine Verbindung geben!

Die Geistesblitze, die der Spazierer in den Gesichtern seiner Kollegenschaft ablesen kann, lassen einen großen Granitblock von seinem Herzen fallen. Nicht so ein kleines Pflastersteinchen, sondern so ein riesiges, tonnenschweres Ding. Jetzt haben sie endlich eine echte Spur. Wenn drei unvoreingenommene Personen denselben Schluss ziehen, dann wird aus einer Vermutung ein echter Verdacht. Dass der Reininger Sepp, der gerade mit tropfnassen Händen den Raum betritt, so gar nichts mit dem Trio anfangen kann, das hier stumm beieinandersteht, aber doch irgendwie miteinander zu kommunizieren scheint, stört weder die drei Beamten noch die dreißig Barsche. In einem derart schicksalsschwangeren Moment lässt sich keiner gerne stören.

Und dann rufen Draxler und Spazierer beinahe zeitgleich aus: »Auf in die Südsteiermark!«

An dieser Stelle gilt es einmal den Herrn Oberst zu loben. Gerade erst die tiefe Bedeutung des Ganzen erkannt, schlussfolgert der in wenigen Sekunden, wofür der Spazierer fast zehn Minuten Zeit gehabt hat. Wenn der schöne Unbekannte auch auf dem vergammelten Hof ein Andenken hinterlassen hat, dann ergeben eins und eins wirklich zwei.

Der Reininger Sepp schüttelt nur den Kopf. Für ihn ernüchternd, dass die großen Ereignisse auf dieser Welt zumeist ohne sein Beisein passieren. Da kann ihm die Erinnerung an seinen großartigen Beitrag im letzten Sommer, der doch einigen Seelen den Aufstieg in den Himmel ermöglicht hat, auch nicht über die Enttäuschung hinweghelfen. Das Gefühl der Enttäuschung ist ja noch frisch, während die Erinnerung an diese ruhmreichen Taten schon reichlich Patina angesetzt hat.

Wie die vier keine fünf Minuten später in Spazierers Alfa die Straße hinunterbrettern, das nette Blaulicht aufs behördliche Blechdach geknallt, ist die Hilde wieder mehr privat als dienstlich. Dass sie hinten sitzen muss und der Spazierer so gar keinen Blick auf ihre offene Bluse werfen kann, ist für sie ein Schlag in die Magengrube. Am Beifahrersitz wären ihre Chancen zweifellos besser.

Im Auto herrscht fast eine Zweiklassengesellschaft. Vorne die ranghöchsten Männer, die sich noch dazu in einer Lebhaftigkeit über den Fall austauschen, als wären sie ganz allein auf der Welt, und hinten eine Frau und ein einfacher Revierinspektor. Zwar ist der Tag noch lang, trotzdem hat die Hilde ernste Zweifel an ihrem Tageshoroskop. Fünf Sternchen bei der Liebe. So viel hat es für ihr Sternzeichen schon lange nicht mehr gegeben. Nicht einmal an dem Tag, an dem sie ihren Schnurlibärli kennengelernt hat. Der einsame, magere Stern sah damals nicht gerade verheißungsvoll aus. Aber rückblickend hat ihr Horoskop auch wieder recht gehabt. Der ewige Student war wohl keinen zweiten Stern wert. Wenn sie sich gegenüber ehrlich ist, dann war bei der durchwachsenen Katastrophenbeziehung sogar der eine wohl einer zu viel.

Und wie dann ein Sonnenstrahl durch die dicke Wolkendecke dringt und vor ihnen auf die Straße trifft, kommt das Himmlische dem Irdischen einen großen Schritt näher. Ungehörte Engelstrompeten kündigen an, dass der Herrgott heute besonders gnädig ist.

Weil er gerade den beiden Herren, die gar nicht so weit von ihm entfernt auf der kleinen Wolke herumlungern, mit dem ersten Hinweis ein schönes Geschenk gemacht hat, wird er der Hilde auch gleich eines machen.

Weil der Spazierer, vollgepumpt mit Jagd-Endorphinen, vergessen hat, seine Bluetooth-Verbindung zu unterbrechen, und der Herrgott auch manchmal so seine fiesen Tage hat, lässt der Himmelvater nun Karin zum Telefon greifen. Und weil sich Spazierers Handy nach fünf Mal klingeln automatisch verbinden lässt und weil der Spazierer das natürlich weiß und nichts peinlicher ist, als wenn man von der eigenen Freundin vor der versammelten Kollegenschaft heruntergeputzt wird oder andersrum vielleicht mit Sexgeflüster blamiert wird, was zwar besser ist, aber auch nicht viel, weist er den Anruf selbstverständlich ab. Und weil der Spazierer schließlich fahren muss, kann er als Entschuldigung auch kein vorprogrammiertes »Ich rufe zurück«-SMS absenden, geschweige denn ein »Ich melde mich« ins Telefon hauchen. Und weil die Hilde noch junge Augen hat und Karins Namen am Display so lustig aufgeleuchtet hat, kann sie sich nun beruhigt zurücklehnen. Den Gong hört ein jeder. Diese Runde hat die arme Karin verloren.

Könnte der Spazierer jetzt Hildes Gesicht sehen, ihr breites Grinsen hätte ihn sicherlich ein wenig verstört.

103

Dr. Schneiders schneidiger Fahrweise und seinem exklusiven Stau-Umfahrungs-Navi ist es zu verdanken, dass er eine Viertelstunde vor dem Karl in der Gerichtsmedizin eintrifft. Zeit genug, um sich zu duschen und das übliche sterile Arbeitsgewand anzulegen. Eine Leiche am Obduktionstisch zu kontaminieren ist kein Zeichen professioneller Arbeit. Das würde Jürgen Gralla mit einem Grunzen durchaus bestätigen.

Blickt man einige Jahre zurück, dann war so ein genetischer Abgleich ein mehrmonatiges Projekt. Bis da endlich eine Antwort aus einem der wenigen Labors gekommen ist, haben die Jahreszeiten gewechselt. Bei »kalten« Fällen nicht das große Drama, weil die Hoffnung auf die späte Lösung eines Falls, bei dem eine einsame Seele herumirrt und verzweifelt auf ihre Fahrkarte in den Himmel wartet, immer noch besser war als gar kein Hoffnungsschimmer. Bei temporeichen Mordserien hat die Sache damals freilich anders ausgesehen. Quasi »Gefahr im Verzug« und keine Möglichkeit, die Sache zu beschleunigen. Die Technik war damals eben noch nicht so weit. Hat sich so ein fideler Mörder mit einem Paar Gummihandschuhen aus der Hauswarenabteilung ausgerüstet, war er praktisch schon aus dem Schneider.

Heute ist die Sache mit den Gentests zweifellos anders. Veranschlagt man heute acht bis zehn Wochen, dann wird das schon in etwa hinkommen. Bei einem so guten Beziehungsgeflecht, wie es der Dr. Schneider hat, geht es freilich noch schneller. Trotzdem wird sich Dr. Schneider in der Zwischenzeit nicht gemütlich zurücklehnen, um bei Partysongs und heißem Kaffee auf die Laborbefunde zu warten. Vertrauen in die Arbeit seiner Kolleginnen und Kollegen hat er natürlich, aber am Anfang steht immer noch seine eigene Arbeit. Und wenn ihn sein gewohnter Spürsinn nicht im Stich lässt, dann ist so ein Laborbefund auch nicht mehr als eine Bestätigung seiner eigenen, längst gezogenen Erkenntnisse.

Da das Klopfen an der Hintertüre diesmal fast höflich klingt und nicht so penetrant wie noch vor zwei Tagen, werden es heute wohl andere Frischfleischzusteller sein.

Und recht hat er, der Dr. Schneider. Und könnte er wie Superman durch Wände und Beton schauen, dann hätte er gesehen, wie kaum zwei Kilometer entfernt die zwei ehemaligen Leichenchauffeure durch einen muffigen Kanal stapfen. Der Tätowierte voran, und wie immer einen Tschick in seiner rechten Hand. Die Frage, die sich die ihm hinterherzappelnde Zahnlücke laufend stellt, nämlich, warum sie von einem auf den anderen Tag so tief gesunken sind, und das im wahrsten Sinne des Wortes, bleibt auch an diesem Tag unbeantwortet. Und am nächsten.

Schön sieht der Karl so ohne volle Lippenpracht wirklich nicht aus. Ein schreckliches Grinsen ohne einen Hauch von Nettigkeit. Ist ohne einen richtigen Mund auch wirklich schwer, so etwas einigermaßen fesch hinzubekommen. Weil Dr. Schneider den Toten als quasi lebendiges Wesen von der Fotowand her kennt, kommt ihm auch einer seiner seltenen Seufzer aus. Der Tod kann manchmal wirklich hässlich sein. Viel öfter, als er tröstlich wirkt. Friedlich Entschlafene schauen bei Dr. Schneider leider nur sehr selten vorbei.

Wenn auch das Fehlen der Lippen leicht verstörend wirkt, ist es genau dieses Fehlen, das Dr. Schneider sofort an den Johann Steirer, den Mohr, erinnert. Wenn sich Dr. Schneider jetzt die Obduktionen der letzten zehn Jahre in Erinnerung ruft – sein Gedächtnis ist so hervorragend, dass er dabei nicht eine einzige Leiche vergisst –, dann fällt ihm gleich auf, dass er in all den Jahren wohl nur eine Handvoll toter Menschen hier bei sich auf dem Tisch gehabt hat, die mit der Qualität der Kauleisten seiner letzten beiden Kunden auch nur annähernd konkurrieren könnten.

Nach ein paar Minuten eingehender Mundhöhlenforschung, zu der Dr. Schneider passenderweise auch so eine Höhlenforscherstirnlampe trägt, ist er sich absolut sicher, dass auch dieses Gebiss absolut amalgamfrei ist. Auch hier nicht der leiseste Anflug von Karies. Würde Dr. Schneider jetzt den Johann aus der Kühltruhe holen und ihn unmittelbar neben den Dauergrinser Karl legen, dann hätte er links ein bis zur Unkenntlichkeit verbranntes Gesicht und rechts ein aufgequollenes ohne Lippen. Aber wenn jetzt einer, nach einer Viertelstunde Hin-und-her-Schauen, eine Halbbruderschaft erkennen will, dann muss der höllisch aufpassen, nicht in die Klapsmühle zu kommen, weil völlig aus der Luft gegriffen und durch nichts belegbar. Null Ähnlichkeit.

Bevor Dr. Schneider das mit dem Aufschneiden angeht, dreht er den Krummer Karl vorsichtshalber auf den Bauch. Und was er dann zu sehen bekommt, lässt sein Herz mit einem Mal um Terzen höherschlagen. Vorne die Zähne nahezu ident und hinten die herrlichen Blutergüsse ebenfalls. Bei Karls weißer Haut noch viel deutlicher ausgeprägt als beim Johann Steirer. Und da braucht der Dr. Schneider kein Maßband oder gar einen Fotovergleich. Die tödliche Minipranke, die das da angerichtet hat, die kennt er. Die Ausprägung einen Deut anders, weil der Handschuh wohl diesmal keiner von der feuerfesten Art gewesen ist, aber die Abstände passen haargenau. Dasselbe Schema, aber eine fast diametrale Todesursache. Erst Feuer und jetzt Wasser. Mit dem Wasser, das Dr. Schneider in Karls Lunge finden wird, hätte er zwar Johanns Maronifeuer nicht löschen können, dieses aber zumindest heftig zum Qualmen gebracht.

104

Den Oberst Draxler erreicht Dr. Schneider erst nach mehrmaligem Läuten. Die vier im Alfa biegen gerade in den abschüssigen Schotterweg ein, der hinunter zu Johann Steirers Hof führt. Mit einem breiten Grinsen quittiert Oberst Draxler Dr. Schneiders geäußerte Vermutung, dass die beiden Morde mit hoher Wahrscheinlichkeit von ein und demselben Mörder begangen worden sind. Dem Spazierer klopft er sogleich anerkennend auf die rechte Schulter, ehe er alle anderen Fahrzeuginsassen über die Neuigkeit in Kenntnis setzt. Mit dieser Information im Gepäck ist das anstehende Foto-im-Heuhaufen-Suchen für die vier nun keine Verdachtsaktion mehr.

Der Oberst Draxler teilt erneut seine Truppe ein. Weil er nicht immer ein grantiger Unmensch ist, überlässt er der Ranner und dem Reininger das Wohnhaus. Dort auf Fotos, Urkunden oder Was-weiß-ich-was zu stoßen ist weitaus wahrscheinlicher als im Stall, im Heuschober oder einer der baufälligen Hütten, die in unmittelbarer Nähe des Wohnhauses teilnahmslos herumstehen.

Aus der Ferne hört der Draxler ein trauriges Jaulen. Der Schäferhund Rolli hat Draxlers Witterung aufgenommen, kommt aber ums Verrecken nicht aus dem Zwinger. Diesmal hat der Stoiser den Riegel ordnungsgemäß vorgeschoben.

Weil der Spazierer doch um einige Jahre jünger ist, darf er hinauf ins Gebälk des windschiefen Stalls, während Draxler sich zu ebener Erde auf die Suche machen wird. Und weil der Spazierer den Stall schon von innen kennt, weiß er auch, was ihn dort erwartet. Dass der Reininger Sepp dem klapprigen Stallgebäude mit dem Unimog seines Bruders von der anderen Seite ordentlich eine mitgegeben hat und sich die braven Holzbalken seit jenem Tag redlich bemühen, den Gesetzen einer stabilen Statik auch weiterhin zu gehorchen, weiß der Herr Major Gott sei Dank nicht.

Wie der Spazierer auf die erste Sprosse der Leiter steigt, geht ein Ächzen durch das trockene Holz. Hundert Kilogramm Mann ist für die Dinger auch kein Honigschlecken. Ein Blick nach oben macht dem Spazierer deutlich, dass da noch weitere dreißig Stück auf ihn warten. Jede einzelne so vertrauenerweckend wie ein Pädophiler auf einem Kinderspielplatz.

Wenn eine der untersten bricht, dann ist ein verstauchter Knöchel wahrscheinlich. Zehn Sprossen weiter droht ein kapitaler Beinbruch, und gibt eine von denen da ganz oben nach, dann kann sich seine Karin schon überlegen, was sie mit seinen üppigen Lebensversicherungen alles anstellen will. Weil im Dienst verunfallt, zahlt es sich für die Karin gleich doppelt aus. Privatversicherung plus Dienstversicherung, und schon kann sie über ein stattliches Gutsherrenhaus nachdenken. Oder ein kleines Schloss. Vielleicht mit einer gusseisernen Gedenktafel neben dem Eingangstor, als Erinnerung und Reminiszenz an den edlen und doch tragisch verstorbenen Spender.

Der Spazierer würde sich mit Sicherheit nicht als Feigling bezeichnen, aber ein trübes Gefühl von Lebensmüdigkeit verspürt er an diesem Tag nicht. Mit seiner Heuallergie als Ausrede würde er argumentativ aber auch nicht weit kommen. Als Kind waren die Pollenzeit und frisch geerntetes Heu für ihn der absolute Horror. In Sichtweite ein Heuhaufen, und der Spazierer konnte mit jeder Bulldogge konkurrieren. Die Augen roter als rot und Nase wie Augen triefend wie ein nasser Badeschwamm. Dass diese Sache aber mit fortschreitendem Alter aufgehört hat, hat er dem Draxler im Laufe der Jahre schon hundertmal unter die Nase gerieben. Dass der das vergessen haben könnte, auch eher unwahrscheinlich. Und dass er Höhenangst nur vom Hörensagen kennt, weiß auch halb Graz.

Der Spazierer beschließt, zuerst das Erdgeschoss des Stalls zu untersuchen. Vielleicht erspart ihm ja ein Freudenschrei aus dem Wohnhaus die gefährliche Kraxelei. Wenn der Spazierer einen Wunsch äußern dürfte, dann den, dass die zwei da drinnen möglichst rasch über etwas Verwertbares stolpern.

Die am wenigsten vielversprechenden Gebäude hat sich der Draxler ausgesucht. Der hat es auch nicht so mit dem Kreuzverrenken und Herumklettern. Der erste Schuppen ist bis auf eine alte verrostete Egge praktisch leer. Beim nächsten hat er ordentlich Mühe, das schiefe Tor zu öffnen, aber der gibt auch nicht viel mehr her. Altes Gerümpel, so weit das Auge reicht. Viel verspricht sich der Oberst von seiner kleinen Exkursion nicht. Aber halbe Sachen mag er gleich noch viel weniger. Entweder durchsuchen sie jeden Winkel und jede Nische, oder sie lassen es gleich ganz bleiben.

Das mit der weißen Bluse tut der Hilde auf einmal furchtbar leid. So versifft und verlottert, wie das Wohnhaus auch von innen aussieht, wird die wohl bald grau sein. Aber dieses eine Mal hat die Hilde die Rechnung ohne den Reininger Sepp gemacht. Weil ihre heutige Aufmachung den Revierinspektor weit weniger sabbern lässt als die gestrige Lederkombi, hat er sich so weit im Griff, dass bei ihm der Gentleman durchkommt. Die Hilde soll sich um die Wohnküche und eventuell das Schlafzimmer kümmern. Diese zwei Räume gehen ja gerade noch so. Den schmuddeligen Rest wird er sich vornehmen. Sepps Vorschlag dankt ihm die Hilde mit einem ganz lieben Lächeln.

Weil die Hilde das Foto des vermeintlichen Vaters mit ihrem Handy abfotografiert hat, weiß sie auch ganz genau, wonach sie suchen muss. Und weil die beiden Toten annähernd im gleichen Alter waren, wird der mögliche gemeinsame Vater wohl auch nicht viel anders aussehen als auf dem Bild aus Karl Krummers Fundus.

Der Sepp war da nicht so fix. Ist an diesem Tag auch kein großes Problem, da der Sepp diesmal nicht der große Entdecker sein wird.

Im Schlafzimmer riecht es fürchterlich nach altem Mann. Aber weil einen ein übler Geruch auch nicht wirklich umbringt und sich die Hilde zwar in erster Linie als Frau, aber doch auch als Kriminalbeamtin sieht, geht sie die Sache tapfer an. Den alten, schweren Kleiderkasten nimmt sie sich als Erstes vor. Außer mottenzerfressener Männerkleidung kann sie auf den ersten Blick nicht viel erkennen. Die Taschen diverser Jacken sind schnell durchsucht. Abgesehen von ein paar zerknüllten Stofftaschentüchern findet die Hilde nichts Nennenswertes. Oben in der Ablage nur ein Stoß alter karierter Holzfällerhemden. Wie sie die Kastentür schon wieder schließen will, fällt ein kräftiger Sonnenstrahl durch das verschmierte Fenster und lässt ihren roten BH grell aufleuchten. Erstmals an diesem Tag geht ihr Betörungskonzept so richtig auf. Leider zur falschen Zeit und an falscher Stelle und natürlich ohne den Major in Sichtweite. Aber das ist der Hilde auf einmal gar nicht mehr so wichtig. Sie ist jetzt voll bei der Sache. Ein Aufblitzen im hintersten Winkel der Ablage hat ihre Aufmerksamkeit erregt. Zu jeder anderen Tageszeit und auch zu jeder anderen Jahreszeit wäre der Sonnenstrahl auf eine andere Stelle gefallen. Aber dass sie genau jetzt hier ist, war wohl wieder ein kleiner Fingerzeig von ganz weit oben.

105

Und dann schickt Gott einen Engel aus. Seraphina ist auch noch nicht so lange im Besitz ihrer blütenweißen Engelsflügel, dass man ihr Schweben als elegant bezeichnen könnte, aber in ihrem kurzen weißen Röckchen, das sie sich beim himmlischen Einkleiden ausgesucht hat, eine recht hübsche Erscheinung. Jetzt zu den beiden Transitseelen hinüberzuschweben, um ihnen die frohe Botschaft zu überbringen, dass da unten auf der Erde endlich etwas weitergeht und die Sache mit der Erlösung und dem Seelenfrieden nicht mehr allzu lange dauern kann, ist ihr erster himmlischer Auftrag.

106

Rasch schiebt die Hilde einen alten Stuhl vor den Kasten und steigt hinauf. Kurz darauf zieht sie eine alte Blechschatulle aus dem tiefen Ablagefach. Ist ganz schön schwer, denkt sich die Hilde, ehe sie den Sessel mit einem der Stofftaschentücher abwischt, um sich anschließend draufzusetzen. Der angerostete Deckel lässt sich nur mit viel Geduld und weiblichem Geschick aufzwingen. Nach einer langen Minute werden Hildes ehrliche Bemühungen belohnt.

Die Blechkiste ist, bis hinauf zum rostigen Rand, voll mit alten Fotos. Also genau der Schatz, nach dem sie alle so eifrig gesucht haben. Dabei kommt der Hilde ein leiser Schrei aus. Leider zu leise, um den Spazierer draußen im Stall von seinen Ängsten zu erlösen. Nicht einmal der Sepp, der im Nebenraum gerade wieder das Innere des Klospülkastens freilegt, hat ihn gehört. Hier beim Steirer Johann ist die Arbeit weitaus unappetitlicher als oben in Puntigam beim Krummer Karl.

Drüben im Stall sucht der Spazierer dieselbe Ecke auch schon zum dritten Mal ab, nicht ohne jede zweite Minute hinüber zur Leiter zu schielen. Wenn nicht gleich etwas Entscheidendes passiert, dann wird er wohl oder übel da hinaufmüssen. Auf den richtigen Schrei, den megalauten, wird er aber noch ein Weilchen warten müssen. Den hat die Hilde nämlich für Johanns Papa reserviert.

Und wie sie dann den Papa findet, samt Interimsfreundin, die wohl auch die Kindsmutter des Johann Steirer sein muss, macht sie jeder Feuerwehrsirene Konkurrenz. Und weil der Spazierer gerade die letzte knackende Sprosse hinter sich gebracht hat und erleichtert aufatmen will, macht ihn der lang ersehnte Schrei auf einmal sehr traurig.

Nun haben sie den endgültigen Beweis. Das soeben gefundene Foto von ähnlicher Qualität wie jenes, das sie vormittags abfotografiert hat. Das Lachen auf dem Handydisplay unverwechselbar dasselbe. Und weil Hildes Schrei so gellend laut war, bricht auch der Oberst seine Suche umgehend ab. Obwohl er ein gutes Stück weg vom Haus ist, tut ihm der Schrei noch länger in den Ohren weh. Und weil der Sepp nur einen Raum weiter werkelt, erschrickt er derartig, dass er sich beinahe die Schulter ausrenkt, weil sein halber Arm noch immer im Spülkasten steckt. Dass er dann noch mit dem Kopf gegen den Boiler donnert, ist wieder so ein bedauerlicher Kollateralschaden.

In der Küche treffen dann alle zusammen. Stolz präsentiert die Hilde Ranner ihren Fund. Es besteht nun nicht mehr der geringste Zweifel, sie sind endgültig auf der richtigen Spur. Mühsam nestelt der Draxler sein Handy aus der Innentasche seines Sakkos und ruft den Dr. Schneider an. Und weil das mit dem Armhineinstecken an diesem Tag anscheinend große Mode ist, muss ihm sein Adlatus das Handy ans akademische Ohr halten. Dr. Schneider steckt nämlich mit beiden Armen bis zu den Ellenbogen in Krummer Karls Bauch und gräbt sich gerade durch das Halbverdaute, das der Ferdl in seinem Gasthaus so würzig und mit Leidenschaft gekocht hat.

Dem Dr. Schneider entlockt die Telefonbotschaft ein befriedigtes Schmunzeln. Wieder einmal recht gehabt, denkt sich Dr. Schneider in einem dieser seltenen selbstherrlichen Momente.

107

Und oben im Himmel gehen die Fanfaren an. Zwei Verblichene liegen sich in den Armen. Und dann gleich drei. Weil der Engel Seraphina doch noch einmal vorbeigeschaut hat. Und was keiner sehen kann: Auch dem Herrgott kommt diesmal ein kleines Lächeln aus.

108

Und endlich schiebt sich die Sonne vollständig aus ihrem Versteck. Das warme Herbstlicht wird durch die gelb-orangenen Blätter der stattlichen Laubbäume gleich noch um drei Stufen wärmer. Ist die Südsteiermark bei jedem Wetter einen Besuch wert, so meint man, an so einem herrlichen Herbsttag mitten im Paradies zu sein. Im Himmel könnte es nicht schöner sein.

So oder so ähnlich steht es wahrscheinlich in den üblichen Tourismuswerbeprospekten. Da muss man gar kein begnadeter Schriftsteller sein, um so etwas zu Papier zu bringen. Bei dieser landschaftlichen Schönheit reicht es völlig aus, wenn man die eigenen Gefühle in ein paar halbwegs gerade Sätze packen kann.

Blickt man hinein in den schwarzen Alfa, dann verdunstet so ein Anflug von Romantik schneller als ein Wassertropfen in der Kalahari-Wüste. Am ehesten hätte noch die Hilde Ranner ein Auge für die wunderbare Landschaft gehabt, die draußen eilig an ihnen vorüberzieht, aber weil sie jetzt ihren ersten ganz persönlichen Beitrag in der Mordsache geleistet hat, identifiziert sie sich nun so richtig mit dem Fall. Daher sind für sie die Weinberge und die farbenfrohen Wälder auch nicht mehr als ein schönes Stück Umgebung.

Der Draxler reibt sich genüsslich die Hände. Wenn heute der Cursor seines Computers nervig aufblinkt, braucht er nicht mit großen Unschuldsaugen fragend in die Runde blicken. Seine gedankliche Liste möglicher Schlagworte, mit denen er das Interpol-Suchprogramm füttern wird, wird mit jeder Kurve länger. Wahrscheinlich, weil der Spazierer mit seinem halsbrecherischen Fahrstil beim Draxler im Oberstübchen alles schön an die richtige Stelle beutelt.

Was den Oberst in seiner Hochstimmung dennoch bedrückt, und das wird er schön brav für sich behalten und mit ins kühle Grab nehmen, ist die Tatsache, dass der Spazierer bei ihrem gestrigen Brainstormingfiasko mehrmals die weißen Zähne erwähnt hat. Wie eine tibetanische Gebetsmühle. Und wie leicht wäre es für den Draxler gewesen, die zwei Worte in den Computer zu tippen. Sind nicht einmal lang. Nur, um schnell einmal nachzusehen. »Bringt es nichts, dann schadet es auch nicht«, so heißt es doch?

Schaut man sich ein typisches Mannsbild an, dann muss man als Frau erstaunt feststellen, dass so ein durchschnittlicher Mann Fähigkeiten haben kann, die einer Frau im Regelfall völlig fremd sind. Ob diese nun gut sind oder man sie verteufeln sollte, liegt rein im Auge des Betrachters. Zum Beispiel die Sache mit dem Verdrängen. Probleme nicht einfach anzugehen, um sie zu lösen, sondern sie zu verdrängen, wenn »Mann« so gar keine Lust hat, sich an diesem Tag damit auseinanderzusetzen. Oder am nächsten.

Und genau das wird der Draxler heute tun. Der wird ganz sicher nicht hingehen, »weiße Zähne« eintippen und dann gleich die Return-Taste drücken. Der wird schön brav drei bis vier Stichworte eintippen. »Weiße Zähne« wahrscheinlich irgendwo in der Mitte. Bloß nicht am Anfang. Da könnte er ja versehentlich abrutschen, und aus wäre es mit seinem Seelenfrieden.

Spuckt der Computer dann etwas Verwertbares aus, kann der Oberst gleich jeden zweiten Tag an Karl Krummers Grab pilgern, um die Blumen zu wechseln und neue Grabkerzen anzuzünden. Weil quasi Mittäter.

Betrachtet man die Sache realistisch, dann hätte ein kleiner Hinweis aber auch nicht automatisch bedeutet, dass der Herr Oberst den Krummer Karl hätte retten können. Bei den paar Stunden, die ihnen dafür geblieben wären.

Um den Mann-Frau-Vergleich abschließen zu können, schauen wir uns im Gegenzug die Hilde Ranner an. Weil eben Frau. Wäre ihr Ähnliches passiert, die hätte mit derselben Selbstverständlichkeit die zwei Worte eingetippt, mit der der Spazierer Tore schießt.

Vornehmlich bei der Freitagsfußballpartie, weil es dort besonders lustig zugeht.

Bei der Hilde findet sich von Verdrängungsmechanismen keine Spur. Daher nur die beiden Worte, ohne den ganzen Drumherum-Schnickschnack. Mit der Ungewissheit leben zu müssen, ob sie etwas hätte ändern können oder eben nicht, ist für sie als Frau keine Option. Die hätte schon ihren Seelenfrieden gebraucht. Und das wenn möglich schriftlich. Egal, wie die Sache ausgegangen wäre. Ob schuldig oder nicht schuldig.

Dass der Spazierer bei der Auffahrt auf die Autobahn wieder das Blaulicht aufs Autodach knallt, lässt ihm sein Chef gnädig durchgehen, obwohl er glaubt, dass so eine hektische Eile nicht angebracht ist. Sie haben zwei Tote, sie haben eine Spur, sie sind zu viert, und sie haben jede Menge Zeit.

Draxler, Draxler, Draxler. Jede Menge Zeit? Wenn du dich da nur mal nicht irrst!

109

Ihre neue Unterkunft ist nicht gar so modern wie ihre letzte, aber für ihren dritten Auftrag in der schönen Steiermark genau richtig. Nicht zu nahe bei ihrem letzten steirischen Opferlamm, aber auch nicht allzu weit entfernt. Gerade hat sie sich an den kleinen Sekretär gesetzt und streicht mit einem Holzlineal, das sie aus ihrer Volksschulzeit hinübergerettet hat in ihr erwachsenes Leben, Karl Krummers Namen penibel mit geradem Strich aus. Der kleine Haken, ganz rechts neben dem Namen, eine kleine, lustige Draufgabe. Seit sie in Rumänien bei der freudlosen Marina mit dem fidelen Morden angefangen hat, hat sie sich das zur Gewohnheit gemacht. Und immer wenn sie den Haken macht, murmelt sie ein leises »erledigt« vor sich hin. Ein liebenswertes Ritual, wie sie meint. Dass sie mit ihrer Meinung aber ganz allein auf weiter Flur ist, auch irgendwie klar.

110

Karin macht bald auch einen Haken. So einen kapitalen, großen. Hinter ihre Beziehung mit dem Georg Spazierer. Beweise hat sie dafür zwar keine, aber die Häufigkeit seiner Anrufe ist ein erstes beunruhigendes Anzeichen. Beunruhigend, weil er praktisch nie anruft. Dreimal am Tag zwar schon noch, aber das ist ja gar nichts. Vielleicht für verkrachte Langzeitehepaare, aber doch nicht für zwei eigentlich frisch verliebte Turteltäubchen. Und so intelligent ist ihr Freund Spazierer schon, dass der weiß, wie die Sache mit den Roaminggebühren abläuft. Die horrend hohen Kosten gehen voll auf ihre Kappe. Egal, ob er nun anruft oder sie ihn. Null Mehrbelastung für den armen Steuerzahler. Diese Ausrede kann der Gute gleich knicken, sollte er je damit antanzen.

111

Amalie hat sich diesen Tag von ihrer Veganertruppe freigenommen. Weil die Gruppe fast militärisch organisiert ist und sich Amalie dabei wie eine einfache Rekrutin vorkommt, und das auch völlig zu Recht, hat sie sich einfach krankgemeldet. Immer nur nach Beeren und ethisch reiner Veganernahrung zu suchen, und das zumeist im Unterholz mit all den Dornen und den spitzen Ästen, nervt Amalie langsam. Hätte Dr. Schneider gewusst, dass Amalies Liebe zu ihrem neuen Hobby eine weitaus geringere Halbwertszeit hat als die Sache mit dem Malen, er hätte sich vor lauter Freude die blutigen Hände gerieben.

Amalie steht, die Arme auf den frei stehenden Küchenblock gestützt, in ihrer Küche und blickt mit leerem Blick hinaus aus dem Fenster und hinein in den weitläufigen Garten. Dann verliert ihr Blick auf einmal diese Leere, und Amalie ist wieder voll im Hier und Jetzt.

Obwohl die Gerüche ihrer mit Gewürzen vollgestopften Küche überwältigend stark sind, nimmt Amalie noch einen anderen Geruch wahr. So einen richtig unangenehmen. Auch wenn sie ihren Blick schon zum dritten Mal über die Arbeitsflächen und über diverse Stellagen wandern lässt, fällt ihr doch nichts auf, was so derartig unangenehm riechen könnte. Kopfschüttelnd geht sie hinüber ins Bad. Seltsam. Auch hier dieser strenge Geruch. Und wie sie sich dann im Spiegel sieht, in ihrem verdreckten Jute-Ensemble und mit handtellergroßen Schweißflecken unter den Achseln, wird ihr schlagartig klar, dass es wohl in jedem Raum so übel riecht. Zumindest, wenn sie dort drinnen ist.

Und auf einmal kommt eine Woge tief empfundenen Mitleids über sie. Mitleid für ihren Mann, der das alles so tapfer erträgt. Mitleid für einen Mann, der in all ihren Ehejahren eigentlich jede ihrer Flausen, Launen und Hobbys mit einer Geduld akzeptiert hat, die sie immer für selbstverständlich gehalten hat. Denn auch wenn Amalie ein flatterhaftes Wesen ist, gibt es Momente, in denen sie die Realitäten ihres Lebens mit einer Klarheit sieht, die wohl jede andere umgehauen hätte.

In den nächsten zwei Stunden dringt dicker Dampf aus dem gekippten Badezimmerfenster. Aus Amalie, der Raupe, wird Amalie, der Schmetterling. Anschließend wird sie sich in ein nettes Kostüm zwängen und rasch zum Fleischer fahren. Heute Abend steht Steak auf dem Speiseplan. So ein dickes mit einem ordentlichen Fettrand. Die Garvariante wird wie immer halb blutig sein. Genau so, wie es ihr lieber, braver Mann mag.

112

Janoshs heimlicher Weg hinein nach Jugoslawien blieb gänzlich unentdeckt. Kaum dass Janosh über der Grenze war, änderte er sein Reiseverhalten. Er verschlief die Tage gut versteckt im Wald oder in einsamen Heuschobern und brach auf, sobald es dunkel geworden war. Reisen in der Nacht hielt er für weitaus sicherer als untertags. Mit nichts als ein paar rumänischen Papieren in der Tasche auf den staubigen Landstraßen nach Norden zu wandern ist auch kein Rundum-sorglos-Paket. In diesen Tagen hielt er sich von Dörfern und Menschen so gut wie möglich fern. Sosehr ihm die Frauen auch fehlten, in Jugoslawien konnte er sich keine Liebeleien erlauben. Obwohl hier der Kommunismus eine viel freundlichere Note hatte als im benachbarten Rumänien, bewegte er sich immer noch auf sehr dünnem Eis.

Jeden Morgen vor dem Schlafengehen lernte er eine Stunde Deutsch. Sein Talent, eine Sprache beinahe autodidaktisch erlernen zu können, war genau die Fähigkeit, die ihm in Deutschland Türen und Tore öffnen würde. War er hier in Jugoslawien ein Fremder, eben ein Zigeuner von »da drüben«, würde er, sobald er in Österreich war, zwar auch noch ein Fremder sein, aber eben ein Mensch, mit dem man kommunizieren konnte. Und wenn es keine Sprachbarriere gibt und wenn der fremde Akzent dann vielleicht doch gar nicht so fremd klingt, dann wird aus einem dunklen und zweifellos hübschen Mann bald so etwas wie ein Einheimischer. Nun ja, auf dem Land auch nicht so schnell, aber den Kern der Sache trifft es schon irgendwie.

Und Janosh war ja auch so etwas wie ein Menschenfänger. Mit so einer Gabe gesegnet, und noch ein entwaffnendes Lächeln aufgesetzt, konnte eigentlich gar nichts mehr schiefgehen.

Den letzten Schritt vom kommunistischen Osten in den kapitalistischen Westen hat Janosh ganz bewusst gemacht. In einem dichten Wäldchen, südöstlich des kleinen südsteirischen Marktfleckens Arnfels, ist er quasi Österreicher geworden. Diese Stelle hatte er sich damals genau ausgesucht. Und weil südlich der Grenze doch einige Menschen Deutsch gesprochen haben, war so eine Stelle auch nicht allzu schwer zu finden. Versteckt im Wald und als symbolkräftiges Monument ein unübersehbarer Grenzpfahl. Den gibt es dort aber auch schon lange nicht mehr.

Und genau neben diesem Pfahl hat Janosh diesen einen letzten Schritt gemacht. Mit Ehrfurcht und Andacht. Für ihn wohl der wichtigste Schritt in seinem Leben. Weil hinein in ein neues.

Dass sich Janosh, nach langen Monaten körperlicher Abstinenz, dann eine gute Weile in der Steiermark herumgetrieben hat, kann man ihm auch nicht verdenken. Bei den hübschen Mädchen, die ihm scharenweise nachgelaufen sind. Für die ortsansässigen Halbstarken war Janosh in diesen Tagen ein wirklich ernst zu nehmender Gegner.

Und wie er dann doch wieder aufgebrochen ist und seine Schritte nach Norden gelenkt hat, haben viele Mädchen sehr viel geweint. Manche von ihnen ein paar Monate später noch viel mehr.

Und weil Janosh so gut mit Tieren konnte und das in Deutschland damals noch eine echte Marktlücke war, spezialisierte er sich auf alles, was eben mit Tieren zu hatte. Zu Beginn handelte er nur mit Hundefutter und Heu für Pferde und Esel. Und wie dann endlich das Internet erfunden war und Janosh virtuell in praktisch jeden Haushalt hineinblinzeln konnte, und die von dort zu ihm heraus, und wie endlich seine allererste Website online war, wurde aus dem wohlhabenden Janosh ganz schnell ein wirklich reicher, reicher Mann.

113

Kaum dass Draxler sein Büro aufgeschlossen hat, fährt er seinen Computer hoch. Dass ihm die anderen drei gerne über die Schulter schauen würden, versteht der Draxler. Doch weil hinter seinem Schreibtisch nicht genügend Platz ist, braucht er sich auch keine fadenscheinige Ausrede einfallen lassen. Und darüber ist der Oberst schon recht froh. So ein neugieriges Über-die-Schulter-Schauen geht heute gar nicht.

Dem Spazierer dauert das Ganze viel zu lange. Draußen auf dem Gang steht der Getränkeautomat, und dort wird sich der Spazierer jetzt einen Automatencappuccino holen. Schmeckt wirklich nicht schlecht.

Zwischenzeitlich nehmen die Hilde Ranner und der Reininger Sepp am Besprechungstisch Platz. Der pedantische Revierinspektor muss für sich feststellen, dass da noch einiges an Krümeln vom Vortag herumliegt. Zwar nur ein, zwei am Tisch, aber der behördliche Boden ist voll von dem Zeug. Mit welcher Einstellung hier das örtliche Reinigungspersonal seiner Arbeit nachgeht, kann der Sepp so gar nicht nachvollziehen. Bei ihm zu Hause könnte man in jedem Raum am offenen Herzen operieren. Quasi überall keimfreie Zone.

Die Hilde trommelt mit den Fingern nervös auf der Tischplatte herum. Zwei Sachen machen ihr Sorgen. Dass das mit der Interpol-Suchanfrage so ewig lange dauert und dass ihr der Major schon wieder abhandengekommen ist. Als strategisch denkende Frau weiß sie nur zu gut, dass die Karin so einen weggedrückten Anruf wohl nur schwer akzeptieren kann. Dass es während der Suche nach Hinweisen auf dem südsteirischen Hof zu einer Aussprache zwischen Karin und Georg gekommen ist, glaubt die Hilde nicht so recht. Wenn ihr Chef einmal im Jagdfieber ist, dann können ihn so triviale private Themen nicht wirklich ablenken. Ihre durchsichtige und weitgehend unbeachtete Bluse ein eindeutiger Beweis für den Wahrheitsgehalt ihrer Einschätzung. Also wenn sie Karin wäre, dann säße sie schon längst im Porsche auf direktem Weg in die Heimat. Bei dem Sahneschnittchen, das da auf dem Spiel steht.

Und endlich gibt Draxlers lahmer Computer ein erstes Lebenszeichen von sich. Das laute Fiepen reißt auch die beiden Beisitzer aus ihren Gedanken. Oberst Draxler leckt sich einmal nervös über die Unterlippe und fängt dann in Terroristenmanier zu tippen an. Also jede zweite Minute ein Anschlag. Dass ihm dabei so einige Tippfehler unterlaufen, ist freilich ärgerlich, aber wenn der Draxler ein Ziel vor Augen hat, dann können ihn so kleine Hopplas auch nicht aus der Ruhe bringen. Ist bei ihm nicht anders als beim Spazierer. Fokussiert bis zum Gehtnichtmehr. Nicht umsonst haben die beiden gemeinsam eine so beachtliche Erfolgsquote vorzuweisen.

Und wie dann der Draxler begriffstechnisch mit seinem Latein am Ende ist und alles aufgelistet ist, was ihm während der Heimfahrt so eingefallen ist, drückt er nach einem kurzen Durchatmen auf die Return-Taste. Und dann fängt erneut das Warten an. Zwischenzeitlich ist der Major Spazierer samt Cappuccinobecher zurückgekehrt und stellt sich neben seinen Chef. Weil die Suchabfrage bereits läuft, stört den das nun auch nicht mehr.

Da Europa kein so kleiner Kontinent ist und auch die Mordlust in Europa nicht ganz so unausgeprägt ist, wie man vielleicht annehmen könnte, hat so eine Interpol-Datenbank doch so einiges an Datenmaterial, das man abgleichen, prüfen und auswerten kann.

In der Zwischenzeit versucht Hilde, den jagdtechnisch völlig misslungenen Tag doch noch irgendwie zu retten, und schenkt dem Spazierer ein Lächeln, das einen Eisberg geschmolzen hätte. Bei der fortschreitenden Klimaerwärmung eine wirklich fahrlässige Handlung. Und weil der Spazierer momentan zur Untätigkeit verdammt ist, lächelt er ähnlich heiß zurück. Und schon wieder ist so ein mächtiger Eisberg, einer von den richtig großen, unwiederbringlich verloren. Weil sich der Reininger Sepp gedanklich wieder den Nussschneckenkrümeln gewidmet hat, und zwar denen auf dem Boden, und der Draxler unaufhörlich auf den Bildschirm starrt, bekommt das heiße Brunftritual nur das Zimmerthermometer mit. Zwei Grad plus, und das in nur einer läppischen Minute? Respekt!

Dann fixiert auch der Spazierer den Bildschirm. Die Sanduhr, die sich so hübsch in der Mitte um die eigene Querachse dreht, wird für die beiden Chefermittler langsam zu einem kleinen Hassobjekt. Auf die Folter lässt sich keiner gerne spannen, und diese beiden schon gar nicht.

Was, wenn nach dem nervigen Warten so ein simpler Einzeiler aufpoppt? »Keine Übereinstimmung gefunden«. Oder vielleicht »Error«. Irgend so etwas in der Art. Dann wäre für den Draxler nur der eine ernüchternde logische Schluss zulässig. Beide Morde in der Steiermark hängen zusammen, sonst aber null Verbindungen, wo man bei der Ermittlungsarbeit zusätzlich ansetzen könnte. Die Sache mit den Fotos und dem wahrscheinlich gemeinsamen Vater ist natürlich ein Durchbruch, liefert aber eben nur eine einsame Spur, der die vier nachhecheln können. Und für eine einzige kümmerliche Spur sind vier Polizisten ein ziemlicher Overkill.

Der Spazierer zieht eine Farbkopie des Zirkusflyers aus seiner Innentasche und liest sich nochmals stumm die Stationen durch, an denen der Wanderzirkus vor langer Zeit gastiert hat. War ein wirklich umtriebiges Zigeunervölkchen, muss der Major kaffeenippend zugeben.

Und auf einmal ist es so weit. Von wegen einsamer Einzeiler. Mit dem, was der Computer da ausspuckt, hat wohl keiner von ihnen gerechnet. Und so viele Begriffe hat der Draxler nun auch wieder nicht eingegeben, dass die Suchanfrage zu praktisch jedem Mord auf dem Kontinent passen könnte. Einiges von dem ausgeworfenen Datenmaterial gehört zu ähnlichen und ebenfalls unaufgeklärten Morden in Deutschland.

Erstaunlich!

Das Gros an Parallelen ist aber in Rumänien zu finden, für den Draxler wie auch den Spazierer der Augen- und Mundöffner schlechthin.

Dass die beiden für die uninformierte Hilde im Augenblick eher Karpfen ähneln als sonst irgendetwas, unterstreicht das durchaus dümmlich anmutende Aha-Erlebnis ihrer beiden Chefs.

Der Spazierer stellt seinen Kaffeebecher achtlos zur Seite und beginnt die rumänischen Ortsnamen laut von der Liste vorzulesen. Ehe er weitermachen kann, fällt ihm der Draxler ins Wort. Mit einer weiteren Suchfunktion kann er nämlich die Morde nach dem Datum reihen. Und das tut er auch gleich.

Kaum zwanzig Sekunden später sieht die Liste zwar ein wenig anders aus, ist aber noch immer unendlich lang. Und dann wird es für beide augenscheinlich. Weit im Süden, nahe Bukarest, war eine Frau namens Marina das wohl erste Mordopfer. Denn wenn eine mittellose Frau ohne Kopf aufgefunden wird, kann selbst der arbeitsscheueste Polizist nur schwer einen Mord leugnen und von einem Unfall sprechen.

Ein eindeutiges Markenzeichen bei praktisch jedem Opfer. »Zähne ausnehmend gut erhalten«, »einwandfreies Gebiss« oder »alle Zähne vollständig vorhanden«. Letztere Aussage, bei den damaligen medizinischen Verhältnissen in Rumänien, wohl ein kleines Wunder. Da hat der Draxler wirklich sauber gearbeitet und alle Schlagworte mit Bedacht ausgewählt.

Und weil auch Unfälle in der Liste angeführt sind, bei denen für die ermittelnden Beamten zumindest ein kleiner Restzweifel geblieben ist, etwa, ob denn so ein kühner Stuntmansprung mit einem so kleinen Wagen in eine so tiefe Schlucht, und das an einem wirklich freundlichen Sommertag, tatsächlich nur ein Unfall sein kann, und so ein braver Polizist das auch in der Akte vermerkt hat, die dann sehr viel später in eine gemeinsame Datenbank aufgenommen wurde, wird aus einem kleinen, überschaubaren Mordgeplänkel auf einmal eine richtig große Sache.

Dann stutzt der Spazierer. Folgt man chronologisch den Morden, dann fällt auf, dass die Opfer immer jünger werden. Marina war die Älteste, und Marina steht ganz am Anfang. Zweifelsfrei! Jedes weitere Opfer ist jünger als das vorhergehende. Ohne Ausnahme und ohne einen einzigen Ausreißer. Und was gleich noch interessanter ist: Je jünger die armen Opfer sind, umso weiter nördlich liegen die Tatorte.

Die nächste Übung ist für jeden arrivierten Kriminaler logisch. Der Abgleich mit der Liste. Wäre ja schön, wenn der attraktive Fremde auch dort gewesen ist. Und wenn sich der Draxler etwas wünschen dürfte, dann in derselben Reihenfolge.

Der Spazierer setzt nun zu seiner zweiten Lesung an. Ist fast wie beim Schifferlversenken. Der Spazierer sagt: »Buzău«, Marinas Sterbeort, der Draxler sagt: »Treffer.« Und so geht es munter weiter. Ein Ort, ein Städtchen oder ein kleiner Marktflecken nach dem anderen wird von der Liste heruntergelesen und akribisch abgearbeitet. Natürlich landet der Spazierer nicht immer einen Treffer, aber seine Quote ist durchaus beachtlich.

Und weil Janoshs Spermien nicht gerade die Barrakudas unter den Spermien gewesen sind, rückblickend auch eine erklärbare Sache.

Das komische Frage-Antwort-Spiel findet nun auch der Sepp Reininger langsam mitreißend, Krümel hin oder her. Da die beiden Duos scheinbar die Rollen gewechselt haben, ist nun die Ranner an der Reihe, mit halb offenem Mund dazusitzen.

Und nachdem die beiden fertig sind, zählt der Spazierer die christlichen Kreuze zusammen, die er aus Pietätsgründen direkt neben die Ortsnamen gekritzelt hat. Der Oberst Draxler sieht ihn von unten herauf mit erwartungsvollem Blick an. »Sieben?«, rät der Draxler vorsichtig.

»Neun«, meint der Spazierer betroffen.

»Neun was?«, schnauzt die Hilde von drüben herüber, während der Sepp sich in seinem Heimatort Voitsberg wähnt. Direkt an der Graz-Köflacher Bahn. Dort, wo die Züge regelmäßig zum Ein- und Aussteigen halten. Er versteht nämlich nur Bahnhof.

Major Spazierer zählt nochmals nach. »So viele?« Kann gar nicht sein. Dann schluckt er. Er hat sich tatsächlich verzählt. Es sind nicht neun, es sind zehn.

Die Stille, die in den Gängen der Mordkommission gerade herrscht, passt so genau, dass nicht einmal der talentierteste Burgtheaterintendant diese Szene besser hätte inszenieren können. Geschweige denn Hollywood.

Und dann schlucken Oberst Draxler und Major Spazierer beinahe gleichzeitig. Der Draxler, weil er auf der Zielgeraden seiner beruflichen Laufbahn einer derartig großen Sache auf die Spur gekommen ist, und der Spazierer, weil er sich schon auf diversen Titelseiten diverser Boulevardblätter wähnt. Vielleicht sogar im Fernsehen. Und wenn die deutschen Fälle auch noch ins Schema passen und obendrauf die zwei österreichischen Toten, mit Sicherheit auch auf CNN. »Breaking News!« Weltweit, versteht sich!

Wenn man sich in das Quartett hineinversetzen will, das in einem kleinen Büro in Graz-Wetzelsdorf sitzt, fast bieder an so einem kleinen Besprechungstisch, der nicht weiter von der FBI-Zentrale in Washington oder den Büros von Scotland Yard entfernt sein könnte als der Mars von der Erde, und wenn man sich überlegt, was das für eine Publicity wäre, wenn die vier den Serienmörder tatsächlich schnappen würden, dann kann man sich nur allzu gut vorstellen, warum die alle so beharrlich schweigen. »Betreten« trifft es wohl eher.

Lediglich der Sepp rutscht unruhig auf seinem Sessel hin und her. Wenn man aus der beschaulichen Weststeiermark stammt, wo maximal ein Eifersuchtsdrama tödlich ausgeht, bei dem am Ende ohnehin ein jeder gewusst hat, dass es mit den beiden einmal schlimm enden wird, dann hat man keine Antennen für so ein epochales Ereignis.

Der Spazierer versucht, seine Gedanken zu ordnen, und geht geistig die möglichen nächsten Schritte durch. Ein erneuter Blick auf den Bildschirm, und die oberflächliche Überprüfung der Morde in Deutschland macht ihm klar, dass das Ganze mit Sicherheit in Buzău seinen Anfang genommen hat. Ab da Halbgeschwister bis zum Abwinken. Aufgefädelt wie auf einer Perlenschnur.

Irgendetwas muss damals den Ausschlag gegeben haben. So ein

Mörder hat ja auch einen Stichtag. Diesen ganz besonderen Tag, wo es so einem Kerl plötzlich einschießt, dass es mit dem Unbescholtensein nun endgültig vorbei sein muss. Weil eben gerade ein Motiv aufgepoppt ist, das sämtliche moralischen Gesetze mit einem Schlag außer Kraft setzt.

An so ein Sexding, bei dem das eigentliche Motiv wohl nicht ganz so leicht zu finden ist, glauben der Spazierer und der Draxler nicht. Und das nicht aus reiner Bequemlichkeit. Dass der Serienmörder mit der Erstgeborenen anfängt und sich systematisch und streng nach Geburtsabfolge nach Norden arbeitet, ist wohl auch bemerkenswert.

Kaum dass der Spazierer auf seinem Stuhl am Besprechungstisch Platz genommen hat, springt er wieder auf. Wie von der Tarantel gestochen. Er muss einen erneuten Blick in die Datenbank werfen, um gleich noch etwas zu überprüfen. Auch dieses Ergebnis ist mehr als verblüffend, wurden doch die Mordopfer in Rumänien in derselben Reihenfolge ermordet, wie sie geboren wurden. Dann der zeitliche Bruch. Kaum drei Monate später hat es wieder angefangen. Auch hier in einer bestimmten Reihenfolge, und auch hier stimmt das geografische Schema perfekt. Von Süden bis hinauf in den Norden. Nur dieses Mal in Deutschland. Die letzten vier Opfer haben alle in Berlin gelebt. Bis auf die klippenspringenden Zwillinge keine zwei Morde an ein und derselben Stelle. Dann erneut ein halbes Jahr Ruhe, und auf einmal die beiden steirischen Opfer.

Intuitiv weiß der Spazierer, dass die Lösung des Rätsels wohl im Süden und in Buzău oder im Norden und in Berlin liegen muss. Am südlichen Anfang oder eben am nördlichen Ende. Zumindest, was das Geografische angeht. Chronologisch sieht es freilich anders aus. Weil die Mordserie hier in Österreich weitergeht und die Sache eben noch nicht zu Ende ist.

Der Spazierer hat das ungute Gefühl, dass es, auch wenn die Liste so unendlich lang ist, wohl nicht mehr allzu lange dauern kann. Dass sich der Mörder quasi im alles entscheidenden Endspurt befindet und er genau hier in Österreich die Lücke schließt. Und wenn die rumänischen wie auch die deutschen Kollegen im Dunkeln tappen und keine Zusammenhänge erkannt haben, dann liegt wohl die allerletzte Hoffnung bei ihnen. Hier in der beschaulich schönen Steiermark.

114

Würde die Mörderin aus ihrem Fenster blicken, das sich im ersten Stock einer unscheinbaren Familienpension befindet, sie hätte sich an den goldgelben Blättern erfreuen können, die die mächtigen Kastanienbäume nur noch wenige Tage schmücken werden. Es steht ein Wetterumschwung bevor, der stürmischen Wind und peitschenden Regen bringen wird. Und dann ist es vorbei mit der Schönheit. Aus herrlichen, im Wind flatternden Herbstblättern wird schon bald auf dem Boden vor sich hin moderndes Herbstlaub und aus farbenprächtigen Laubbäumen in den Himmel greifende Totenhände.

Irgendwie fühlt sie sich erschöpft. Blickt sie in den Spiegel, dann kommt sie sich dünn vor. Nicht im Sinne von schlank, sondern im Sinne von durchscheinend. Dünnhäutig quasi. So als hätten die letzten beiden Jahre sämtliche Lebensenergie aus ihr herausgesaugt. Auch wieder polemisch, wenn man bedenkt, wie viel Lebensenergie sie anderen geraubt hat. Und das nicht in klein dosierten Portionen, damit man noch ein wenig weiterleben kann, sondern gleich die volle Packung auf einen Schlag.

Mitleid hat sie noch nie empfunden. Und da nimmt sie sich selbst auch nicht aus. Selbstmitleid ist für sie ein ähnlich fremdes Wort. Wenn eine Frau von Natur aus zu Empathie nicht in der Lage ist, dann kommt ihr so eine Erbarmungslosigkeit wie ein natürliches Verhalten vor. Woher sollte sie auch wissen, was richtig und was falsch ist. Natürlich ist sie von ihren Eltern nach menschlichen Grundsätzen erzogen worden, und natürlich wurde ihr immer wieder eingetrichtert, was gut und was böse ist, aber zwischen dem Hören, dem Glauben und dem tatsächlichen Spüren liegen Welten.

Sie ist krank. Zerfressen von einer Selbstüberschätzung, die wohl auf jeden gesunden Menschen nur abstoßend wirkt. Sieht man sich aber an, was sie in den letzten vierundzwanzig Monaten »geleistet« hat, dann muss man, bei all dem zu Recht empfundenen Grauen, auch irgendwie den Hut ziehen. Zehn Tote in Rumänien, sieben tote Halbgeschwister in Deutschland und die drei restlichen hier in Österreich.

Die eine, die noch fehlt, schon mit eingerechnet. Und dann wäre es endlich vollbracht.

Zwanzig Morde! Zwanzig Möglichkeiten, ihr auf die Spur zu kommen, und zwanzig Chancen, sie zu fassen. Und definitiv neunzehn Chancen, die gründlich vergeigt worden sind. Kann vorkommen. Selbst bei langjährigen Profis in diversen Polizeiapparaten.

Im Gegensatz zu denen ist sie ja kein Profi. Jetzt vielleicht schon, aber damals, ganz am Anfang, doch nicht. Weder unten in Buzău noch weiter nördlich.

Nach dem vierten Blutopfer war bei ihr dann schon eine gewisse Routine eingekehrt. Aber zuvor war sie nicht mehr als eine Autodidaktin, die sich vom Selbststudium im Internet und ihrer weiblichen Intuition hat leiten lassen. Wahrscheinlich hat sie auch das eine oder andere Mal unglaubliches Glück gehabt, dass etwa ein stichhaltiger Beweis, der quasi auf dem Präsentierteller gelegen hat, bei voller Flutlichtbeleuchtung, damit ihn auch ja keiner übersehen kann, letztendlich doch übersehen worden ist.

Es wird Zeit, dass das hier bald zu Ende ist. Sie will endlich wieder nach Hause. Heim in ihre elitäre Berliner Villa mit dem parkähnlichen Garten. Einfach die Füße hochlegen und die Ernte ihrer Arbeit einfahren. Die letzten beiden Jahre war sie, mit kurzen Pausen, praktisch immer auf Reisen. Fremde Hotelzimmer und durchgelegene Hotelbetten für sie schon längst ein Gräuel. Das zumeist scheußliche Essen noch eine zusätzliche Draufgabe.

Wenn sie ehrlich ist, dann stimmt das so nicht ganz. Hier in der Steiermark kann sie sich eigentlich nicht beschweren. Zwar hat das Bett in dem Gasthof nahe der slowenischen Grenze ihren Bandscheiben auch nicht gerade gutgetan, aber das Essen und eigentlich der ganze Rest waren tadellos. Eigentlich gut, dass sie sich Österreich als letztes Ziel ausgesucht hat.

Von dem hohen Standard wieder zwei Stufen hinunterzusteigen wäre so gar nicht nach ihrem Geschmack. Und dass ihr Vater damals vor vielen Jahren, als er die Steiermark endgültig verlassen hat, seinen Schwanz nicht gleich in die nächste Frau gesteckt hat, sondern schnurstracks bis nach Bayern gewandert ist, dankt sie ihm nachträglich. Hier und jetzt. Sicherlich hat die Salzburger Küche auch ihre Reize, aber ihre Experimentierfreudigkeit ist langsam aufgebraucht.

Heute wird sie früh schlafen gehen, um morgen, erfrischt und klar im Kopf, ihrem letzten lebenden Schwesterchen einen Besuch abzustatten. Noch nicht die ganz persönliche, intime Aufwartung, die mit dem intensiven Körperkontakt. Erst einmal schön auskundschaften. In guter alter Indianermanier.

Obwohl sie die beiden Fenster in ihrem gemütlichen Zimmer geschlossen hat, verspürt sie einen unangenehmen Luftzug. Auch wieder klar, wenn man weiß, wie dicht ihr die vermeintlichen Provinzpolizisten auf den Fersen sind. Wird wohl Spazierers behördlicher Atem sein, der ihr da gerade ins Genick haucht.

115

Dann bricht der Spazierer das selbst auferlegte Schweigegelübde. »Da wird wohl jemand schleunigst in den Flieger springen und nach Rumänien fliegen müssen.« Der Hilde wird es auf einmal ganz heiß, und ihre Augen werden dabei ganz groß. Die logischen Schlüsse sind für sie klarer, als es ein wolkenloser Jännerhimmel je sein kann. Und dann denkt sie Folgendes.

Weil die Fremdsprachenjungfrau Draxler wohl keinen ihrer Füße in ein Land setzen wird, wo sie sich nicht einmal rudimentär verständigen kann, und Hildes eigener Name positionsbedingt wohl auch nicht auf der Bordkarte stehen wird – den Reininger hat sie so gar nicht erst auf dem Radar –, wird logischerweise

Georg fliegen. Und wenn ihr bodenständiges Jagdwild auf einmal Flügel bekommt, um in die weite Ferne abzuheben, dann wird die Reichweite ihrer weiblichen Waffen bald nicht mehr ausreichen. Mit jedem Flügelschlag des munteren Federviehs ist dann der Traum ein Stückchen mehr ausgeträumt.

Wie sich die ersten Tränen den Weg in ihre Augenwinkel bahnen, meint der Spazierer noch, dass er wohl nicht allzu lange fortbleiben wird. Wegen dem dahinschmelzenden Abteilungsetat, der mit jedem Jahr kleiner wird. Alle Tatorte abzuklappern ist also kein wirkliches Thema.

Nicht, dass die Hilde ihre beiden Tränentropfen gleich in Freudentränen umwidmet, aber ein wenig entspannter ist sie nun doch. Wenn die italienische Tante nicht ganz so schnelle Genesungsfortschritte zeigt, wie es sich die Karin freilich wünschen würde, und Georg sich an sein Versprechen hält, dann verliert sie maximal zwei Tage. Vielleicht auch drei. Noch genügend Zeit, um dem Spazierer seine Köflacher Tussi madigzumachen.

In den Krieg ziehende Frauen können mitunter ihr hässlichstes Gesicht zeigen. Und so ein abfälliger Gedanke gehört zweifelsfrei auch dazu. Diese Schlacht hat sie vielleicht verloren, den Krieg aber noch lange nicht.

116

Am nächsten Tag besteigt der Spazierer die Frühmaschine der Austrian Airlines, die ihn in nicht einmal zwei Stunden nach Bukarest bringen wird. Tags zuvor, kurz vor dem rumänischen Feierabend, hat der Spazierer noch einen seiner örtlichen Kollegen erreicht. Der hat ihm hoch und heilig versprochen, einen Wagen zum Flughafen zu schicken. Da hilft sich die Polizei schon gegenseitig.

Und weil der Kollege natürlich wissen wollte, warum ihnen da unten so viel Ehre zuteilwird, dass sich ein österreichischer Major die Mühe macht, sich ins Flugzeug zu setzen, hat der

Spazierer dann den Mord an Marina erwähnt. Mit einer gewissen Lockerheit, weil der Major ja so gar keine Ahnung gehabt hat, wie schlimm die Sauerei damals wirklich gewesen ist. Kann man ihm auch nicht verübeln. So steril und sachlich, wie Interpol-Einträge zumeist klingen.

Und da ist es am anderen Ende der Leitung auf einmal ganz still geworden. Weil sein rumänisches Gegenstück damals einer der Ersten am Tatort gewesen ist und weil ihm die Schweinerei mit dem vielen Blut und dem separierten Kopf noch immer schwer im Magen liegt. Ihm ganz besonders! Schließlich ist er es gewesen, der auf dem augenscheinlich roten Linoleumboden eine Kapriole hingelegt hat, dass es eine helle Freude war. Das malträtierte Steißbein fühlt der bei einem Wetterumschwung heute noch. Und weil Marinas Kopf weit unter den Küchentisch gerollt war, war es auch wieder er gewesen, der den fehlenden Teil der armen Frau finden hat dürfen. Das Ganze freilich ohne Finderlohn. Die Sache mit den hervorquellenden Augen und der heraushängenden Zunge, so ganz ohne Vorwarnung und mit einem furchtbar stechenden Schmerz in der Gesäßgegend – nichts für schwache Nerven.

Kaum vierzehn Stunden später setzt Spazierers Maschine auf dem Henri-Coandă-Flughafen auf.

Der Spazierer hievt seinen kleinen Koffer vom Gepäckband und eilt zügig, an den lauernden Zöllnern vorbei, hinaus in die Empfangshalle. So adrett und sauber hat sich der Spazierer einen rumänischen Flughafen nun wirklich nicht vorgestellt. Kompliment!

Offenbar geht vom Spazierer eine derart exekutive Ausstrahlung aus, dass ihn der wartende Chauffeur sofort entdeckt und freudig auf sein Pappschild zeigt. Ohne den Rang »Major« auf dem Schild hätte der Spazierer wohl noch lange herumgesucht. Sein Nachname ist mehr als nur leicht verhunzt.

Mit freundlicher Eifrigkeit nimmt ihm der Kollege von der Fahrbereitschaft den Koffer ab und eilt ihm voraus über den Parkplatz. Dem Spazierer kommt ein ehrlicher Schnaufer aus, da er mit dem sportlichen Tempo des uniformierten Kollegen kaum mithalten kann. Endlich beim Streifenwagen angelangt, wirft sich der Spazierer auf die Rückbank und genießt mit einem seligen Lächeln die anschließende Blaulicht-Folgetonhorn-Eilfahrt hinein in die Stadt. Ist fast wie zu Hause, wenngleich der Spazierer die gemütlichen Alcantarasitze seines Alfa empfindlich vermisst.

Die anschließende Besprechung mit den damaligen Ermittlungsbeamten gibt leider nicht viel her. Radu, der Ehemann, war damals als einziger möglicher Tatverdächtiger verhaftet worden. Der aufsehenerregende Prozess war derart kurz gewesen, dass einem trotz der Scheußlichkeit des Mordes das Urteil »lebenslange Haft« fast unverhältnismäßig erschien. Und dass es schon begründete Zweifel gegeben hat, ob es neben Radu nicht vielleicht doch noch andere Verdächtige geben könnte, wenn man nur ein bisschen genauer nachgeforscht hätte, geben einige in der Runde unumwunden zu. Aber wer bitte schlachtet eine bitterarme Frau in einem einsamen Sonnenblumenfeld ab, wenn es dort so gar nichts zu holen gibt?

Wenn ihnen da jetzt einer unterstellt, sie hätten nicht wenigstens oberflächlich nach einem Alternativmotiv gesucht, um den Ehemann zumindest ein wenig zu entlasten, dann ist es hier und jetzt gleich vorbei mit der kollegialen Zusammenarbeit.

Da sich der Spazierer aber mit keinem einzigen Wort abfällig über die Ermittlungsarbeit geäußert hat und eine gelegentlich hochgezogene Augenbraue bei ihm eher ein Tick ist als mimische Kritik, fühlt er sich nicht wirklich angesprochen. War bei ihm schon immer so. Oftmals ist seine Haut dicker als die eines Elefanten und dann wieder so dünn und fragil wie ein Schmetterlingsflügel. Heute trägt er eindeutig die Dickhäutervariante.

Wenn der Spazierer die Sache richtig einschätzt, dann ist der Mord an Marina eher eine Sackgasse. Schade, weil im Wort Anfängermord ja der Begriff »Anfänger« drinsteckt und Fehler wohl eher am Anfang gemacht werden und weniger am Ende. Die alles entscheidenden Hinweise zur Klärung der Mordserie wird der Mord an Marina wohl nicht liefern. Dass die Österreicher hinter etwas ganz Großem her sind, verrät der Spazierer seiner rumänischen Kollegenschaft mit keiner einzigen Silbe. So weit käme es noch, dass die hier die ganze Ernte einfahren. Altruisten sind die Österreicher keine. Er nicht, die Hilde sicherlich nicht, der Reininger Sepp wahrscheinlich nicht und der Oberst Draxler schon gar nicht.

Wie der Spazierer dann einen weiteren Fall anspricht, einen angeblichen Selbstmord im kleinen Dörfchen Glod, muss er schmunzeln. Weil sich die meisten seiner Kollegen nur ungläubig ansehen. Glod? Nie gehört, scheinen ihre Blicke zu sagen.

»Glod liegt etwas nördlich von Moroeni«, wirft der Spazierer gönnerhaft in die Runde. Das Ergebnis ähnlich mager. »Ploeşti?«, bemerkt der Spazierer mit fragendem Blick. Jetzt nicken wenigstens die meisten.

Weil die Besprechung nun doch schon einige Zeit andauert, wird für eine kurze Kaffeepause unterbrochen. Diese nutzt eine Sekretärin, um die Akte »Glod« aus dem Archiv zu kramen. Dabei handelt es sich um einen bedauerlichen Selbstmord. Nicht mehr und nicht weniger.

Weil für den Spazierer in Bukarest wohl nichts mehr zu holen ist, lässt er sich noch rasch eine Kopie der Akte geben, ehe er sich artig verabschiedet und keine fünf Minuten später mit seinem Fahrer in Richtung Norden rast. Wenn es der Verkehr zulässt, sollten sie in zweieinhalb Stunden in Glod sein.

In Glod angekommen, lässt der Spazierer den Fahrer am Ortseingang halten. Er möchte von hier aus zu Fuß weitergehen. Nicht, weil er Spazierer heißt und deswegen so liebend gerne spazieren geht, sondern wegen dem Polizeiwagen, dem Blaulicht und dem offiziellen Touch, den man auf diese Art ganz automatisch mitbringt. Und wer bitte schön hat eine derart weiße Weste, also null Dreck am Stecken, dass er gerne mit der Staatsmacht spricht? Freiwillig und vielleicht noch beseelt vom Wunsch, der Obrigkeit zu helfen? Wohl nur die wenigsten.

Der Fahrer nickt und lenkt den Dacia in einen kleinen Feldweg. Dort wird er auf den Herrn Major warten.

Der Spazierer steigt aus, sieht sich kurz um und schlendert dann die staubige Straße hinauf, die sich durch das ganze Dorf zum Hügel windet. Die ersten paar hundert Meter geben nicht viel her. Ein paar willkürlich in die Landschaft gestreute Häuser und kein Mensch weit und breit. Nur hie und da ein offenes Fenster, wo man meinen könnte, dass wohl jemand daheim sein müsste. Anklopfen will der Spazierer dort aber nicht. Noch nicht. In Österreich wäre das freilich etwas anderes. Dort kann er sich ja verständlich machen. Ganz ohne Missverständnisse. Aber hier?

Und wie sich der Spazierer schon langsam vom Glück verlassen glaubt, kommt es dann doch ganz anders.

Vor einem heruntergekommenen Holzhaus, das schon seit Jahrzehnten keine frische Farbe mehr gesehen hat, sitzt ein alter Mann. Friedlich und mit sich völlig im Einklang. So trist der Gesamteindruck auch sein mag, von dem alten Mann geht ein Leuchten aus, das auf ein erfülltes und schönes Leben schließen lässt. Und mit der Einschätzung liegt der Herr Major völlig richtig. Die Kinder sind schon vor vielen Jahren ausgezogen und die zänkische Frau schon so lange tot, dass sich der alte Mann an die ständigen Eheprobleme von damals kaum mehr erinnern kann. Sein Strahlen ist daher wirklich ein ehrliches. Und weil die üblen Kreuzschmerzen heute nicht ganz so übel sind und so ein Gläschen selbst gebrannten Schnapses frühmorgens und auf nüchternen Magen das Leben auch rosiger erscheinen lässt, ist dieser Tag für ihn ein wirklich guter Tag.

Der Spazierer blickt sich um und versucht, sich die Landschaft im Frühjahr vorzustellen. Im braunen Herbst wirkt wohl kaum eine Gegend bezaubernd. Schon gar nicht hier im tiefsten rumänischen Hinterland. Eher wohl noch am Meer oder oben auf den Gipfeln der Karpaten, auf die bald der erste Schnee fallen wird. Sosehr sich der Spazierer auch anstrengt, es fehlt ihm doch die nötige Phantasie, sich diesen Ort schönzudenken. Muss er auch nicht. Solange die, die hier geboren wurden, hier gerne leben, ist doch alles in Butter.

Der Mann nickt ihm freundlich zu. Dann rutscht er auf der rissigen Holzbank ein wenig nach rechts, als wollte er den Spazierer einladen, sich zu ihm zu setzen. Und das tut der dann auch.

Wie zwei Kameraden sitzen sie da und schauen hinaus auf die staubige Landstraße, die sich am Haus vorbei bis hinauf auf die braunen Hügel schlängelt. In der Ferne hört man das trockene Husten eines Dieselmotors, das auch gleich wieder verstummt. Dann wieder Stille. Der Mann mustert den Spazierer von der Seite, ehe er zwei Sätze von sich gibt, mit denen der Spazierer rein gar nichts anfangen kann. So schön die rumänische Sprache phonetisch auch klingen mag, versteht der Spazierer doch kein einziges Wort. Obwohl ihm in den langen Jahren am Gymnasium Latein bis zum Erbrechen eingetrichtert worden ist, hat er kein einziges Wort aufschnappen können, mit dem er ansatzweise etwas hätte anfangen können. Trotz der Verwandtschaft der beiden Sprachen.

Dann schweigen beide wieder.

Obwohl der Spazierer einen klaren Auftrag hat und natürlich die Initiative ergreifen sollte, will er das auf einmal gar nicht mehr. Hier mit dem alten Mann zu sitzen und kaum ein Wort zu reden, kommt ihm irgendwie richtig vor. Richtiger, als über Mord und Totschlag zu sprechen. Kein Stress, kein lärmender Alltag, einfach nur Ruhe und Frieden. Eine derartige innere Ruhe hat der Spazierer schon sehr lange nicht mehr verspürt. Weil der alte Mann seinen Schnaps noch nicht zur Gänze ausgetrunken hat und sich noch zwei Fingerbreit in einem zerkratzten Weinglas befinden, das auf einem kleinen wackeligen Tisch vor ihnen steht, bietet er dem Spazierer mit einer kleinen und irgendwie sanften Handbewegung diesen letzten Schluck an.

Einer wie der pedante Hygienefreak Reininger hätte wohl hier und jetzt erschrocken zusammengezuckt und wäre schreiend die Landstraße in Richtung Bukarest hinuntergelaufen. Bei all den Keimen und Krankheiten, die man sich hier einfangen kann!

Der Major ist da aber gänzlich anders gestrickt. Nicht, weil er den Mann nicht brüskieren will, und nicht, weil es im Dienst der Sache wäre, den letzten Schluck zu lüpfen, sondern weil der Spazierer einfach so ist, wie er ist. Ein Menschenfreund und ein Mann, der an das Gute glaubt. Und sein Schicksal ist es sicherlich nicht, sich hier im tiefsten Rumänien an einem Schnaps den Magen zu verderben. Außerdem mag der Spazierer harte alkoholische Getränke. Egal, ob nun in einer Edelbrauerei hergestellt oder in irgendeinem Hinterhof illegal gebrannt. Dankend nimmt er also die Einladung an und stürzt den Schnaps mit einer zügigen Handbewegung hinunter. Mit einem wohligen »Ahhh« lässt der Spazierer den Schnaps seine Wirkung tun.

Der alte Mann dankt es ihm mit einem zufriedenen Grunzen. Dann wird wieder die Straße beobachtet. Und weil sich hier so gar nichts tut, steht auf einmal ein einsames Huhn, das gerade gackernd die Straße überqueren will, im Mittelpunkt ihrer Aufmerksamkeit. Obwohl das Huhn irgendwie zerfranst aussieht, so als wäre es gerade durch einen Wirbelsturm gestolpert, und auch nicht sehr gesund wirkt und weit weniger Fleisch auf den Rippen hat als eine durchschnittliche rumänische Ratte, verspürt der Spazierer bei dessen Anblick einen leisen Anflug von Hunger. Der ist aber auch gleich wieder verschwunden, weil der Schnaps endgültig seinen Magen erreicht hat und dort schlagartig seine wohlige Wärme verbreitet.

So alt, wie der Mann neben ihm aussieht, wird der wohl den letzten großen Krieg noch miterlebt haben. Und wenn der Spazierer vom tief zerfurchten Gesicht des Mannes richtig zurückrechnet, dann wohl eher als junger Mann bei der kämpfenden Truppe und nicht als ausgehungertes Kriegsbaby. Vielleicht sogar im Dienste der Wehrmacht. Zu Beginn des Krieges waren die Rumänen ja mit den Deutschen verbündet. Die Chance, dass der Alte ein paar Brocken Deutsch versteht, ist daher gar nicht einmal so klein.

So als könnte der alte Mann Spazierers Gedanken lesen, sieht er ihn wieder von der Seite an und beginnt erneut zu sprechen. Obwohl dem Alten ein Großteil seiner Zähne über die Jahre abhandengekommen ist, ist seine Stimme warm und seine Sprache klar und deutlich. Und auf einmal versteht ihn der Herr Major. Fast akzentfreies Deutsch kommt aus dem fast zahnlosen Mund.

Was er denn hier in dieser gottverlassenen Gegend will, fragt ihn der Mann freundlich. Der Spazierer denkt einmal kurz nach und antwortet erst dann.

»Ich bin auf der Suche nach einem Mann. Stimmt so nicht

ganz. Ich bin vielmehr auf der Suche nach dem Namen eines Mannes, der vor vielen, vielen Jahren hier durchgekommen sein muss.«

Die milden Augen des alten Mannes blicken den Spazierer erwartungsvoll an. So interessant diese Information auch ist, hat sie noch zu wenig Fleisch, um seinerseits darauf antworten zu können. Da der alte Mann hier schon immer gelebt hat und der Spazierer aus purem Zufall mit ihm auch gleich den Dorfältesten erwischt hat, ist der Fremde an der absolut richtigen Stelle.

Dann wieder der Spazierer.

»Der Mann war damals noch sehr jung und hat zu einem Wanderzirkus gehört. Hat wahrscheinlich als Artist gearbeitet. Oder vielleicht sogar als Bärendompteur.« Damit gibt sich der Spazierer das Stichwort gleich selbst und zieht den farbkopierten Flyer aus seiner Jackentasche. Und den überreicht er dem erwartungsvollen alten Mann ähnlich erwartungsvoll.

Der Alte nimmt den Werbezettel in seine zittrigen Hände und starrt ihn eine ganze Weile lang an. Dann beginnen sich seine Augen langsam mit Tränen zu füllen. Der Spazierer ist leicht irritiert. Der alte Mann wird doch nicht von einem Bären angefallen worden sein? Ein schweres Trauma wäre in so einem Fall mehr als nur verständlich. Sollen sich in der Gegend ja noch einige stattliche Exemplare dieser Spezies herumtreiben. Eine andere Erklärung für die vielen Tränen will dem Spazierer auf die Schnelle nicht einfallen.

Dieses eine Mal ist der Spazierer aber völlig auf dem Holzweg. Die Tränen, die da die zerfurchten Wangen hinunterrinnen, sind zwar salzig, aber so gar nicht traurig. Im Gegenteil. Der alte Mann fühlt sich auf einmal wieder ganz jung. Der alte Zettel hat ihm eine Türe in längst vergangene und vergessene Tage geöffnet.

»Mein Gott, waren wir damals alle noch jung«, meint der alte Mann. »Dass der Wanderzirkus hier für einige Wochen haltgemacht hat, ungeplant, weil die schneeglatten Straßen in den Norden für einige Zeit nahezu unpassierbar gewesen sind, hat damals so richtig Leben in unser verschlafenes Dorf gebracht. War das eine wundervolle Zeit.«

Ob er sich noch an den Zirkus erinnern kann?, fragt der Spazierer vorsichtig.

Da dem alten Mann ein ordentlicher Frosch den faltigen Hals verstopft, kann er nur nicken. Das aber heftig.

Und dann ist Spazierers innere Stimme wieder da, herrisch und laut. »Jetzt nur nicht klein beigeben«, brüllt sie ihm quasi zu. »Hier sind wir richtig!« Der Spazierer schüttelt zweimal kaum merklich den Kopf. Das erste Kopfschütteln soll heißen: »Sicherlich nicht!« Das zweite: »Das weiß ich selbst!«

Und für das, was ihm der Mann jetzt berichten wird, sind Begriffe wie »weiterer Durchbruch« oder »sachdienlicher Hinweis« ähnlich schwach und lau wie amerikanischer Bohnenkaffee.

Natürlich kann sich der alte Mann an den Zirkus erinnern. Seine Erinnerung an die wunderbaren Wochen ist auf einmal so frisch, als hätten die Zigeuner erst gestern ihre Zelte abgebrochen. Die alte Bärendame auf dem Flyer war damals die Hauptattraktion. Der Rest der Show aber auch bemerkenswert. Wahrscheinlich nicht nach heutigen Maßstäben, aber für die damalige Zeit bestimmt. Bis auf den geldgierigen Zirkusdirektor waren die mitreisenden Menschen einfach nur liebenswert. Kein Wunder also, dass er damals auch Freunde gewonnen hat.

Dann tippt der alte Mann fast zärtlich auf den jungen Mann mit dem strahlenden Lächeln. »Janosh«, haucht er leise in die laue Herbstluft. Und dann gleich noch einmal. »Janosh.«

Der Spazierer rutscht auf einmal unruhig auf der rissigen Holzbank hin und her, verkneift sich das Zappeln aber gleich wieder. Zu groß die Gefahr, sich einen Holzsplitter in den Allerwertesten zu rammen.

Obwohl der alte Mann den Namen nur gehaucht hat, hat ihn der Spazierer verstanden. Und mit einem Schlag hat der Unbekannte eine Identität. Janosh also. Mutmaßlicher Vater von Johann Steirer und Karl Krummer.

Dann wieder der alte Mann. »Janosh Petrescu.«

Und nach einer kurzen Pause: »War ein wirklich schöner Mann. Und das hat er auch gewusst. Das mit der Schönheit. Hat es aber andere nie ungut spüren lassen. Schon gar nicht die

Hässlichen. Die am allerwenigsten. Mich hat es schon irgendwie getroffen, war ich damals doch der Platzhirsch hier im Dorf. Quasi die männliche Dorfschönheit. Und die Mädels sind mir in Scharen nachgelaufen. Zumindest bis zu jenem Tag, an dem Janosh zum ersten Mal durch das Dorf spaziert ist. Wie dann der Wanderzirkus wieder weg war, hat sich alles wieder normalisiert. Aber in diesen wenigen Wochen, in denen die da drüben auf der großen Wiese ihr Lager aufgeschlagen haben, war ich für all die heiratswilligen Mädchen und Frauen auf einmal nicht mehr als ein stinknormaler Durchschnittsmann. Mit einem Schlag ein kleiner, unbedeutender Wicht. Gestört hat es mich aber nicht. Im Gegenteil. Endlich einmal ein wenig Ruhe. Immer ein, zwei Weiberkittel in deiner Nähe sind auf die Dauer auch anstrengend. Ein Grund mehr, warum Janosh und ich uns so gut verstanden haben. Sind damals richtig gute Freunde geworden. Aufeinandergepickt sind wir. Wie eine Briefmarke auf einem Brief. Keiner hat ohne den anderen etwas unternommen.«

Die nun folgende kurze Pause stört der Spazierer mit keinem einzigen Mucks. Dann spricht der alte Mann mit derselben melancholischen Stimme weiter.

»Wir waren immer zusammen. Außer, wenn Janosh mit einem der Mädchen verschwunden ist. Dann war ich für ein paar Stunden abgemeldet. Haben wir uns danach wieder getroffen, hat er immer so einen speziellen Blick gehabt. Fast selig hat er dann ausgesehen. Gesprochen hat er über seine kleinen Abenteuer aber nie. Da war er zu sehr Gentleman. Janosh hat die Frauen wirklich geliebt. Nicht auf die derbe Art und Weise, mit der ich das damals getan habe. Von Janosh hat man viel lernen können, und ich glaube, das habe ich auch getan. Wie dann der Schnee geschmolzen ist und die lange Wagenreihe nach Norden abgezogen ist, haben viele in unserem Dorf bitterlich geweint. Ich nehme mich da nicht aus. Zwar nicht mit dem Herzschmerz-Wehmutsgefühl der Frauen, aber auf meine ganz persönliche Art und Weise. War für mich, als hätte ich einen Freund für immer verloren. Und so war es irgendwie auch. Ich habe Janosh Petrescu seitdem nie mehr wiedergesehen.«

Mit einem langen Seufzer verfällt der alte Mann in Schweigen.

Noch ehe sich Spazierers innere Stimme räuspern kann, fängt der Major an, Fragen zu stellen.

»Leben eigentlich noch Frauen im Dorf, mit denen sich Janosh damals getroffen hat?«

Der alte Mann hat die Frage zwar verstanden, sagt aber noch immer kein Wort. Weil eben die Erinnerung so schön und gleichzeitig so schmerzhaft ist. Und der Spazierer lässt ihm die paar Minuten.

Dann wieder der Alte: »Viele sind damals weggezogen, und nur wenige sind geblieben. Sehen Sie sich um. Hier gibt es nicht viel. Und damals war im Dorf alles noch viel ärmlicher. Kein guter Platz für junge Menschen. Ich bin nicht gegangen, auch wenn ich es mir damals fest vorgenommen hatte. Weil ich eine Frau kennengelernt habe und wenig später meine Kinder auf die Welt gekommen sind. Das mit dem Wegziehen hatte sich damit erledigt. Ob jetzt eine von Janoshs Frauen noch immer hier lebt, kann ich Ihnen leider nicht sagen. Wir sprechen selten über die alten Zeiten. Schon gar nicht über diese Zeit, weil das Abschiednehmen uns alle irgendwie mitgenommen hat. Und bei Janosh habe auch ich nicht gewusst, mit wem der gerade wieder ins Heu gesprungen ist.«

Dann runzelt der alte Mann die Stirn.

»Doch, eine fällt mir ein. Weil es gar so tragisch geendet hat.« Der Spazierer wird wieder hellhörig. Weil ein gutes Verhör eben nicht wie ein Verhör aussehen sollte, hat der Spazierer die Sache mit den Morden oder den tödlichen Unfällen noch gar nicht angesprochen.

»Ich denke, zwei Jahre ist es her, dass hier etwas Fürchterliches passiert ist. Adina hat sich aufgehängt. Eine lebensfrohe Frau. So Mitte fünfzig. War für uns alle ein Schock, dass sich so ein lebenslustiges Wesen von einem Tag auf den anderen entschließt, seinem Leben ein Ende zu machen. Für die auswärtige Polizei war es eindeutig Selbstmord. Wir hier im Dorf haben das anders gesehen. Und das haben wir der Polizei auch gesagt. Ungefragt. Geändert hat das aber nichts, die Ermittlungen sind schon nach zwei Tagen eingestellt worden. Zumindest haben sie damals versprochen, einen Vorbehalt in der Akte zu vermerken. Ob sie das tatsächlich getan haben oder nur froh waren, wieder heimfahren zu dürfen, kann ich Ihnen nicht sagen. Jedenfalls war Adina die Tochter von Eliana, und die habe ich damals definitiv mit Janosh zusammen gesehen. Und bei den schönen Zähnen, die Adina, die Tochter, gehabt hat, bin ich mir sicher, dass Janosh ihr Vater gewesen ist. Dass Eliana den Tod ihrer Tochter nur schwer verkraftet hat, ist jedem klar, der selbst eigene Kinder hat. Die Kinder sollten niemals vor den Eltern gehen müssen. Eliana hat das auch nicht gepackt. Sie ist heuer von uns gegangen. Kaum dass der Winter vorüber war.«

Mehr braucht der Spazierer nicht. Der Unbekannte hat nicht nur ein Gesicht, sondern er hat endlich auch einen Namen. Er war Mitglied des Wanderzirkus, der hier zweifelsfrei durchgekommen ist, hat fleißig seine Spermien vergossen und offenbar auch brav seine Gene weitergegeben. Auf einer heißeren Spur als der da ist der Spazierer wohl noch nie gewandelt. Ein Blick auf sein Handy und den kleinen müden Balken, der die Signalstärke anzeigt, und dem Spazierer wird klar, dass er schleunigst von hier verschwinden muss. Oberste Prämisse! Den Draxler umgehend informieren und das Interpol-Netzwerk ausquetschen.

Doch bevor sich der Spazierer zu seinem Wagen aufmacht, der samt Fahrer noch immer artig unten beim Ortseingang wartet, bedankt er sich bei dem alten Mann für seine Zeit, den guten Schnaps und die so wertvollen Informationen.

Der alte Mann nickt freundlich. Weil er so kurz vor seinem Lebensende mit keinen bösen Dingen mehr konfrontiert werden will und weil die Welt ohnehin schon schlecht genug ist, fragt er auch nicht nach, warum der fremde Mann so großes Interesse an Janosh hat. Wie der Spazierer gerade durch das Gartentor ist, ruft ihm der alte Mann dann doch noch etwas nach.

»Wenn Sie Janosh finden sollten, dann richten Sie ihm bitte liebe Grüße von seinem Freund Marius aus. Marius aus Glod. Er weiß dann schon Bescheid.«

Der Spazierer winkt ihm freundlich zu. Quasi zur Bestätigung, dass er ihm den Gefallen sicherlich tun wird. Zumindest, wenn Janosh Petrescu noch am Leben ist. Seine innere Stimme ist da aber eher skeptisch. Und dann läuft er mit großen Schritten die Straße hinunter.

117

Wie die Hilde Ranner Spazierers Nummer auf dem Display aufleuchten sieht, wird es ihr am ganzen Körper wohlig warm. Georg! Endlich!

Der wird aber auch nur auf ihren Apparat weitergeleitet, weil der Draxler in seinem Büro nicht abhebt. Und weil der Draxler ein Herr der alten Schule ist, nimmt der sein Mobiltelefon sicherlich nicht mit auf den Toilettengang. So weit kommt es noch, dass man auf dem Topf sitzt und doppelt presst. Oben die Worte hinaus und unten zeitgleich das andere. Wenn sich einer für so wichtig hält, dass er dieses letzte intime Privatrefugium für die Welt da draußen aufgibt, dann kann dem keiner mehr helfen. Aber genau so ist die Menschheit eben. Ob man da von Evolution sprechen kann, ist freilich fraglich. Weiterentwicklung oder doch eher Rückschritt? Das vor wenigen Jahren Unmögliche wirkt auf einmal gar nicht mehr so absurd. Und wartet man noch ein Weilchen zu, dann ist es quasi Stand der Technik und gesellschaftlich voll akzeptiert. Das Scheißen und das Telefonieren. Gleichzeitig, versteht sich.

Die Hilde hebt also ab. So aufgeregt, wie Georg durch die Leitung kommt, kennt sie den Guten ja gar nicht. Dass das weniger mit ihrer Person zusammenhängt, sondern eher mit der spektakulären Mordserie, braucht der Hilde keiner extra zu sagen. So viel Rest-Realismus lässt ihre teenagerartige Liebe gerade noch zu. Wie ihr dann der Spazierer einen Namen zuruft, greift sie sich rasch einen gerade in Arbeit befindlichen Stiefelkönig-Schuhprospekt und kritzelt dort munter drauflos. Dass Janosh Petrescus Name gleich neben einem dick mit Rotstift eingekringelten Paar Nuttenstiefel seinen Platz findet, ist auch irgendwie passend. Beide Freunde der Frauen. Janosh genauso wie die Schuhe. Dass die Hilde davon eine Abschrift machen wird, auf einem möglichst behördlich aussehenden Dienstblock, ist auch klar. Der Herr Oberst würde sich gleich wieder seinen eigenen Reim darauf machen. Dumm ist der alte Grantler nie gewesen. Meistens oberflächlich ignorant, aber das will bei dem nichts heißen. Reibt einem Monate später, wenn so gar keiner mehr damit rechnet, die Sache dann doch noch unter die Nase. Nein! Dumm oder gar schwingungsresistent ist der auf keinen Fall. Auch wenn er oftmals so tut als ob. Zumindest, was die Arbeitsleistung der Kollegen angeht. Oder die Nichtarbeitsleistung.

Noch ehe die Hilde dem Spazierer ein paar süße Worte ins Ohr säuseln kann, hat der schon wieder aufgelegt. So viel hat sie schon noch verstanden, dass es dem Major nämlich gewaltig pressiert. Die Maschine nach Wien hebt bald ab, und der Spazierer parkt nur wenige Kilometer vor dem Flughafen in einem lästigen Stau. Dieses eine Mal nimmt ihm die Hilde das hektisch herzlose Gespräch nicht übel.

Flieg nur zurück zu mir und hinein in deinen goldenen Käfig, denkt sich die Hilde romantisch. Aus Sicht eines Mannes eher halb romantisch. Das mit der Käfighaltung hört keiner aus dem starken Geschlecht so gerne. Wenn man sich die Sache als Mann noch genauer ansieht, ist das eigentlich völlig unromantisch!

Dass ihr Wunschliebhaber mit Janosh Petrescu den Vater der beiden steirischen Leichen identifiziert hat, macht die Hilde Ranner irgendwie stolz. Da soll noch einer sagen, dass die österreichischen Kriminalisten keinen Riecher haben. Dass Major Spazierer auf dem Holzweg sein könnte, ist für die Hilde keinen lausigen Gedanken wert.

Die Hilde marschiert sofort hinüber in Draxlers leeres Büro. Weil der Kaffee in Draxlers Lieblingshäferl noch heiß vor sich hin dampft, wird der wohl nicht allzu lange wegbleiben. Die Wartezeit in Draxlers Büro vertreibt sich die Ranner mit dem

Studium der herbstlichen Landschaft. Zwar macht ihr der Herbst mit seinen kräftigen Farben immer ein wenig Angst, ist er doch Vorbote der langen, kalten Nächte, die nun bald folgen werden, aber in einem Land zu leben, das vier Jahreszeiten hat, ist schon ein echtes Privileg. Für die in diesen Tagen extrem romantisch angehauchte Hilde auf jeden Fall.

Hilde Ranners Gedankenflügen bereitet der Draxler ein jähes Ende. Sein systemimmanentes Grantigsein ist nach einem Toilettenbesuch aber ungleich harmloser als unmittelbar davor.

Was sie will, fragt der Draxler barsch, trotzdem mit einem leicht onkelhaften Unterton. Wie der diese seltsame Kombination immer hinbekommt, ist für die Hilde ein echtes Rätsel. Weil der Hilde so gar nicht nach langatmigen Erklärungen ist, legt sie dem Draxler wortlos den Zettel mit dem Namen mitten auf den Tisch.

»Ist der vom Spazierer?«, fragt der Draxler weit weniger mürrisch als noch gerade eben. Die Hilde nickt artig. Kaum dass der Draxler seine Lesebrille auf seine Nase gesetzt hat, tippt er eifrig den Namen »Janosh Petrescu« in den Computer ein. Nur wenige Sekunden später eine ernüchternde Nullmeldung. »Kein Eintrag«. Der Draxler lehnt sich enttäuscht zurück und schüttelt müde den Kopf. War wohl nichts.

Und genau jetzt ist die Jugend gefragt. Dort, wo die Alten zumeist resigniert abdrehen, drehen die Jungen zumeist enthusiastisch auf. Ist auch nicht immer das Gelbe vom Ei, aber diesmal braucht es eine Hilde Ranner, um Licht in einen dämmernden Abend zu bringen. Falltechnisch, versteht sich! Noch ist es draußen ja erfreulich hell.

Die Hilde beugt sich seitlich am Draxler vorbei und über die Tastatur. Mit dem Eintrag »Janosh Petrescu« findet sie nach einem kurzen Augenblick auf Google derartig viele Einträge, dass es einem schwindlig werden kann. Zu viel Information ist genauso schlimm wie zu wenig. Rasch überfliegt die Hilde die Kurzbeschreibungen der ersten Zeilen und stellt sofort fest, dass es sich auf der ersten Trefferseite wohl immer um ein und denselben Mann handeln muss. Und weil der Name immer mit Tierbedarf jedweder Art in Zusammenhang gebracht wird, sei es mit einem Onlineshop oder mit diversen Geschäftslokalen einer offenbar großen Kette, und weil der Janosh ja quasi einem Wanderzirkus samt Tierattraktionen entstammt, ist ihr Schluss naheliegend, dass sie schon beim ersten Versuch richtigliegen könnte. Die Hilde schaut den Draxler erwartungsvoll von der Seite an. Und weil Oberst Draxlers Nase auf einmal furchtbar zu jucken beginnt und das Jucken trotz hektischem Kratzen nicht weggehen will, hat die Hilde Ranner gleich eine unausgesprochene Bestätigung ihrer Amateurvermutung.

Über eine der angegebenen Telefonnummern, nämlich die der Berliner Deutschlandzentrale, erreicht der Draxler auch prompt eine kompetente Gesprächspartnerin. Kompetent, weil eine absolute Kennerin der Materie und ihres Oberchefs, und kompetent, weil wohl die größte Berliner Quatschtante zwischen den Flüssen Dahme und Spree. Dass der Firmengründer und Mehranteilseigner Janosh Petrescu vor nicht allzu langer Zeit das Zeitliche gesegnet hat, lässt die Frau am anderen Ende der Leitung den Draxler in passendem Kondolenzton wissen.

Wie dann der Draxler, durch diese traurige Nachricht stimmungsmäßig doch leicht angeschlagen, nach einem Vermögensverwalter oder gar Nachfolger des verstorbenen Janosh Petrescu fragt, vorsichtig, weil aus seiner Sicht doch irgendwie pietätlos, ist sein deutsches Pendant auch keinen Deut weniger gesprächig. Ein wahrer Quell an Informationen und voller Leutseligkeit. Der Draxler ist sich sicher, dass er der Guten, nach nicht einmal fünf Minuten, Kontonummer, PIN-Codes und TANs des gesamten Firmenimperiums aus dem Kreuz leiern könnte.

Und dann horcht der Draxler auf.

»Herrn Petrescus einzige Tochter ist leider nicht im Lande. Die können Sie nicht sprechen. Ist die letzten Monate unaufhörlich auf Reisen. Wird wohl der Abschiedsschmerz sein, der sie nicht ruhen lässt. Trotzdem ist mir die Dame unheimlich. Tut aber hier wohl nichts zur Sache. Ach, was bin ich doch für ein kleines Plappermaul.«

Und dann kichert die Frau am anderen Ende der Leitung

mädchenhaft. Das Gekichere für den Draxler kein Grund, die Alarmstufe eins wieder herunterzustufen. Diese Sache ist wirklich heißer als heiß.

»Am besten, Sie kontaktieren den Nachlassverwalter Dr. Gerfried Walther«, meint die nette Dame mit einem leicht gönnerhaften Unterton in ihrem gut gemeinten Ratschlag. »Die Kanzlei Walther & Kuhn ist ohnehin nur einen Katzensprung von uns entfernt. Vom Dachgeschoss der ›Viel fürs Tier gibt es hier‹-Zentrale kann man die Anwaltsbüros sogar sehen. Selbst ich mit meinen erbärmlich schlechten Augen.«

Dann schießt die Frau die Adresse auch gleich hinterher. Völlig unaufgefordert!

Obwohl der Draxler hochgradig erregt ist, ist er doch auch ein wenig gekränkt, weil seine schon fast legendären Verhörmethoden hier so überflüssig sind wie ein Pickel auf dem Arsch.

Mit einer geistigen Verbeugung und einem laut ausgesprochenen Dankeschön verabschiedet sich der Draxler. Dass er mit keinem einzigen Wort hat erwähnen müssen, dass er von der Polizei ist, ist eines jener kleinen Wunder, die dem Karl und dem Johann oben auf der kleinen Wolke eine rechte Freude bereiten.

118

Und der Spazierer hat seine Maschine dann doch noch gekriegt. Hätten sie nicht elendslang auf eine Startfreigabe warten müssen, wegen einem streunenden Hund, der die Startbahn auf und ab gelaufen ist und im Hakenschlagen jedem sportlichen Feldhasen Konkurrenz gemacht hätte, er hätte mit dem Draxler in Wien abklatschen können. Wie zwei coole Geschäftsreisende, die sich mehr in der Luft aufhalten, als sie am Boden daheim sind. Weil sich der Draxler in Deutschland durchaus verständigen kann und sein Grazer Dialekt nicht gar so ausgeprägt ist, dass einen die Berliner ums Verrecken nicht verstehen, ist natürlich er geflogen.

Wird die Hilde erneut keine Kandidatin für ein Vielfliegerprogramm. Die Reise nach Berlin ist oberste Chefsache. Bei der Hilde Ranner entsteht in diesem Fall nicht der leiseste Anflug von Enttäuschung. Schließlich kommt ihr Georg bald heim. Fliegt quasi in ihre Arme.

119

Hätte Karin gewusst, dass ihr Herzbube gerade an dem wohl größten Fall seiner Karriere arbeitet, sie hätte ihre Situation weitaus entspannter gesehen. Hätte sie aber das mit der Hilde gewusst, wäre es mit der Entspannung gleich wieder vorbei gewesen. Und weil es keinerlei Anzeichen gibt, dass ihre Unruhe unbegründet ist, will die auch ums Verrecken nicht verschwinden.

Die liebe Tante stöhnt zwar so, als ob ihr der verstauchte Knöchel gleich abgenommen werden müsste, aber das ist bei der auch nur Show. Karin weiß schon auch, dass Einsamkeit selbst einer so selbstständigen Frau wie ihrer Tante auf die Dauer zusetzen kann. Das Gejammer ist auch nur eine Mitleidsmasche, um die Karin möglichst lange bei der Stange zu halten. Karin kann ihren Vater zwar verstehen, dass das viele Geld in der Familie bleiben sollte, aber ob Liebe so einfach mit Geld aufgewogen werden kann? Der Karin kommen langsam ernsthafte Zweifel, ob sie nicht gerade dabei ist, den größten Fehler ihres Lebens zu begehen. Da können die Zikaden noch so betörend zirpen. Kommen der Karin fast wie die sagenumwobenen Sirenen vor. Lullen einen ein, und ehe man es sich versieht, ist ein Monat um, und der Mann ist weg.

Die kommende Nacht wird sie noch abwarten. Und wenn sich Georg bis morgen früh nicht bei ihr meldet und sich bei ihr auf eine Art und Weise einschleimt, die jeder Nacktschnecke schleimtechnisch Konkurrenz gemacht hätte, dann, ja dann wird sie sich die Sache noch einmal überlegen. Ein großzügig eingeschenkter Aperol Veneziano dürfte ihr wohl durch die kommende Nacht helfen. Und wenn der nicht reicht, dann hoffentlich der zweite.

120

Oberst Draxler ist nicht ganz wohl dabei, in so ein schweres Blechding steigen zu müssen, das erst durch eine Kombination aus Geschwindigkeit, Sog und Auftrieb zu einem Flugapparat wird. Zwar glaubt der Draxler an die Gesetze der Physik, aber wer bitte garantiert einem, dass die nicht auch einmal auf Urlaub gehen? Und dann wird aus einem gepflegten Kaffee in zehntausend Meter Höhe schnell ein kühles Glas Bier zu ebener Erde auf seinem persönlichen Leichenschmaus. Dass er dann wohl in einer mittelgroßen Zigarrenkiste Platz finden würde, ist für den leicht übergewichtigen Oberst auch nur ein schwacher Trost. Dass man ihn an der Sicherheitskontrolle gezwungen hat, seinen Anti-Flugangst-Schnaps aus seinem Flachmann zu entfernen, hier, jetzt, sofort und ohne Widerrede, hat den Draxler nur wenig gestört. Leicht illuminiert in den Flieger zu steigen war quasi sicherheitsbehördlich angeordnet. Bis zum Besuch beim Nachlassverwalter Dr. Walther würde er wohl wieder stocknüchtern sein. Zumindest, wenn es an Bord alkoholmäßig vielleicht keinen Nachschub gibt.

Diesen Gefallen tut die Crew der Austrian Airlines Maschine dem Draxler aber nicht. Ein fast bündig eingeschenktes Rotweinglas ist für den rebenaffinen Herrn Oberst mehr als nur ein seichter Rauschauffrischer.

Da der Draxler nur mit leichtem Handgepäck unterwegs ist, sitzt er, kaum in Berlin-Tegel gelandet, auch schon im Taxi auf dem Weg zu weiteren Erkenntnissen.

Dass der viel beschäftigte Dr. Walther den Herrn Oberst so schnell empfängt, und das ganz ohne Voranmeldung, hat einen einfachen Grund. Der Herr aus Österreich will mit ihm über Janosh Petrescu reden. Und so blind, wie Dr. Walther derzeit durch das nachtschwarze Dunkel der Erbschaftssache tappt, liegt sie dem guten Mann wackersteineschwer im Magen. Da klammert sich der seriöse Bartträger an jeden noch so kleinen Strohhalm. Auch wenn der aus Österreich kommt.

Hört sich auf den ersten Blick ein wenig abschätzig an, ist aber nicht böse gemeint. So oft wie Dr. Walther am wunderschönen Wolfgangsee seine Sommerfrische verbracht hat, ist seine Liebe für das Bergvolk eine ehrliche.

Dem Draxler ist Dr. Walther, ein weißhaariger Vollbartträger Mitte fünfzig, auf den allerersten Blick sympathisch. Dass man ihm auch gleich ein Kännchen Kaffee anbietet, ist auch kein Mittel gegen Draxlers Zungenschlag. Aber weil der Draxler doch Grazerisch spricht und Dr. Walther auch nicht alle österreichischen Dialekte im Detail studiert hat, glaubt der automatisch, dass Draxlers leichtes Lallen im Süden Österreichs wohl landesüblich sein muss.

Der Draxler lallt nicht lange um den heißen Brei herum. Seine Nase juckt ihn nahezu unaufhörlich, was nur eines bedeuten kann, nämlich Gefahr im Verzug! Rasch das Jugendfoto von Janosh aus dem Sakko gezaubert, zu Dr. Walther über den Tisch geschoben, und schon liefert Dr. Walthers Mimik dem Draxler die lang ersehnte Bestätigung. Beim jungen steirischen Janosh Petrescu und bei dem alten deutschen handelt es sich eindeutig um ein und dieselbe Person.

Dr. Walther kann seinen Blick kaum von dem Foto abwenden. Ist zwar verständlich, hat er doch einen seiner wichtigsten Klienten in dessen jungen Jahren noch nicht gekannt und auch keine Jugendfotos von Janosh Petrescu gesehen, trotzdem ist das nur die halbe Wahrheit. Zwar kann Dr. Walther seine Neigung zum eigenen Geschlecht im Regelfall ganz gut verbergen, aber bei so einem schönen Mann wie dem da auf dem Foto fällt das auch einem bedachten Anwalt wie dem Dr. Walther äußerst schwer. Auch der alte Petrescu war zweifellos ein sehr attraktiver Mann, aber bei Dr. Walther stehen liebestechnisch eher jüngere Burschen auf dem Speiseplan. Und der da auf dem Foto ist ein wahrer Prachtkerl.

So lange, wie Oberst Draxler berufsbedingt schon in Menschen liest, ist die Erkenntnis, dass sich Dr. Walther eher auf dem anderen Ufer herumtreibt, auch kein geistiges Herkulesprojekt. Dem Draxler ist das egal. Diesbezüglich steht seine Toleranznadel seit jeher im grünen Bereich. Von Draxlers üblichen Vorurteilen diesmal keine Spur.

Dann blickt Dr. Walther mit fragendem Blick auf. Der Draxler kürzt die Sache auch ganz schnell ab und klärt sein Gegenüber auf. Nicht jedoch, ohne ihn eindringlich auf seine Verschwiegenheitspflicht als Anwalt hinzuweisen. Nicht, dass Dr. Walther so eine Ermahnung nötig gehabt hätte, und nicht, dass der Draxler das nicht selbst wüsste, aber weil diese Sache so überdimensional groß ist, will der Draxler auf Nummer sicher gehen. Ein derartig riesiges Tortenstück lässt er sich so kurz vor seiner Pensionierung von nichts und niemandem vom Teller mopsen. Das mit dem »Mopsen« hat sich der Draxler freilich nicht wörtlich so gedacht. So ein kindischer Begriff kommt in Draxlers Wortschatz nun wirklich nicht vor.

Hinter Dr. Walthers Nickelbrille werden die Augen immer größer, je mehr ihm der Draxler von der hässlichen Mordserie erzählt. Dieses offenbar kontinentweite Morden ist auch für einen lang dienenden und sehr erfahrenen Anwalt ein absoluter Knaller. Die deutsche Bild-Zeitung würde den Draxler dafür zweifellos adeln. Ein großartiges Thema und gleichzeitig unzählige Schlagzeilen für mehrere Wochen.

Wie der Draxler mit seinen Ausführungen endlich fertig ist, hat sich auch sein lallender Gesprächsstil verflüchtigt. Nach einer kurzen Pause, die aufgrund der Bedeutungsschwere der ganzen Geschichte mehr als angemessen erscheint, spricht Dr. Walther mit derselben Offenheit über sein eigenes, ganz persönliches Dilemma. Ein Dilemma wegen der engen Verbundenheit mit einem langjährigen Geschäftsfreund. Das doch sehr beachtliche Vermögen des natürlich verstorbenen Janosh Petrescu gerecht unter dessen direkten Nachkommen aufzuteilen, erweist sich für den Anwalt und Nachlassverwalter als nahezu unlösbare Aufgabe.

Der Draxler kann mit seinem schwarzen Humor nun doch

nicht länger hinter dem Berg halten. Mit einem Augenzwinkern teilt er Dr. Walther mit, dass diese Aufgabe mittlerweile wohl äußerst übersichtlich sein müsste. Da braucht man sich nur die lange Liste der verblichenen Ex-Erbanwärter anzusehen. Wohl kaum einer mehr da, den man mit Geld überhäufen könnte.

Mit der Aussage zaubert der Draxler auch kein Lächeln auf Dr. Walthers ernstes Gesicht. Sein österreichischer Gast scheint ja nicht den Deut einer Ahnung zu haben, um was es hier überhaupt geht. Um dem Draxler ein Gefühl dafür zu geben, über welche Erbmasse eigentlich gesprochen wird, kritzelt Dr. Walther eine Zahl auf einen Zettel und schiebt den dem Draxler über den Tisch.

Das mit dem Diverse-Zettel-über-den-Tisch-Schieben scheint dieser Tage langsam in Mode zu kommen.

Hier erscheint Dr. Walther die Summe doch zu groß, um sie so einfach und proletoid hinaus in den Äther zu plärren. Auch wieder verständlich. Hätte Dr. Walther nicht zwischen die vielen Nullen diese netten Pünktchen gesetzt, den Draxler hätte die monströse Zahl überfordert. Trotz der Pünktchen tut sie das trotzdem. Dem Draxler wird vor lauter Nullen auch gleich schwindlig. Wenn er gedanklich diese horrende Summe einfach durch die Zahl zwanzig dividiert, was ja in etwa der Anzahl der bisherigen Mordopfer entspricht, dann gäbe es definitiv zwanzig Millionäre mehr auf dieser Welt. Bei den vielen Nullen eigentlich Multimillionäre.

Der Draxler kann sich nur allzu gut an jenen Tag erinnern, an dem er, nach dem Mord am Steirer Johann, das Motiv Geld in einem einzigen läppischen Satz vom Tisch gewischt hat. Und er kann sich noch genau an seinen selbstbewussten Ton erinnern, der so gar keine Widerrede zugelassen hat. So unglaublich sicher ist er sich damals gewesen. Dass der Krummer Karl ohnehin hat sterben müssen, weil sie dem Mörder ohne den Märtyrer nie auf die Spur gekommen wären, lässt sich der Draxler als seine ganz persönliche Absolution aber von niemandem ausreden.

Betreten starrt der Draxler auf die unglaubliche Summe, die ihm Dr. Walther da in kunstvoller Handschrift aufgeschrieben hat. Da kann jedes andere zaghafte Vielleichtmotiv gleich einpacken. Wenn das nicht die Mutter aller Motive ist, dann weiß der Oberst Draxler auch nicht.

Dr. Walther erzählt nun dem Draxler, dass er nicht ganz so verzweifelt ist, wie es vielleicht den Anschein hat, weil er ja schon eine Erbin an der Angel hat, die zu finden ja nicht wirklich schwer war, weil er die Frau ohnehin seit deren Jugendtagen kennt, und damit das viele Geld sicherlich nicht automatisch in falsche Hände geraten würde. Aber der letzte Wunsch eines sterbenden Mannes hat schon ein belastendes Gewicht, das man nicht unterschätzen sollte.

Bei dem »nicht in falsche Hände geraten« ist sich Dr. Walther jetzt natürlich nicht mehr so sicher.

Der Draxler stimmt dem Anwalt mit einem verständnisvollen Nicken zu. Ob nun der eine auf dem linken Ufer spazieren geht und der andere sich mit Vorliebe auf dem rechten aufhält, spielt hier überhaupt keine Rolle. Dr. Walther hat mit seiner Aussage absolut recht. Mit so einer Bürde hätte auch ein österreichischer Oberst so seine liebe Not.

Jetzt ist der Draxler schon so viel Realist, dass ihn sein Mitleid für den Anwalt nicht gar so arg beutelt, weil Geld richtig zu verteilen wohl weniger belastend ist, als einen Massenmörder aufzuhalten. Und wenn der Draxler seiner juckenden Nase Glauben schenken darf, dann bleibt ihm dafür nicht mehr allzu lange Zeit. Hat der Mörder seine Liste einmal abgearbeitet, dann ist die Rechenaufgabe wohl auch für einen Volksschüler eine leichte. Division durch eins, selbst für die größte Dumpfbacke ohne Taschenrechner lösbar.

Dass der Draxler noch immer vom Mörder und weniger von der Mörderin spricht, sollte man als Außenstehender auch nicht automatisch mit einem milden Lächeln abtun. Das ist bei dem nur die Macht der Gewohnheit. Fast fünfundneunzig Prozent seiner Kundschaft sind schließlich männlich. Dass es sich wohl hier um eine Mörderin handelt, weiß der Draxler seit seinem ersten Anruf in Berlin. Während wir noch gedacht haben: Ach wie schön, endlich eine Verdächtige, war die Sache für den Draxler und seine Nase schon so gut wie geritzt.

Aus detektivischer Sicht ist für den Draxler und seine Truppe die Arbeit hier und jetzt zu Ende. Was die klinkenputzende Polizeiarbeit angeht, freilich noch längst nicht. Die fängt nun erst so richtig an. Nach einer Sandra Petrescu zu fahnden, die wahrscheinlich noch nicht einmal weiß, dass man ihr auf den Fersen ist, dürfte wohl nicht allzu schwer sein. Und weil so eine Göre, die von Geburt an finanziell derart abgesichert ist, wohl auch nicht alltäglich Kontakte zur Berliner Unterwelt pflegen wird, ist kaum davon auszugehen, dass sie als anonyme Jane Doe mit einem perfekt gefälschten Pass in der Weltgeschichte herumgondelt. Da ist sich Oberst Draxler absolut sicher. Bestätigend juckt auch gleich wieder seine Nase.

So als könnte der Nachlassverwalter Gedanken lesen, unterbricht er jäh Oberst Draxlers geistiges Puzzlespiel.

»Ich habe seine Tochter nie gemocht. War wohl das unheimlichste Wesen, das mir je untergekommen ist. Ich habe diese Frau nur ein einziges Mal lächeln sehen. Und das war schlimmer, als hätte sie es nie getan. Hat die Mundwinkel wie einer dieser Horrorclowns nach oben gezogen und mich dabei mit kalten, unbarmherzigen Augen angesehen.«

Dann zaubert Dr. Walther ein aktuelles Foto aus seiner Schreibtischschublade und überreicht es seinem Gegenüber.

»Wenn Sie mich fragen, ob Sandra Petrescu zu so einer furchtbaren Mordserie fähig wäre, dann würde ich keine Sekunde zögern, Ihnen zu sagen: Wer, wenn nicht diese Frau. Bei der fließt Eiswasser durch die Adern. Schnappen Sie sich diese Ausgeburt der Hölle, so schnell Sie können«, appelliert Dr. Walther an Oberst Draxler in schönem Anwaltshochdeutsch.

Weil Dr. Walther augenscheinlich Angst hat und weil der Draxler ohnehin zu demselben Ergebnis gekommen ist, lässt er sich das kein zweites Mal sagen. Mit einem fast freundschaftlichen Händeschütteln, bei dem Draxlers starker Händedruck in Dr. Walthers fast weiblicher Pratze fast sämtliche Knochen, wenn schon nicht gebrochen, so doch verstaucht hat, verabschieden sich die beiden. Dann fährt Oberst Draxler mit einem eilig herbeigerufenen Taxi zum Flughafen zurück. Auf dem Weg nach

Tegel ruft dieses Mal der Draxler den Spazierer an. Hat ihm der Spazierer, über die Hilde Ranner als Mittlerin, den Namen »Janosh Petrescu« aus dem fernen Rumänien zugerufen, ruft der Draxler nun seinerseits dem Kollegen den Namen »Sandra Petrescu« zu. Ist fast wie ein einstudiertes Pingpong-Spiel eines wirklich äußerst effektiven Ermittlerteams.

121

Kaum dass der Draxler aufgelegt hat, holt der Spazierer den Reininger Sepp ans Rohr. Ist schon ein bisschen arrogant, wenn der Herr Major an seinen befreundeten Revierinspektor genau dann denkt, wenn es um die banale Polizeiarbeit geht. Würde man den Spazierer darauf stoßen, dann hätte der dafür eine gänzlich andere Erklärung. Weil eben Reiningers Akribie und Hartnäckigkeit Tugenden sind, die einem doch etwas schluderigen Improvisationstalent, wie es der Spazierer nun einmal ist, gänzlich fehlen. Und so ehrlich kann der Spazierer sich selbst gegenüber schon sein, dass er seine eigenen Defizite bei anderen als Stärken erkennt. In diesem Fall ein klares Lob für den Reininger Sepp aus dem weststeirischen Voitsberg.

Sieht man sich Sepps Reaktion an, der seine Freude selbst am Telefon nur schwer verbergen kann, dann würde der Spazierer jetzt sicherlich süffisant lächeln. Weil, recht hätte er ja gehabt.

Dass den Sepp sein Freund Georg höchstpersönlich anruft, lässt den Reininger Sepp gleich ein paar Zentimeter wachsen. Dass er während Georgs Rumänienausflug in Graz völlig umsonst herumgesessen wäre, war für den Sepp absolut verständlich. Ein Umstand, mit dem er unbeleidigt leben kann.

Auf die Frage, wie lange in etwa seine Anwesenheit in Graz erwünscht ist, kommt für den Sepp eine doch überraschende Antwort. »Ein paar Tage wird es schon dauern«, meint Georg nach einer kurzen Nachdenkpause. Schließlich befinden sie sich ermittlungstechnisch in der Zielgeraden. So zumindest stellt es sich der Spazierer vor. Weil bei ihm das Glas immer halb voll ist und ihm sein grenzenloser Optimismus nur sehr selten abhandenkommt, authentisch bis zum Abwinken.

Der Sepp kratzt sich hinter seinem rechten Ohr. Eine lästige Angewohnheit, in die er immer dann verfällt, wenn er ein Problem hat, für das er auf die Schnelle so gar keine Lösung findet. Seinen beiden Frauen mitzuteilen, dass er doch noch ein paar Tage wegbleiben wird, ist nicht das Hauptproblem. Die beiden sind ohnehin froh, wenn der pedante Vater und Ehemann einmal ein Weilchen außer Haus ist. Und das weiß der Sepp auch.

Hier und jetzt bereitet ihm der Schäferhund Rolli Sorgen. Weil sich der Ferdinand, nach erfolgreichem Abschluss der Schnapsbrennarbeiten, samt herrischer Schwägerin für ein paar Tage ins Burgenland vertschüsst hat und weil wie jedes Jahr der Sigmund Stoiser mit von der Partie ist, obliegt nun dem Sepp die Hege und Pflege des umtriebigen Rüden Rolli. Dem armen Hund drei Tonnen Futter in den Zwinger zu stopfen und sich mit einem entschuldigenden Kopftätscheln nach Graz zu verabschieden, ist so gar nicht Sepps Stil. Dass sich so ein Schäferhund das Fressen brav einteilt und sich nicht gleich am ersten Tag völlig überfrisst, auch eher unwahrscheinlich. Und so weit kommt es noch, dass der Tierschutzverband einen Revierinspektor anzeigt. Macht sich in keinem Lebenslauf wirklich gut.

Weil der Spazierer immer noch auf eine Antwort wartet, teilt ihm der Sepp auch gleich sein Dilemma mit. Fast so, als wollte der Spazierer den Sepp vor einer hässlichen Kratzwunde hinterm Ohr bewahren, löst er Sepps Problem auf pragmatische Art und Weise. Obwohl der Spazierer keine eigenen Haustiere hält, hätte er nichts dagegen, wenn der Sepp den Hund einfach mitbringt. So ein ausgewachsener Schäferhund ist beim Mörderaufspüren sicherlich kein Nachteil. Da wirkt die Truppe gleich noch grimmiger. Vorausgesetzt natürlich, der Rolli schmust die Mörderin nicht gleich an. Das hat dann eher null Bedrohungspotenzial. Und so gut kennt der Spazierer den Rolli auch nicht, dass er weiß, wie der stöckchenapportierende Rüde im tiefsten Inneren tickt.

Während der nächsten Tage können beide jedenfalls bei

ihm wohnen. Gassi gehen muss der Sepp aber selbst. Und das, wenn geht, jede zweite Stunde. Nicht, dass ihm der Hund die Mietwohnung versaut oder gar vor lauter Langeweile Spazierers Whiskyvorrat wegsäuft. Der Sepp ist mit allen Forderungen widerspruchslos einverstanden und wird sich in spätestens zwei Stunden samt Spürhund auf dem Stützpunkt zum Dienst melden.

Das mit dem Spürhund hat der Sepp eher im Scherz gemeint, aber den wird er bald revidieren müssen.

122

Das permanente Nuckeln am Kugelschreiber tut der Hilde Ranner gar nicht gut. Weniger, weil sie sich an der giftigen Tinte den Magen verderben könnte, sondern wegen der erotischen Stimmung, in die sie sich dabei gerade selbst hineinmanövriert. Gerade jetzt wirklich unpassend, denn wenn der Georg auf der Pirsch ist, dann hat der sämtliche Antennen auf seine Beute gerichtet. Die Einzige, die jetzt mit halterlosen Strümpfen punkten könnte, wäre wohl die Mörderin.

Dass für Georg seine Karin momentan genauso weit weg ist wie der Mars von der Erde, findet die Hilde tröstlich. Und was sie noch tröstlicher findet, ist die Tatsache, dass sie im Gegensatz zur Karin schließlich etwas tun kann. Sie muss nur so intelligent sein und ihre Taktik ändern. Womit sie den Spazierer jetzt beeindrucken kann, das sind tatkräftige Unterstützung und brillante Geistesblitze.

Kaum zu Ende gedacht, gibt der Spazierer der Hilde auch gleich die Möglichkeit, sich zu beweisen. Hilde darf die Leihwagenfirmen durchtelefonieren. Weil der Draxler in seiner Aufbruchshektik vergessen hat, dem Spazierer ein gescanntes Foto der mutmaßlichen Mörderin zuzumailen, haben sie nur einen Namen. *Sandra Petrescu!*

Das Kugelschreiberlutschen hat bei der Hilde erst seit Kurzem zwei Effekte. Die ursprüngliche Bestimmung des Herumgenuckels ist zweifellos die Steigerung ihres Konzentrationsvermögens. Ist daher kein Wunder, dass das Ding schon wieder zwischen ihren burgunderroten Lippen steckt. Wo anfangen? Von der Logik her am Grazer Flughafen. Sicherlich die erste Adresse, wenn eine aus Deutschland ankommt. Und weil der Hilde die poppige Sixt-Werbung so gut in Erinnerung ist, ruft sie bei dieser Verleihfirma zuallererst an.

Gar so oft muss es die Hilde auch nicht läuten lassen, da hebt bei Sixt ein junges Fräulein ab. Was die Hilde auf den Tod nicht ausstehen kann, das sind diese unendlich langen Willkommensphrasen, die so kundenorientierte Unternehmen ihrem Personal in den ersten Einschulungswochen in einer Art Gehirnwäsche einbläuen. So eine ewig lange Litanei bleibt der Hilde auch heute nicht erspart.

Reißt man so eine Mitarbeiterin auf Probe mitten in der Nacht aus dem Schlaf, mit Gebrüll, in die Augen geblasenem Zigarettenrauch und geiferndem Kampfhundgekläffe, die würde erst an zweiter Stelle in Heulkrämpfe ausbrechen. Voll konditioniert und auf Unternehmensschiene gebracht, kommt mit Sicherheit und zuallererst das artig aufgesagte Firmensprüchlein. Dass die Typen nebst tierischem Anhang aber weniger an einem Leihwagen als an ihr als Person interessiert sind, kommt ihr erst in zweiter Instanz. Aber dann mit voller Wucht.

So viel ist die Ranner schon auch Polizistin, dass sie das Mädchen nicht gleich nach dem dritten Wort unterbricht. Wäre keine vielversprechende Basis für ein Gespräch, bei dem die am anderen Ende der Leitung nicht ums Verrecken verpflichtet ist, auch nur irgendeine Aussage zu machen. Wäre ja noch schöner, wenn sich jeder als vermeintlicher Polizist über das Telefon wichtige Informationen verschaffen könnte. Passiert heutzutage ohnehin viel zu oft, dass Ganoven mit so einer Masche durchkommen. Speziell die ganz Gewieften, die auch noch ein wenig vorrecherchiert haben. Schließlich hat jeder seine ganz spezielle Achillesferse. Dieser Tage würde ein angeblicher Dessous- oder Schuhvertreter bei der Hilde jede Vorsicht außer Kraft setzen.

Die Hilde hört sich also geduldig das elendslange Blablabla an.

Ähnlich geduldig, wie es beispielsweise die Onkel und Tanten beim Geburtstag der – sagen wir – Tante Gertrud tun, wo die kleine Sophia ein erbärmlich schlechtes Gedicht vortragen muss, das ihr Papa bei einer dreitägigen Monstersession zu Papier gebracht hat, in der ehrlichen Meinung, an ihm wäre ein zweiter Goethe verloren gegangen. Dass man der armen Sophia keinen Vorwurf machen kann, weil sich die Sätze so gar nicht reimen und sie deshalb verständlicherweise ganz durcheinanderkommt, sieht ihr Papa freilich nicht so. Eine schlechte Performance bleibt nun einmal eine schlechte Performance. Dass der Mama die Tränen in die Augen steigen, weil das Gedicht für Tante Gertrud so scheiße ist und ihre süße Tochter doch alles tut, um für Papa die Situation zu retten, kommt bei dem Rest der Geburtstagsgesellschaft als Rührung einer zutiefst ergriffenen Mutter an. Ähnlich geduldig hört also die Hilde Ranner zu.

Wie dann das Fräulein endlich mit ihrem Ständchen fertig ist, fragt die Hilde höflich, ob sie kurz etwas fragen darf. Nicht, dass sie die junge Dame bei ihrer wichtigen Arbeit stören möchte.

Hat so eine Neue noch keinerlei Ahnung von den Schattenseiten ihres Berufes, weil die Gute anfangs nur unendlich glücklich ist, dass sie endlich dazugehören darf und so einen tollen Job bekommen hat, auch wenn die Bezahlung doch eher bescheiden ist, dann glaubt die mit vollem Herzen daran, dass die Frau das mit dem Stören aufrichtig und ernst gemeint hat. Wer bitte würde daran zweifeln, dass das rechtzeitige Bereitstellen von Fahrzeugen unterschiedlicher Kategorie für hektisch hereinstürzende Geschäftsleute nicht genauso wichtig ist wie die Kunst, einen Bypass zu legen oder eine Nierentransplantation durchzuführen?

Wenn Frauen von anderen Frauen mit den eigenen und für Männer so perfiden Waffen geschlagen werden, dann kann so ein Durchschnittsmann wie der Spazierer der Hilde nur stumm seine Hochachtung zollen. Eins zu null für seine Kollegin.

Das Fräulein von Sixt tut zwar recht beschäftigt, was auch auf die erfolgreiche Teilnahme an diversen Verkaufsseminaren schließen lässt, hat aber doch ein paar Minuten Zeit. Zwar nicht sehr lange, weil sich die Maschine aus Frankfurt schon im Landeanflug befindet, aber ein paar Fragen sollten sich schon noch ausgehen.

Die Hilde kann sich nun doch etwas entspannt zurücklehnen. Die da hat zweifellos angebissen. Die Hilde berichtet im Telegrammstil, dass sie von der Kriminalpolizei ist und sie gerade in einem brisanten Mordfall ermitteln. Diese Information lässt sie erst einmal genüsslich sickern. Dass sie dann noch die Adresse des Stützpunktes nennt, wo gerade ein Großaufgebot von Polizisten in einer eigens ins Leben gerufenen Sonderkommission tagt, die unmittelbar vor dem entscheidenden Durchbruch steht und der nur mehr ganz kleine, aber umso wertvollere Puzzleteilchen fehlen, erhöht auf der anderen Seite der Leitung die Wichtigkeit der Fragen ganz enorm.

Und wirklich gelogen hat die Hilde ja nicht. Wenn man sich das Ermittlerquartett ansieht, so kann man zwar nicht von einem Großaufgebot sprechen, aber dass die Sache da eine ganz, ganz große ist und wirklich nicht mehr viel fehlt, bis die Handschellen klicken, stimmt zu einhundert Prozent. Dann wartet die Hilde erneut ein paar Sekunden zu. Das schwere Atmen der jungen Dame deutet die Hilde als Zeichen tiefster Betroffenheit. Und wenn die Hilde noch ein Weilchen zuwartet, dann kommt im Regelfall der mündlich geäußerte Wille zur absoluten Kooperationsbereitschaft. Ist meistens so. Weil eben ein Großteil der Menschen im tiefsten Inneren das Helfersyndrom hat. Nicht unbedingt auf der Straße und in aller Öffentlichkeit, wenn, nur so zum Beispiel, ein schmutziger Sandler in seiner eigenen Kotze zu ertrinken droht, aber so steril anonym und übers Telefon gewiss. Was sie denn wissen möchte, fragt nun die junge Dame freundlich.

»Haben Sie zufälligerweise in der letzten Zeit einen Wagen an eine Frau Sandra Petrescu vermietet?«, fragt die Hilde nicht weniger freundlich. Und weil so ein einmal hingeworfener Name doch nicht so einfach im Gedächtnis hängen bleiben will, setzt die Hilde sicherheitshalber zum Buchstabierwettbewerb an. Noch ehe sie loslegen kann, vernimmt sie ein glockenhelles Lachen am anderen Ende der Leitung. Nun ist die Hilde doch ein wenig irritiert, hatte ihre Frage mit einem frivolen Männerwitz so gar nichts gemein.

»Sie werden lachen«, meint das Sixt-Fräulein, »aber da brauche ich gar nicht erst lange nachzusehen. Frau Petrescu hat vor nicht einmal fünf Minuten hier bei mir angerufen und ihren Mietvertrag um drei weitere Tage verlängert. Ihre Geschäfte scheinen doch länger zu dauern als zunächst angenommen.«

Jetzt will die Hilde ihre Leidenschaft für den Major Spazierer nicht unnötig schmälern, aber so heiß, wie es ihr jetzt gerade ist, war es nicht einmal beim Georg im Auto.

Dass sie »Autokennzeichen?« so weich und fragend in den Hörer haucht, kann man auch verstehen. Ist wie bei einer übergroßen Seifenblase, wo man das Gefühl hat, dass schon das Hinschauen das wunderbar schillernde Ding unweigerlich zum Platzen bringen muss. Und dann ist es vorbei mit der Schönheit, dem staunenden Ahhh ... und dem Dingfestmachen.

»W 27563 K. Das sagt zumindest der Computer. Handelt sich um einen weißen Ford Focus. Und der muss in drei Tagen hier am Flughafen wieder retourniert werden. Steht so im Mietvertrag. Vollgetankt, versteht sich.«

Die Hilde lässt sich das Kennzeichen nochmals laut und deutlich wiederholen. Jetzt nur keinen Patzer machen. Ob sie da wirklich und absolut sicher ist, fragt die Hilde quasi als dritte Absicherung. Und das tut ihr ehrlich leid, weil die Hilde dieses depperte Nachfragen bei ihrer Mutter schon immer so gehasst hat. Und bei ihrer Mutter stand, weiß Gott, nicht derartig viel auf dem Spiel.

Mit dem Versprechen, dem netten Fräulein einen großen Blumenstrauß vorbeizubringen, wenn die ganze Sache ausgestanden ist, legt die Hilde Ranner auf.

Weil es den Major Spazierer vor lauter Jagdfieber kaum auf seinen vier Buchstaben hält, ist der wieder einmal draußen auf dem Gang, um sich mit weiterem Koffein zu versorgen. Nun will die Hilde auch keine halbe Stunde warten, bis es der Herr Major vielleicht der Mühe wert findet, wieder einmal bei ihr im Büro vorbeizuschauen. Erstens, weil auch sie spürt, dass Gefahr im Verzug ist, und zweitens, weil ein so rascher Erfolg ihr nur dann die lange ersehnte Zuneigung bringt, wenn dieser auch als »rasch« erkannt wird.

Dumm ist die Hilde sicherlich nicht.

Noch ehe die Hilde sich aufraffen kann, um ihren Chef zu suchen, öffnet sich zaghaft die Bürotüre. Da es die Dame vom Automatenservice offenbar sehr gut gemeint hat, ist Spazierers Cappuccinobecher bis zum Rand hin voll. Das Heißgetränk heißer als heiß. Und dass der ansonsten so geschickte Spazierer fast die Hälfte auf dem Linoleumboden ausschüttet, verdankt er der Hilde und dem Autokennzeichen, das sie, ohne Vorwarnung, mit lautem Organ hinausplärrt.

Wenn das nicht der Inbegriff von Effektivität ist, dann weiß die Hilde auch nicht. Major Spazierer sieht die Sache ähnlich. Hätte er nicht beide Hände voller Kaffee, er hätte der Hilde anerkennend über den Rücken gestreichelt. Als ehrliche Anerkennung und meilenweit entfernt von einer sexuellen Belästigung am Arbeitsplatz. Wäre aber ohnehin egal gewesen, denn wo kein Kläger, da kein Richter. Selbst wenn sich der Spazierer den einladenden Formen von Hildes Vorderrücken gewidmet hätte.

Sobald sich der Spazierer wieder frisch gemacht hat, wird er die Fahndung nach dem Ford Focus einleiten. Schritt für Schritt. Zuerst das Kennzeichen und dann das Foto, weil Letzteres ja noch immer in Draxlers Sakko steckt. Dass der heute eines der schrecklichen Sorte trägt, mit längst aus der Mode gekommenen Karos, kann der Mörderin egal sein. Selbiges trifft jedoch nicht auf Dr. Walther zu, der wohl noch ein ganzes Weilchen brauchen wird, diese modische Missgeburt zu verarbeiten. Für einen stets wie aus dem Ei gepellten Mann, wie der Dr. Walther neigungsbedingt einer ist, kein wirklicher Appetitmacher.

123

Und dann trudelt die Fahndungsmeldung bei den ersten Streifenwagen ein, die, über die ganze schöne Steiermark verteilt, für Recht und Ordnung sorgen sollen. Das gilt sowohl für Straße als auch für Wald und Flur. Weil die Steiermark von alledem so viel zu bieten hat.

Obwohl Sepp Reiningers Kollegen aus Köflach in den ersten kühlen Herbsttagen die wunderbare Sitzheizung genießen dürfen, die in dem VW Passat, den man dem Sepp zwar zugeteilt, aber schon ein paar Tage später wieder abgezogen hat, kann die wohlige Wärme im Gesäßbereich der zwei Beamten nicht darüber hinwegtäuschen, dass es bald äußerst ungemütlich werden könnte. Speziell, wenn man sich die Fahndungsmeldung ansieht, die soeben eingetroffen ist. Ist auch nicht alltäglich, dass die aus Graz ausdrücklich anordnen, die Lenkerin *keinesfalls* anzuhalten. Unauffälliges Beschatten wird angeraten. Sehr lustig. Wie das gehen soll, wenn man in einer Karre sitzt, die auffälliger wohl nicht sein kann und wo selbst Fußgänger gleich einbremsen, kaum dass sie in der Nähe sind, aus Angst vor einer Geschwindigkeitsübertretung, das soll ihnen einer der Großkopferten aus Graz einmal sagen. Und dass eine Frau in einem popeligen weißen Ford Focus, noch dazu mit Wiener Kennzeichen, so gefährlich sein soll, ist für die beiden diensthabenden Hundertkilo-Männer gleich noch unglaublicher.

Das hätten die beiden so zumindest in einem Zwiegespräch behauptet und dabei abschätzig gegrinst. Ist bei denen aber auch nur Show. Weil daheim eben auch nur Pantoffelhelden, mit der latenten Angst, dass die jeweilige Ehefrau gerade wieder einmal ausflippen und aus purer Gemeinheit den feuchtfröhlichen Kartenspielabend im Stammlokal um die Ecke für die nächsten Wochen verbieten könnte. Da kommt den beiden dann schon das Zittern. Und unter diesem ganz privaten Eindruck können die Kollegen auf Streife die Warnung dann doch ein wenig besser verstehen.

Weil dieser Tage doch vermehrt Frauen in die Dienste der Polizei eintreten und daher so mancher pfiffige Pferdeschweif unter der Amtskappe hervorlugt, und zudem der zugeteilte nette männliche Kollege auch nicht gerade unapart ist, wird die Meldung nicht von allen Fahrzeugbesatzungen gleich und sofort gelesen. Weil einem das Geknutsche, irgendwo auf einem versteckten

Waldweg, schon ein wenig den Blick auf den Polizeicomputer nimmt.

Und genau an so einem schmusenden Pärchen rauscht die Mörderin gerade vorbei. Am Westrand des schönen Kaiserwaldes entlang, nordwärts. Opferausforschen lautet die Devise der heutigen Mission.

Und wie sich die Mörderin nach Norden und in Richtung Unterpremstätten bewegt, akkurat mit der zulässigen Geschwindigkeit, die ihr die netten rot umrandeten Verkehrsschilder vorschreiben, kommen ihr ein paar fröhliche Gedanken. Gedanken an den armen Dr. Walther, der es auch nicht gerade leicht hat. Das große Vermögen ihres Vaters gerecht aufzuteilen ist wohl sein größtes berufliches Problem, und einen möglichst unverseuchten leptosomen Stricher für die Nacht aufzugabeln sein größtes privates.

Ihr macht keiner so schnell etwas vor. So intuitiv, wie sie menschliche Schwächen enttarnt, schafft das wohl kaum sonst eine. Ist fast so, als hätte sie ein magisches Auge. Zumeist genügt ihr ein Blick auf ihr Gegenüber, bei ganz schwierigen Fällen vielleicht noch ein klitzekleiner Wortwechsel obendrauf, und die Achillesferse der jeweiligen Person leuchtet für sie in knallig bunten Farben auf. Auch eine Begabung, die einem im Leben schon ein wenig weiterhelfen kann. Und dass der Dr. Walther, Vaters wohl wichtigster Vertrauter, so was von stockschwul ist, hat sie als junges Mädchen schon gewusst. Und das, bevor ihr klar war, was »schwul« eigentlich bedeutet.

Wofür sie aber gar kein Gespür hat, das ist das Nahen einer drohenden Gefahr. Das hat aber diesmal nicht mit ihrer kranken Hybris zu tun, wo man doch annehmen könnte, dass sich so eine für so »überdrüber« hält, dass sie automatisch glaubt, der Rest der Menschheit sei vergänglich, sie selbst aber nicht.

Das Gespür fehlt ihr einfach.

Die könnte an einem thailändischen Strand stehen und, wenn das Wasser zurückweicht, um kurz darauf in einer großen Welle zurückzukommen, doch nur mit großen Augen hinaus aufs Meer starren. Fluchtgedanken gleich null. Und das weiß sie auch. Für unverwundbar hält sie sich schon gar nicht, weil sie sich in brenzligen Situationen so fühlt wie das viel bemühte Kaninchen vor der Schlange. Unfähig, sich zu bewegen.

Dass sich die Sache ein wenig anders anlässt, wenn ihr dann der Spazierer auf die Pelle rückt, wird für den Spazierer eine äußerst schmerzhafte Erfahrung.

Dass die zwei verschmusten Exekutivbeamten gar nicht mitbekommen haben, dass sie hätten berühmt werden können, weil die Ergreifung einer Serienmörderin schließlich auch keine alltägliche Sache ist und in der Steiermark wohl nicht mehr so schnell vorkommen wird, werden die beiden wahrscheinlich nie erfahren. Die Ehepartner die Sache mit dem dienstlichen Gspusi aber schon.

124

Janosh hat sich bei seinen Liebeleien, denen letztendlich Kinder entsprungen sind, artig an die Quotenregelung gehalten und fast genauso viele Söhne wie Töchterchen produziert. Die Vorletzte, die noch fidel durch die Gegend laufen darf, lebt mittlerweile in Unterpremstätten. Hat zwar viele Jahre in Graz gewohnt, aber weil dort die Mietpreise auch mit jedem Jahr ansteigen, sich aus finanziellen Gründen in den Süden und aufs Land verabschiedet. Und so wie die Arme vom Schicksal gebeutelt worden ist, könnte sie mit einer kleinen Erbschaft einen Großteil ihrer alltäglichen Sorgen mit einem Sitz aus der Welt schaffen. Zwar lassen sich mit Geld nicht all ihre Probleme lösen, speziell die Suche nach dem richtigen Mann nicht, aber mit ein paar Millionen auf dem Konto und ein paar Operationen später sieht auch für so eine graue Maus die Sache nicht mehr ganz so trist aus. Dass ein Zahnarztbesuch mit Sicherheit nicht auf ihrer Liste stehen würde, ist auch wieder klar.

125

Dr. Schneider kann sein Glück kaum fassen. Nicht nur, dass seit einigen Tagen wieder ausschließlich Fleisch auf dem heimischen Speiseplan steht, umgarnt ihn seine Frau Amalie mit einer Aufmerksamkeit, die er in all den gemeinsamen Ehejahren so noch nie kennengelernt hat. Und dabei ist sie stets elegant gekleidet. Vorbei die geruchsintensive Jutesackzeit. Zwar weiß Dr. Schneider aus eigener Erfahrung, dass bei Amalie auch das nur eine temporäre Laune ist, aber der Sprung von bevorstehender Scheidung in den siebenten Ehehimmel hätte gewaltiger nicht sein können. Obwohl Dr. Schneider ein routiniertes Gewohnheitstier ist, nimmt er sich jeden Tag kurz nach dem Aufwachen vor, diese schönen Tage als ein besonderes Geschenk anzusehen, wohl wissend, dass schon morgen wieder der übliche Trott einkehren könnte. So übel klingt »üblicher Trott« für Dr. Schneider aber auch nicht. Wenn seine Amalie nur einigermaßen berechenbar bleibt, dann kann er schon zufrieden sein.

Aus ehrlich empfundener Dankbarkeit hat er auch eines ihrer braunen Spiralbilder im Obduktionssaal aufgehängt.

Und wie sie sich darüber gefreut hat. Jürgen Gralla allerdings weniger.

Obwohl Dr. Schneiders Adlatus als äußerst leidensfähig bezeichnet werden kann und Jürgen Gralla sich seit jeher bemüht hat, sich mit seinem beschwerlichen Leben auf versöhnliche Art und Weise zu arrangieren, fragt sich der arme Mann nun zu Recht, ob es denn nicht reicht, dass er ohnehin schon taub und stumm ist. Wenn man ihm jetzt auch noch sein Augenlicht nehmen will, dann ist das genau der richtige Weg. Dieses Geschmiere, eine Ausgeburt der Hölle.

126

Zwei Stunden später herrscht auf dem Stützpunkt ein fast hektisches Gedränge. Nahezu zeitgleich trifft nun das noch fehlende

Who's who der ermittelnden Beamten ein. Zuerst der Draxler, der sich unmittelbar nach seiner Ankunft aus Berlin mit lädiertem Knöchel mühsam die Stiege hinaufquält. Kurz darauf der Reininger Sepp, den der freudig erregte Rolli an der Leine förmlich hinter sich herzieht. Und weil der Draxler sich beim Stiegensteigen so schwertut, der Rolli aber nicht, und der Draxler in einem Ausfallschritt nach hinten, weil ihm gerade wieder ein stechender Schmerz in den vermaledeiten Knöchel einfährt, dem Rolli versehentlich auf die Pfote steigt, verbeißt sich der Vierbeiner aus purem Reflex auch gleich in der Wade seines Vordermannes. Obwohl man den fast freundschaftlichen Biss maximal als Zwicken bezeichnen kann und die langen Zähne des Schäferhundrüden gerade einmal ein paar rote Pünktchen auf Draxlers welker Altmännerhaut hinterlassen, revidiert der Draxler seinen Wunsch nach einem eigenen Hund. Also doch kein treuer Begleiter durch die langen Jahre eines einsamen Pensionisten-Daseins.

Obwohl der Draxler sich im Regelfall an den Erstbesten wendet, um seinem Ärger Luft zu machen, egal, ob es sich dabei um einen zufällig vorbeistromernden Passanten handelt oder den Urheber allen Übels höchstpersönlich, geht der Sepp dieses eine Mal straffrei aus. Weil eben gar nicht rechtmäßiger Hundehalter und Erziehungsverantwortlicher, sondern maximal Patenonkel und hilfloser Ballast am anderen Ende der ledernen und zum Zerreißen gespannten Hundeleine.

Die Hilflosigkeit kann der Draxler an Reiningers gequältem Es-tut-mir-unendlich-leid-Blick ablesen. Und an dessen gestrecktem rechten Arm natürlich, der auch bald aus der Gelenkpfanne zu springen droht, wenn die Reise nach oben noch länger andauert.

Am obersten Treppenabsatz angekommen, entwirrt sich dann der Knäuel aus Mensch und Tier. Und weil der Spazierer sein heutiges Koffeinpensum noch nicht erreicht hat, steht er natürlich wieder draußen auf dem Gang, um den dort aufgestellten Kaffeeautomaten zu malträtieren.

Dass der Hilde Ranner, die drinnen im Büro artig diverse in Frage kommende Hotels durchtelefoniert, wo die Mörderin untergekommen sein könnte, der Trubel da draußen auf dem Gang wie eine ausgelassene Party vorkommt, zu der sie als Einzige wieder einmal nicht eingeladen ist, versteht auf den ersten Blick keiner. Zieht man aber in Betracht, dass wie bei der »Stillen Post« das Gesendete nicht immer mit dem Empfangenen übereinstimmt und so eine Rigipswand samt geschlossener Türe schon ein gehöriges Verzerrungspotenzial hat, dann ist die Hilde gleich wieder rehabilitiert.

Hört der Spazierer den Draxler fluchen, wobei er gelegentlich ein gedehntes »Aua« wehleidig einstreut, kommt das drinnen bei der Hilde so an, als würde einer gerade einen Schenkelklopfer von Witz erzählen und sich dabei vor lauter Spaß und Vorfreude auf die noch ausstehende Pointe das Lachen nicht verkneifen können.

Das Raunzen einer Jukebox – für die Hilde wohl auch ein zusätzliches Indiz, dass auf dem Gang gehörig die Post abgeht – ist in Wahrheit das reumütige Jaulen des Schäferhundes Rolli, dem sein freundschaftlicher Liebesbiss schon fast wieder leidtut. Nicht zuletzt, weil Draxlers weit gereiste Wade samt Hose auf seiner Zunge einen so herben Geschmack hinterlassen hat. Geschmackstechnisch Lichtjahre entfernt von einem reschen, nackten Jungmädelwadl.

Nur bei dem schallenden Lachen ihres Herzbuben hat die Hilde dann richtig getippt. Der kann vor lauter Situationskomik gar nicht anders und verschüttet vor lauter Lachen zum zweiten Mal an diesem Tag seinen Türkentrank.

Mürrisch verzieht sich der Draxler in sein Büro, nicht ohne zuvor dem Spazierer Sandra Petrescus Foto in die Hand zu drücken und ihn anzuherrschen, ihm sofort die Ranner vorbeizuschicken. »Und sie soll gefälligst ihre Handtasche mitbringen.«

Kennt man die notorische Wehleidigkeit der Hilde Ranner, die in diesen Tagen nur deshalb nicht so richtig zur Geltung kommt, weil eben die Liebe alles andere überdeckt, dann kann man sich schon darauf verlassen, dass die Gute mit Sicherheit etwas gegen Hundebisse in ihrem Medikamentenrepertoire hat. Wahrscheinlich auch eine originalverpackte Spritze samt Tetanusserum. Kein Wunder, dass der Draxler in so einem Fall nach ihr rufen lässt.

Hat es die Hilde Ranner dem Rüden Rolli zu verdanken, dass sie sich um die geschändete Wade ihres Oberchefs kümmern darf, verdankt der Sepp dem Hund einen weiteren Ermittlungserfolg. Weil eben er derjenige ist, der Hildes Anrufliste weiter abarbeiten darf, und just drei Zeilen und drei Anrufe später auf den ersten Treffer stößt.

Ist fast wie beim Schifferlversenken. Bei der Hilde nur »Fisch« und beim Reininger Sepp prompt das erste U-Boot. »Volltreffer! Versenkt!«

Rolli betrachtet Reiningers Erfolg aus sicherer Entfernung und mit aufmerksamem Blick. Liegt so artig da wie damals unter dem Apfelbaum.

Der Sepp hat gerade jene kleine Familienpension in der Südsteiermark ausforschen können, in der es sich Sandra Petrescu bei ihrer Jagd nach dem Steirer Johann gemütlich gemacht hat. Die Gegend stimmt, und die Zeit stimmt erfreulicherweise auch.

Der Spazierer, der gerade das Foto eingescannt hat und dieses nun an alle Streifenwagen schickt, nickt dem Reininger Sepp über den Tisch hinweg anerkennend zu. Der Herr Major ist schwer versucht zu glauben, der Reininger Sepp könnte wirklich ein wahrer Glücksbringer sein.

Was der Rauchfangkehrer für die Silvesterzeit ist, das ist der Revierinspektor für die Zeit einer unmittelbar bevorstehenden Festnahme. Sicherlich nicht zu Beginn einer Ermittlung, wo der Sepp eher auf der Seite der Mörder zu stehen scheint und weniger bei der eigenen Sippe, aber gegen Ende dann schon.

Aufmunternd nickt ihm der Spazierer ein zweites Mal zu. Er soll nur brav weitermachen.

Wüsste die Hilde Ranner, dass sie das sorgfältige Betupfen der Bisswunde, die selbst sie als gelernte Hypochonderin als lächerlich bezeichnen würde, genau jene Zeit kosten wird, die der Sepp benötigt, um die zweite Wohnadresse von Frau Petrescu herauszufinden, sie hätte sich in den Allerwertesten gebissen. Und *diese* Bissspuren wären bei Weitem deutlicher ausgefallen.

Mit dem »Tennisparadies«, so der Name der Anlage und des dazugehörigen Hotelkomplexes im Südwesten von Graz, ist auch die Sache mit dem Krummer Karl amtlich. Der Ort stimmt, und die Zeit stimmt auch schon wieder. Da kann man nur sagen: »Bravo, Sepp Reininger! Bravo!«

Dass sich die Mörderin noch immer in der Gegend aufhält, wissen zu dieser Zeit genau fünf. Die Mörderin höchstpersönlich, zweifelsfrei der Spazierer und, trotz des ewigen Geschmolles, dessen innere Stimme und natürlich der Oberst Draxler samt juckender Nase. Fünf also.

Der Reininger Sepp hätte bei seinen Recherchen gleich noch mehr Erfolg gehabt und sich zum wahren Telefonjoker küren lassen können, wäre nicht die Leitung genau zu jener Pension, in der die Mörderin auf der Jagd nach ihrem dritten steirischen Opfer gerade abgestiegen ist, andauernd besetzt gewesen. Das aber auch nur deshalb, weil die Zimmervermieterin wegen dem Schlosshundgeheul ihres Sohnes vergessen hat, ihr Handy rechtzeitig aufzuladen. An sich noch nicht das große Drama, weil ein gut geführtes Haus natürlich auch einen Festnetzanschluss besitzt, in diesem Fall aber schon.

Weil ihr depperter Bub nämlich den Hörer vom Festnetztelefon so schlampig aufgelegt hat. Den Knaben kann man auch wieder verstehen. Hat ihm doch gerade die amtierende Freundin mitgeteilt, dass an seiner Stelle jetzt ein anderer ihre Teenagerzickereien ertragen darf. Und weil so ein Schlussmachen übers Festnetz viel offizieller klingt, als wenn man über das quasi intime Handy anruft, wo man sich noch am Vortag stundenlang schlüpfrige Sexphantasien zugeflüstert hat, ist dann eben das Unwahrscheinliche passiert. Die telefontechnische Unerreichbarkeit. Bei den vielen Satelliten, die da oben im All herumschwirren, und den vielen Kabeln, die in der Erde vergraben sind, heutzutage kaum mehr vorstellbar.

Den einzigen Vorwurf, den man dem Sepp machen kann, ist der, dass er die Adresse nebst Nummer trotzdem durchgestrichen hat. Ob mit der Begründung »obwohl« oder »gerade weil da keiner abgehoben hat«, ist rückblickend auch egal.

Er hat eben den Strich gemacht.

Kann man dem Sepp aber auch nicht verdenken, weil der bei einer so elendslangen Liste ja automatisch annimmt, dass er bei zwei so schönen Treffern die eine oder andere Adresse doch durchaus einmal auslassen kann. So kulant sollte man schon auch sein. Außerdem weiß der Reininger ja, dass es bisher zwei Morde gegeben hat. Zwei Adressen und zwei Morde. Passt doch!

Klar ist, dass der Reininger an seiner eigenen Kombinatorik schon noch gehörig arbeiten muss. Will er bei der Kripo Fuß fassen, dann darf er sich mit Ergebnissen einer einfachen Milchmädchenrechnung nicht so schnell zufriedengeben. Um-die-Ecke-Denken ist hier wohl eher angesagt.

Und hätte die Mörderin die Letzte auf ihrer Liste dann doch noch gekillt, hätte die so harmlos klingende Wortkombination »einziger Vorwurf« den Sepp dann doch noch die Reputation gekostet. Dem hätte der Spazierer den Vorschusslorbeerkranz, den er dem Sepp gerade wegen der zwei Treffer verliehen hat, schlagartig wieder weggenommen.

Und der Draxler hätte ihn sicherlich nicht tröstend auf die Seite genommen, obwohl die Sache mit dem Draxler und dem Krummer Karl durchaus ähnlich gelagert war. So weit käme es noch, dass der Draxler auf Mutter Teresa macht und sich gleich selbst mit an den Pranger stellt.

Die Mörderin wenn schon nicht zu fassen, dann doch zumindest zu orten, bleibt nun einzig und allein die Aufgabe der Frauen und Männer draußen auf Streife. Und letztendlich werden dem Sepp genau jene Kollegen aus Köflach den Kopf retten, die seinen ehemaligen Dienstpassat fahren dürfen. Auch wieder ausgleichende Gerechtigkeit.

127

In der leicht heruntergekommenen Reihenhaussiedlung, die vor mehr als zehn Jahren östlich der A2, jener Autobahn, die Wien mit Graz und Klagenfurt verbindet, aus dem Boden gestampft worden ist, findet sich die Mörderin diesmal leicht zurecht. Viel leichter als in den verwinkelten Gassen oben im Norden beim Krummer Karl. Dass die Autobahn so nahe ist – den unterschwelligen Lärm des dichten Verkehrs kann man fast körperlich spüren –, ist für sie ein großes Plus. Eine Möglichkeit mehr, nach getaner Arbeit möglichst rasch zu verschwinden.

Die Mörderin sitzt in ihrem Ford Focus und reibt sich genüsslich die Hände. Mit Wehmut denkt sie an Marina zurück, ihr allererstes Opfer. Marina war etwas Besonderes, und Brigitte wird auch etwas Besonderes sein. Die Erste und die Letzte in einer langen, hübsch aufgefädelten Reihe toter Halbgeschwister. Ist für Sandra Petrescu wie die Erhebung in den Adelsstand. Die beiden können sich wirklich glücklich schätzen.

Und gerade ist Brigitte nach Hause gekommen. Der kleine verrostete Fiat, auch so ein fahrender Schandfleck. Die Mörderin ist sich sicher, dass der in Deutschland niemals durch den TÜV gekommen wäre. Aber so wie Frau Petrescu die kreativen Österreicher einschätzt, geht auch heute hier noch so einiges unter der Hand. Und wenn es sich nur um eine ergaunerte Begutachtungsplakette handelt.

»Der Balkan fängt schließlich am ehemaligen Wiener Südbahnhof an.« So sagt man zumindest.

Dass Brigitte ihren Erbteil bitter nötig hätte, sieht die Mörderin mit bloßem Auge. Nicht nur das Auto ist eine Schande, sondern auch Brigitte als Person. Die Fetzen, die die da am Leibe trägt, stammen wohl auch eher aus der Altkleidersammlung. Oder wurden maximal beim Kik für fünf Euro von der Stange gepflückt.

Und dass der Brigitte ein Lächeln ausgekommen ist, weil ihr der Nachbar von der gegenüberliegenden Straßenseite freundlich zugewinkt hat, ist genau jene Bestätigung, auf die die Mörderin gewartet hat.

Wenn das kein gutes Zeichen ist? Im Auto sitzen und bei leiser Hintergrundmusik ganz einfach warten. Ohne gefährliches Herumschleichen und noch gefährlicheres Klettern über Autowracks und Kloschüsselberge. Im Dunkel ihres Wagens lächelt Sandra Petrescu humorlos zurück. Dann blickt sie auf die Uhr. Nicht mehr lange, und es wird dunkel sein. Obwohl die Schatten der Nacht vieles verbergen, wird sie das Gelände erst morgen und bei Tag gewissenhaft sondieren. Das glaubt sie zumindest.

128

Nun hat sich bei der Exekutive und beim Alkohollenker-Aufstöbern in den letzten Jahren in Österreich eine neue Methode durchgesetzt, die eine äußerst unangenehme Praxis abgelöst hat. Die Sache mit dem Tauschen.

Aber der Reihe nach.

Weil das mit dem Alkohol und dem anschließenden Autofahren schon lange kein Kavaliersdelikt mehr ist und das Augenzudrücken auch schon eine Weile aus der Mode gekommen ist, werden in einer einzigen Nacht oftmals so viele Führerscheine abgenommen wie vor zwanzig Jahren in einem ganzen Monat nicht.

Und damals, vor zwanzig Jahren, hat man als fahrzeuglenkendes Schnapsfass im Regelfall eine mündliche Abmahnung bekommen. Und wenn es ganz blöd hergegangen ist – also wirklich ganz blöd –, dann war eben der Führerschein für ein paar Tage weg. Maximal! Und die paar wenigen tausend Schilling Bußgeld waren leichter zu verschmerzen als ein Gelsenstich an einem lauen Juniabend.

Ist das mit den Lenkerkontrollen und dem Ins-Röhrchen-Blasen ja an sich eine gute Sache, weil dadurch die Unfallzahlen deutlich gesunken sind, gibt es da trotzdem einen klitzekleinen Haken.

Wenn nämlich so ein Polizist in seinem Heimatbezirk zufällig den eigenen Schwiegervater aufhält und der ihm vor lauter Schnaps und Bier nur mehr lallend zuflüstern kann, dass sie doch morgen bitte schön ein bisschen später zum Mittagessen kommen sollen, weil er bei dem Rausch, den er gerade hat, wohl ein wenig länger ausschlafen muss, dann wird es peinlich.

Zwar auch für den Schwiegervater, aber doch noch mehr für den diensthabenden Schwiegersohn.

Was soll denn der nun machen? Ist der Streifenkollege vielleicht auch noch so ein Aufsteiger auf dem Karriereweg hin zum Postenkommandanten und gleichzeitig ein menschliches Arschloch, dann stehen die Chancen für den Schwiegersohn denkbar schlecht, aus dieser Sache heil herauszukommen.

Der muss also zuerst einmal amtshandeln.

Als einziges Zugeständnis an seinen Schwiegervater darf der beim Blasen im Auto sitzen bleiben. Wäre ohnehin nur aus dem Wagen gefallen.

Wenn der Schwiegervater nach mehrmaligen erfolglosen Blasversuchen dann doch noch ausreichend lange in das Röhrchen gehaucht hat, wird schnell klar, dass die Alkoholpromille, die das Gerät anzeigt, einen ausgewachsenen Elefanten von den Beinen geholt hätten. Und weil der unangenehme Kollege sich akkurat jetzt die Sache ein wenig näher ansehen will, ist da nichts mit Türken, Schummeln und vorsätzlich Vertuschen.

Der Schein ist definitiv für ein halbes Jahr weg. Genauso weg wie die Kreuzfahrt. Die geht sich jetzt nämlich auch nicht mehr aus. Wegen der paar tausend Euro, die der Schwiegervater zusätzlich blechen muss und die in der Familienkassa nun bitter fehlen. Obendrauf, wie das Sahnehäubchen, nur nicht ganz so süß, die Schande einer psychologischen Nachschulung. Sollte man auch nicht unterschätzen. Kann einen Mann seelisch stärker verwunden als das mit dem Geld.

Dass die Frau des armen Polizisten zur Strafe so lange keinen Sex mehr haben will – zumindest nicht mit ihm –, solange der Papa ohne Führerschein ist, ist objektiv gesehen auch nicht wirklich fair. Deshalb die Bemerkung mit der »unangenehmen Praxis«.

Und dann hat sich irgend so ein heller Kopf etwas wirklich Feines ausgedacht. Alkoholkontrollen ja, aber nicht mehr im eigenen Bezirk. Weil auch heute noch viele Polizisten in ihrer Heimatgemeinde dienen. Deshalb die Bemerkung mit dem »Tauschen«.

Nicht wirklich blöd, dieser Ansatz. Die Chance, jeden zweiten Tag den Nachbarn und der eigenen Verwandtschaft über den Weg zu laufen, ist da nur mehr homöopathisch.

Kommt aber auch dann bisweilen vor. Denn wenn der Schwiegervater aus der üblen Sache etwas gelernt hat, das aber nur halbherzig und nicht wohldurchdacht, und er seine Sauftouren dummerweise genau in jenen Nachbarbezirk verlegt, wo ihn wieder der eigene Schwiegersohn hopsnehmen darf, dann kann so ein Sexentzug für den zugeheirateten Junior auch durchaus einmal ein volles Jahr dauern. Vielleicht auch länger.

Heutzutage wird also getauscht. Genau genommen gerade eben. Im Süden von Graz. »Aktion scharf«, wie man im Polizistenjargon sagt. Zum Halali für die Jagd auf die Alksünder wird geblasen. Das aber bitte nur bildlich gemeint.

Und aus genau diesem Grund fahren Reiningers Kollegen aus Voitsberg in ihrem schicken neuen VW-Passat nun in Richtung Unterpremstätten, ihr heutiges Einsatzgebiet.

129

Karin hat das Autofenster einen Spaltbreit offen. Der intensive Duft Italiens wird ihr fehlen. Hier im Süden riecht es noch gar nicht nach Herbst. Eher noch nach Sommer. Den Geruch der Pinien daheim durch so ein Duftbäumchen zu ersetzen, ist für die Karin keine wirkliche Alternative. Mehr als Italien und sein Geruch fehlt ihr Georg. »Georg, dieser unsensible Hurensohn.« Ein Blick auf das Navi sagt Karin, dass wohl noch ein paar lange Autostunden vor ihr liegen.

Tante Lore hat ihren eiligen Aufbruch verstanden. Schließlich hat die Liebe auch das Leben der Tante maßgeblich bestimmt. In den sechziger Jahren das wohl hippigste aller Hippiemädels in der Weststeiermark, mit null Bezug zum schnöden Mammon. Und das hat sich bis heute nicht geändert. Die hat – weiß Gott – nicht wegen des Geldes nach Italien geheiratet.

Karin schaltet das Radio lauter. Sie spielen gerade Eros Ramazzotti. Was für ein passender Abschied aus Bella Italia.

130

In der Nähe des Kreisverkehrs bereiten sich vier Streifenwagenbesatzungen gerade auf das anstehende Planquadrat vor. Soeben sind auch die Kollegen aus Köflach eingetroffen. Nun sind sie komplett. So komplett, wie es der Einsatzplan vorsieht. Noch rasch die hübschen neonfarbigen Kegel aus dem Kofferraum geholt, und die fröhliche Jagd kann beginnen. Weil eben Planquadrat, denn aus so einer geometrischen Figur kommt einer weder ungesehen hinein noch hinaus. Zig Uniformierte an den wichtigsten Ausfallstraßen postiert, und schon ist ein ganzes Viertel fast hermetisch abgeriegelt. Vielleicht schlupfen ein oder zwei hinaus und kommen ungeschoren davon, weil sie eben ortskundig sind und das Netz aus unbewachten Feldwegen kennen, und vielleicht noch ein paar mehr, wenn gerade alle Beamten am Kontrollieren sind, aber sicherlich nicht viele. Und an diesem Tag mit Sicherheit kein Ford Focus. Schon gar nicht, wenn eine blonde Frau am Steuer sitzt. Das Foto von Sandra Petrescu haben alle erhalten. Sogar das Schmusepärchen aus dem Kaiserwald ist diesmal voll im Bilde.

131

Fröhlich vor sich hin pfeifend gondelt die Mörderin südwärts. Nicht weniger fröhlich pfeifend halten die zwei Köflacher Hundertkilo-Männer ihre erste Kundschaft des heutigen Abends an.

132

Auf dem Stützpunkt herrscht eine angespannte Ruhe. Die viel bemühte Ruhe vor dem Sturm. Alle in Frage kommenden Hotels, Pensionen und Privatzimmer sind abgefragt. Nun ja, fast alle.

Mehr kann das Ermittlerquintett – Rolli, den Rüden, mit eingeschlossen – im Moment nicht tun. Sämtliche Hausaufgaben sind augenscheinlich gemacht. Weil eben »die Kripo aus Graz« und nicht »Scotland Yard aus England«, heißt es nun abwarten und Kaffee trinken.

Der Spazierer spielt nervös mit seinem Autoschlüssel. Wie gerne würde er so schnell wie möglich den dunklen Alfa starten, um die Sache zu Ende zu bringen. Obwohl ihm der Frisör schon lange nachläuft, meint der Spazierer, dass sein Aussehen für das bald anstehende Blitzlichtgewitter der nationalen und internationalen Presse doch ganz passabel ist. Momentan liegt er da ja richtig, aber eine gute Stunde später wird er nicht mehr ganz so proper aussehen. Zumindest nicht im Gesicht.

Der Reininger Sepp hat weniger ambitionierte Ansprüche als sein Freund Georg. Er krault währenddessen geduldig Rollis Kopf. So viel Aufmerksamkeit hat der Zwingerhund schon lange nicht mehr erfahren. Fast könnte er sich daran gewöhnen. Einzig und allein der schreckliche Geschmack, den er noch immer auf der Zunge trägt, trübt die Sache ein wenig.

133

Obwohl der Handel und die Konsumgesellschaft die Weihnachtszeit mit jedem Jahr um ein paar Tage früher einläuten – die eine Seite, um die Lust aufs exzessive Shoppen zu fördern, und die andere Seite, um diese auszuleben –, ist es jetzt, Mitte Oktober, für die alljährliche Weihnachtsbeleuchtung doch noch einige Wochen zu früh. Trotzdem stellen sich bei Frau Petrescu auf einmal Kindheitserinnerungen an diese wunderbare Zeit ein. Zwar vermisst sie die üblichen roten, weißen und natürlich grünen Lichter, aber die nette Blaulichtshow da vorne braucht sich auch nicht gerade zu verstecken.

Seltsam, dass sie bei keiner ihrer Exekutionen auch nur den leisesten Anflug von Empathie empfunden hat, nur diese allgegenwärtige und nüchterne Gefühlskälte – wie eigentlich ihr ganzes bisheriges Leben lang –, ihr Inneres beim Gedanken an Weihnachten aber jedes Mal ein wahres Feuerwerk an Emotionen zündet.

Mit dem fröhlich blinkenden blauen Lichtermeer kommt eine große Woge an Geruchserinnerungen über sie. Erinnerungen an heiße, frisch aus dem Ofen geholte Kekse, an Lebkuchen, Lakritze und Christstollen, und natürlich an Weihrauch und das Rasierwasser ihres Vaters. Er hat das gleiche Rasierwasser zwar dreihundertfünfundsechzig Tage im Jahr getragen, und das die letzten dreißig Jahre seines Lebens, sie aber hat es nur in dieser speziellen Zeit des Jahres bewusst wahrgenommen. Das aber mit einer Intensität, die für sie berauschend war.

Und weil sie eben keine Antenne für eine drohende Gefahr hat, dafür aber ein Faible für Weihnachten, reiht sie sich artig in der rechten Spur ein, die die Polizei als Wartekorridor eingerichtet hat. Die netten orange-weiß gestreiften Kegel erinnern sie sogar entfernt an Weihnachtsmänner. Zwar ein wenig abstrakt gedacht, aber für sie auch irgendwie schön. Dann schaltet sie den Motor aus.

Horst, dem größeren der beiden Köflacher Streifenpolizisten, kommt ein hörbarer Schnaufer aus. Wenn er die lange Reihe an Fahrzeugen entlangsieht, die sich in nur wenigen Minuten aufgestaut hat, schleicht sich bei ihm der Wunsch nach einem ausgedehnten Kuraufenthalt ein. Irgendwo drüben in der Oststeiermark. Drei Wochen einfach nur ausspannen und die Seele baumeln lassen. Ein paar tägliche Pseudotermine, um der Gesundheit ein Placebo zu gönnen, und den Rest der Zeit einfach mit Kollegen abhängen. Wenn es geht, in einer der netten Buschenschenken, die von den Kurgästen mehr recht als schlecht leben können. Weil er nämlich einen guten Draht zur Krankenversicherung der Exekutive hat, bekommen er und drei seiner

Kollegen zufällig immer die gleichen Kurtermine genehmigt. Auch wieder so eine liebenswerte Tradition in Österreich. Freunderlwirtschaft! Obwohl schon mit einem bitteren Beigeschmack versetzt, klingt für den Horst der Begriff immer noch irgendwie nett.

Horst presst die beiden Hände auf seine Hüften und drückt den steifen Rücken durch. Das mit dem Placebo für die Gesundheit stimmt so eigentlich auch nicht mehr. Seine Bandscheiben machen sich langsam bemerkbar, und ein schmerzhafter Vorfall ist wohl auch nur mehr eine Frage der Zeit. So gut, wie die Sitze im Passat auch sind, bei ihm und seinem Kreuz kommt wohl jede Hilfe zu spät.

Der Horst hat zwar einen schlimmen Rücken, aber er hat noch immer hervorragende Augen. Und dann ist es für diesen Tag vorbei mit Gejammer und Wehleidigkeit. Wenn das vierte Auto in der Kolonne kein weißer Ford Focus ist, dann sollen ihm gleich alle Bandscheiben gleichzeitig vorfallen. Weil sein Kollege gerade die Fahrzeugpapiere eines jungen Mädchens kontrolliert, das wohl jungfräulich in das Planquadrat getappt ist – so oft, wie die schon unter einem der ortsbekannten Burschen gelegen hat und manchmal auch vor einem gekniet ist, hat das »jungfräulich« weniger mit Sex zu tun als mit der Blaseaktion in so ein unpersönliches Plastikröhrchen –, schlendert er beiläufig die Reihe der Fahrzeuge entlang. Den Blick starr nach vorne gerichtet, als ob etwas ganz dort hinten seine Aufmerksamkeit erregt hätte. Wie er dann am Focus ankommt und mit dem Rückspiegel auf gleicher Höhe ist, riskiert er einen kurzen Seitenblick. Eher so etwas wie Augengymnastik. Ohne Kopfdrehen und ähnlich auffällige Bewegungen.

Tut sich der Horst bisweilen schwer, sich Namen länger als fünf Minuten zu merken, was ihm bei den ersten Dates mit seiner Frau gehörige Probleme eingebracht hat, hört doch keine Frau beim zweiten und recht vielversprechenden Rendezvous so gerne den Namen Hilde, wenn sie seit zweiundzwanzig Jahren Hannelore heißt, so ist das bei ihm mit Gesichtern eine gänzlich andere Sache. Da hat er den vollen Durchblick und ein Erinnerungsvermögen wie ein Elefant.

Ein scheeler Seitenblick auf die Frau, die im weißen Ford sitzt und sich seltsamerweise mit ihrem iPod musikalisch auf Weihnachten einstimmt, und der Horst weiß, warum ihm auf einmal beide Knie weich werden. Wird wohl der unmissverständliche Fahndungszusatz »extrem gefährlich« sein. Solche Dinge kann sich der Horst jedenfalls auch merken.

Drei Fahrzeuglängen später macht er wieder kehrt. Tut auch gleich so, als ob er das, was er sehen wollte, auch gesehen hat. Für einen zur Schauspielerei Genötigten ohne jegliche Bühnenerfahrung gar keine so schlechte Darbietung. Auf dem Weg zurück geht er auch keinen Deut schneller. Vielleicht ein wenig zu lässig. Trotzdem! Unauffällig bleiben ist wohl das Motto der Stunde. Weil sein Kollege die junge Frau noch immer in Arbeit hat, die ihm gerade unter der Hand und mit verschwörerischem Getuschel anbietet, ihm einen zu blasen, wenn er das mit den null Komma sechs Promille ein wenig abrunden würde, und der wohl noch länger zu tun haben wird, um aus dieser Sache wieder rauszukommen, weil ihn doch seine hochschwangere Frau nun bereits seit acht Monaten auf Entzug gesetzt hat, auch wenn das keiner medizinisch notwendigen Vorsichtsmaßnahme entspricht, sondern aus Sicht von Horst einfach nur fies ist, fällt es niemandem auf, dass er sich in den Streifenwagen setzt, um die Kripo in Graz zu verständigen.

Währenddessen erfreut sich die Mörderin an Chris Rea. Der fährt ja auch zu Weihnachten brav mit dem Auto nach Hause. Ist heute für sie fast ein Seelenverwandter.

134

Das Klingeln des Telefons schreckt alle auf. Auch den Draxler, der soeben bei der Tür hereinhumpelt. Nicht aber die Hilde! Die muss schließlich noch drüben in Draxlers Büro das behelfsmäßige Lazarett aufräumen. Als freiberufliche Krankenschwester ziehst du auch zumeist die Arschkarte, obwohl richtige Scheiße wohl ist, wenn eine Eintagsfliege verschläft.

Der Spazierer hebt ab und hört atemlos zu. Ein kurzes »Danke, wir sind schon unterwegs«, und er legt wieder auf. Alle sehen den Spazierer erwartungsvoll an. Auch Rolli, dem die plötzliche Spannung in der Luft auch nicht entgangen ist.

»Wir müssen schleunigst nach Unterpremstätten. Unsere Kollegen von der Kavallerie haben soeben Sandra Petrescu gestellt. Sie steht dort in der Warteschlange zum Röhrchenblasen.«

Der nun folgende Tumult ist der Sache auf der Stiege nicht unähnlich, nur ist diesmal das Thema ein anderes. Wer fährt nun mit wem? Die Fotosuchfahrt in die Südsteiermark, gemeinsam im Alfa, war damals kein allzu großes Problem. Vier Erwachsene und fünf Sitzplätze. Bequem bis zum Abwinken. Nun aber ist Rolli mit von der Partie.

Der Draxler meint: »Der Hund bleibt da«, der Reininger Sepp meint: »Nur über meine Leiche!« Dann wirft der Spazierer ein, dass der Rolli schließlich den Steirer Johann gefunden hat und schon so etwas wie ein Teammitglied ist. Eigentlich ein Mitglied der ersten Stunde. Der Sepp dankt ihm die Intervention mit einem Grunzen, der Rolli mit einem kurzen Bellen.

Der Draxler will noch einmal einen Einwand bringen, findet auf die Schnelle zwar keinen, startet aber noch einen allerletzten Versuch. Draxlers Vorschlag, dass man sich doch an der Hilde Ranner vorbeischleichen könnte, um die lästige Platzfrage elegant zu lösen, tut der Spazierer mit einem Augenrollen ab. Geht ja gar nicht. Dem Draxler kommt sein eigener Vorschlag nun auch erbärmlich vor. Sich dafür zu entschuldigen ist aber gegen seinen Charakter.

Dass die Hilde gerade durch die Türe hereinkommt, beendet die unseriöse Diskussion auch gleich wieder.

Mit dem Blick eines geprügelten Hundes zieht der Draxler seine Autoschlüssel aus der Außentasche seines Sakkos.

Wieder ganz Herr der Lage, gibt er nur mehr ein Statement ab. »Sepp und der Hund fahren mit mir.« Damit ist es amtlich. Dass der Spazierer niemals in Hildes untermotorisierte Blechbüchse steigen würde, auch wieder klar.

Keine zwei Minuten später rasen der Draxler im Mondeo und

der Spazierer im Alfa hinaus auf die Straßganger Straße. Bis kurz vor Unterpremstätten mit voller Weihnachtsbeleuchtung. Ganz nach Sandra Petrescus Geschmack.

135

Dass der Fahrer im zweiten Wagen der Warteschlange die Musik ein wenig leiser stellen will – so ein Schmusesong passt so gar nicht zu seiner derzeitigen Stimmung, bei dem, was er intus hat –, der Lautstärkeregler aber am Lenkrad angebracht ist und er dabei abrutscht und versehentlich die Hupe betätigt, die dann dummerweise auch noch stecken bleibt, verschafft dem Horst den lang ersehnten Grund, die ganze Sache hier gehörig in die Länge zu ziehen. Den Dauerhuper hat wohl jeder gehört. Mit Sicherheit auch die Frau dahinten im weißen Ford. Den Kerl wird er sich ordentlich zur Brust nehmen. Filzen vom Feinsten, das volle Perlustrierungsprogramm!

136

Oberst Draxler kocht vor Wut. Bei der Bestellung seines Ford Mondeo hat er sich jede nur vorstellbare Annehmlichkeit einbauen lassen. Und weil am Ende des Budgets nicht mehr allzu viel übrig geblieben ist, sind eben die Pferdestärken unter der Haube zu kurz gekommen. Einen Tod muss man schließlich sterben. War für den Draxler bis heute kein großes Drama, wenn er aber sieht, wie schnell Spazierers Rücklichter vor ihm kleiner werden und das rotierende Blaulicht auf dem Alfadach ihn auch noch höhnisch zu verspotten scheint, dann kommt er sich auf einmal sehr alt und sehr verlassen vor. Da hilft es ihm auch nur wenig, dass ihm der Schäferhund Rolli aufmunternd in den Nacken hechelt.

Kaum dass das Ortsschild von Unterpremstätten in Sicht

kommt, schaltet der Spazierer das Blaulicht aus und holt es vom Dach. Mit den im Ortsgebiet zulässigen fünfzig Stundenkilometern nähert er sich nun dem Einsatzgebiet. Aus der Ferne kann er schon das blaue Licht erkennen, das von den hellen Wänden der höheren Gebäude reflektiert wird. Die Hilde zeigt nach vorne, und der Spazierer nickt zustimmend. Gesprochen haben sie auf der Fahrt nur wenig. Ist ja nicht alltäglich, zu wissen, dass man in wenigen Augenblicken einen kapitalen Hecht aus dem Wasser ziehen und dabei gleichzeitig wohl österreichische Kriminalgeschichte schreiben wird.

Die Letzten in der Warteschlange blicken dem schwarzen Alfa, der langsam an ihnen vorbeifährt, bewundernd nach. Der traut sich was, denken die meisten. Der Alfa ist so neutral, wie ein Wagen nur sein kann. Quasi ein Tarnbomber auf vier Rädern. Die perfekte Unauffälligkeit. Der Aufkleber am Heck »Ich bremse auch für Tiere« ein brillanter Einfall vom Herrn Major.

Wenige Meter hinter dem Ford Focus hält der Spazierer in zweiter Spur an und schaltet die Warnblinkanlage an. Dass ihm die Karre verreckt ist, muss man ihm zwar nicht glauben, ist aber immer noch besser als gar keine Alibi-Aktion.

Da der Horst davon ausgeht, dass die Kripo mit einem Großaufgebot anrücken wird und nicht mit so einem einsamen, popeligen Alfa, der noch dazu prolomäßig tiefergelegt ist, winkt der auch gleich resolut und aus der Entfernung mit seinem Leuchtstab. Was so viel heißen soll wie: Der dahinten soll sich gefälligst schleichen.

Da der Spazierer nicht weiß, dass der selbst ernannte Jedi-Ritter mit seinem roten Lichtschwert der Horst vom Telefon ist, wohl aber, dass da halb rechts voraus die dunkle Seite der Macht lauert, schenkt er dem Uniformierten nicht die Aufmerksamkeit, die dem Guten eigentlich zusteht.

Und mit einer Sache hat der Horst absolut recht gehabt. Die Sache mit dem Großaufgebot. In solch brisanten Fällen muss im Regelfall die Spezialeinheit Cobra hinzugezogen werden. Hat im Sommer, oben auf dem Reinischkogel, ja auch hervorragend gearbeitet. Den Schwammerlsuchermörder Saringer mit Hilfe der Hilde Ranner astrein ausgeschaltet. Nach einem kurzen und beherzten Ablenkungsmanöver der Hilde ist der schließlich wie eine Bahnschranke zu Boden gegangen. Widerstand so was von zwecklos.

Objektiv gesehen ist eine Serienmörderin wie die Sandra Petrescu da ein ganz anderes Kaliber. Neben ihr kommt einem der Saringer fast wie ein Waisenknabe vor. Hat gerade einmal zwei Morde begangen. Und der zweite, der am Mörderkollegen, sollte eigentlich gar nicht zählen. Da hat nur das Böse das Böse ausgelöscht und damit Schlimmeres verhindert.

Damit hat es sich aber schon mit der Objektivität. Sieht man sich den Oberst Draxler und den Major Spazierer an, dann haben wir es mit zwei Persönlichkeiten zu tun, die schon etwas unkonventionell denken. Und die haben damit auch oft Erfolg gehabt. Gar keine Frage. Objektivität und Handeln nach Vorschrift und Lehrbuch sind bei den beiden eher die Ausnahme von der Regel. Und beide übertrieben eitel. Klar, dass die in die Fahndungsmeldung hineinschreiben »extrem gefährlich«, dieselbe Vorsicht aber für sich nicht gelten lassen. Und sieht ein Psychologe ein wenig hinter die Kulissen und hinein in die beiden Kollegen, dann stellt der schon nach einer Sitzung fest, dass die beiden mit der Sandra Petrescu doch so einiges gemeinsam haben. Die Hybris bei den beiden bei Weitem nicht so ausgeprägt, aber zweifellos vorhanden.

Und dann klopft der Spazierer an das Fahrerfenster des Fords. Höflich und ohne jedweden fordernden Beigeschmack. Und dann öffnet die Fahrerin das beklopfte Fenster. Höflich und ohne jedwede sichtbare Feindseligkeit.

Dann grinsen sich die beiden an. Spazierers Zähne auch einigermaßen gut in Schuss, aber neben dem Gebiss der Frau Petrescu wirken die wie ein rostiger Gebrauchtwagen neben einem aufpolierten Neuwagen unmittelbar vor der Auslieferung.

Und dann grinst Frau Petrescu noch eine Spur breiter.

Dass sich der Spazierer die Sache mit dem Tränengas selbst zuzuschreiben hat, weil man das Holster mit der Dienstwaffe eben nur dann verdeckt tragen kann, wenn die Jacke zu ist oder man sich eben nicht so deppert nach vorne beugt, dass die Jacke automatisch aufgeht wie die Sonne an einem strahlenden Sommertag, ist auch irgendwie klar.

Selbst eine Frau, die Gefahr in der Regel nicht wittern kann, braucht da keine zusätzliche Aufforderung mehr, um sich genau jetzt aus dem Staub zu machen. Und das tut sie dann auch. Dass der selbst ernannte Jedi-Ritter dabei beinahe unter die Räder gekommen wäre, macht wieder einmal deutlich, wie gefährlich das Leben auf Österreichs Straßen mitunter sein kann.

Und dass sich die Hilde Ranner als Retterin in der Not sieht und die Beifahrertüre gerade in jenem Augenblick aufreißt, wo der temporär erblindete Spazierer sich zu seinem Wagen umdreht, ist wirklich Pech. Die gebrochene Nase hat er sich wohl ebenfalls selbst zuzuschreiben.

Obwohl der Spazierer erbärmlich jammert, bugsiert die Hilde den Herrn Major resolut auf den Beifahrersitz, schnallt ihn an und setzt sich dann selbst hinter das Steuer. Wie in der Fahrschule bis zum Exzess einstudiert, richtet sie zuerst einmal brav den Rückspiegel sowie den Seitenspiegel ein, ehe sie die Verfolgung der flüchtigen Serienmörderin aufnimmt. Den Fahrersitz hat sie ebenfalls auf ihre Statur eingestellt.

Hilde wird mit dem Herumgewerke gerade noch rechtzeitig fertig, um sich wieder vor dem Draxler und seinem Mondeo einzureihen. Das Set-up der nun folgenden Verfolgungsjagd kann man fast als amerikanisch bezeichnen. Vorne die Mörderin in einem hoffnungslos untermotorisierten Focus.

Da hat ihr beim Anmieten ihre preußische Sparsamkeit auch keinen Gefallen getan.

Nur eine gute Minute zurück die Hilde Ranner mit einem übermotorisierten Alfa. Unmittelbar dahinter der Draxler mit dem Reininger Sepp und dem jaulenden Schäferhund Rolli. Der verliert aber auch schon wieder ziemlich an Boden. Und weil so eine amerikanische Verfolgungsjagd nicht mit drei läppischen Autos auskommt, schließen sich Horst und sein Kollege in ihrem Passat dem Konvoi an. Der Kollege, weil ein Team eben aus zwei Mann besteht und er sich als Teamplayer fühlt, und der Horst aus ganz persönlichen Gründen, weil sein überrollter rechter Fuß nach Rache schreit.

Wie die Mörderin wieder am dunklen Kaiserwald vorbeirast, jetzt in südlicher Richtung, kommt sie auf eine lange Gerade, die lange genug ist, um ihr an deren südlichem Ende klarzumachen, dass die ferne Blaulichtdisco im Rückspiegel wohl zu ihrem ganz persönlichen Geleitschutz gehört.

Bei all den netten Lichtern im Hintergrund will sich ihre fröhliche Weihnachtsstimmung partout nicht verabschieden. Mit einer Hand am Lenkrad und der anderen auf ihrem iPod holt sie sich ihr Lieblingslied auf die Lautsprecher. »Wonderful Dream« von Melanie Thornton. Schön! Echt schön!

Im ersten Verfolgerfahrzeug herrscht eine Hierarchie mit umgekehrten Vorzeichen. Die Hilde, nun Kapitän und Fahrzeugführerin, drückt das Gaspedal fast bis zum Anschlag durch, während der Spazierer wie ein Häuflein Elend am Beifahrersitz hockt und der Sache, die da gerade passiert, nur akustisch folgen kann. Das Tränengas brennt derart höllisch in seinen Augen, dass er diese auch weiterhin geschlossen hält. Der Spazierer ist also praktisch blind. Das mit dem Nasenbeinbruch und dem Blutstrom, der ihm stetig nach unten und in den Mund fließt, macht ihn auch nicht gerade froh. Geruchstechnisch ist er ebenfalls blind, was ihn bei der Ausübung seiner Pflichten nicht wirklich stört, weil er ja Gott sei Dank nicht in der Hundebrigade arbeitet und auf das Auffinden von Drogen abgerichtet ist. Dass er aber zumindest noch hören kann, tut ihm doppelt weh. Doppelt, weil die Hilde die Gänge auf eine Art und Weise hineinknallt, die ein so zartes italienisches Getriebe wohl nicht lange aushält. Spazierers lauthals geäußerter Protest ertrinkt in einer Abfolge von lustig zerplatzenden Blutblasen.

Im Fahrzeug dahinter hat man fast das Gefühl, auf so einer herbstlichen Heizdecken-Werbefahrt für Pensionisten zu sein. Fast beschaulich zieht die nächtliche Kulisse an den Insassen vorbei. Der Sepp bemüht sich, einen Radiosender zu finden, der etwas sanftere Musik spielt. So aggressiver Rock passt so gar nicht zu dem Bummeln durch Nacht und Nebel.

Oberst Draxler starrt verzweifelt nach vorne und hinaus in die

Dunkelheit. Dass fehlende Pferdestärken und ein bescheidener Hubraum auch einem sensiblen Schäferhund Sorgen bereiten können, hätte wohl keiner gedacht. Der winselt nämlich leise vor sich hin. Dann blickt der Draxler hektisch in den Rückspiegel. Der Uniformierte in seinem Passat pickt ihm derart nahe an der Stoßstange, dass er die Scheinwerfer schon gar nicht mehr sehen kann. Dafür sieht er den Blaulichtzinnober auf dem Dach umso deutlicher. Den dahinten hält der Draxler wohl auch hoffnungslos auf.

Im Verfolgerfahrzeug, das einem Verfolgerfahrzeug nachfährt, das wiederum ein Verfolgerfahrzeug verfolgt, wird wild diskutiert. Will der Horst über seinen geschändeten Fuß reden, kann es sein Kollege kaum fassen, dass ihm gerade eben ein Blowjob angeboten worden ist. Sich auf ein gemeinsames Thema zu einigen fällt beiden extrem schwer. Kann man auch verstehen, wenn ein sexuell ausgehungerter Beinahe-Papa sein Beinahe-Glück kaum fassen kann, während sich sein Kollege körperlich verletzt und seelisch derangiert fühlt. Dass ihm eine Frau in einem kleinen Ford Focus so einfach entkommen konnte, tut dem Horst unendlich weh. Und der Schleicher da vor ihm macht ihn auch nicht glücklicher.

Macht man wieder einen gedanklichen Satz weit nach vorne, wird deutlich, dass die Hilde ihre Sache wirklich gut macht. So zügig, wie sie die Kurven nimmt, ist es wohl nur mehr eine Frage von ein paar wenigen Sekunden, bis sie die Mörderin eingeholt hat.

Die Mörderin schätzt die Situation ähnlich realistisch ein und drückt das Gaspedal ebenfalls bis zum Anschlag durch. Wenn ihr nicht gleich etwas Geniales einfällt, dann wird sie, so kurz vor der Vollendung ihres Lebenswerks, doch noch zur Strecke gebracht. Und weil sie sich selbst gegenüber auch immer hart gewesen ist, keine Spur von Selbstmitleid.

Und dann kommt diese eine scharfe Rechtskurve.

Dass so eine massive Linde genau an der Kurvenaußenseite gepflanzt worden ist, kann man nur verstehen, wenn man weiß, wie alt der stattliche Baum eigentlich ist. Bei den zweihundert

Jahren, die das Grünzeug auf dem Buckel hat, war zur Pflanzzeit keine Rede von Gefahrenpotenzial. Damals wäre maximal ein Pferdefuhrwerk die Böschung hinuntergerutscht und hätte den Jungbaum möglicherweise leicht touchiert. Für den Baum weitaus unangenehmer als für das Pferdefuhrwerk.

Bei dem heutigen Verkehr und den heutigen Geschwindigkeiten ist das freilich etwas anderes. Und weil so eine imposante Linde schon auch eine Lobby hat, die heutzutage beinahe einflussreicher ist als jene der Automobilclubs, war da nichts mit Baumfällen als sicherheitserhöhende Maßnahme.

137

Da der Herrgott gerade beim Abendessen ist, kann man dem auch nicht die Schuld in die göttlichen Schuhe schieben. Der hat hier mit Sicherheit nicht Schicksal gespielt. Für alles und jeden da unten auf der Erde ist er schließlich auch nicht zuständig. Außerdem gibt es heute Hummer.

138

Fast wie ein Geschoss hebt der Ford Focus von der Böschung ab. Keine sichtbare Lenkbewegung und nicht ein lausiger Meter Bremsspur. Und dann knallt es gewaltig. So, wie sich das dünne Blech um die stattliche Linde wickelt, kein Wunder, dass sich bei Sandra Petrescu, Tochter eines steinreichen Mannes und selbst ernannte Serienmörderin, maximal ein letzter Atemzug ausgeht.

Und dann ist es vorbei.

Dass der Wagen nicht Feuer fängt, sondern in zwei Meter Höhe, fast wie zum Kunstwerk erstarrt, haften bleibt, ist Glück für die Kripo. Denn mit den Beweisen, die sie im Wagen und in den blutverschmierten Taschen der Sandra Petrescu finden werden, ist ihre unglaubliche Theorie zweifelsfrei bewiesen.

Wie die Hilde nur wenige Sekunden später am Unfallort eintrifft, bietet sich ihr ein absurdes Bild. Der Ford steckt in luftiger Höhe in einem Baum, und die Warnleuchten blinken monoton vor sich hin. Fast wie Wegweiser. Hört man genauer hin, dann hört man noch das Ticken des heißen Motors oder was von ihm übrig geblieben ist. Und sonst ist nur Stille.

Weil der Spazierer keinen Deut einer Ahnung hat, was da draußen vor sich geht, lässt er sich die Szenerie von der Hilde mündlich beschreiben. Und weil die Hilde in Deutsch und bei Bildbeschreibungen in der Schule immer zu den Besten gehört hat, gelingt ihr das auch ganz eindrucksvoll. So gut, dass es dem Spazierer sogar gruselt.

Dann trifft der Rest der Truppe ein. Die Uniformierten sichern sofort und routiniert den Unfallort. Und weil sie sich natürlich kennen, grüßt der Reininger Sepp freundlich hinüber zu seinen Köflacher Kollegen. Den giftigen Blick hinüber zum VW-Passat kann er sich aber nicht verkneifen.

Dass auch der Rolli herumlaufen darf und sich bei dem Hund von dem Geruch, der da in der Luft liegt, auch gleich die Nackenhaare aufstellen, ist für den aufmerksamen Draxler ein klarer Hinweis, dass sich hier die Richtige um den Baum gewickelt hat. Der Rolli kennt die Frau. Wenn schon nicht vom Sehen, dann zumindest vom Riechen.

139

Letztendlich stellen sie alles sicher. Zuallererst die ominöse Namensliste. Weil so akkurat ausgestrichen und nicht wirr durchgekritzelt, sind alle Namen noch eindeutig lesbar. Und auf Basis der Liste und der Interpol-Einträge können die unaufgeklärten Todesfälle schlussendlich alle aufgeklärt und endgültig zu den Akten gelegt werden.

Dass man für die Fotos auf Frau Petrescus Handy, der technisch begabungslose Oberst Draxler vielleicht ausgenommen, keine

Spurensicherung braucht, ist erfreulich. Dass die sich im engen Gassengewirr hinter Karls Krummers Haus herumgetrieben hat, bringt ein Fotoabgleich bei einem ausführlichen Lokalaugenschein ans Tageslicht.

Dass auch der Ölfleck auf der sichergestellten Kreppsohle haargenau zu dem in Karl Krummers Garage passt, geht dann doch wieder auf die Kappe der Spurensicherung.

Beim Steirer Johann ist die Sache nicht ganz so eindeutig, Rollis Knurren nebst Nackenhaarakrobatik wohl einer der wenigen Hinweise dafür, dass die Mörderin auch den Steirer Johann auf dem Gewissen hat. Neben den Blutergüssen in Johanns Nacken natürlich.

140

Noch lange werden sich viele Psychologen, Profiler und diverse andere Experten ihre gescheiten Köpfe darüber zerbrechen, wie es eine einfache Frau – mit zugegebenermaßen hohem kriminellen Potenzial – geschafft hat, nahezu unerkannt quer über den ganzen Kontinent zu morden. Die rumänische Polizei wird den Fehler genauso wenig bei sich suchen, wie das ihre deutschen Kollegen tun werden. Was da an Erklärungen, Schutzbehauptungen und Schuldzuweisungen aus den Hüten gezaubert wird, ist schon beachtlich. Menschlich durchaus nachvollziehbar, denn schließlich sind Menschen gestorben, und da gibt keiner so gerne zu, dass man vieles vielleicht doch hätte verhindern können.

Dass die beiden Polizeiapparate dann aber dem kleinen österreichischen Ermittlerteam ihre Glückwünsche übermitteln und Draxler & Co auch ein paar Krümel Lob verstreuen, ist auch irgendwie nett.

141

Für die nationale wie auch internationale Presse ist diese Mordserie ein unglaubliches Geschenk. Klingt jetzt sehr zynisch, aber so sind die Medien heutzutage. Zwar nicht alle, aber die besonders schmierigen Boulevardblätter sind dabei, alles auszuschlachten, was es zum Ausschlachten gibt. Da wird praktisch jeder lose Stein umgedreht. Und wenn die nichts Verwertbares finden, dann erfinden sie eben etwas. Kommt da einer daher und bezichtigt sie der Lüge, dann wird ein Heer von Anwälten auf den losgelassen, dass der sich wünscht, niemals geboren worden zu sein.

Gleichzeitig grasen Dutzende Kamerateams die Südsteiermark ab und ziehen einen derart großen Tross an Neugierigen hinter sich her, dass es schwierig ist, ein freies Zimmer zu bekommen. Nahezu die ganze Südsteiermark scheint ausgebucht zu sein. Eigentlich auch keine schlechte Werbung. Und das weiß auch der Reininger Ferdinand. Der wird nämlich, als amtierender Fremdenverkehrsobmann seiner Heimatgemeinde, eine ganz gescheite Sache anleiern.

So eine geführte Bustour mit dem reißerischen Namen »Auf den Spuren der Mörderin. Mordshunger? Kein Problem. Mordsgaudi? Garantiert!« oder so ähnlich.

142

Und dann werden auch noch einige Geschenke verteilt. Die preisliche Spanne ist hier aber gewaltig. Am billigsten ist noch der Blumenstrauß, den die Hilde Ranner der netten Dame von Sixt höchstpersönlich vorbeibringt. Dass die junge Frau mit ihrer kleinen Information so Großes bewirkt hat, kann sie gar nicht fassen. Gefreut hat sie sich aber riesig.

Rollis Fresspaket war da schon ein wenig teurer. Das Potpourri, bestehend aus den köstlichsten Fleischsorten, die man sich nur vorstellen kann und die, weil gar so teuer, auch bei den bald anstehenden Weihnachtsgelagen nur ganz selten auf den Tisch kommen, konnte sich wirklich sehen lassen. Dass der Rolli in seinem Fressrausch nicht ein einziges Mal bedächtig innegehalten hat, ist freilich bedauerlich. Nun ja. Rolli ist eben ein Hund.

Das zweifellos größte Geschenk hat mit Sicherheit Dr. Walther gemacht. Telefonisch teilt er der Frau Brigitte aber nur die halbe Wahrheit mit. Dass sie eine kleine Erbschaft gemacht habe und netterweise nach Berlin kommen solle. Das sagt er ihr. Viel mehr auch nicht. Und dass ein Flugticket auf ihren Namen bereits auf dem Grazer Flughafen hinterlegt worden sei. Und das ist wirklich gescheit vom Dr. Walther. Die liebe Brigitte hätte sonst vor lauter Glück der Schlag getroffen.

Oder genau das Gegenteil wäre passiert.

Sie hätte einen Lachanfall bekommen, weil sie im Dr. Walther den »Callboy« von Ö3 vermutet hätte, der laufend Leute in den April schickt. Und das auch im Oktober.

143

Radu pfeift ein eisiger Wind ins Gesicht. Mit einem warmen Händedruck und einer gemurmelten Entschuldigung hat man ihn ganz einfach vor die Türe gesetzt. Quasi von einer Minute auf die andere. Ohne eine ausführliche Erklärung. Einfach so. Und nun steht er vor der meterhohen Stahltüre und hat nicht den Deut einer Ahnung, wie er heimkommen soll. Weil ihn die da drinnen für einen blutrünstigen Mörder gehalten haben, bei dem auch keiner weiß, was der als Nächstes tut, war sein Leben eigentlich gar nicht einmal so schlecht. Eigentlich fast beschaulich. Radu dreht sich um und blickt fast wehmütig auf das grüne Ungetüm aus Stahl. Hätte er die Wahl, er würde gleich wieder einziehen.

144

Dass der Spazierer die nächsten zwei Tage im Krankenhaus verbringen wird, weil sein Gesicht immer noch angeschwollen ist und wie ein Schlachtfeld aussieht, ist sein ganz persönlicher Wunsch. Mit so einer Visage den Presseleuten unter die Augen zu treten, lässt Spazierers Eitelkeit natürlich nicht zu.

Dafür geben Oberst Draxler, die Hilde Ranner und sogar der Reininger Sepp Interviews am laufenden Band. Nicht zu vergessen Dr. Schneider, der dem unglaublichen Medienrummel auch nicht ganz entkommen kann. Der Einzige, an dem sich die Presseleute so richtig die Zähne ausbeißen, das ist der Jürgen Gralla. Dass der gute Mann taubstumm ist, weiß von denen keiner. Glauben, sie hätten einen verstockten Geheimniskrämer vor sich. Sein gutturales Grunzen für die Reporter ein deutliches Zeichen dafür, dass der wahrscheinlich mehr weiß als all die anderen zusammen.

Bis auf die netten Krankenschwestern und die diensthabende Oberärztin treiben sich momentan keine Frauen in Spazierers Nähe herum.

Auf den Besuch seiner Karin wird der Spazierer auch noch ein Weilchen warten müssen. Die hat ihn kurz nach seiner Einlieferung nämlich angerufen. Unter Tränen noch dazu. Weil sie unmittelbar vor Udine verhaftet worden ist. Von zweifellos sehr schick gekleideten Carabinieri, aber das macht die Sache auch nicht besser. Dem Spazierer verkauft sie ihre Raserei jenseits der zweihundertzwanzig Stundenkilometer als Zeichen ihrer ernsten Sorge um ihren Herrn Major – und recht scheint sie ja gehabt zu haben –, auch wenn ihre Geschichte so gar nicht der Wahrheit entspricht. Dass nur sie geschnappt worden ist und sich der arrogante Ferrari-Fahrer, der sie mit seinem schmalzigen Amore-Grinsen und seiner depperten Fahrweise so provoziert hat, wie von Geisterhand in Luft aufgelöst hat, wird sie niemandem erzählen. Dass der Spazierer seine internationalen Polizeikontakte bemühen wird, ist auch wieder klar. An einer saftigen Geldstrafe wird die liebe Karin aber trotzdem nicht vorbeikommen.

Major Spazierer beschließt, sein latentes Frauendilemma für

eine Weile auszublenden, und bereitet sich auf ein kurzes Nickerchen vor. Dass ihm nicht allzu viel Zeit bleiben wird, um sein privates Tohuwabohu wieder in Ordnung zu bringen, weiß er jedoch nicht.

Weil wenn die Weihnachtsfeiertage vorüber sind und der Jahreswechsel vor der Türe steht – mit all seinem Gekrache, Geknattere und Raketen-in-die-Luft-Schießen –, dann kommt wieder so ein Mörder auf die Idee, manch einen lästigen Nebenbuhler unter dem winterlichen Schnee zu begraben.

Denn dann kommt die Zeit für Après-Ski und Jagatee.